El librero de la Atlántida

books4pocket

Manuel Pimentel

El librero de la Atlántida

ALMUZARA

www.editorialalmuzara.com
info@editorialalmuzara.com
www.books4pocket.com

Diseño de la colección: Opalworks
Diseño de la portada: Talenbook
Ilustración de cubierta basada en obras de C. Babbitt y R. Adrian

Impreso por Novoprint, S. A.
Energía 53
Sant Andreu de la Barca (Barcelona)

Fotocomposición: books4pocket

I.S.B.N: 978-84-96829-53-4
Depósito legal: B-56.198-2007

Impreso en España – *Printed in Spain*

1

Soy Sorbas, y pronto dejaré de ser. Me arrastro exhausto por el barro, hambriento y enfermo, con la esperanza de poder encontrar a quién entregar el mensaje. Por cuatro veces la luna ha iluminado los cielos y todo sigue bajo el agua y el fango. Cada vez que recuerdo lo ocurrido rompo a llorar. Los dioses conjuraron cielos, tierra y mar para castigar la soberbia de los hombres. Nuestros marineros, pilotando sus trirremes, descubrían costas y pueblos, y nuestros exploradores bautizaban montañas, ríos y tribus. Hasta hace cuatro lunas fuimos los más grandes. Hoy no somos nada. Primero fue la lluvia. Llovió y llovió durante días, anegando caminos y valles. Lo peor llegaría después. Un temblor de tierra, heraldo de la cólera divina, anunció la catástrofe por venir. Sacerdotes y augures se rasgaron las vestiduras, brujas y plañideras chillaron su desesperanza, pitonisas y oráculos vaticinaron el cataclismo. Nadie les hizo caso y la fiesta continuó para los nobles y el pueblo. Ningún humano quiso leer los signos de la premonición. Yo tampoco los creí, cegado en las mieles de mi amor por Antas. Un amor prohibido, pero por eso más dulce. La destrucción llamaba a nuestra puerta y la ignoramos. Todas las profecías cantaban nuestro fin, pero nos creímos todopoderosos y eternos. ¿Quién atiende a negros auspicios cuando la vida sonríe, llenos están los graneros y lejos los enemigos? Los ricos comerciantes y los poderosos monarcas prefirieron ignorar los vaticinios de los astros y los meteoros. Mercadearon con sus buques y horadaron montañas y montes en busca del metal que nos hacía ricos. Pensaron que bastaría con sacrificar algunos toros sagrados para aplacar la cólera divina. Nuestras diosas, antes de las Nuevas Leyes, eran comprensivas y maternales, los dioses que las sustituyeron, fieros y vengadores. El castigo fue sentenciado, y la naturaleza lo ejecutó con toda su colosal fuerza destructora. Aquel azul mar que siempre consideramos como nuestro amigo fue subiendo hasta convertirse en nuestro peor enemigo. La lengua de las olas lamió tierras dulces, más allá de las sabinas y almajos. Las antiguas playas de arena dorada se perdieron, y las aguas saladas abortaron la vida de las tierras de cultivo y profanaron las ciudades que antes dormitaban junto al mar. Los viejos alertaban a todo aquel que quisiera oírlos, pero los jóvenes consideraron cosa normal esa subida de las mareas, que cada cinco lustros sucedía. Pensaron que pronto volverían a su amor habitual. Nadie quería que la fiesta se le estropease, ¿para qué atender a los vaticinios que la ensombrecían?

Estúpidos, despreciamos las señales. Una tarde del demonio, la tierra tembló con una colosal fuerza. Nunca nadie, jamás, había conocido algo parecido. Llovió y llovió, y las casas se derrumbaron sobre el barro. Los niños y sus madres lloraban y gritaban, mientras que los hombres desenvainaron sus espadas sabedores de su impotencia frente al destino que los destruiría. Y entonces, grande como una colosal montaña, surgió la ola del mar. Todo lo destruyó a su paso, adentrándose muchos estadios valle arriba. De aquella orgullosa ciudad que bautizamos como Atlántida, nada quedó. Sólo barro y desolación, bajo las aguas del lago recién formado. Para mi desgracia he podido sobrevivir a la tragedia. Y ahora me arrastro moribundo suplicando a los dioses que me permitan concluir lo que Tíscar, el sacerdote, me pidió. He consumido toda la energía y salud que gané durante mi convalecencia en el Santuario de la Luna, donde sané mis heridas y del que salí hace dos días. Estoy sin fuerzas, pero debo seguir. Tras aquellas colinas se encuentra la pequeña aldea que busco. Espero que sus habitantes no hayan muerto víctimas de las epidemias que infectan el país, o que no hayan tenido que huir de los bandidos que pululan sobre este territorio sin ley. Hacia allá me dirijo, esperanzado en que no hayan iniciado aún el retorno a su lejano país. Que los dioses me sean propicios. Temo que no volveré a ver el nuevo día. Mi hora, como la de mi querida ciudad, ha pasado. A otros les tocará despertar al fresco de la alborada. ¿Y mi Antas? ¿Estará viva? ¿Volveré a verla? ¿Sabrá su marido protegerla como yo lo hubiera hecho?

2

Alejandro Arrachero no había tenido suerte en la vida. Y no es que fuese tonto, que no lo era, sino que carecía de la dosis de malicia imprescindible en un mundo donde competir era la receta para la supervivencia cotidiana. Competir en el trabajo, en el amor y en el poder. Y Dios no lo había llamado para el camino de esos esforzados menesteres. Prefería la contemplación del atardecer sereno antes que el tridente del gladiador o el maletín y el portátil del ejecutivo agresivo. Todo lo que le faltaba de valor guerrero, lo despachaba sobrado en capacidad de ensueño, adorno perfectamente inútil para el mercenario que se suponía que debía ser. Y es que Alejandro no podía evitarlo: ante cualquier estímulo, su mente flotaba hasta construir palacios de cristal habitados por extraños seres descomunales. *Está un poco colgado*, decían a sus espaldas, *le falta un hervor, no le hagas demasiado caso*. Nunca perteneció ni a coro, comparsa, chirigota o cuarteto alguno. Mal oído, poca voz y aún menos gracia confabularon desde su infancia para apartarle de ese Carnaval tan importante para sus compañeros de instituto. Cuando la Erizada del barrio de la Viña anunciaba el arranque de la fiesta, Alejandro se encerraba en su madriguera de soledad. Apenas pisaba en esos días grandes las calles del Cádiz de su alma. Estudiante discreto, había logrado aprobar a trancas y barrancas su carrera de Filosofía y Letras, una titulación de difícil salida en su ciudad. Como era de Puerta de Tierra para dentro, no quería saber nada de ningún trabajo más allá de las viejas murallas de la ciudad. Y, encima, era tímido y buena persona. Su madre, viuda de un honrado trabajador de astilleros, desesperaba por los nietos que no le llegaban. Alejandro, hijo, deja los libros por una temporadita y busca hembra *pa`casarte*, tal y como quiere el señor. Pero nada, el niño no se echaba novia ni a tiros. Y no porque fuese feo, que bien guapo sí que era, sino por lo corto e introvertido. Sus amigos nunca entendieron cómo podían gustarle más los libros de fantasías que esas gaditanas que enloquecieron a fenicios y romanos. Para todos ellos, Alejandro no terminaba de parecerles normal del todo. ¿Algo simple, quizá? Simple, eso era, sin gracia ni malicia. Y por eso le daban de lado en aquella tierra del ángel y la sal en la que las ocurrencias ingeniosas destacaban sobre la fuerza bruta del puñetazo y la fría lógica de la razón. Resignado, Alejandro se acomodaba a su discreto papel. Sólo en el silencio de la librería en la que trabajaba, entre anaqueles y libros, encontraba el remanso de paz que le confería algo de seguridad y confianza. El andamiaje de libros silentes sostenía su personalidad, que se desdibujaba en cuanto abandonaba su reino de sueños y letras para adentrarse en la selva de los humanos, esa que le aguardaba a las puertas mismas del establecimiento.

Alejandro sólo tenía un amigo, un buen amigo de verdad, el Corcho, con el que le gustaba pasear al borde del mar las tardes ventosas del invierno. Aprovecha estos aires —le decía el viejo marinero— que nos silban la canción triste de la Atlántida. ¿La Atlántida? ¿Usted cree que de verdad existió? Y entonces, Pepe Higueras, el Corcho para las gentes del mar, le contaba misteriosas historias. Mientras le escuchaba, el tiempo parecía detenerse. En esas tardes que gastaban sentados con la vista fija en ese océano grande al que Cádiz todo se lo debía, Alejandro intuía que el viejo le estaba contando una sublime realidad que los doctores y catedráticos despreciaban. Más verdad dicen mis historias, le repetía el patrón, que *tós* tus libros muertos.

—La Atlántida existió, y estuvo cerca de aquí, a no más de cuarenta millas. Sus gentes, altas e inteligentes, avanzaron en sus ciencias una barbaridad. Tenían palacios, templos, gimnasios y barcos capaces de cruzar mares. Llegaron hasta el Egipto, donde sembraron la semilla de la sabiduría, y también a las grandes islas del Mediterráneo. Navegaron por el Mar del Norte, donde abrieron la ruta del estaño y el ámbar, que seguiría viva por muchos miles de años. Conocían la astrología, las matemáticas y todas las leyes antiguas que hoy hemos perdido. Fue una tierra hermosa y feliz, que dominó todos los mares del Levante mucho antes de que los egipcios levantaran sus pirámides. Pero pecaron de soberbia. Como el capitán del Titanic, como los americanos, como los científicos de hoy. Se creyeron con más poder que los dioses, y los dioses no los perdonaron. Les enviaron huracanes, tormentas, olas gigantescas, que terminaron arrasando toda su ciudad. Todos los atlantes murieron o se suicidaron. Y son sus llantos los que oímos los marineros en noche de luna, unos *quejíos* tan tristes que rompen el corazón. Figúrate, los que todo lo fueron y nada son. ¿Puede existir mayor dolor para sus espíritus atormentados? Nosotros somos sus descendientes, por eso llevamos una penita negra en nuestro corazón.

Así, como en trance, hablaba el Corcho. Después se sumergía en largos silencios, mirando con fijeza las espumas de las olas rotas y las cabriolas insolentes de gaviotas y cormoranes. Los ojos del Corcho se humedecían entonces de añoranzas marineras. Nada deseaba más que regresar a la mar, que volver a navegar por aguas lejanas y solitarias. Esa melancolía lo mataba; sabía que ningún armador, con sus ochenta años a cuestas, lo llamaría. La pesada ancla de la edad impedía que los vientos de libertad desplegaran de nuevo su velamen. Y para matar esa nostalgia bebía en las más sórdidas tabernas del Cádiz antiguo, en la Caleta, el barrio de la Viña y el del Pópulo. Sólo el buen fino del Puerto de Santa María lograba sacarle la pena de las entrañas, sólo bajo sus vapores creía sentirse cerca de aquellos héroes que navegaban en sus trirremes dorados.

—¿Sabes, Alejandro? Un día de estos me voy a reunir con los atlantes. Una *madrugá* de mar calma, cogeré una barquita de remos y me iré hacia adentro. Sus cantos me guiarán. Y después me dejaré ir. Nadie me quiere aquí y yo sé que mi sitio está en la mar. Las aguas me sepultarán y mi epitafio será de olas y espumas, como las de los dioses antiguos.

—No diga eso, aquí me tiene a mí. Es mi mejor amigo, el único que me entiende, el único que me cuenta historias que me gusta escuchar.

Y después guardaban otra vez silencio, un prolongado silencio. Y a la diez, Alejandro acompañaba al Corcho al asilo de las monjas, donde lo tenían acogido. Y así, durante un día y otro, se fue cuajando la estrecha amistad del maestro marinero y su discípulo librero.

En las tardes de verano, cuando el día alargaba y las campanadas de las diez aún sonaban a la luz del sol moribundo, el Corcho se mostraba más locuaz, menos taciturno.

—Somos hijos de la luz, Alejandro, sin ella nos morimos de pena, como los pajarillos de campo en las jaulas.

—Pues a mí me gustan las tardes de invierno con lluvia y viento, le respondía Alejandro.

El Corcho callaba, y lo miraba con cariño, como miraría a una barquita recién calafateada y pintada que se fuera a echar al mar por vez primera.

Aquella tarde de julio, el Corcho volvió a narrar sus historias sobre los remotos habitantes de las costas andaluzas.

—Ellos adoraron al sol, el jefe de todo lo creado. Por encima de él, sólo a la Madre. Comprendieron antes que el resto de los hombres cómo funcionaban los asuntos de los dioses y les pusieron nombres a las cosas. Aprendieron a escribir esos nombres y se los enseñaron a otros pueblos de la Antigüedad. Muchos de los dioses egipcios y griegos, los más antiguos, provienen en verdad de estas tierras.

—Corcho, ¿por qué hablas tanto de la Atlántida? Parece que la conocieras.

—La intuyo, sé cómo ocurrió todo. Esa historia la llevamos dentro, pero no dejamos que se nos muestre. Ocurrió y volverá a ocurrir, por eso me da tanta lástima.

—¿Qué es lo que volverá a ocurrir?

—Lo que ocurrió se repetirá. Está escrito y nosotros seguimos a pie juntillas el guión prohibido. Mal final tendremos, grumete.

Sentados bajo los enormes ficus de la plaza Carlos Cano, a las puertas mismas del hospital de Mora, el Corcho volvió a emocionarse con sus relatos de imposibles ciudades perdidas en el mar. Y, en delirio de fantasía, alzaba la voz y gesticulaba con manos y brazos, en un inútil ensueño por atrapar el cimbreante movimiento de mareas y olas. Alejandro, en esos momentos de arrebato, miraba a un lado y otro, temeroso de que alguien pudiera oír los desvaríos de su amigo y lo tomase por un anciano demente. Y él no podía consentir eso. El Corcho era un viejo sentimental que añoraba esa mar en la que echó los dientes y en la que también los perdió, pero no estaba loco; derramaba sabiduría en cada una de sus palabras, aliñadas con la sal de sus dichos marineros.

Pero esa tarde, el Corcho estaba más embebido que de costumbre en su mundo mítico, intercalando, como era habitual en él, los sucesos del pasado, con sus augurios de futuro. Y no eran alegres, precisamente.

—Llevaron sus costumbres y creencias al Egipto, cuando allí casi estaban en la prehistoria, créeme. Tierras del gran río, las llamaban. Fueron divinizados por aquellos pueblos de ganaderos y pescadores, que se asombraban de sus barcos y metales. Los atlantes eran poderosos y adoraban la belleza. Regalados por los dioses, creyeron que el mundo entero se les rendiría a sus pies. ¡Pobres! Estaban marcados por el destino. Ni los imperios más colosales pudieron, ni podrán jamás, enfrentarse nunca al zarpazo de la naturaleza irritada, jaleada por el aliento divino. Quien no ha estado nunca en medio de una tempestad, con el barco zaherido al viento de estribor por olas de diez metros, ignora por completo lo desvalidos que podemos llegar a estar frente a los meteoros desatados. Porque, Alejandro, no somos más que bichitos de la sarna que fastidiamos con nuestras picaduras y excrementos a la madre tierra que nos cobija. El día que se rasque, por jodida, nos iremos todos al carajo.

Alejandro, en fascinado silencio, le daba la razón. Oyendo sus palabras, cabalgaba a los lomos del viento de la historia y se sentía argonauta, marinero, descubridor de costas vírgenes, hollador de países todavía sin nombrar y maestro de hombres y pueblos. Y el Corcho, en trance de atlantes, hablaba y hablaba. Cada vez más alto, cada vez más claro. Cualquiera lo podría oír, tomándolo por un loco o por un poeta ambulante, una demencia aún más abundante en aquella esquina andaluza. Fue entonces cuando Alejandro se fijó en el hombre que leía. Estaba sentado más allá del poyete del parterre, y mantenía el periódico en vilo con una artificiosa rigidez. Entre parrafada y parrafada de su amigo lo observaba. Parecía abstraído de su lectura; más que leer, escuchaba, con la oreja atenta a la charla del Corcho. Pasaba página muy de vez en cuando, y lo hacía sin convicción, como si no le interesaran esas malditas noticias que entintaban el papel y desangraban al mundo. Nos está espiando, pensó molesto Alejandro. En primera instancia se sintió celoso, allanado por un extraño en su intimidad. Después se irritó, aquel cotilla se estaría divirtiendo con las excentricidades de su amigo marinero. Debo tranquilizarme, se impuso. Lo más probable es que sea un aburrido padre de familia, que prefería la tranquilidad de la placita concurrida al estruendo de la soledad con su mujer. Y en cuanto a lo del periódico preterido, siempre serían más entretenidos, al fin y al cabo, los relatos de los viejos reinos de la antigüedad que los sucesos políticos o deportivos de una actualidad manida por cercana y previsible. Era normal, pues, que prefiriera oír al Corcho que amargarse con las noticias de la prensa. El hombre rondaría los cincuenta años y tenía un rostro tan común, que su único rasgo identificativo era un poblado mostacho negro. De tan negro que cualquier persona observadora hubiese adivinado como tintado. No Alejandro, que jamás habría alcanzado a fijarse en semejante minucia estética. Y es que Alejandro, además de tímido y soñador, era un desastre para las cuestiones del vestir y combinar. Sólo la mano de su madre lograba enderezar, de vez en cuando, el desaliño de su vestimenta.

—Corcho, vamos a casa. Es tarde.

Le costó hacerlo arrancar. Cada día se resistía más a encerrarse a las diez de la noche en aquella cárcel para viejos, como definía a su residencia.

—¿Por qué me quieres meter en ese *moriero*? Déjame que te cuente mis historias, a nadie más puedo hacerlo.

—Mañana seguiremos, tenemos todo el verano por delante.

—¿Quién sabe cómo terminaremos el verano? La historia que debe contarse, pronta debe ser oída. El viento arrastra la niebla, y el tiempo la memoria. Y mi memoria y mi tiempo se acaban, Alejandro, deja que sacuda las nieblas que aún te empañan.

Alejandro sabía que no podía ceder a sus cantos de sirenas. Y, con esfuerzo, logró hacerlo arrancar.

—Estás más triste que el escaparate de una ortopedia, Corcho.

Y el Corcho, resignado se dejaba arrastrar, aguardando a la hermana portera, que habría comenzado a echarlo a faltar.

—¡Corcho, que eres como un niño, siempre llegas el último!

—Hermana, no me tire de la lengua, que un día le voy a contar lo que hicimos con las monjitas de un convento allá por los tiempos de la guerra. Y que sepa que no fue precisamente rezar.

—Anda, anda y pasa.

Y derrotado y vencido por indefenso, el Corcho se perdió en la oscuridad del zaguán, la casapuerta *p'a* los gaditanos de verdad, no para los beduinos de Puerta de Tierra *p'afuera*. El viejo marinero se consumía en su impotencia. Sus bravatas ya no asustaban ni siquiera a una pobre monjita portera, ni más tripulación tenía que a su grumete Alejandro.

Cuando el librero volvió la esquina, en su camino de regreso, chocó de frente con un hombre distraído. Apenas habría reparado en lo sucedido si no hubiese sido porque al mirarle el rostro reconoció el poblado mostacho negro del fingido lector del periódico. Se disculparon mutuamente y siguieron su marcha. ¿Casualidad? ¿Vivía el hombre por las inmediaciones? ¿O es que acaso los había estado siguiendo? Alejandro sacudió la cabeza mientras decidía olvidarse del hombre del bigote. Quizá últimamente estuviese leyendo demasiadas novelas negras, y su fantasía desbocada mutase en peligroso espía acechante lo que, a buen seguro, no sería otra cosa más que un honrado padre de familia, aburrido de su mujer.

3

Susi Armenta quería ser actriz de cine y Diego Cifuentes deseaba tirársela. Así de sencillo y, por clásico, así de predecible. El cuarentón encelado que prometía ayuda a cambio de favores, y la lozana andaluza generosa en salero y donaires para con quien le abriera las puertas de sus sueños.

—Por la librería conozco a gente del cine. Puedo presentarte, quizá te den un papel.

—¿De verdad que lo harás?

—Pues claro, chiquilla. Ven esta tarde a casa. Conocerás a alguien interesante.

—Vale.

Susi volvió a sus menesteres como dependienta de la frutería y verdulería del barrio. El negocio era de sus padres, y ella ayudaba por las mañanas. Aunque se esforzaba en sonreír a sus clientes, a los que agasajaba con cumplidos, piropos y lisonjas, en verdad despreciaba aquel mísero cuartucho, mal iluminado y con permanente mal olor. Y es que la fruta se pudría con la misma rapidez que su vida se desaprovechaba en aquel barrio de mierda. Ella había nacido para algo grande, y no para consumirse como las peras de agua sin vender. Soñaba con que alguien descubriera su talento artístico y la convirtiera en una reina del espectáculo. Vestiría como las diosas del cine, con preciosos trajes de seda roja, encajes de oro hilado y uno de esos profundos escotes que idiotizaban a los hombres y encelaban a sus mujeres. La Susi lo tenía claro. Quería ser actriz, y aquel vecino le estaba ofreciendo una oportunidad. No pensaba, desde luego, desaprovecharla.

Satisfecho por el resultado de su cebo, Diego Cifuentes silbaba en su camino hacia la librería. La niña caería esa tarde rendida en sus brazos. Con sólo pensarlo las pajarillas se le alegraban. La *joía* niña estaba como uno de esos trenes que siempre llegaban con retraso a la ciudad. Esa misma noche se la llevaría al catre, cubriéndola de promesas y besos. Ni sus padres ni vecino alguno se enterarían jamás de nada. Le exigiría que guardara silencio a cambio de la oportunidad que pensaba conseguirle.

Y es que las cosas le habían venido rodadas últimamente. La casualidad hizo que unos días antes hubiera recalado en la librería un excéntrico cliente, que dijo llamarse Germán y ser guionista de cine. Por lo visto, estaba pasando unos días en Andalucía buscando inspiración para la adaptación de una historia que había caído en sus manos.

—Ya he estado en Córdoba y Sevilla, pero la que más me ha gustado es Cádiz. Quizá rodemos aquí algunas escenas, les dijo el guionista a los dos dependientes que le atendieron.

El cine era un mundo de oportunidades y Diego Cifuentes comprendió de inmediato que aquel pájaro podía ser interesante. Debía ser para él, por lo que se propuso acapararlo. Nada de compartirlo con los demás. Si había algo que rascar lo quería para él solito. Ordenó al pánfilo de Alejandro Arrachero que estuviese pendiente de las reposiciones de la sección de temas locales, mientras que él, en solitario, atendía como se merecía al recién llegado.

—¿Qué libros desea ver?

—No me hables de usted, por favor, que todavía no soy arqueología. Enséñame los libros que tengas de historia local.

Diego se vio forzado a enviar a otra sección a Alejandro. *Vete ahora a libros de viajes. Necesitan un poco de orden.* Aquel pobrecillo, como siempre, obedeció sin rechistar.

Germán, sin reparar en gasto, compró todos los títulos que la librería disponía acerca del Cádiz antiguo. Cifuentes procuró que sus compañeros advirtieran la operación que acababa de cerrar. Y es que él, pensaba ufano, era capaz de venderle una nevera a un esquimal y un mantecado de Estepa a un sediento tuareg.

—¿Tienes tiempo para tomar un café? —le preguntó Germán.

—Por supuesto. Aquí mismo hay una cafetería que lo hace muy bueno.

—Verás —le comentó el guionista una vez que estuvieron sentados y con sus cafés servidos—, compro libros para documentarme acerca de la historia de Cádiz. Dicen que es una de las ciudades más antiguas de Occidente.

—Sí, tiene más de tres mil años. La fundaron los fenicios que vinieron para comerciar con los ricos reyes de Tartessos.

—Esa historia me interesa.

A Diego Cifuentes el guión de Germán le traía al fresco. Otras eran sus prioridades. Si de verdad se trataba de un hombre de cine, quizá pudiese traficar con oportunidades e influencias, siempre fáciles de colocar en un mercado femenino sediento de famoseo. Por eso, eludiendo sus aburridas divagaciones históricas, decidió abordar la materia de su interés.

—¿Estáis seleccionando extras?

—Todavía no hemos empezado. ¿Tienes interés en alguien?

—Verás, una vecinilla, que quiere ser artista.

Germán lo miró sin decir palabra. Había vivido un millón de veces idéntica situación y sabría jugar sus cartas. Eran inmejorables. Uno con pinta de sátiro que se interesaba por el futuro artístico de una vecinita. Verde y con asas. El guionista sonrió para sus adentros. Se la habían puesto como a Fernando VII. Tenía a aquel incauto en sus manos. Cifuentes trabajaría para él, le sería fácil comprarlo. En aquel momento sus entendederas estarían ubicadas en las blanduras de su entrepierna, precisamente donde mejor les funcionaba a los hombres de su condición, dicha fuese toda la verdad. Mientras están ocupados con las hembras, el mundo puede respirar, pensó el guionista. Lo malo es cuando empiezan a razonar y les fluyen las ideas. Lagarto, lagarto, que se quieren convertir en políticos, curas o escritores, o, lo que es aún peor, en tunos universitarios. Olvidémonos entonces de la serenidad y preparémonos a convertirnos en siervos de las ideologías, sufridores de sus folletines o acosadores de esas viles cucarachas de bandurria y pandereta. El librero quería una oportunidad para su protegida y él podía proporcionársela. A cambio de algo, claro estaba. Así conseguiría mantener al ardiente librero a sus pies.

—Si quieres puedo ver las posibilidades de tu vecinita. Dentro de tres días volveré a pasar por aquí.

—Te invito a tomar café en mi casa, por la tarde.

—Encantado, allí estaré.

Y el día prometido había llegado, y por eso pasó esa mañana por la frutería para invitar a la Susi. Todo estaba bien organizado, ningún detalle podría escaparse. Diego Cifuentes salió esa tarde de la librería algo más temprano de lo habitual, y regresó a su casa para preparar el encuentro entre la joven promesa del cine y el veterano guionista. Limpió el apartamento, ordenó la librería e hizo la cama sobre la que pensaba triunfar. Y acercándose la hora del encuentro, preparó café y algunos licores.

Susi fue la primera en llegar. Si normalmente a Diego se le iban los ojos hacia su escote, en este caso la minifalda le robó el privilegio de su atención.

—¿Vengo guapa? ¿Crees que le gustaré?

—Le encantarás —le respondió con babeante sinceridad—. Claro que le encantarás. Pasa, ¿quieres algo?

—No, no quiero correr riesgo con mi maquillaje ni con mi pintura de labios. Quiero estar perfecta, no puedo dejar escapar esta oportunidad. ¿Cuándo llega?

—Estará al caer. Verás, es un importante guionista de cine, que está ambientándose para dar los últimos toques al argumento de la película que comenzarán a rodar en breve. Aunque todavía no están seleccionando a los extras, le hablé de ti. Estoy convencido de tus posibilidades artísticas.

—No sé cómo agradecértelo.

—Ya se nos ocurrirá algo —alcanzó a decirle mientras se precipitaba a abrir la puerta que en ese momento sonaba.

Germán llenó con su voluminosa humanidad de casi dos metros de altura el reducido apartamento. Su coleta recogida por una goma elástica, su barba de días y sus pantalones militares le conferían un extraño aspecto, que sería feroz si no fuese porque se le intuía más pose que poso. Desde el mismo instante de su aparición en escena, Susi lo miró con la fascinación idiotizada de la aspirante novel. Sin poderlo evitar le recordó alguna de esas calabazas alargadas y de extrañas formas que entraban esporádicamente en la frutería y que algunos dueños de bares compraban para secarlas y dejarlas colgadas en las paredes. Pero de aquella calabaza con coleta dependía su futuro artístico y ni siquiera las chirimoyas de Almuñécar le parecieron tan tentadoras en aquellos momentos. Le tendió la mano mientras le sonreía con seguridad.

—Hola, soy Susi.

—Y yo Germán. ¡Pues vaya con la vecinita de Diego! —exclamó mientras la sopesaba de arriba hasta abajo—. ¿Quieres ser artista, verdad?

—Es lo que más deseo en el mundo. Estoy dispuesta a cualquier sacrificio para ello.

Diego se sintió desplazado de la escena. La Susi y el gigante parecían no necesitarle para nada. Si no reconquistaba su sitio, al final resultaría que sería el otro quien utilizara el catre que con tanto afán acababa de arreglar.

—Venga, sentaos —se interpuso hospitalariamente entre ellos—. Os serviré algo.

Cuando Diego regresó de la cocina, cargado con una destartalada bandeja repleta de tazas y vasos, Germán ya interrogaba profesionalmente a la Susi.

—¿Qué edad tienes?

—Diecinueve años.

—¿Tienes experiencia?

—No. Nunca he hecho cine, pero sí teatro. En el instituto siempre me escogían para los papeles más importantes.

—A ver, levántate. Date una vuelta, que te vea bien. Así.

La Susi seguía mecánicamente las instrucciones del guionista, con tanta concentración que pareciera que le iba la vida en ello. La autómata accionada por la voz de su amo. Germán ordenaba, y la Susi obedecía. *Ahora asemeja enfado, ahora alegría, pon cara de lástima, llora.* Y la Susi, que componía expresiones y forzaba muecas para resultar más creíble, se esforzaba en hacer aflorar los mil personajes que creía albergar en su interior. Y Diego Cifuentes de pasivo espectador. Menos mal que el morbo suscitado por la sumisa entrega de la muchacha apaciguaba los celos que le corroían. Ajeno a sus quebrantos, Germán, con tono monocorde y atención profesional, continuaba con sus precisas indicaciones.

—Intenta seducirnos con la mirada. Muy bien, pestañea. Juega con el escote. Siéntate, a ver como gestionas el asunto de la minifalda y las piernas cruzadas.

La excitación de Diego iba en aumento. ¿Hasta dónde la haría llegar Germán? ¿Le ordenaría desnudarse? Si se lo pidiera, la Susi se quedaría en pelota picada antes de lo que tarda una pila de superventas en agotarse en plena campaña de Navidad.

—Muy bien. Finalizada la entrevista. Puedes marcharte.

¿Cómo que puede marcharse?, pensó Diego para sus adentros. El plan no era precisamente ese. En teoría, Germán tenía que haberle concedido el papel y después marcharse. Una vez solos, se habría cobrado en carne el favor a la frutera.

—Entonces —preguntó temerosa la muchacha—. ¿No me dices nada?

—Ahora charlaré con tu amigo Diego. Él también tiene que opinar en esto. Es un hombre sensible y su opinión pesará en mi decisión final. Ya te dirá las posibilidades que tienes.

La Susi salió sumisa del apartamento, despidiéndose con una sonrisa temerosa de Germán y una mirada implorante hacia

Diego. En tus manos encomiendo mi futuro, pareció rogarle. Si me ayudas, te recompensaré, interpretó el librero de su despedida. Al fin y al cabo, no todo se había perdido. Germán había tenido la delicadeza de concederle cierto protagonismo. Si finalmente le concedía el papel, ella tendría que agradecérselo. Pero ¿y si la rechazaba? ¿Quién convencería a la dichosa niña de que no había sido vetada por su mediocre vecino?

—¿Qué te ha parecido? —preguntó Cifuentes en cuanto estuvieron a solas—. ¿Tiene alguna posibilidad?

—Está rebuena la moza. Te gusta, ¿verdad?

—Bueno, la conozco desde su infancia. Soy vecino de su barrio, y aprecio a sus padres. Pienso que tiene talento y deseo ayudarla. Ese es todo mi interés.

—¿Talento? ¿Bromeas? De esa tía lo único que vale son sus tetas y su culo. De cuerpo diez, pero de capacidad y sensibilidad interpretativa un rotundo cero. Nadie en su sano juicio le daría un papel en el que tenga que pronunciar una sola palabra. Sólo valdría de extra en lo alto de una barra americana.

Aquella opinión, sincera intuía, dinamitaba sus posibilidades de seducción. Sin papel para la Susi, no habría revolcón con ella. Tenía que buscar alguna solución para el embrollo.

—¿Y si estudiase un poco? A lo mejor, con esfuerzo...

—Déjate de rollos. Jamás conseguiremos nada potable de ella. Pero vayamos al grano. Estás loquito por sus huesos y sabes que te concederá sus favores si le consigues una oportunidad. No te equivocas. Con papel, seguro que cae rendida a tus pies.

—Bueno, no exactamente, yo no pido nada a cambio...

—No me mientas, por favor. Un cuarentón con barriguita como la tuya sólo tiene una posibilidad de tirarse a un chavalón como ése: traficar con oportunidades. Todos lo hacen, funciona, créeme. Yo puedo ayudarte.

—¿Qué?

—Que puedo ayudarte a conseguir tus planes. Basta con que le concedamos un papel de extra secundario, de esos que no hablan. No joderá la película, y ella se sentiría la reina del mambo. ¿Quieres que le abra la puerta con la que sueña?

—Hombre, dicho así, claro.

—Te haré el favor. Pero también yo quiero pedirte algo. Verás, se trata de una de esas viejas historias...

Y durante más de media hora, Germán habló sin interrupción, contándole sus necesidades y explicándole cómo podía ayudarle. Al despedirse, dejó a un Diego más sorprendido que agradecido. Jamás hubiera podido intuir su interés por el asunto que le acababa de encargar. Si quería a la Susi, tendría que trabajar en lo que le había pedido. Aquel gigante había pasado de ser un involuntario servidor de su lascivia a convertirse en patrón de su voluntad. Al final, el que terminaría actuando al hilo de su guion sería él, y no la infeliz de la verdulera. Burlador burlado, se consoló pensando en que la zagala bien merecía el esfuerzo que le requerían. Y, quién sabía, el cultivo de esa relación podría dar otros frutos más adelante. Decidió aplicarse a la tarea encomendada. Por lo pronto, ya tenía toda una operativa de trabajo, y una financiación inicial conseguida. Tendería la red, y el pichón no tardaría en caer. Nunca hubiera podido imaginarse que la vida del tontorrón de Alejandro Arrachero pudiera interesar de tal manera a un guionista tan afamado como Germán.

4

Desde su caseta de obras, Julián García miraba con satisfacción el inicio de la construcción de una nueva urbanización de chalés de lujo en los alrededores de Sanlúcar de Barrameda, con vistas a la desembocadura del Guadalquivir y el Coto de Doñana. Se había comprometido a finalizar los movimientos de tierras en menos de un mes, y estaba convencido de que podría conseguirlo, a tenor del ritmo de los últimos días. El cumplimiento de esos objetivos supondría un importante incentivo para él y todos sus trabajadores.

—Jefe, que las máquinas han topado con algo.

Malo. Al igual que ocurre en la vida, topar con algo desconocido y subterráneo suele ser prólogo de zozobras y angustias. A Julián no le gustó lo que le acababan de comunicar. Pero nada de nada, vamos. Tenía la suficiente experiencia en obras en la Baja Andalucía como para intuir lo que podría significar ese algo que acababa de aparecer. Problemas. Se acercó hasta donde la excavadora se esforzaba en remover lo que quiera que fuese aquello que obstaculizaba su trabajo y ordenó al maquinista que parase el motor. Esperó a que la cortina de polvo que cubría la zona se aplacase para descubrir qué demonios podía estar allí enterrado. No tardó en comprobar, para su desgracia, que sus temores se hacían realidad.

—¡Joder, piedras antiguas!

Sus palabras crearon una apreciable consternación en los pocos hombres de confianza que pudieron oírle. Piedras antiguas equivalían a arqueólogos y a paralización de la obra, y eso significaba el fin del ritmo de trabajo y el inicio de meses de trabajo de tíos raros con pincelito y planos que jodían sistemáticamente el negocio. Adiós a la gratificación que tenían al alcance de la mano, bienvenidos los arqueólogos diletantes.

—¿Sigo? —preguntó a gritos el maquinista—. Puedo quitarlas de en medio enseguida. No nos fastidiarán más.

—Sigue —ordenó Julián sin titubear—. Sácalas todas, que no quede ni rastro. Las enterraremos en el vertedero de la marisma. Nadie sabrá jamás que aquí abajo existieron unas ruinas.

—¡A por ellas! —exclamó con satisfacción el maquinista orgulloso de la decisión del jefe. ¡Éste sí que tenía huevos, y no los chupatintas de los de la Junta!

El jefe de obras se apartó del tajo, subiéndose hasta un pequeño promontorio desde donde podría observar los trabajos de la máquina. Rezaba para que las ruinas se limitaran a unas cuantas piedras. Si así fuera, esa misma mañana despejarían el frente de trabajo. ¡Eran tantas las ruinas que había conseguido destruir, salvando así la obra y su jornal! Hubiera podido rellenar cinco museos, se ufanó para sus adentros. Pero la cosa se ponía cada vez más difícil por las dichosas leyes que los políticos aprobaban para hundir a los contratistas y empobrecer a los currantes. ¡Era tan fácil para los de las alturas hablar de historia y arqueología! Desde sus despachos y moquetas ignoraban lo que era el sudor y la angustia de las letras no pagadas. Preferían los restos del ayer a la riqueza de hoy. ¡Si hasta consideraban delito quitar de en medio esas malditas piedras viejas que paralizaban las obras! ¿Por qué? ¿Para qué servían?, se preguntaba indignado. ¿Para que vinieran cuatro arqueólogos locos a hacerse pajas mentales con los tejoletes aparecidos? ¿A quién le interesaba eso? La gente lo que quería era empleo, ganar el jornal y tener casas que comprar y vender. ¡La historia para los libros y la construcción para los vivos! Porque en algún lugar tendrían que vivir las criaturitas de Dios, ¿no? Y además, ¿no decían que el turismo era la principal industria nacional? ¿También querían hundirla los dichosos arqueólogos?

La excavadora se esforzaba con gran estruendo. El motor rugía al máximo de sus revoluciones, empujando al límite mismo de su potencia. Pronto, aquellas ruinas no serían más que un montón de cascotes y polvo. La obra podría continuar, y el incentivo por el plazo cumplido borraría de su memoria aquellos malos ratos.

—¡Jefe —gritó el maquinista tras detener la máquina rabiosa—, que esto es más grande de lo que parecía! ¡Las piedras son enormes, no logro avanzar!

Julián García comprendió que le sería imposible seguir. La construcción enterrada debía ser enorme si su más potente excavadora se atrancaba. No podría eliminar tan fácilmente las ruinas, como tantas otras veces hiciera. No le quedaba otro remedio que llamar a la empresa, para comentar el incidente. Buscó el teléfono de MHI, la promotora contratante. Pensó en hablar directamente con Andrés Altozano, su director general, aunque enseguida cambió de parecer. ¡A Andrés se le habían subido los humos desde que se marchó a la capital! Ahora era rico y poderoso, y parecía haberse olvidado de sus orígenes y sus amigos. Julián fue uno de ellos, pero Andrés había escalado hasta el puesto de director general mientras que él se había quedado como simple jefe de obra. No, no lo llamaría, por aquello de que no pidas al que pidió, ni sirvas al que sirvió. Marcó el teléfono de la delegación de Andalucía, y preguntó por Ramón, su delegado. Alguien de la promotora tendría que decirle, pronto, qué demonios debía hacer con aquellas lastras del pasado.

Andrés Altozano apenas había dormido aquella noche. Se acostó muy tarde, estudiando la documentación que aportaría al Consejo de Administración de MHI. Eran las nueve de la mañana y se encontraba inspeccionando la sala del hotel Ritz de Madrid. Apenas quedaban quince minutos para que la reunión comenzara. Examinó los detalles por última vez. Cafés, botellines de agua, carpetas, documentación, proyector, pantalla, todo parecía estar en orden. Quería que la reunión saliera a pedir de boca, y no podía permitirse fallo alguno, por nimio que pudiera parecer.

Repasó los números que presentaría a los consejeros. No fue preciso que se detuviera en los algoritmos, los tenía prácticamente memorizados. Se sintió francamente orgulloso. Jamás en su historia, la compañía había obtenido unos beneficios tan cuantiosos. Los resultados eran excelentes para los accionistas y rentables para él. Si la cuenta de resultados del ejercicio resultaba aprobada, su incentivo por gestión se elevaría a la considerable cuantía de seiscientos mil euros. Una cantidad enorme que no hubiese sido capaz ni de imaginar tres años atrás.

—Don Andrés, ¿está todo correcto? —le preguntó una elegante joven ataviada con el uniforme de la cadena hotelera.

—Sí, sí, todo está según lo acordado, muchas gracias.

—En atención al cliente estamos para servirle. Si desea algo no tiene nada más que llamar.

Desde luego nada como los hoteles de lujo —pensó—. Un marco adecuado para la gran corporación que estaba consiguiendo crear. Sabía que se encontraba sólidamente situado en esas alturas sociales y empresariales por las que tanto había luchado. Nadie le había regalado nada, todo se lo debía a su esfuerzo y sacrificio. No le resultó fácil escalar posiciones en la vida. Mientras que otros eran ricos de cuna, su pobre padre enfermó cuando él tenía quince años. Murió seis meses después, tras una dolorosa agonía. Tuvo que dejar de estudiar y ponerse a trabajar para ayudar a su madre y a sus tres hermanos pequeños. Mamá, no te preocupes —le dijo con los dientes apretados la misma tarde del entierro de su padre—, no te faltará de nada. Lo consiguió: su familia nunca pasó necesidad. Y eso que, por aquel entonces, el trabajo no sobraba en Lebrija, su pueblo natal. Pero a él nunca le faltó tajo; tenía una receta mágica para ello. Trabajar más que nadie, y nunca protestar ni exigir nada. Durante diez largos años estuvo con los albañiles. De peón pasó a oficial, mientras que su reputación como excelente profesional se extendía entre los jefes de obra, que se lo rifaban para tenerlo con ellos en sus respectivas cuadrillas. A los veinticinco años, inmediatamente después de su boda, tomó una decisión de la que siempre se alegraría: se matriculó en el bachillerato nocturno, y compatibilizó trabajo y estudios. Lola, su mujer, compartió aquellos años duros viviendo en un pequeño piso obrero al que fueron llegando los niños. Andrés no perdió el tiempo. Obtuvo su título de bachillerato, y se matriculó en la Escuela de Aparejadores de Sevilla. Durante los cuatro años que tardó en terminar la carrera apenas hizo otra cosa que trabajar y estudiar. No se permitió ni una semana de vacaciones, ni gasto especial alguno. Su estoica mujer aguantó en silencio esos tiempos de aprieto, sabedora de que sus condiciones de vida mejorarían sensiblemente una vez que su Andrés terminase la carrera. Nunca se quejó. Tiró siempre de la casa y de los cuatro niños sin un lamento, sin una mala cara. Amaba a su Andrés, y admiraba su esfuerzo por convertirse en un hombre importante con carrera. Lo comparaba con los maridos de sus amigas del pueblo, y se enorgullecía. Mientras que el suyo luchaba por superarse, los demás ya habían caído en la molicie de la rutina, y algunos, incluso, en el laberinto de la bebida.

—Lola, esto de Aparejadores es duro. Tendré que dejar de trabajar dos o tres días a la semana, para estudiar y poder ir a algunas clases. Arrimaré menos dinero a casa.

—Nos arreglaremos. Tira *p´alante,* Andrés, que tu carrera es lo más importante.

Muchos años después, Andrés se enteraría de que, para poder llegar a final de mes, su mujer tuvo que ponerse a trabajar como limpiadora algunas tardes a la semana en unas oficinas cercanas. Pero nada le dijo por aquel entonces. Necesitaban el dinero, y ella no quería ponerle mala sangre a su marido. Si él no podía meter pesetas, ella las sacaría. Esa era la ley que los hogares humildes acataban sin pestañear. ¡Qué lejanos le parecían aquellos años a Andrés, ahora que convocaba consejos de administración en el Ritz! Sonrió con orgullo al recordar la velocidad que tomó su vida profesional. En cuanto obtuvo el título fue contratado por una gran empresa constructora con un buen sueldo, lo que le permitió cambiar de piso. Ese verano incluso tomó una semana de vacaciones y llevó a toda la familia a la playa. A un buen hotel, para que su reina, Lola, no tuviese que trabajar. Por vez primera, pudieron cenar juntos toda la familia en un restaurante. Y pidieron mariscos y pescados, que no faltara de *ná*, gloria bendita *pa`tós*. La diosa Fortuna lo contó entre sus elegidos a partir de entonces. Su carrera de ascensos en la empresa resultó imparable. Un buen día uno de sus jefazos le comunicó la noticia.

—Andrés, todos estamos muy satisfechos de tu tarea. Queremos darte una responsabilidad más alta, de las de despacho en Madrid.

Esa tarde, al contárselo orgulloso a su mujer, se encontró por vez primera con una respuesta que no esperaba.

—No, yo no quiero que los niños se críen en Madrid. Prefiero seguir viviendo aquí, en Lebrija, aunque sea con un poco menos.

Aquello fue el principio del fin de su matrimonio. Andrés argumentó que no podía desaprovechar una oportunidad como aquella, que para eso habían luchado durante tanto tiempo. Al final decidieron que entre semana él estaría en Madrid, y que los fines de semana bajaría a casa. El invento funcionó durante un tiempo, pero las reuniones imprevistas, los largos viajes, los problemas urgentes en obras, le impidieron cumplir con sus compromisos con la familia. Sus hijos fueron creciendo sin su presencia, y su mujer empezó a albergar la sospecha de que su marido se había buscado a otra más joven en Madrid. *No lo dejes allí solo*, le repetían sus amigas maliciosas. *Seguro que llega una fresca y te lo levanta, que tú no sabes como son para eso las de la capital.* Sin poder soportar más la presión que sufría, un día se lo soltó.

—Ahora que tienes dinero, me vas a dejar. Toda mi vida hecha una esclava para ti, para que llegue una pelagarta a disfrutar de las mieles de los buenos tiempos.

Por más que Andrés se lo negara —porque era verdad que no tenía amante alguna— no logró convencer a su mujer, cada día más susceptible e irritable. Entre lágrimas y sollozos, el temido ultimátum llegó un domingo por la noche, antes de salir para coger el último vuelo a Madrid desde el aeropuerto de Jerez.

—Si nos quieres, deja Madrid y quédate con nosotros. Que te destinen por aquí, o busca otro trabajo. No te faltará.

Por supuesto, Andrés continuó en su puesto. Ni le apetecía regresar a Andalucía, lo que significaría algo así como un retroceso en su carrera, ni mucho menos podía dar su brazo a torcer ante la histérica de su mujer. Así que, sin firmar papel alguno, se separaron. Andrés intensificó, todavía más, su vida profesional, sufriendo el resquemor de los remordimientos por haber abandonado a la mujer a la que tanto debía. Pero no podía desfallecer en su carrera. Costase lo que costase, debía seguir ascendiendo. Y su sitio estaba en Madrid. A veces se esforzó en buscar un arreglo de su situación matrimonial, pero le resultó imposible. Cuando volvía a verla la encontraba progresivamente más basta, más embrutecida. No era la mujer que podría acompañarle a las cenas a las que ya comenzaban a invitarle en Madrid y Sevilla. No tenía ni la distinción, ni la clase necesaria para desenvolverse en su nuevo ambiente. Por eso renunció a ella, considerándola como un lastre para su triunfo social. Se supo miserable e inhumano, pero bien sabía por experiencia que el que algo quería, algo le tenía que costar. Para diluir la mala conciencia, le pasaba una generosa pensión. Al poco tiempo de su separación, le ofrecieron el puesto de director general de una empresa promotora-constructora de viviendas, a la que hizo crecer con una velocidad de asombro. A los dos años, fue absorbida por unos fondos de inversión con sede en Holanda, que lo reafirmaron en el puesto. La nueva empresa, muy capitalizada, fue bautizada como MHI. Le marcaron unos objetivos muy ambiciosos, que había logrado superar con amplitud, tal y como comprobarían de inmediato los consejeros de la sociedad.

—Don Andrés, tiene una llamada.

—Ya dije que no me pasaran ninguna, quiero estar centrado en la reunión de esta mañana.

—Es del delegado de Andalucía, que dice que es muy importante.

A regañadientes, cogió el teléfono móvil que le ofrecía su siempre eficaz secretaria Isabel. Ramón, su delegado, fue directo al grano.

—Andrés, que al hacer los movimientos de tierra para la urbanización de Nueva Tartessos han aparecido unas ruinas. Me llaman de la obra para ver qué hacemos.

—¡Pues lo de siempre, joder! ¡Hacer desaparecer los restos antes de que nadie se entere! —respondió irritado—. ¿Desde cuándo se pregunta eso?

—Lo han intentado, pero por lo visto las ruinas son demasiado escandalosas. Los sillares de piedra son enormes, y las columnas grandísimas. No podemos hacerlas desaparecer en el aire así como así. ¿Qué hacemos?

—Cualquier cosa menos dar parte a Cultura. Si se enteran, nos paralizan la obra. Eso significaría un retraso de dos años, al menos. No podemos permitírnoslo.

—No se nos ocurre nada. El contratista está nervioso, esperando instrucciones. ¿Qué le digo?

Los nervios empezaron a quebrar la satisfacción del director general, precisamente a las puertas de su reunión más importante. Levantó la mirada, pensando qué le respondería. No podía quedarse bloqueado. En ese momento descubrió al primero de los consejeros que llegaba al vestíbulo. No debía perder tiempo en discusiones por la marcha de sus obras, tendría que aplazar lo de las malditas piedras. Si los consejeros se percataban de que tenía problemas, podrían alarmarse y recelar de su proyecto de futuro.

—Entierra lo que haya aparecido hasta ahora. Que nadie diga nada. En cuanto termine el consejo te recojo en Sevilla y nos vamos a Sanlúcar a ver ese desaguisado de las ruinas. Algo se nos ocurrirá.

El director general no podía permitirse que el mal humor afectase su capacidad de seducción. Tras colgar, cambió de cara y forzó una obsequiosa sonrisa para dar la bienvenida a los consejeros que llegaban. Ninguno de ellos debía intuir los problemas. Nueva Tartessos era su promoción estrella, y necesitaba de sus beneficios para financiar el plan de inversiones. No podía permitirse el lujo de retrasos ni paralizaciones; si fallaba, todo se le podía venir abajo como un castillo de naipes.

En apenas diez minutos, hubo quórum. El presidente de la compañía MHI, John Straw, tomó la palabra para iniciar el orden del día.

—Lectura y aprobación del Acta de la sesión anterior. Señor secretario, léala, por favor.

El acta fue aprobada por unanimidad.

—Segundo punto del orden del día, Aprobación de las Cuentas del Ejercicio anterior. Don Andrés Altozano, director general, tiene la palabra.

Andrés carraspeó ante de comenzar la exposición de las cuentas del año anterior, que defendió con convicción y rigor. Proyectó sobre una pantalla móvil los datos que se iban sucediendo en su ordenador portátil. Las caras de los señores consejeros fueron mostrando su creciente satisfacción a medida que los números azules se desgranaban con ritmo aritmético. Los beneficios habían duplicado el mejor de los escenarios dibujados en los presupuestos iniciales del ejercicio. Eso significaría una buena retribución para los miembros del consejo, y unos abultados dividendos para las compañías accionistas. El director general percibía la atmósfera de reconocimiento hacia su tarea, por lo que fue sintiéndose más seguro y desenvuelto a medida que exponía las cuentas de ingresos y gastos. Cuando finalizó su intervención, el presidente, antes de abrir el turno de intervenciones, se dirigió a su director general.

—En nombre de todos los consejeros quiero felicitarle por el brillante desempeño de su función. Las cifras han mejorado sensiblemente las mejores expectativas presupuestarias. Los accionistas estarán satisfechos de nuestra gestión.

Andrés, feliz, sintió cómo se le humedecían los ojos cuando a las alabanzas de su presidente se le unieron las loas y parabienes del resto de los consejeros. Alguno planteó incluso el elevar su retribución, lo que pareció ser bien acogido por el presidente, que decidió remitirlo para su aprobación a la próxima Junta General de Accionistas, tal y como contemplaban los estatutos vigentes. Andrés sintió en aquellos momentos que todos sus sacrificios habían merecido la pena. Era un triunfador.

Una vez concluido el debate, tras la aclaración de algunas dudas, el presidente Straw sometió a votación la aprobación de las cuentas. De nuevo completa unanimidad. Las cosas no podían marchar mejor.

—Tercer punto del orden del día. Debate sobre estrategia empresarial y aprobación de inversiones. El director general tiene de nuevo la palabra.

Andrés sabía que ese punto era el más delicado de la mañana. Tendría que esforzarse para parecer convincente.

—Hasta ahora hemos disfrutado de los años de vacas gordas. Los precios del suelo en la costa española, especialmente en la mediterránea, han venido subiendo con rapidez asombrosa desde la última crisis del 93. Todas las empresas promotoras nos hemos beneficiado de ello, obteniendo grandes plusvalías con los terrenos adquiridos. Durante años fue un negocio muy fácil. Comprabas por diez y al año siguiente podías vender por veinte, así de simple. Por eso, cuando me confirmaron en el puesto, presenté a este consejo un ambicioso programa de inversión. A día de hoy contabilizamos en nuestro activo más de mil millones de euros invertidos en suelo, que hemos financiado con apalancamiento bancario y con las plusvalías obtenidas de alguna que otra venta de terreno. A pesar de las brillantes cuentas que acabamos de aprobar, tenemos que ser conscientes de nuestros puntos débiles. Estamos demasiado endeudados y existe el riesgo de que los precios se estanquen. Nuestras plusvalías subyacentes disminuirían en consecuencia. Por ambas circunstancias presento un plan muy conservador. Se trataría de vender parte del suelo que ya tenemos, para, con esos beneficios, ir construyendo las promociones previstas. No debemos invertir más hasta que consigamos disminuir nuestro endeudamiento bancario. Tenemos suelo para construir durante varios años. Cuando tengamos un balance más saneado podremos iniciar otra etapa de adquisición de suelo, probablemente en mejores condiciones que las actuales, una vez que la burbuja inmobiliaria se haya desinflado.

Andrés estaba convencido de la sabiduría que encerraban sus palabras, que parecieron impresionar a los consejeros, acostumbrados hasta la fecha a programas muy agresivos de adquisiciones.

El alemán Adolf Kürf, representante de un fondo de pensiones conservador, rompió el fuego con sus palabras. Su excesiva prudencia, y su absoluta aversión al riesgo, solían enfriar los ánimos del consejo. En no pocas ocasiones, excelentes negocios se habían perdido por sus remilgos y su pulcritud legalista. Pero en esa ocasión, Andrés estuvo completamente de acuerdo con todas y cada una de sus palabras.

—Nuestros analistas llevan tiempo alertando del pronto estallido de la burbuja inmobiliaria española. Por nuestra parte, nos parece bien la prudente estrategia presentada por nuestro director general.

Otros consejeros opinaron de forma muy similar. Andrés estaba seguro de que su plan sería aprobado, por lo que solucionaría sin demasiados problemas su endeudamiento, a la vez que podría afrontar con más tranquilidad el problema que se le acababa de presentar en su urbanización más importante. Pero fue entonces cuando se produjo la gran sorpresa de la mañana. El consejero Pietro Lombardi, representante de una poderosa corporación italiana dedicada a los medios de comunicación, se opuso radicalmente a lo expuesto por Andrés.

—La costa española presenta, todavía, un elevado potencial de crecimiento. No podemos frenar las adquisiciones, nuestra competencia aprovecharía para quedarse con las grandes oportunidades que aún nos aguardan en el litoral mediterráneo. Votamos por intensificar las compras de terreno. Y si no tenemos dinero lo pedimos, damos entrada a nuevos socios o ampliamos capital. Estamos tan convencidos de los beneficios que podemos obtener, que nuestra empresa está dispuesta a triplicar el capital que actualmente tiene invertido.

Un prolongado silencio evidenció el desconcierto que las palabras del italiano habían provocado en los señores consejeros. Andrés no quiso replicarle, convencido de que serían los presentes quienes combatirían la descabellada propuesta de comprar más suelo, incrementando el endeudamiento.

—Señor Lombardi —preguntó el presidente—. ¿Cómo está tan seguro de que los suelos van a seguir subiendo, cuando la mayoría de los analistas advierten del riesgo de hundimiento de sus precios?

El italiano, que sin duda alguna traía bien preparada su intervención, se incorporó de su asiento, pidió prestado el ordenador de Andrés, y comenzó a razonar su postura. Durante un buen rato expuso tendencias y variables climáticas, mapas y estimaciones de desplazamientos de población, mientras que el consejo seguía atónito sus sorprendentes palabras. Tras quince minutos de exposición, resumir su propuesta:

—Señores, estamos entrando en una nueva glaciación. Como acabo de demostrar son cíclicas y periódicas a lo largo de la historia de la Tierra. En cuatro o cinco años, media Europa estará bajo los hielos. Y ¿dónde tendrán que trasladarse a vivir decenas de millones de congelados europeos? Pues a España, Grecia e Italia. Pero sobre todo a las costas españolas, en las que se mantendrá el clima más templado. Debemos prepararnos a que los precios actuales se multipliquen por diez. Por eso debemos comprar ahora, antes de que la competencia descubra la catástrofe climática que se avecina.

Andrés, que no salía de su asombro, no concedió crédito alguno a las chaladuras que acababa de proferir el italiano. ¡Una nueva glaciación! ¡Europa bajo el hielo! Decidió combatir su punto de vista.

—Señor Lombardi. Comprendo su razonamiento. Si fuese cierto que estamos ante el inicio de una inminente glaciación, no cabe duda alguna de que tendríamos que comprar suelo, cuanto más mejor, dado que ningún país europeo recibiría más población que nosotros. Ahora bien, el problema radica en que no tenemos ningún indicio de ese frío glacial que usted augura. Por el contrario, los científicos hablan del calentamiento global de la atmósfera, del efecto invernadero y del avance del desierto. No parece que vaya a ser el frío el problema sino todo lo contrario, el calor y la falta de agua.

—Una persona tan inteligente como usted, señor Altozano, no debería ser tan ingenua. Los que saben lo que se nos viene encima están preparándose para sus cuarteles de invierno, nunca mejor dicho. Les interesa que la gente crea esas tonterías del efecto invernadero que usted apuntaba. Pero nosotros no podemos tomar decisiones estratégicas con la información que llega al grueso del pueblo. Debemos conocer lo que no se dice ni se publica. Aquí les he traído este dossier científico, que en la actualidad está sobre la mesa de algún importante gobierno bajo la rúbrica de *Top Secret*. Les rogaría que lo analizaran con la máxima discreción.

—Señor presidente —intervino el consejero Domínguez, representante de un banco español—, dada la sorpresa que nos ha causado la intervención del señor Lombardi, propongo interrumpir el consejo y reanudarlo dentro de una semana, con el objeto de poder estudiar con nuestros expertos la documentación que se nos entrega.

Altozano supo que el consejo que tan minuciosamente había preparado se le acababa de escapar de las manos como la arena seca y fina de las playas de Huelva. El italiano había logrado desconcertar primero y encender, después, la avaricia de todos ellos, que ya se preguntaban en sus adentros si podría resultar cierto lo que contaba el italiano. ¿Iban a permitir que la competencia comprase lo que iba a multiplicarse con rapidez? Aquello habría que analizarlo con calma. Todos tenían en sus cabezas la extraordinaria crudeza de los inviernos anteriores. Debían estudiar aquellos papeles. El presidente cerró la reunión, sin dar pie a más debate.

—Señores, consideramos aprobadas las cuentas del pasado ejercicio para todos los efectos legales y retributivos que correspondan, y dejamos en suspenso la aprobación del tercer punto del orden del día hasta un próximo consejo.

Los consejeros abandonaron con rapidez la sala, dejando solo al director general. Andrés, anonadado, no terminaba de asimilar lo que acababa de ocurrir. Su plan de acción había resultado aplazado por la absurda razón de que un consejero había esgrimido la amenaza de una nueva glaciación. ¿Es que estaban todos locos? La suspensión del consejo significaría retrasos en las ventas previstas, y, por tanto, tensiones en su tesorería. Y encima, tenía sobre la mesa la posible paralización de su obra de Nueva Tartessos.

—Isabel, ponme con Sevilla. Mañana viajaré al sur.

5

Y mi Antas, ¿seguirá viva? Miro hacia el oeste, y sólo veo agua. Agua y cielo. Si vive, se encontrará más allá del gran lago que hoy es nuestro valle. Nuestro antiguo valle, como me tendré que acostumbrar a nombrar. Unos días antes de la gran catástrofe, salió junto a su familia y su hermandad a celebrar la fiesta de la primavera. Como cada año iban en peregrinación a la ermita de la Diosa Madre, allá al oeste, donde los barros acaban y empiezan las arenas. En estos momentos de agonía, tumbado sobre el barro, tiritando de frío y humedad, me consuelo recordando las mañanas luminosas en las que nos dirigíamos hacia el santuario de la Señora. Como siempre, las mujeres engalanadas de hermosos colores y los hombres con ropas de campo. Yo hice muchas veces el camino. En la última ocasión sólo por ver a Antas, con la esperanza de poder mantener algún encuentro furtivo entre las jaras y las retamas. Cantábamos y bailábamos en honor de la Madre, y bebíamos el néctar fermentado de nuestras uvas, al ritmo de nuestro alegre compás. Caballos y carros nos acompañaban en nuestro camino, los bueyes tiraban de las carretas con nuestros enseres. Otros dioses exigen sacrificio, o gustan del dolor. A nuestra diosa sólo se le reverencia con placer, gozo y alegría. Nuestros cantes y bailes son las oraciones más gratas para Ella. Y nos lo agradece con su manto de felicidad y naturaleza. Pinos, montes de embriagadores aromas, árboles de corcho y bellota, flores efímeras en plenitud de belleza, todos comulgaban en armonía de camino. Este año decidí no ir. Tuve miedo. Su marido ya sospechaba, y era celoso y poderoso. Pero ella me retaba con su mirada. Rechacé su llamada. Yo me quedé, y ella se fue con su familia. Quizá por eso, hoy esté viva, mientras que yo muero, herido por la ola y la pena.

El recuerdo de Antas en la Fiesta de la Primavera me regala nuevas fuerzas para continuar. Su alegría sonsaca bríos del pozo de mi dolor. Debo llegar hasta algún lugar poblado para cumplir el mandato de Tíscar, el sacerdote. Me incorpo-

ro y, arrastrando los pies, retomo el ascenso hacia las colinas. Quizá la ola asesina no llegara hasta sus alturas, quizá arriba todavía queden sobrevivientes, vivos entre nuestro reino de muertos. Y la orden de Tíscar sigue gobernando mi razón. Tíscar, ¡qué extraño personaje! Siendo un niño humilde me llamó a su templo para instruirme en sagrados conocimientos. ¿Quieres que algún día llegue a convertirme en sacerdote? le pregunté. Me respondió que no, que yo tendría otra misión que cumplir en la vida. ¿Cuál es, cuándo la sabré? Lo sabrás llegado el momento, me respondió. Y, hoy, desgraciadamente, ya la sé. Con él navegué por costas salvajes y desiertas de las que están al lado sur de las Columnas de la Puerta del Mar Interior. Recuerdo mi primer viaje. A cuatro lunas de travesía costera arribamos donde la desembocadura del gran río, rodeado por ardientes arenas. Apenas estaba habitado por tribus de pescadores. Bendecimos un templo en honor de Osiris, nuestro príncipe, y después de un tiempo allí, enseñándoles e instruyéndoles, decidimos regresar. Dejamos a dos de nuestros jóvenes sacerdotes, para que continuaran la tarea que nosotros comenzamos. Algunos novicios del lejano país se vinieron con nosotros de regreso. Tíscar afirmaba que debíamos instruirles en las ciencias que dominábamos y que tan grandes nos hacían. Precisamente a esas gentes del gran río que trajimos para educar son a los que busco. Debo encontrarles para transmitirle el mensaje del sabio sacerdote. ¿Se habrán hecho sabios? Yo los veía con sus taparrabos y sus toscas herramienta de piedra, y dudaba que fuesen capaces de aprender sabiduría alguna. Tíscar, sin embargo, estaba convencido de que su civilización continuaría a la nuestra, una vez que hubiésemos sido aniquilados por esos dioses que nos arrancarían coléricos todo lo que con tanta prodigalidad nos habían otorgado. ¡Qué razón tenía! ¿Por qué nuestros reyes no hicieron caso a sus profecías? Me caigo y me vuelvo a levantar. Me vuelvo a caer e invocando a diosas antiguas saco fuerzas para incorporarme y seguir ascendiendo. Y Antas, ¿seguirá viva? Porque Tíscar murió. Aun a sabiendas de lo que venía, decidió quedarse orando en el templo de Poseidón. Antes de recluirse me avisó. Sorbas, cabalga con el caballo más veloz hacia las tierras altas. Sólo así podrás salvarte y cumplir tu misión. El puño del mar que aplastará para siempre nuestro reino ya está de camino, enviado por los dioses y alimentado por el rencor de ese océano que bautizamos. Tienes que cumplir ahora la misión para la que te formé. Aunque seamos eliminados para siempre de la faz de la tierra, nuestra memoria debe perdurar, que no se muere del todo mientras se es recordado por alguien. Siembra el testigo de nuestra existencia en el alma adecuada. Eso me dijo, y eso es lo que en estos momentos de zozobra no sé si seré capaz de conseguir.

6

Alejandro Arrachero siempre se prestaba para realizar las tareas más desagradecidas de la librería, esas para las que el resto del personal se escaqueaba con habilidad. A él no le pesaban. Evitaba así el contacto directo con los clientes, ante los que se sentía inseguro y acomplejado. Pero aún temía más a sus compañeros, sobre todo al *malage* de Diego Cifuentes, que se divertía humillándolo ante los demás. Por eso, para soslayarlos, realizaba esos trabajos que nadie quería. Recibía las novedades, las daba de alta, las colocaba en la sección adecuada, empaquetaba las devoluciones y rellenaba las correspondientes facturas de abono. Mientras que los demás se dedicaban a lucirse ante los clientes, él trabajaba en la trastienda.

La fuerza de la costumbre le condenaba a ser el que esperara a las furgonetas de reparto y expidiera las cajas de devolución. Más que librero, a veces parecía almacenista. Pero no se quejaba. Sabía que como vendedor era un auténtico desastre, y que, gracias a esas faenas para las que resultaba imprescindible, podía estar seguro de conservar al día siguiente el puesto de trabajo que tanto amaba. Bueno, no sólo le redimía esa disponibilidad. También poseía otro talento: el recordar exactamente el lugar en el que se encontraba cada uno de los libros que componían el milenario fondo de la librería. Alejandro, ¿sabes dónde puede encontrarse el libro de *El Lute*? Que me lo pide esta señora y no lo encuentro. Y Alejandro se dirigía sin dudar hasta el anaquel adecuado, orgulloso de haberse percatado, al colocar las novedades, que alguien lo había dejado en el lugar equivocado. Y así con un libro y otro. En la jungla rebelde de los libros extraviados, era el mejor explorador.

El único de sus compañeros con el que tenía algo parecido a una buena relación era con Manolo, el Yerbas, tal y como le decían por su militancia ecologista.

—Alejandro, joder, que nos estamos cargando el planeta. Los humos, los vertidos, los gases tóxicos, los productos químicos, toda esa mierda. Los estudios nos demuestran que caminamos hacia un desastre global, pero nadie les hace caso. La gente sólo está interesada en la orgía del consumo. El coche, el apartamento, el viaje, el DVD...

Alejandro asentía, intuyendo que las palabras de Manolo eran sabias, pero inevitables. Nadie lograría ya quitar a la gente su DVD, su apartamento, su coche y su viaje.

—Pero Manolo, tú también viajas.

—Yo no soy un turista, soy un viajero. No soy un consumidor, viajo por cuestiones solidarias. No me compares con los borregos del «paquete todo incluido», por favor.

—Y también tienes coche, grabas la fauna con tu cámara digital, y vives en un apartamento.

—¿Lo ves, Alejandro? También estás vendido al sistema. Respondes como ellos, agrediendo al que discrepa.

Y Alejandro, tras pedirle perdón, callaba. La conversación no le interesaba, tenía otros pensamientos en la cabeza. Habían pasado ya casi dos días desde la última noche que estuvo con el Corcho, y aún recordaba al hombre del periódico y el mostacho que pareció seguirlos hasta la residencia. Nunca le había ocurrido algo similar. ¿Por qué habría gritado tanto su amigo marinero aquella noche? Todos pudieron oírlo. Quien lo hubiera escuchado habría pensado que estaba loco. La Atlántida... ¡Qué poco sabía de ella! ¿Un simple mito? ¿Podía alguien creerse que hubiera existido en realidad? Desde luego, al menos uno sí, el Corcho. Al principio, había tomado sus palabras como simples desvaríos de viejo, pero su ciega convicción había ido carcomiendo su seguridad académica. ¡Es que hablaba como si realmente la estuviese viendo! Existen cosas que los libros no cuentan, Alejandro, le decía el Corcho frente al mar. Oye el eco del viento en tus sentimientos, ahí podrás descubrir sabidurías que albergamos desde el inicio de los tiempos. Y Alejandro cerraba los ojos e intentaba alumbrar en su interior esos arcanos conocimientos. De hecho, muchas de esas tardes en las que hablaban de cara al océano complaciente, le pareció percibir los rumores de la antigua ciudad cabalgando sobre los vientos de poniente. Pero siempre se los achacó a su fantasía. La Atlántida... ¿Qué fue, en verdad? Debería documentarse para no dejarse llevar por las historias de su amigo. Aprovechó un momento de tranquilidad en la librería para rebuscar un libro que llevaba años pudriéndose en la sección de temas esotéricos. Estimó que la entrega de novedades todavía se retrasaría más de media hora, por lo que le daría tiempo a darle una hojeada esa misma tarde. Disimulando, con sentimiento de culpa, se dirigió con el libro hasta al almacén trasero, donde podría estar tranquilo. Sabía que nadie le molestaría. Se sentó sobre unas cajas, y bajo la luz mortecina de la bombilla que colgaba pelona y oscilante, comenzó a leer las primeras líneas sobre el mito. Sintió la acuciante sensación de que se adentraba en un mundo primitivo y prohibido, oscurecido por siglos y hombres. El principio de mucho y la realidad de nada, como los primeros versos de algunos poetas.

Descubrió que la primera referencia escrita de la Atlántida se la debíamos, ni más ni menos, que al propio Platón, que dedicó dos de sus diálogos, el *Timeo* y el *Critias*, a la historia y descripción de la civilización hundida. Si no hubiese existido esa referencia escrita, o si el escritor hubiese sido cualquier otro, a estas alturas nadie ya la recordaría. Pero al haber sido el mismísimo Platón el que tanto protagonismo le otorgara, su existencia era más que probable para muchos. En sus diálogos, Platón afirma que la historia de la Atlántida las había narrado Solón —que había vivido entre el 630 y el 560 antes de Cristo, esto es, dos siglos antes del nacimiento del filósofo—, que a su vez las había oído de unos sacerdotes egipcios. Si en esos templos del Nilo no se hubiese mantenido viva la leyenda, jamás habría llegado hasta sus oídos. Platón vivió entre el 428 y el 347 antes de Cristo, y hasta él llegaron las extrañas palabras del remoto Solón. Probablemente sabría de sus historias por la tradición oral, o por algún texto escrito que milagrosamente hubiese llegado hasta sus manos, y que posteriormente se perdería. Por tanto, pensó Alejandro, era posible que la historia le hubiese llegado deformada. Pero a buen seguro que la Atlántida no fue una invención suya. Platón jamás se hubiera atrevido a escribir con tanta seguridad una historia a todas luces increíble si no hubiese dispuesto de testimonios de personas con suficiente criterio. No habría arriesgado todo su prestigio para defender un delirio arcaico.

En el *Timeo* se afirma sin ningún género de dudas: *Había una isla delante de este lugar que llamáis vosotros... las Columnas de Hércules... En esta isla Atlántida, unos reyes habían formado un imperio grande y maravilloso...*

El Corcho le había contado muchas de las cosas que Platón escribiera siglos antes sobre la Atlántida, que databa de nueve mil años antes del nacimiento del filósofo. Y a buen seguro que el marinero jamás había leído sus *Diálogos*. Es más, el Corcho no sabía ni siquiera leer. ¿Quién le habría contado entonces esas extrañas historias? Excitado por los descubrimientos, decidió seguir con la lectura, sin someter a juicio lo leído. Tiempo tendría después para reflexionar sobre ello. Por lo visto, los atlantes alcanzaron un gran desarrollo económico, técnico y militar, y se aprestaban a conquistar todo el Mediterráneo Oriental —donde ya vivían los antepasados de los griegos— cuando ocurrió la gran catástrofe: hubo terribles temblores de tierra y cataclismos. Durante un día y una noche horribles... la isla Atlántida se abismó en el mar y desapareció.

No pudo evitar recordar la fascinación del Corcho por ese océano que se extendía ante los muros de la ciudad. ¡Cuántas veces le había dicho que los atlantes seguían allí, esperando que alguien descubriera los restos de su ciudad!

En *Critias*, Platón describe cómo era la isla. Le atribuye una civilización fantástica y una naturaleza feraz: «que estaba entonces iluminada por el sol y daba frutos vigorosos, soberbios, magníficos, en cantidades inagotables». Sus reyes eran riquísimos. Según Platón, «Habían adquirido riquezas en tal abundancia, que nunca sin duda antes de ellos ninguna casa real las poseyera semejantes». La fuente de tal riqueza la debían al oricalco, un metal casi tan valioso como el oro. Continuaba Platón cantando la belleza del lugar, y sus abundantes bosques y pastizales. Se prodigaban, asimismo, «todas las esencias aromáticas que aún ahora nutre el suelo en cualquier lugar, raíces, brotes y maderas de los árboles, resinas que destilan de las flores o de los frutos». Tanta abundancia existía que, «rebosaba alimentos para todas, incluso para el elefante, el mayor y más voraz de los animales». También existían fuentes de agua fría y también de agua caliente, «las dos de una abundancia generosa y maravillosamente adecuadas al uso por lo agradable y por las virtudes de sus aguas». En cuanto a las construcciones, el filósofo griego nos aclara que existían ricos templos, hermosos gimnasios, hipódromos y grandes astilleros.

Según el filósofo griego, nueve mil años antes de dictar sus diálogos, la isla había desaparecido bajo las aguas y «hoy en día, sumergida ya por temblores de tierra, no queda de ella más que un fondo limoso infranqueable, difícil obstáculo para los navegantes que hacen sus singladuras desde aquí hacia el gran mar».

El *Critias* afirma que la ciudad estaba dominada por un palacio tan hermoso, que todo el que lo veía «quedaba sobrecogido de sorpresa ante la grandeza y belleza de la obra». El palacio se encontraba sobre una isla central, a la que rodeaban dos canales circulares comunicados por un gran canal con el mar. «De esta manera dispusieron una entrada a los navíos venidos de alta mar, como si fuera un puerto. En la isla se hallaba el palacio de los reyes». Del palacio se decía «estaba rodeado de una cerca de oro. Allí era donde Poseidón y Clito, al comienzo, habían concebido y dado a la luz la raza de los diez jefes de las dinastías reales... El santuario mismo de Poseidón tenía algo de bárbaro. En el interior estaba todo cubierto de marfil, y adornado en todas partes de oro, plata y oricalco». En las islas en forma de anillo que quedaban rodeadas por los canales estaban construidos un gran número de templos dedicados a muchos dioses y «un gran número de jardines y gimnasios». «Y hacia el centro de la isla mayor habían reservado un picadero para las carreras de caballos... Los arsenales estaban llenos de trirremes y poseían todos los aparejos necesarios para armarlos; todo estaba estibado en un orden perfecto».

Alejandro adelantó unas páginas. Aristóteles, padre del empirismo, no había dado crédito a la Atlántida de Platón. Sin embargo, Crantor, un filósofo posterior, aceptó sin reservas lo que Platón narrara en sus diálogos. Posteriormente, en el año 30 antes de Cristo, el historiador Diodoro de Sicilia escribió una monumental historia universal que recopiló en cuarenta volúmenes de su Biblioteca histórica. En uno de sus capítulos narra las guerras que hubieron lugar entre las amazonas y los atlantes, «que moraban en un país próspero y habitaban en grandes ciudades». Plutarco escribió *La vida de Solón* un siglo más tarde, y en ella afirma que el sacerdote egipcio Sonquis le había contado a Solón la historia de la Atlántida, pero que Platón la adornó y la exageró, con ánimo de hacer un poema. Teompompo de Quíos afirmó que el continente de la Atlántida estaba habitado «por animales enormes y hombres cuya estatura era el doble de la nuestra». Diodoro de Sicilia afirmó que los antiguos habitantes de la Bética habían extendido sus dioses hasta Egipto e Hiperbórea antes del hundimiento de las Hespérides y la apertura del Estrecho. Y así, muchos testimonios disparejos. O sea, que no sólo fue Platón. Otros muchos pensadores de la antigüedad recogieron el mito y... La voz de Cifuentes rompió la lógica de su abstracción.

—¡Alejandro! ¿Qué haces ahí leyendo? ¿No ves que la furgoneta del reparto lleva tiempo pitando?

La mente de Alejandro regresó con sobresalto al mundo real. Su inmersión en la lectura lo había secuestrado en los territorios del tiempo remoto. ¡La furgoneta del reparto! Sus pitidos sonaban insistentes a la puerta del almacén. Se precipitó a abrirla, sin ser capaz de pronunciar palabra alguna. Diego Cifuentes observó su desconcierto con media sonrisa en el rostro. Lo había sorprendido en un imperdonable renuncio. ¿Cómo podría excusar su descuido? El atribulado librero no ofreció ninguna justificación convincente. Humillado, comprendió que debía resolver primero la faena pendiente para excusarse después con su compañero. Seguro que algo se le ocurría. Atendió con prontitud al transportista. Tuvo suerte, no estaba demasiado molesto a pesar de la cola de coches que lo acuciaba. Le firmó los albaranes de entrega y entre ambos transportaron las cajas al almacén. El trámite fue rápido, no eran demasiadas en esa ocasión. En unos minutos terminaron la operación. Concluida su tarea, Alejandro regresó al almacén. Sabía que su martirio comenzaba en ese preciso instante. Cifuentes lo esperaba. Tenía abierto entre sus manos el libro que, en su precipitación, había dejado abandonado sobre el montón de cajas. Otro error injustificable del que, a buen seguro, se arrepentiría.

—¡Vaya, vaya! Con que leyendo en horas de trabajo. No sabía yo que don Perfecto incumpliera sus obligaciones laborales. Siempre tan seriecito, tan calladito, y ahora resulta que se escaquea como todo hijo de vecino.

—No, no —balbuceó torpemente Alejandro, incapaz de articular una defensa creíble—. Yo sólo estaba viendo de qué iba el libro, para volverlo a colocar en su estante.

—¿Viendo el libro? Pues bien interesante que debe ser. Te he estado observando un buen rato. Estabas tan metido en su lectura que ni te percataste de mi presencia. Y la furgoneta pitando.

—Bueno, yo, es que sin darme cuenta...

—¿Desde cuándo te interesa la Atlántida? —le preguntó con tono cómplice mostrándole la portada del volumen que sostenía entre sus manos.

Alejandro demoró su respuesta unas décimas de segundo.

—¿A mí? ¿La Atlántida? No me interesa. Vi el libro y decidí hojearlo por curiosidad, no hay más.

—Y entonces, ¿por qué pareces tan nervioso? Estás más colorado que un tomate de Chipiona —y Diego recordó a la Susi cuando utilizaba esa expresión—. Tranquilízate, somos compañeros, no me chivaré al jefe de tu lapsus laboral. Todos tenemos nuestros puntos débiles. Y el tuyo parece ser el asunto de la Atlántida.

Alejandro hizo un sumo esfuerzo por aparentar energía y decisión.

—¿La Atlántida? Simples fantasías, cuentos de brujas. Dame el libro, lo devolveré a su estante.

—Tómalo. Y ya sabes para qué estamos los amigos.

Y dicho esto, Cifuentes dejó el libro sobre la pila de cajas y regresó a la sala de ventas. Aquel suceso descorazonó a Alejandro, que quedó abatido con su mano sobre el libro de la Atlántida. La sonrisa de víbora de su compañero le había intimidado. ¡Qué mala suerte había tenido! Jamás había hecho rabonas durante todos sus años de trabajo, y la primera vez que incumplía su deber laboral lo pillaban. Y, además, nada más ni nada menos que el Cifuentes, el más *esaborío* de toda la librería. Pero ni siquiera eso había sido lo peor. Lo más triste era que lo habían pillado con el libro de la Atlántida en las manos. ¡Siempre preocupándose por la obsesión del Corcho y ahora lo pillaban a él con las manos en la masa! Lo tomarían por fantasioso. ¿Cómo se le había ocurrido coger el libro para leerlo durante el trabajo? Se sintió estúpido. ¿Por qué se había comportado tan tontamente ante Cifuentes? Devolvió el ejemplar a su anaquel de esoterismos, mientras intentaba recomponer su maltrecha figura. Y tomó su primera decisión. Visitaría esa tarde a su amigo el Corcho. Tenían que hablar, ya eran demasiadas coincidencias. El señor del bigote que parecía espiarles primero, Diego Cifuentes que se interesaba por sus intempestivas lecturas después, y la Atlántida siempre como música de fondo. ¿Qué estaba pasando? Tras el cierre de la librería se quedó un rato trabajando, no quería aparentar precipitación tras su encontronazo con Cifuentes. Pero no era esa su única razón. También quería devolver a la empresa el tiempo robado. Siempre fue muy serio en su trabajo y al César lo que era del César.

El que sí salió justo a la hora del cierre fue Diego Cifuentes. ¡Qué suerte había tenido, pillando al incauto con el cuerpo del delito entre las manos! Pero no debía precipitarse. Tenía que cumplir rigurosamente las instrucciones que había recibido. Nada de móviles ni correo electrónico. Sólo cabinas telefónicas, de esas antiguas de monedas. Por lo visto, eran las que menos rastros dejaban. *No debemos correr el riesgo de que nos pillen la conversación, Cifuentes* —le había insistido Germán, el guionista—. *Que tú no sabes cómo está la competencia. ¡Y los de Hollywood los peores, siempre deseando cazar un buen guión!* Por eso, Diego cumplió estrictamente las instrucciones recibidas. Se dirigió a la cabina más cercana, con la mala fortuna de que una mujer se le adelantó por un segundo. Era una sudamericana, dominicana, probablemente. Con parsimonia comenzó a introducir monedas en el teléfono. ¿Cuánto tiempo pensaba hablar la condenada, con la prisa que tenía? A los cinco minutos,

Diego empezó a impacientarse. ¿A quién llamaba la tía esa? ¿A su madre, a su novio, a esos hijos que siempre dicen dejar en sus países de origen? Transcurridos diez minutos, Cifuentes se sintió cercano a los más radicales postulados de los partidos racistas. ¿Es que no tenían locutorios para ellos, de esos que hacían transferencias bancarias y vendían móviles para terroristas? ¡Era inaceptable! ¡Los inmigrantes les quitaban el trabajo, la cama del hospital, el pupitre del colegio y no satisfechos con el botín arrebatado encima acaparaban las pocas cabinas prehistóricas que aún quedaban diseminadas! Su orgullo de superioridad blanca se consumía ante la relajada indiferencia mulata. No pensaba consentirlo por más tiempo. Cuando ya llevaba quince minutos de espera, se dispuso a golpear a la puerta para urgir a la mujer a que terminara de una maldita vez. Pero antes de que sus puños hicieran justicia, observó que la mujer agitaba con insistencia el aparato. Se estaba quedando sin monedas, ¡menos mal! ¡Y pensar que se las dábamos los españoles para que encima nos jodieran con sus llamaditas a casa! Por fin, la mujer colgó. Se giró, y al verlo rígido como un pasmarote a la puerta de la cabina, se dirigió sonriente hacia él, sin advertir la cara de genocida nazi que agriaba su expresión.

—Mi *amol,* ¿me darías cambio en moneda? Es para hablar con mi mamá, que recién enfermó.

E impúdica, le exhibió un billete de veinte euros, todo un pasaporte para la desesperación. Por la cabeza de Cifuentes pasaron fugazmente mil ideas, todas ellas desde malas a espeluznantes. En un acto de prudente contención, rechazó la de estrangularla con sus propias manos.

—¿Que recién enfermó? Pues mi mamá también. Está en el suelo de mi casa, retorciéndose de dolor, con un ataque al corazón. Salí corriendo para llamar a una ambulancia, y llevo casi veinte minutos esperando. Ya no sé si llamar al hospital o al tanatorio. Si ha *palmao*, su maldición caerá sobre ti. Vuestros vudús no son *ná* comparados con la furia de nuestros espíritus. O sales pitando, o llamo a un municipal *pá* que te pida los papeles.

La pobre mujer huyó despavorida. No por miedo a la policía, que para eso tenía toda la documentación en regla, sino por pánico a los fantasmas. A aquel tío le ornaba un hálito de difuntos. Bastante tuvo ya con el espectro de su tía Gladys, jodiéndole toda la infancia, como para echarse a cuestas otro aparecido sabrosón.

Con el terreno despejado, orgulloso ante la eficacia de su táctica disuasoria, Cifuentes siguió la hoja de ruta acordada para la comunicación con el guionista. Tres pitidos como señal a un número testigo. Colgar. Esperar un minuto y marcar un nuevo número limpio.

—¿Sí?

—Germán. Soy Diego, de la librería de Cádiz.

—Espera un segundo. ¡Tía, quítate de encima mía, que tengo una llamada urgente! Después seguimos jugando... ¿Sigues ahí?

—Sí, aquí estoy —respondió con voz indefinida, algo así como entre la admiración más profunda y la envidia más malsana. Mientras que unos se lo montaban con chavalas —se lamentó en su interior— otros resultaban humillados ante una cabina parlanchina.

—Perdona, pero tú ya sabes como son estas aspirantes a actrices, siempre dispuestas a lucir sus talentos.

—Oye, ¿no estarás con la Susi, verdad?

—¿Por quién me tomas? ¿Por uno de esos pervertidos políticos de centro que se van con todos? Estoy con mi novia formal, la de este mes. ¿Qué tienes de nuevo?

Paciencia, Diego, paciencia, se repitió Cifuentes antes de hablar. Que éste es del audiovisual, que son más modernos que nosotros, los del libro. Ya te tocará a ti ponerte *púo* con la Susi. Ahora cumple tu misión, todo llegará. Paciencia, Diego, paciencia.

—He pillado al pichón documentándose acerca de la Atlántida. ¡En horas de trabajo y con un libro para la venta! Algo totalmente inusual para un pelota como Alejandro. ¡Seguro que algo gordo se trae entre manos!

—Ya te lo decía yo. Debes redoblar tu vigilancia. O mejor aún... quizá haya llegado el momento de poner en marcha el plan B.

—Esperaba tus órdenes para hacerlo. Esta misma noche procedo.

—OK. Tenme informado del dispositivo previo y de la marcha de la operación.

—Así lo haré... Por cierto, ¿cuándo podré anunciar a la Susi lo de su papel?

—En cuanto me consigas la información que te pedí. No sé, a lo sumo dos o tres días, no creo que tu amigo aguante más.

—Seguro que no. Hasta luego.

Operación *Caza del Estornino* en marcha. Diego Cifuentes marcó el número de una vieja amiga. Era el primer movimiento de la jugada.

—¿Mari? Necesito verte con urgencia, esta misma noche.

—Pues vente para el club.

—No, en el club no. Mejor en una cafetería.

Y mientras Diego Cifuentes iniciaba, ordenado y metódico, su cacería del estornino, Germán finalizaba su faena de alcoba y gozo. Y a pesar de la interrupción propiciada por aquel bobo de la librería, el revolcón no había estado mal, pero que nada mal. Y es que la niña ponía voluntad en el trance. Las ganas, siempre lo había dicho, eran lo más importante. Con tesón y esfuerzo se podía superar cualquier limitación en la vida. El talento nace, pero sobre todo se hace. Jadeando por los vaivenes del grato esfuerzo realizado, se tumbó sobre la cama, cubriéndola como si se tratase de la colcha de croché de la abuelita de la verdulera. La Susi tuvo que levantarse, expulsada por la voluminosa mole de su recién conseguido mecenas.

—¿Quién te ha llamado?

—¡Bah! Un tonto de producción, uno de esos que sólo sirven para mamporreros de los verdaderos artistas.

—Ya —y la Susi se puso de morritos—. Oye, no soy tu novia de este mes. Tampoco me gustó que le dijeras que te estabas acostando con una aspirante de actriz dispuesta a cualquier cosa. No quiero que pienses que soy una de esas que...

—Por favor, por favor. Yo sé que tú eres una artista, una verdadera artista. ¿Me has oído? Nunca serás una de ésas. ¿Por quién crees que te tomo? ¡Pues que lo sepas! ¡Por una gran artista, no una de ésas! Y que si estás conmigo es porque te apetece, nada más que por eso. Perdona lo de novia, pero tampoco a mí me gusta acostarme con la primera que pasa por ahí. Me gusta darle algo de formalidad, voy de legal, tía. Pero nada, no te preocupes.

La Susi lo miró con agradecimiento. ¡Por fin un hombre que la entendía y la respetaba, no como el baboso del vecino Cifuentes que todo lo hacía para encamarse con ella! ¡Si supiera el pobre que ya no lo necesitaba para nada!

—Entonces, ¿cuándo rodamos?

—En un par de semanas, ya te avisaré. Saldrás en un primer plano, con un largo monólogo. Estoy seguro que quedarás de Óscar. Por cierto, de esto nada a nadie, ¡eh! Por tu propio bien. Si se enteran, murmurarán que tienes el papel por beneficiarte al guionista, y eso no sería justo.

Y la Susi, que se derretía al saber cerca su oportunidad, a todo asentía. Sería actriz por sus propios méritos, y no gracias a favores de nadie. Decidió no vestirse todavía. Quizá, pasado un rato, pudiera volver a mostrar sus talentos a aquel Midas de la pantalla.

Quince minutos más tarde, una rubia despampanante se acercó contoneándose hasta la mesa que ocupaba Diego Cifuentes en el velador de la cafetería de la Plaza de las Flores, cercano a esa estatua del Columela romano que parecía estar pidiendo limosna en vez de enseñar agricultura. El plan B, la operación *Caza del Estornino*, debía dar comienzo. Al verla llegar, provocativa como el estuche de cartoné estampado de las obras completas de Joyce, el librero miró a su alrededor, temeroso de que alguien pudiera descubrir sus tratos con aquella mujer con tan inequívoca pinta de zorra. No debería haberla citado en un lugar público. Mejor hubiera sido en su apartamento, o... ¡Qué más daba! Nada podía hacer ya, salvo poner en marcha el operativo diseñado. La rubia de vetas doradas como el oro y tetas tersas de silicona no le dejó tiempo para más lamentaciones.

—Pero bueno, ¿a qué se deben estas nuevas? ¡Tú, llamándome para invitarme a una copa en un sitio público! ¡Como si yo fuera una dama para ti, qué honor!

—No grites, por favor. Siéntate. ¿Qué quieres tomar?

—Un güisqui con hielo.

—¡Camarero, que sean dos!

—Verás, Mari, quisiera pedirte un favor.

—¿Algún servicio especial?

—Algo parecido.

—Sabes que cobro caro por las perversiones. ¡Y por adelantado, además!

—Ya hablaremos de dinero. Pero antes deja que te cuente de lo que se trata.

—Soy toda oídos.

—Tengo un amigo que es un pánfilo, un inocente. Que le falta un hervor, vamos. Sospecho que oculta algo, y me interesa descubrir qué es. A mí nunca me lo dirá. Es muy raro, no tiene amigos ni novia. No sé cómo sonsacarlo. Por eso he pensado en ti.

—Entiendo. Quieres que me lo ligue y que me lo lleve al huerto. Tranquilo, ese pimpollo no me dura a mí ni medio meneo de caderas. Al primer polvo lo hago cantar por soleares, seguro…

—Espera, espera, no te embales. Estoy seguro que si logras llevártelo a la cama harías con él lo que quisieras, pero…

—¿Pero qué?

—Una mujer tan…, tan llamativa como tú lo asustaría. Si te dirigieras a él, saldría en estampida seguro. Además creo que no le gustan las…

—¿Las putas? ¿Que no le gustan las putas al niño? ¿Y entonces, para qué me llamas? ¿Qué crees que soy ahora, psicóloga infantil? Bien deberías saber tú lo que es una puta, que te has criado entre ellas. Medio Puerto de Santa María se acuerda aún de las proezas de la Chata, que a más saber era tu madre. Nunca se avergonzó de ser puta. Y ahora tú nos sales con que al niño no le gustan las putas. Dime de una vez qué coño quieres.

—Verás. Alejandro Arrachero, que así se llama el capullo al que hay que sonsacar, es muy tímido. Que se sepa, jamás ha estado con mujeres. Puede incluso que, con sus veinticinco años a cuestas, siga siendo virgen.

—¡Virgen y mártir! ¡Venga, eso ya no existe!

—Te lo creas o no, es así.

—Pues a ése lo quiero para mí.

—No. Tienes que buscar a una jovencita, discreta, nada llamativa...

—¡Vamos! ¡Que no tenga pinta de puta como yo!

—No te pongas así. Yo te digo lo que quiero y lo que pago. Tú me dices si aceptas. Tienes que encontrar a una nueva en la ciudad, que tenga pinta de niña de primera comunión y que sea capaz de enamorarlo. ¿Escuchas bien lo que te digo? Enamorarlo, con palabras tiernas de amor. Nada de llegar y abrirse de piernas. Así fracasaríamos, estoy seguro. A ése tenemos que conquistarlo con ternura, cariño, y todas esas mariconadas.

—¿Qué es lo que queréis sacarle?

—Verás, puede parecer una tontería, pero para nosotros es importante. Tenemos mucho interés en averiguar por qué le interesa la Atlántida.

—¿La Atlántida? Suena a película. ¿De verdad crees que esa historia puede interesarle a alguien?

Diego Cifuentes comenzó a impacientarse. Pero recordó el consejo del guionista. Paciencia, Cifuentes, has de tener mucha paciencia.

—A un buen amigo sí que le interesa. Es rico y está dispuesto a pagar por la información.

—¿Cuánto?

—Doscientos euros por cada día que le dedicara al asunto. No podría hacer la calle mientras tanto. Si obtiene la información, lo que no debe ocuparle más de una semana, le daríamos dos mil euros de recompensa.

—¿Y para mí?

—Otros dos mil euros cuando el pichoncito cante.

—¿Y de anticipo?

Diego Cifuentes sonrió mientras sacaba un sobre del bolsillo. Ya esperaba esa pregunta, buena era la Mari para los negocios. Por eso le pidió alguna cantidad a Germán, que sin pestañear le entregó a cuenta dos mil euros el mismo día que le planteó el asunto. Mil euros que iban en el sobre que entregaba a la Mari, y otros mil que se había guardado para él. Al fin y al cabo, algo tendría que ganar también de esa peregrina historia.

—Toma cariño, para ti. Mil euros.

Mari, que no se esperaba tanta generosidad se abalanzó para agarrar el anticipo. Pero Diego lo apartó con rapidez mientras le sonreía pícaramente.

—Tranquila, antes querrás hacerme tú a mí un regalito, ¿verdad?

Cinco minutos después abandonaban la cafetería rumbo al apartamento de la Mari. Mientras Diego se regocijaba en lascivos pensamientos, ella no dejaba de preguntarse cómo podía tener tanto dinero el golfo del Cifuentes y tantas ganas de gastárselo en un asunto tan infantil como el de la Atlántida. Pero por experiencia sabía que para excentricidades, las de los ricos. Así que a trabajar y a callar, los dos mandamientos básicos de la puta consecuente que orgullosamente era.

Alejandro fue el último en salir aquella tarde de la librería. Hasta que estimó que había compensado con creces el tiempo robado a la empresa, no quiso abandonar la tarea. Como otras muchas noches, tras apagar las luces, se despidió de sus amigos los libros. Allí quedarían libres para soltar al vacío la entropía de sus contenidos. Personajes y paisajes, amoríos y odios, se liberarían en el mismo instante de cerrar la puerta.

La librería, vacía y oscura, albergaría mil pasiones y leyendas, enzarzados en secular orgía hasta que la primera luz del amanecer pregonara el retorno al enclaustramiento. Los libros como cárceles de las historias. Porque para Alejandro la tarea de un escritor no era parir relatos, sino aprisionar entre letras «eso» que flotaba en los alucinados aires de su mente. Historias enjauladas como fieras de circo para que el público se divirtiera observando su triste cautiverio. Vidas y personajes cautivos en celdas de papel, merced a los sortilegios de esos escritores liberticidas. Pero el encantamiento sólo se sostenía en presencia de los humanos. Cuando se marchaban, la soledad cómplice aporreaba con alegría las tapas y los lomos de los libros, voceando su recreo de libertad. ¡Tantas veces soñó Alejandro con fingir que cerraba la puerta desde fuera, para quedarse escondido y poder asistir a la fiesta de cada noche! Pero aquella tarde tampoco lo podría hacer. Ya eran las nueve y cuarto, apenas tendría tiempo para hablar el Corcho.

Lo encontró en su taberna habitual, con alguna copa de más, recostado en la esquina más apartada y lóbrega de la vieja barra de madera.

—De fino del bueno, ¿eh? No te vayas a creer que soy de los que se emborracha con cualquier cosa. ¿Sabes que el nuestro es vino de dioses? Las albarizas, los vientos del mar, y la claridad del sol crían estos caldos, los mismos que bebían los antiguos marineros, aquellos que ponían nombres a los ríos y las costas que descubrían. Aquí nació la cultura del vino, desde aquí surcó para otros lugares.

Alejandro supo que, como siempre, el Corcho desvariaría hacia los míticos marineros atlantes. Precisamente de eso quería hablarle. Pidió dos copas, y casi arrastró al viejo marinero a una pequeña mesa, solitaria y discreta.

—Corcho, quisiera contarte algo. Puede que sea una tontería, pero me preocupa. ¿Recuerdas la última vez que estuvimos juntos? Esa noche hablaste tan alto que toda la plaza pudo oírte. Observé que un tío que estaba a nuestro lado pegaba la oreja a todo lo que decías, mientras fingía leer el periódico. Pues bien, quiero que sepas que creo que nos siguió cuando nos levantamos. Me choqué con él, al volver de tu casa. Lo reconocí por su bigote.

—No la llames mi casa. Es la de las malditas monjas y mi prisión. Mi único hogar está en la mar.

—No sé, me he preguntado por qué podría estar interesado en seguirnos. Esa noche hablaste de la Atlántida. ¿Le interesarían acaso sus secretos?

El Corcho no bromeó, ni se apremió en su respuesta. Apuró su copa de un solo trago y miró con melancolía hacia el viejo cartel que anunciaba los vapores que desde Cádiz salían hacia La Habana. Sabía que algún día pasaría lo que esa noche estaba comenzando a ocurrir.

—Pero la cosa no queda ahí —continuó Alejandro excitado por sus pesquisas—. Hoy me ha pasado una cosa muy rara en la librería. Cometí un grave error. Cogí un libro de la Atlántida, y me puse a leerlo a escondidas. Tantas veces me habías hablado de ella que tenía curiosidad. Me pilló en ello Cifuentes, un compañero que siempre me está fastidiando. Me toma por tonto y me humilla delante de todos; eso le hace sentirse superior. Me sorprendió. No supe reaccionar bien, y descubrió qué era lo que leía. Me preguntó acerca de mi interés por la Atlántida. Que por qué ese libro y todas esas cosas. Y, no sé, me dio la impresión de que estaba alerta sobre el tema. Como si me hubiese estado espiando hasta descubrir mi relación con la ciudad hundida. Y claro, no he podido evitar unir los dos sucesos. El del hombre que nos seguía y el marcaje de Cifuentes. ¿Crees que pueden tener relación? ¿Alguna vez te pasó algo parecido? ¿Puede haber alguien interesado en tus historias de la Atlántida?

El Corcho se quedó en silencio, buceando con su mirada las profundidades inabarcables de su copa de vino dorado, esas que los hombres nunca terminarán de conocer por completo. Cerró los ojos y la apuró.

—Son casi las diez. Es hora de recogerme. Sor Demonios me reñirá si tardo.

El Corcho no dijo nada más. Se levantó apremiado, y se dirigió en silencio hacia la calle. Alejandro hizo ademán de acompañarle, pero su amigo se lo impidió con un gesto.

—Deja que vaya solo, necesito despejarme y pensar. Procura recogerme mañana algo más temprano. Tenemos que hablar con tranquilidad.

Y Alejandro, que apenas bebía, pidió otra copa, esta vez de manzanilla. En aquella taberna de maderas viejas y olores de caldos y sal, se quedó mirando al viejo cartel del vapor de Cádiz a La Habana. Por vez primera desde que lo conocía, el Corcho no le había dejado acompañarle hasta su residencia. Una extraña melancolía lo inundó. Así debían quedarse los que despedían a sus seres queridos, cuando el vapor cubano embarcaba hacia el más allá, con su agitar de pañuelos de gentes con lágrimas en los ojos y pena en el corazón.

Ni siquiera las macetas con flores de la plaza del Tío de la Tiza, ya de regreso a su casa, lograron quitarle la penita sembrada por la desazón del Corcho. ¿Quién podía entenderlo? Nadie, ni siquiera los habitantes de una ciudad milenaria como Cádiz, donde las esquinas de las casas están reforzadas con viejos cañones de bronce y en la que una de sus calles, la del Callejón de los Piratas, está pavimentada con piedras de medio mundo, de esas que utilizaban como lastre los barcos que venían de vacío. ¿Por qué no habría querido el Corcho que lo acompañara hasta su *moriero*?

7

Soy Tíscar, el Gran Sacerdote. He vivido muchos años y sé que nuestro mundo se acaba. En los infiernos añoraremos el paraíso terrenal que los dioses nos regalaron en vida. Pero no me importa morir. A todos nos llega el momento de cruzar las tinieblas de los difuntos. No, no le temo a la muerte. Es otro mi dolor. Todos los signos han hablado, sin que la inteligencia de los hombres haya querido interpretarlos. El barrunto del castigo divino abruma las visiones de los preclaros, pero el populacho y los nobles se ríen de sus augurios. De nada sirvió la prudencia y respeto que predicamos en nuestro templo, ni las promesas que sellamos con la sangre de los toros sagrados. De nada. Van a morir todos, y parece no preocuparles, felices en sus fiestas y jolgorios. Pero tampoco a mí me duele la cruel mortandad que causará su necedad, ni los gritos de sus mujeres, ni los llantos de sus niños. No. Lo que desgarra mi alma es el olvido de la hermosa civilización que construimos en la bruma de los tiempos. Vivimos como elegidos por los mismos dioses que ahora nos rechazan, moriremos como apestados. Descubrimos las rocas que se moldean con el fuego, para convertirse en dúctil metal. El cobre nos hizo poderosos, el oricalco, ricos. Ninguno de los otros pueblos lo poseían, y poco podían hacer, con sus primitivas hachas de piedra, contra nuestros ejércitos. Por eso llegamos hasta donde quisimos, sin apenas resistencia. Eso fue tras las Nuevas Leyes. Antes jamás fuimos violentos. Siempre preferimos el acuerdo comercial, las alianzas, las grandes fiestas litúrgicas y las artes, al lenguaje de fuego y sangre de las armas. Esa tradición nos hizo grandes. Éramos un pueblo de alegría y paz, y no unos sanguinarios de alma oscura. Con las Nuevas Leyes eso cambió. Y lo digo con el dolor de quien ha dedicado su vida al cumplimiento de las normas. No me quedó otro remedio. Los generales ganaron poder e influencia frente a los mercaderes y gentes del espíritu y el pensamiento. Las mujeres fueron proscritas de palacios, templos y escuelas. Nuestro Templo Mayor, desde siempre dedicado a la Diosa y regido por una suma sacerdotisa, fue dedicado a Poseidón. Yo goberné ese templo, por eso prediqué leyes y preceptos en los que no creía. Rompimos la armonía de esta tierra, más cercana a la generosa diosa madre que al furibundo dios al que nos acogimos. Aceleramos nuestra perdición al salirnos de nuestras costumbres, rompiendo con el propio ser de nuestra alma y quebrando la comunión con nuestro entorno. ¿Me consagré a una causa equivocada? No lo sé. No tengo tiempo para arrepentirme. Pronto, pagaremos las consecuencias de nuestro desvarío.

Nuestros abuelos construyeron los grandes dólmenes con ortostatos y losas. Tan colosales eran, que causaban espanto y asombro a nuestros visitantes, que esparcieron su arquitectura por las brumosas tierras del norte. Nosotros aprendimos a tallar sillares, cimacios y columnas. Quizá perdimos la espiritualidad de nuestros megalitos, pero ganamos en solemnidad, altura y presencia. Cosas de los tiempos, más proclives al artificio que al recreo de lo natural. Nuestro templo de Poseidón, donde habito, no lo construimos con piedras colosales, ni con losas ciclópeas, sino con muros de sillares labrados y columnas. Poseidón sustituyó con su soberbia a nuestra sencilla y sensual Diosa, sospechosa ahora de promiscuidad. Aunque no pueda decirlo, sé que los hombres es-

tuvimos más cerca de los dioses cuando los adorábamos en forma de mujer en dólmenes y menhires, muestra de nuestro respeto por la madre naturaleza. A medida que nos fuimos alejando de ella, también nos alejamos de la divinidad. Nos sentíamos poderosos burlando las leyes de lo natural, sin saber que, en verdad, cavábamos nuestra propia tumba. Pero, siempre pensé que teníamos remedio. ¡Tantas veces discutí de estas cuestiones con Senés, el sacerdote tesorero! Debo reconocer que me irritaba su fatalismo. Para él, el hombre era un enemigo natural de la naturaleza, por lo que deberíamos desaparecer cuanto antes. Hiciéramos lo que hiciéramos, repetía, siempre terminaríamos destruyendo nuestro natural entorno. Yo le contestaba que podíamos cuidarlo, moderando nuestro comportamiento, pero siempre me replicaba que eso era imposible, que así sólo conseguiríamos disminuir la intensidad del daño, y prorrogar la agonía de la Tierra. Que para morir lentamente, mejor el pronto colapso. Por eso, apoyaba todo aquello que acelerara nuestra destrucción. Por eso también defendió el dominio sobre la mujer y la expansión militar, cuando yo sabía que todo eso le repugnaba en su interior. Otro cínico hipócrita como yo. No, peor aún. «No te esfuerces en cambiar lo que está escrito, me repetía. Ni la hormiga es libre, ni tampoco el hombre. Si las primeras están condenadas a hacer hormigueros, nosotros lo estamos a construir ciudades. Nunca dejaremos de hacerlo. Romperemos montañas, talaremos bosques, desviaremos ríos. Seguiremos creciendo y destruyendo la naturaleza. Está en nuestra condición lo de crecer. Lo exige tanto el pueblo como los poderosos. Nada podrá detener ese mortal deseo de avance, en el que radica nuestra grandeza, pero que es la semilla de nuestra perdición». Yo le replicaba que nuestro destino no estaba escrito, que podíamos crecer en armonía con el entorno.

Pero entonces, él sonreía. «La naturaleza, me replicó, sólo tiene una posibilidad». ¿Cuál?, le pregunté interesado. «Pues aniquilarnos, fue su trágica respuesta. Matarnos a todos. Mientras existan un hombre y una mujer vivos, el riesgo cierto de destrucción seguirá existiendo. Somos destructores, lo llevamos en nuestro sino. Aunque destructores inocentes. Ni sabemos ni podemos hacer otra cosa». Me rebelaba contra sus ideas, aunque ahora, casi al final de mis días, quizá tenga que darle la razón.

Pero no tengo tiempo para reflexiones. Sé que esto se acaba y que debo dejar dispuesto lo que yo sólo puedo hacer. Le ordeno al joven Sorbas que galope para salvarse. Tiene una misión que cumplir. Garantizar que nuestra memoria perdure hasta el fin de los tiempos. Debe ir hasta el Santuario de la Luna, y pedir a la abadesa del santuario, Orce, que le haga entrega del medallón ritual que guarda. Ella ya sabe que nuestro fin está próximo y está advertida de la llegada del mensajero Sorbas, al que he instruido para que inicie una cadena humana que aguante la tensión de los tiempos. Después debe llegar hasta la aldea donde instruimos a las gentes del gran río. Que vuelvan a su país, y que hablen de nuestros prodigios, le ordené. Ellos recogerán nuestro legado y se harán grandes. Sorbas, un joven valiente y algo impulsivo, cumplirá mi mandato. Siempre lo hizo. Ya le veo salir con su veloz caballo de crines al viento. ¡Qué tendrán estas aguas, o estos vientos, que los crían tan hermosos y elevados! Caballos de dioses y reyes, caballos que nos sobrevivirán, porque jamás ofendieron con sus galopes y cabriolas. Percibo un ligerísimo temblor de tierra. Ayer también sucedió. Puede que responda a un simple aviso de alguno de los dioses que sustentan nuestra tierra, o que se trate de los prolegómenos de la catástrofe que aguardo. Decido entrar en el Templo. Mori-

ré aplastado dentro, junto a los dioses, como debe morir un sacerdote. Antes de entrar en el templo del que no saldré con vida, me vuelvo para mirar por última vez cómo Sorbas se pierde tras el muro. Toda nuestra memoria cabalga sobre su corcel. Si no tiene contratiempos, antes de un día llegará hasta el Santuario. ¡Ay, el Santuario, donde está encerrado un trozo de mi corazón!

8

Julián García nunca había tenido paciencia, las esperas se le hacían eternas. Y eso que llevaba muchas a sus espaldas, a la espera de nuevos tajos. Era un hombre de obras, y no sabía negociar en oficinas ni despachos, acosado por tíos de corbata. Prefería el humo espeso de la venta, la caña de cerveza, la copa de vino y el apretón de manos.

Esa mañana aguardaba impaciente a los jefes de la empresa promotora de las obras de Sanlúcar. Y estaba contrariado. Llevaba dos días parado, con toda su gente mano sobre mano, sin nada que hacer. Y todo por aquellas malditas piedras del diablo que hicieron parar sus máquinas. Estaban ante un grave problema. Todos, pero sobre todo él. Si la obra no se reanudaba pronto, perdería el incentivo prometido y tendría que buscar otra faena. Y bien sabía que las nuevas obras no caían con la facilidad de las brevas maduras. Trasladar, además, toda su maquinaria hasta el nuevo tajo, sería una auténtica faena. Una tremenda trabajera y varios días perdidos. Y no tenía su economía para bromas, precisamente. Acababa de suscribir una gran hipoteca para comprar un pequeño chalé en La Jara, la zona de Sanlúcar donde su mujer había deseado vivir desde pequeña. *Cuando tengamos dinero, Julián, nos iremos a La Jara, como los ricos. Que nuestros niños se críen en la mejor compañía.* Y Julián había trabajado duro hasta conseguirlo, empeñándose hasta las mismas cejas para que su familia pudiese vivir en el sitio de los pudientes. Por eso estaba tan apretado. A veces, se arrepentía de haberse metido en semejante trampón, pero cuando veía los ojos de felicidad y agradecimiento de Regla, su mujer, se sentía orgulloso de haber podido darle lo que siempre deseó. Todo sería cuestión de trabajar más, y por eso le rezaba a la Virgen del Rocío para que nunca le faltara el curre. Lo necesitaba más que nunca: acababa de comprar maquinaria nueva y las letras le acechaban como buitres. Si no las alimentaba mes a mes, terminarían chupándole la sangre. Por eso no podía perder la dichosa obra de Nueva Tartessos.

En esos pensamientos derivaba, cuando los vio entrar, inconfundibles con sus trajes oscuros y corbatas chillonas. Nunca entendió cómo se podían visitar las obras con aquellas vestimentas más propias de las bodas del fin de semana que del trabajo de cada día. Pero, en fin, los ricos de Madrid siempre vestían así. Y su antiguo compañero Andrés ya se había convertido en uno de ellos. Algunos de los clientes de la venta miraron con abierta hostilidad a los recién llegados, que rechinaban en el ambiente campero de aquella venta de la carretera a Jerez. Y es que *pá* señoritos los nuestros, debieron pensar los jornaleros de la barra, que por lo menos tienen garbo y salero. Además, les podemos quemar los cortijos y verles después la cara de disgusto. Que a los de aquí les interesa si la potra se ha quedado *preñá* y que los de arriba sólo se fijan en esos numerillos que llaman Bolsa y que son como potros *aventaos*, que igual suben que bajan, pasando de la doma del jinete en sus locos requiebros. Que entre los de la corbatita y los de los botos, los de los botos. Que *pá* señoritos, los de toda la vida.

—Julián, buenos días —Ramón, el delegado de MHI en Andalucía, tomó la palabra, ajeno por completo a la filosofía jornalera que le circundaba—. Que nuestro director general ya está enterado del problema y quiere verlo con sus propios ojos, para calibrar bien las posibilidades que tenemos.

—Una pena, Andrés —Julián lo saludó con sencillez, rompiendo las distancias que Ramón, el delegado, parecía querer interponer entre ellos—. ¡Con lo bien que marchaba la obra!

—Seguro que lo solucionamos, Julián —respondió con serenidad el director general—. Dime exactamente qué es lo que apareció bajo la tierra.

Mientras Julián les explicaba lo ocurrido, apuraron un café con leche y una tostada con aceite de oliva y tomate. En Madrid no hay forma de desayunar una buena *tostá*, se repetía Andrés mientras se limpiaba las manos pringosas con una de las servilletas de papel. Y es que, a pesar de sus esfuerzos por integrarse en la gran ciudad, en su interior añoraba las mañanas de cielos limpios y verdes campiñas de su Lebrija natal. No se consideraba como uno más de esos impersonales corbatines que trajinaban afanosos a la espera de una promoción. Se sintió incómodo por la pinta que llevaba, tan trajeado y estirado. Pensó en quitarse la corbata, pero desistió de la idea. Significaría acercarse demasiado a su antiguo compañero Julián. No, no debía hacerlo, era bueno mantener las distancias, que a la gente se le da la mano y al final te cogen el brazo. Él no había trabajado tanto para que la gente lo confundiera por la calle con uno cualquiera de sus operarios.

—¿Nos vamos?

Salieron de Sanlúcar por el barrio de la Algaida, que parecía de nueva construcción, de tanta obra como se veía. Andrés, que lo conocía desde antiguo, no pudo evitar el comentario tópico.

—¡Qué barbaridad, que cambiado está esto!

En efecto, aquella zona de huertas e invernaderos estaba experimentando un súbito crecimiento urbanístico, con chalés de grandes porches de arcos y ostentosas balaustradas blancas diseminados por aquí y allá, entre los campos de hortalizas, zanahorias, cebollas y patatas. Potentes motos y lujosos turismos se encontraban aparcados a la vera de aquellas calles sin asfaltar.

—Pues las papas no dan para estas casas —les comentó Julián en tono confidente.

—¿De dónde salen entonces?

—Pues de dónde iban a salir si no de las drogas. Algunos trafican con hachís y coca. Con sus lanchas se adentran más allá de la barra, y descargan la mercancía de los barcos grandes que se quedan en alta mar. Las llevan a puntos apartados de la costa, y desde allí se distribuye en furgonetas y camiones. Ganan muchos duros con el invento, todo en negro, sin retenciones ni impuestos. Así pasa lo que pasa, que en las estadísticas oficiales Sanlúcar aparece como el pueblo más pobre de toda España, cuando la realidad es bien distinta. Basta darse una vuelta por sus calles y sus bares para comprobar que aquí se mueve dinero. Algunos sí que son listos, y no los que nos deslomamos para que al final todo se lo lleve Hacienda.

Ni Andrés ni Ramón, su delegado de zona, le respondieron. Tenían la cabeza en otra cosa. Andrés en la estabilidad financiera de su empresa, y Ramón en salvar su propia cabeza. Su puesto de trabajo corría peligro. No en vano había sido quien insistiera en la adquisición de aquellos terrenos por los que pagaron una millonada a un noble jerezano venido a menos.

El todoterreno de Julián se adentró en los pinares de la Algaida, integrados en el Parque Nacional de Doñana, e intensamente vigilados. Abrieron las ventanas para que el aroma de pino y romero aliviara el malestar que acumulaban.

—¡Qué buena urbanización haríamos aquí, Ramón!

—¡Y que lo digas! Pero los coñazos de los ecologistas lo terminan jodiendo todo. Si por ellos fuera, nos moriríamos de hambre, sin nada que hacer.

Julián les interrumpió. No estaba de humor para bromas.

—Había pensado que subiéramos a la torreta de vigilancia del pinar, la de los fuegos. Desde lo alto veremos la ubicación de la urbanización y el posible acceso de la carretera. Aunque tardaremos cinco minutos más en llegar, vamos ganando tiempo.

Llegaron jadeando hasta la plataforma situada en la parte más alta de aquella gran torre metálica que, desde su considerable altura, sobresalía por encima de los pinos y permitía otear horizontes. Un fuerte viento de poniente les hizo guarecerse en la cabina del vigilante, mientras que toda la estructura se cimbreaba al compás de los empujes de la ventolera.

La vista que allí se dominaba era realmente espléndida. El río Guadalquivir, Tartessos en la antigüedad, Betis para los romanos, Río Grande en árabe, lamía la marisma en sus últimos recodos antes de abrirse al océano que desde siempre le esperaba. Abrazando esa desembocadura, algo elevada, se encontraba la ciudad de Sanlúcar de Barrameda, conocida por sus bodegas de manzanilla y sus langostinos. Al otro lado del río el gran Parque Nacional de Doñana, paraíso de invernada para cientos de miles de aves acuáticas y último santuario para mamíferos al borde de la extinción, como el elegante lince ibérico. Por el otro lado, los cerros de la campiña gaditana.

—Como veis, el pinar está rodeado por una gran marisma, que resultó de la colmatación del lago Ligustino, que llegaba desde el mar hasta las mismas puertas de Sevilla. Si os fijáis bien, esas colinas limitaban el lago, y serían las antiguas playas.

En efecto, situadas al este se podían observar una cadena de cerros entrelazados, que delimitaban las campiñas con respecto a las marismas. Precisamente en las laderas de uno de esos promontorios habían proyectado construir la urbanización de lujo Nueva Tartessos, para conseguir con la altura una excepcional vista a la marisma, los pinares, al río y al Coto de Doñana.

—Lo del nombre de Nueva Tartessos fue idea mía —se ufanaba Andrés—. Tiene aroma y eso vende. Dice la leyenda que en Andalucía existió una vieja civilización rica y culta que negociaba con griegos y fenicios. Muchos buscaron la ciudad perdida sin encontrarla, por eso todavía permanece entre el mito y la realidad histórica. Estas cosas atraen a los clientes. Nada parece gustarles más que los mitos del pasado.

—Andrés —a Julián casi se le escapó la pregunta—. ¿Y si las piedras que hemos encontrado fuesen esas ruinas de Tartessos que tú dices que nunca aparecieron?

Andrés y Ramón rieron de buena gana. ¡Las ruinas de Tartessos, qué cosas tenía aquel pobre hombre!

—Ya te he dicho que no se sabe si existió una ciudad con ese nombre.

Julián calló avergonzado, arrepentido de haberse dejado llevar por su fantasía. Desde pequeño había oído historias de los buscadores de tesoros tartésicos. Y también recordaba las leyendas de los viejos pescadores que hablaban de antiguas ciudades sumergidas. Sí, quizá tuviera demasiados pájaros en la cabeza. Eso era muy peligroso para su negocio y sus relaciones. Para salvar el tipo, señaló a los pueblos que se divisaban encaramados con su impecable caserío blanco sobre las colinas que dominaban las marismas.

—Aquello es Trebujena y aquel más lejano Lebrija, ya en Sevilla.

Andrés las observó, y sin poderlo evitar comentó a sus compañeros.

—Pues si quieren encontrar ciudades tartésicas, que excaven en su centro. Allí deben estar las ruinas, dominando todo el paisaje, y no en medio del campo. Vamos a bajar, quiero llegar cuanto antes a nuestros terrenos.

Abandonaron el pinar a la altura de la ermita de Nuestra Señora de la Algaida. No tardaron más de diez minutos en atravesar los tres kilómetros de marisma que les restaban para llegar al pie de los primeros cerros. Llegaron con el automóvil hasta el mismo borde de la excavación.

—Final del viaje. Tenemos que bajarnos.

Empolvándose los lustrosos zapatos de la mejor piel, tanto Andrés como Ramón se encaramaron sobre los montículos de tierra removida por las máquinas de Julián. Procuraban no escurrirse, mientras se afanaban por seguirlo.

—Aquí encontramos los restos. Los tapé con tierra, pero dejé algunas piedras bajo esta lona.

Julián la apartó lentamente. Bajo ella aparecieron grandes sillares revueltos con enormes capiteles de columnas que parecían de mármol. A simple vista saltaba que aquello no eran unas ruinas al uso, sino que pertenecían a una construcción grande y lujosa. Andrés, que se había metido de lleno en la zona removida, olvidó la limpieza de sus zapatos y pantalones. Apenas daba crédito a lo que veía. Aquello era mucho más importante de lo que en su peor pesadilla hubiera podido figurar. Abatido, comprendió que no podrían deshacerse con facilidad de aquellas ruinas. Su proyecto estaba en un peligro mucho más grave del que inicialmente había previsto.

—¿Ocupan mucho terreno?

—Bastante. He hecho catas, y aparecen piedras y columnas por todos lados. ¿Ves aquel arroyo? Por lo menos hasta allí llegan las ruinas.

Era una superficie enorme que ocupaba, además, el lugar más privilegiado de la finca que pensaban urbanizar. Si no encontraba una solución para el asunto, todo se iría a pique. Pero no podía desanimarse en aquellos momentos. Había pasado por muchos tragos amargos a lo largo de su vida y, en esos momentos en los que tan cerca tenía el triunfo final, no iba a atragantarse por unas viejas piedras de nada. Su ágil mente puso orden en la situación. Paso primero, averiguar de qué se trataban. Como no podían llamar a arqueólogos ni a catedráticos, decidió llevarse una muestra. Ya buscaría a alguien de confianza para que la analizara. Entre los sillares encontró una losa finamente tallada con unos extraños signos que parecían letras. Sin duda alguna podría proporcionar pistas sobre las malditas ruinas.

—Julián, Ramón, ayudadme, quiero meter esta piedra en el coche.

Con gran esfuerzo lograron encaramarla hasta la plataforma trasera del todoterreno. Jadeando, Andrés ordenó a Julián que volviera a tapar aquel hueco con la lona.

—Vámonos de aquí, esto ya está visto.

Durante un buen rato, ninguno de los tres abrió la boca. Todos estaban procesando la grave situación que padecían.

—¿Sabe mucha gente que hemos encontrado esas malditas ruinas?

—No —respondió con seguridad Julián—. Sólo los hombres de más confianza de mi cuadrilla.

—Ordénales que no digan nada a nadie. Ni siquiera a sus mujeres, novias o queridas.

—No tengas cuidado, ya lo hice. No abrirán sus bocas, saben que nos jugamos mucho en esto.

—Veamos —Andrés parecía pensar en voz alta—. Es evidente que no podremos remover todas esas ruinas. Nos llevaría semanas, y son tan aparatosas que no sabríamos dónde enterrar tantos sillares. Tendríamos que arrojarlos al mar o al río, pero eso sería demasiado arriesgado. Nos podría pillar la Guardia Civil, y entonces sí que se nos caería el pelo. Nos quedan pues tres opciones. O dinamitamos las malditas ruinas, reduciéndolas a cenizas, o las enterramos y modificamos el proyecto para construir encima, o...

—¿Cuál sería esa tercera opción?

—Ya te lo comentaré después, Ramón. Vayamos por partes. Julián, ¿tienes homologación para usar explosivos?

—Sí, aunque tengo que solicitar un permiso y comunicárselo a la Guardia Civil, para que acordone la zona.

—No, esa solución no nos vale. Tendremos que centrarnos en las otras dos.

—Antes de decidir, ¿por qué no intentamos comprar a algunos políticos para que hagan la vista gorda? Ya lo hemos hecho en otras ocasiones, y casi siempre nos ha funcionado...

Estuvieron cavilando diversas alternativas, que sistemáticamente rechazaban por imposibles, mientras recorrían el camino de vuelta. Se despidieron de Julián en la misma venta en la que habían desayunado esa mañana, rogándole que esperara un par de días a la decisión definitiva. Ramón y Andrés se dirigieron en el BMW del primero hacia el aeropuerto de Jerez, desde donde el director general regresaría a Madrid.

—No me fío de Julián, Ramón. Siempre fue un bocazas, y no me gusta estar en sus manos. Ordena a una agencia de detectives que le haga un seguimiento, para ver si canta. Nadie más debe enterarse del asunto.

Ramón asintió sin esfuerzo. Ya había pensado en eso.

—¿Cuál era la tercera opción que me ibas a contar?

—No quise hacerlo delante de Julián. Podemos enterrar las ruinas y tratar de colocar los terrenos a un tercero. Así obtendríamos unas buenas plusvalías, y le endiñaríamos el muerto a alguien.

—Eso sería lo mejor. Compramos el suelo como rústico y ahora, que está recalificado, vale una pasta. Si quieres puedo empezar a realizar gestiones de inmediato. Sé de un grupo al que podría interesar.

—Sí, empieza a moverte...

Andrés recordó de repente el resultado de la reunión del consejo de administración del día anterior. No podía desinvertir hasta que su empresa lo aprobase. ¡Y todo por una dichosa historieta de glaciación! Si no fuese por lo trágico de la situación, rompería a reír a carcajadas. Un plan de empresa de ensueño, detenido por las chaladuras de los locos cambioclimáticos y los buscadores de tesoros tartésicos. Pero así era la vida. Ni podía construir la urbanización, por el momento, ni tampoco ordenar la venta de terrenos sin obtener antes el permiso de su consejo.

—No, mejor espera a que yo te lo diga. Otra posibilidad es buscar a un arquitecto de absoluta confianza para que redefina el proyecto. Si no podemos vender la parcela, ni destruir las ruinas, tendremos que construir sobre ellas, como si nadie las hubiese visto jamás. Las taparíamos con una gran losa de hormigón, y allí dormirían el sueño de los justos para toda la eternidad.

Nada acordaron. Andrés tendría que moverse mucho durante los días que restaban para el nuevo consejo. Pronto necesitaría tesorería, y el retraso en Nueva Tartessos le impediría disfrutar de las suculentas señales que habrían pagado los clientes en cuanto hubieran visto levantarse las primeras estructuras.

—¿Y con la piedra que hemos cogido, qué hago?

—¿Conoces a algún arqueólogo de confianza?

—No. Pero soy cliente de un anticuario del barrio de Santa Cruz que de antigüedades lo sabe todo.

—Pues llévale la piedra. Dile que la has comprado sin saber bien lo que era, ni de dónde venía. O que te la han regalado, mejor aún. ¡A ver si nos enteramos quién quiere jodernos la fiesta!

9

La mañana era fría, nublada y desapacible. *Como siempre*, pensó la mujer al salir de su hotel, ubicado en un palacete que olía a moqueta sintética y a pintura plástica, a pesar de las muchas estrellas que ostentaba y de los muchísimos más euros que costaba. Los barrios bajos de la ciudad, los que pegaban al lago, dormitaban bajo el abrazo de los húmedos jirones de la niebla, empeñada en conquistar almas y casas para el vaporoso reino de los fantasmas. ¿Cómo demonios se podía vivir en un lugar como este? Rocío Romero, mujer de luz y sol, comprendió la tristeza que parecía emanar de los ordenados suizos. *Pichas frías*, sonrió, *¿cómo no van a ser pichas frías?* Ginebra podría ser una ciudad hermosa, con niveles de renta estratosféricos y empresas envidiables, pero carecía de lo más importante: alegría vital. Quizá por eso sus habitantes trabajaran tanto e insistieran en la limpieza y el orden: necesitaban remover con su rigor el poso de tristeza que la melancolía sedimentaba en su corazón.

Ella nunca viviría en una ciudad así. Ni siquiera a cambio de muchos millones. Aunque tuviese menos dinero, no cambiaría los aires del sur por la sosa prosperidad norteña. Si los ricos europeos se iban a las costas mediterráneas a disfrutar, ¿qué querían? ¿Que fuésemos los españoles allí para trabajarles? Pues *nanai* de la China. Ella de España no se movía. Además, pronto conseguiría su doble objetivo. Volver a poner casa en Andalucía y cimentarla, además, sobre un colchón de dinero.

La recibieron con cortesía en el edificio de época, que destacaba en la ladera del pequeño montículo sobre el lago. Un conserje magrebí la hizo pasar a un antedespacho donde le ofrecieron café. Otras dos personas se encontraban allí esperando. Rocío supuso que serían consejeros del Consorcio Europeo de Seguros. A pesar de la discreción que mostraban, Rocío se sintió observada por aquellos atildados caballeros que, fieles a su severa educación, no le dirigirían la palabra hasta ser presentados por un conocido común. Seguro que ya sabían quién era y a qué venía. Su presencia había levantado una justa expectación. Se sintió segura y fuerte, no les defraudaría. Se alegró por haberse adelantado cinco minutos a la hora fijada para la reunión. Así causaría buena impresión en un país esclavo de la puntualidad, al tiempo que se adaptaba al lugar del Consorcio. Ese truco ya lo aprendió hacía años. Siempre que se va a hablar en público es necesario un mínimo periodo de aclimatación. Había merecido la pena el tremendo sacrificio que había tenido que realizar. El llegar a las ocho menos cinco a la sede central del consorcio le había supuesto un verdadero esfuerzo. Literalmente tuvo que sustraerse de los brazos de Mario, el joven cubano que se había traído al viaje como acompañante. Sonrió. ¡Si aquellos rostros pálidos supieran! Quizá la consideraran una viciosa, pero para ella era el síntoma de su liberación. Educada a la antigua, se le enseñó que su deber era cuidar el hogar, mientras que el marido se esforzaba en la calle para traer el dinero a casa. Y con esas pautas se casó, recién terminada su carrera de económicas. Su marido cumplió el rito ancestral. Trabajaba mucho fuera de casa y nada dentro. Y aunque ella se colocó como auxiliar en el departamento de contabilidad de una gran empresa de seguros, tuvo que seguir llevando todas las tareas domésticas. Aquello le irritaba, pero sobrellevaba razonablemente la evidente discriminación. Llegaron los dos hijos, uno tras otro, y ella luchó por darles cariño y educación, mientras llevaba la casa para adelante y se esforzaba por no perder su empleo. Más que el dinero, necesitaba la autoestima. Pudo con todo. A los seis años de casada se encontró con que había criado a los niños e incluso había podido ascender en la empresa. Cuando logró dejarlos en el colegio, se volcó en el trabajo. La verdad es que era buena en el manejo de cifras. Sus opiniones eran tenidas muy en cuenta, y pronto destacó por la osadía y brillantez de sus planteamientos financieros. En reconocimiento, la nombraron jefa del departamento de contabilidad. Comenzó entonces a profundizar en los cálculos actuariales y juegos de probabilidad, columnas vertebrales del negocio asegurador. Su pericia fue prontamente reconocida y entró a formar parte del comité de dirección de la central del grupo de empresas. Fue entonces cuando comprendió que su matrimonio se estaba arruinando. Su marido, que seguía en un discreto puesto profesional, no soportaba el verse sobrepasado por su mujer. Y no es que fuera mala persona, que no lo era. Sencillamente, el hecho de que ella brillara más que él le amargaba íntimamente. Le constaba que intentó superarlo, pero la ley que atenaza a todos los hombres de su generación terminó por arruinar su relación. Se sentía humillado cuando en reuniones de amigos o conocidos, el centro de atención era ella. Comenzó a beber ocasionalmente, y de vez en cuando le echaba en cara que estaba abandonando la familia por su ambición profesional. Rocío no podía soportar aquella injusta acusación. ¡Ella se había desvivido por llevarlo todo para adelante! ¿De qué se quejaba? Y, sin poder evitarlo, se fue desenamorando de su marido. No lo admiraba, le parecía mediocre y convencional. Y fue entonces cuando le fue infiel por vez primera. Aconteció en un viaje a Barcelona, donde conoció al director general de una importante compañía. Decidido, brillante, extrovertido, inteligente, irradiaba una seguridad que le sedujo. Se arrojó en sus brazos y disfrutó de dos noches de pasión y lujuria. Las necesitaba. Y, sin poderlo evitar, por simple comparación, comenzó a considerar a su marido como un calzonazos. ¿Cómo había podido enamorarse y convivir tantos años con un soso mediocre como él?

A su regreso a Madrid le reconoció su infidelidad. No tenía sentido fingir ni mentir entre los dos. Él la llamó puta, le dijo que ya sabía que eso terminaría ocurriendo. Después, con inusitada frialdad, le reconoció que él también le había sido infiel en numerosas ocasiones. A Rocío le dolió aquella confesión. ¿Por qué no se lo había dicho antes? Si necesitaba sexo, ¿por qué no se lo había pedido, en vez de someterla a largos periodos de abstinencia sexual? ¿Es que ya no le excitaba? Más tarde se enteraría que su marido nunca había tenido amantes ni aventuras en el sentido tradicional del término. No, había sido mucho peor. ¡Se había ido de putas, como si necesitara un desahogo pagado! Aquella noche decidieron separarse; no les merecía la pena seguir intentando vivir aquel matrimonio sin amor ni respeto mutuo. Su ex marido se volvió a casar con una joven que tenía a sus órdenes en el departamento, y desde entonces el matrimonio pareció irle bien. Rejuveneció, y se hizo más extrovertido y amable. Amigos conocidos le hacían llegar a Rocío el extraordinario cambio que su separación le había producido. ¡Es que parece otro, por feliz!, le refregaba con maldad Mercedes, una amiga común. Rocío despreció a partir de entonces a todos los hombres.

Eran como orangutanes. El papel del macho de la casa, el rol del poder, el sentirse superior a la mujer era lo que en verdad le otorgaba estabilidad y seguridad personal. Les pasaba a todos. Nunca aceptarían la superioridad femenina dentro de su esfera íntima. Por eso buscaban alternativas en las que se sintieran seguros. ¡Putas, su marido se había ido con putas! Aunque al principio no lo comprendió, una psicóloga amiga suya le dio la explicación. No te debes preocupar —la consoló—. ¿A qué se debe el espectacular incremento de *puticlubs* y de anuncios eróticos en los periódicos? Pues a que los hombres españoles consumen ahora más prostitución que en el pasado. ¿Por qué crees que ocurre eso? ¿No es una paradoja que cuando más libertad y facilidad sexual existe, más necesite el hombre el sexo por dinero? ¿Por las mafias, por la oferta de espectaculares mulatas y rusas de ojos azules? No seas inocente, por favor. Van más de putas porque con ellas se sienten seguros. Juegan al rol del macho poderoso y la hembra sumisa. Es lo que les pone. Hasta que acepten su nueva situación, eso es lo que tenemos. En casa tragan y con la puta se sienten fuertes. Eso les excita, mientras que si una mujer les exige resultados en la cama, o los acosa, no se les levanta. No podemos culparles, son como animalitos que precisan de una liturgia de seducción para copular. Rocío tuvo que darle la razón. Jamás volvió a sentir lástima por hombre alguno. Los utilizaba para su placer y como terapia antiestrés. Ella había comenzado una nueva vida, quería poder y dinero, y tenía un lema por delante: haría lo que los hombres siempre habían hecho, esto es, lo que le diera la real gana. Siendo buena madre con los hijos que compartía con su ex marido, por supuesto.

Pero ¿por qué pensaba en eso ahora? Debía centrarse en la importante reunión que comenzaría en unos minutos.

Plantearía una solución al complejo reto al que se enfrentaba el Consorcio. Se sentó, abrió su carpeta, y repasó, por enésima vez, la exposición con la que esperaba asombrarles. Y es que últimamente las cosas no le estaban yendo demasiado bien al otrora boyante sector de los seguros. Por eso, apenas diez minutos después, tras ser formalmente presentada ante el consejo de hombres de piel pálida, pocos escrúpulos y grandes fondos de inversión, decidió ir directamente al grano.

—Ya conocen bien nuestro problema. Primero fueron los atentados terroristas los que dispararon los siniestros, y por tanto las indemnizaciones a pagar. Pero últimamente, nuestro déficit por ese tipo de sucesos ha disminuido sensiblemente. Se producen menos atentados, y nuestras primas subieron. No, el gravísimo problema que arrastramos, y que amenaza con arruinarnos, son los enormes destrozos causados por las catástrofes naturales. El mundo parece haberse vuelto loco. Tsunamis, ciclones, tornados, terremotos, olas de frío, inundaciones, sequías. Incluso epidemias causadas por desconcertantes mutaciones en fagos, virus y bacterias. Todos los elementos parecen confabulados en nuestra contra. Ya conocen los billones de dólares que hemos tenido que pagar a los beneficiarios de nuestra cobertura. Y por más que nos hemos agarrado a la letra pequeña, las cantidades resultantes a desembolsar resultan astronómicas. Tan elevadas que ni siquiera nuestra red reaseguradora ofrece ya suficiente garantías. El sistema de seguros internacional está deteriorándose a ojos vista, no podemos seguir cubriendo los colosales destrozos de una naturaleza enfadada. Hemos intentado rescindir la cobertura por este tipo de sucesos, pero ni los clientes, ni las legislaciones nacionales, nos lo permiten. Estamos encadenados a nuestro destino, sin poder hacer más que rezar para que la inminente catástrofe por venir no nos infrinja más daño del que nuestros fondos pueden cubrir. Pero los meteoros parecen en competencia consigo mismos, y cada desastre supera al anterior.

—Eso ya lo sabíamos —la interrumpió un consejero impaciente—. Se nos ha convocado con urgencia. Comprenda que estemos inquietos. ¿Qué nueva catástrofe nos amenaza?

Rocío se dispuso a responderle, pero fue el propio presidente del Consorcio quien se le adelantó en el uso de la palabra.

—Hemos tenido acceso a informes de los servicios de estudios de varios países que afirman, sin género de duda alguno, que nos hallamos a las puertas de una nueva glaciación. Aunque han decidido guardarla en secreto, para no alarmar a la población, creen que ya se están mostrando los primeros síntomas, idénticos a los que acontecieran en anteriores glaciaciones. Que el clima se mueve, que cambia, ya lo sufrimos en nuestras cuentas de resultados. Lo que no sabíamos es que entramos en una nueva Edad de Hielo.

—¿Hielo? ¿Qué consecuencias podría tener?

—Pues pueden figurárselo. Casi toda Europa y Estados Unidos quedarán bajo la nieve. Será la absoluta ruina para sus economías. La catástrofe será absoluta, y cientos de millones de personas se verán obligados a iniciar un éxodo, por las buenas o las malas, hacia el sur. ¿Y quién pagará todos esos platos rotos? ¿Pueden figurárselo?

—Nosotros, como siempre, respondieron al unísono varios consejeros.

—Eso significaría nuestra absoluta quiebra. Entraríamos en bancarrota con responsabilidad penal además para los administradores, por incumplimiento de condiciones.

La amenaza de la cárcel, unido a la certeza de la ruina, amedrentó a los consejeros, que no lograban vislumbrar ninguna salida. Si los pobres temen a la prisión, más aún los ricos de vida regalada. Tienen mucho más que perder. El miedo les estimuló la creatividad. Por eso no tardaron en lanzarse a plantear posibles soluciones.

—Dejemos de asegurar catástrofes naturales. O subamos sus primas hasta precios exorbitantes.

—Las autoridades no nos lo permitirán, somos un sector sumamente intervenido. Si nosotros paráramos, las empresas también lo harían. Además, aunque consiguiéramos modificar las normas del juego estaríamos ante un dilema fatal. Si decimos que dejamos de asegurar porque todo va a quedar bajo los hielos, la alarma se dispararía y el pánico arruinaría la economía, llevándonos a nosotros también por delante. Y además, siempre queda una duda, ¿y si se hubiera tratado de una falsa alarma, y pasado un tiempo todo volviera a la normalidad? Si cesamos en nuestra actividad dejaríamos de ingresar las cuotas de las pólizas, y por tanto también nos veríamos abocados a la quiebra.

—Entonces, ¿qué salida nos queda?

—Aquí es donde entra en acción nuestra invitada, la señora Romero. Le hemos pedido que venga a informar, con su precisión y concisión habitual, sobre las medidas financieras que podemos adoptar. Por eso les ruego que le permitan finalizar su intervención.

—En realidad no se trata de nada nuevo en el sector de seguros. Como siempre, estamos ante un juego de azar. Vamos a ver. Si llegara la glaciación, todos estaremos de acuerdo en que la economía europea se arruinaría por completo. ¿De toda Europa? No, sólo de la que quedara bajo el hielo o los fríos extremos. Por el contrario, el sur de Europa experimentaría un espectacular incremento de población, de demanda y de precios de sus inmuebles. ¿Comprenden que en realidad el reaseguro no es tan complicado? Basta con que compremos suelo en el Mediterráneo. En la actualidad, tenemos suficientes reservas económicas para ello. Que llega el hielo, pues salvamos nuestras cuentas gracias a las altas plusvalías de nuestras inversiones inmobiliarias. ¿Que no llega? Pues tenemos un suelo que poco a poco podremos ir vendiendo sin pérdidas.

Los consejeros seguían con interés las explicaciones de aquella atractiva mujer, que con los cuarenta ya pasados mantenía un envidiable tipo, realzado por un ajustado traje chaqueta de color gris al que un pañuelo de tonos pasteles confería un toque de elegante alegría. Y además, planteaba alternativas sumamente inteligentes. Normalmente invertían en renta fija, acciones muy solventes o deuda pública. Pero la propuesta de hacerlo en suelo en el Mediterráneo no estaba nada mal. Si la contingencia de la glaciación se producía, los terrenos adquiridos se pondrían a precio de oro. No era tan difícil de llevar a cabo, en aquellos momentos en los que todavía disponían de algunas reservas. Además, gracias a la soberbia irresponsabilidad de algunos científicos, la gente creía en la payasada del calentamiento global. Algunos pensaban que al final hasta se podrían bañar en el Báltico. Inocentes, mejor que siguieran engañados, así dispondrían aún de algún tiempo.

—Pero debemos empezar a actuar ya. Probablemente no nos queden más que tres o cuatro años, y debemos sacar provecho del tiempo de ventaja que gozamos.

La discusión siguió por un buen rato, pero cualquier observador se hubiese pronto percatado del absoluto triunfo de la morena. Todos los consejeros terminaron apoyando el plan, juramentándose para cubrir la operación bajo el manto de discreción y confidencialidad que tantos réditos había concedido a los financieros suizos. La reunión finalizó con un fuerte aplauso para la ponente, que agradeció con falsa modestia.

Henchida de felicidad, y con un día algo más entonado, Rocío decidió volver andando hasta su hotel. Tenía ganas de pensar en lo ocurrido, y soltar la tensión que había acumulado. A mitad de camino, cambió de plan. No le apetecía volver a estar con el cubano. Estaba hastiada de él. Lo llamó por teléfono, y le pidió que regresara a España. Que no se preocupara por el coste del billete que ella lo abonaría desde su tarjeta. Se sintió después más libre y dispuesta a saborear un concierto de Mozart que había visto anunciado en un viejo teatro. Y es que nada como despachar a un hombre para sentirse libre de nuevo.

10

Ramón, el delegado de MHI en Andalucía, recorría con prisas las angostas calles del barrio de Santa Cruz, en pleno centro sevillano. En menos de cinco minutos debería llegar hasta el pequeño anticuario situado al final del Callejón del Agua. Pero no había forma. Los grupos de turistas obturaban la circulación de las estrechas callejuelas, retrasando su marcha. Agobiado, la ciudad se le antojó un gigantesco laberinto de venas y arterias por donde pululaban enloquecidos leucocitos con sus pitidos y su legado de cáncer urbano a cuestas. *¡Como siga así no llegaré a la firma en el notario a las once!* Logró alcanzar su objetivo en un tiempo que su implacable cronómetro personal consideró razonable. La tienda del anticuario se encontraba en una placita. No tenía otro distintivo exterior más que una pequeña placa de piedra grabada: Híspalis, Antigüedades. Además, la puerta estaba cerrada. ¿Cómo demonios podía hacer negocios un comercio que ponía trabas a su público? Era como si MHI no anunciara sus promociones, o no les construyera carreteras de acceso. ¿Quién demonios les compraría? ¡Es que la gente no sabía lo que era montar una empresa! Además, tampoco tenía timbre. Tendría que hacerse notar a aldabonazo limpio, como cada vez que le visitaba. Curioso este anticuario, aislado de los tiempos y mudanzas de la época. Lo conoció cuando decidió hacerle un buen regalo a su mujer. Después de mucho pensarlo, se decidieron por un bargueño antiguo, que bien caro le costó. Acababa por aquel entonces de ascender al puesto de delegado de MHI, y, con el sensible aumento de sueldo, decidió hacerle una gracia a Macarena, que tanto le había soportado. ¡Qué suerte había tenido con su mujer! Mientras que muchos de sus amigos atravesaban difíciles momentos en sus matrimonios, ellos reforzaban cada año sus lazos de cariño. No se figuraba su vida sin Macarena, ni ella tampoco sin él. La armonía conyugal le aportaba felicidad y estabilidad. Cada vez que lograba un éxito profesional, su primer pensamiento iba hacia ella. *Se sentirá orgullosa de mí. Quiero que tenga de todo*. Pero, desgraciadamente, no de todo tenían. Una única pena oscurecía su querer. No les llegaba el hijo que deseaban desde hacía un tiempo. Cuando su mujer cumplió los treinta y cinco se sinceró.

—Ramón, quiero tener un hijo. Ya mismo se me pasa el arroz.

Y a ello se pusieron. Con pasión al principio, con rigurosa disciplina después. Calculaban las ovulaciones y los ciclos y se empleaban a fondo. Pero nada, la vida no agarraba en el vientre de la mujer, que maldecía el rojo de cada nueva menstruación.

—Me siento vacía. Los hombres no entendéis lo que es ser mujer. Somos como una gran copa que precisamos llenar.

Sólo con un hijo de nuestras entrañas podemos saciar ese hueco que nos succiona. Nos sentimos vacías si no viene, y ese vacío nos deprime y nos hunde. Es como si te miraras para adentro y sólo vieras el precipicio de la nada. Y te da vértigo, y lloras. Piensas que envejeces y que la maldita menopausia está ahí, acechando. Estamos condenadas a querer ser madres, y yo quiero serlo. Es como si parte de la razón de tu vida fuese dar nueva vida. Ramón, tenemos que conseguirlo.

Y Ramón ponía todo lo que estaba de su parte por cumplir. ¡Cuántos viajes suspendió por estar presente en los días de fertilidad! Por él, desde luego, no quedaría. Pero nada. Aquello seguía sin fructificar.

—Macarena, si no viene podemos adoptar a una niña rusa.

Y Macarena rompió a llorar. Y Ramón comprendió el sufrimiento que sus palabras le habían causado. ¡Torpe, qué torpe había estado! Para su mujer, el adoptar un hijo en aquellos momentos significaría reconocer que el vacío que le oprimía nunca sería llenado por el fruto de sus propias entrañas. Un fracaso de su biología, un tormento para su psicología. Y era su propio marido el que le había refregado su impotencia ante sus narices, como diciéndole, ya que no eres capaz de engendrar al hijo que deseas, vamos a encargar una muñequita para que juegues y te sientas madre, gozoso estado de la mujer feliz. La abrazó mientras le pedía perdón, compartiendo su sufrimiento. Aunque sus brazos hicieron remitir sus llantos, las caricias de su marido jamás podrían sustituir la sonrisa del hijo que tanto deseaba. Por eso, Ramón decidió expresar en aquel momento lo que ambos habían pensado en muchas ocasiones, pero que nunca se habían atrevido a exponer.

—Mañana vamos al ginecólogo. Si no nos viene por lo natural, nos vendrá de otra forma. La fecundación *in vitro* hace maravillas.

Y comenzaron el largo proceso de pruebas, análisis, muestras de esperma, inyecciones para forzar la ovulación, extracción de óvulos, fecundación en el laboratorio y congelación de los embriones, de nuevo inyecciones para la implantación de aquella esperanza de vida…

—¿Tú crees que esto será pecado? —le preguntaba de vez en cuando Macarena—. Porque la Iglesia sigue prohibiéndolo.

—No hagas caso a los curas y sigue tu corazón. Traer el hijo que deseamos jamás podrá ser pecado ante Dios.

Por dos veces la implantación fracasó y cada una de esas malditas pruebas negativas les supuso un escalón más hacia la desesperanza. Y de nuevo las pruebas, y de nuevo los óvulos y el esperma, y de nuevo aquel remedo artificial de lo que lo natural les negaba. Y Ramón que la consolaba, con más voluntad que convicción, *Tranquila Macarena, que a la tercera será la vencida*.

Oyó pasos en el interior de la casa que le devolvieron a la consciencia de estar frente al rótulo de Hispalis, Anticuario, con un cronómetro enfrentado. La puerta se abrió, y el anticuario, sin salir de la penumbra del zaguán, le invitó a pasar.

—Perdone que tardase, me encontraba al fondo del patio regando las macetas.

Ramón lo siguió. La realidad ahuyentó los fantasmas de sus temores. En dos días sabría si el tercer intento de fecundación daría frutos. Dos días de sufrimiento e incertidumbre. Dos días para la felicidad o el desconsuelo.

—¿Y su mujer, cómo está?

Le sorprendió la pregunta de aquel hombre menudo y enjuto, tan antiguo como la mercancía que se apilaba en las habitaciones que rodeaban al hermoso patio central. ¿Habría podido leer sus pensamientos y angustias? Qué tontería, aquello era una simple frase de protocolo ante los clientes.

—Bien, gracias.

—¿Sigue contenta con el bargueño?

—Sí, sí.

—Fue una buena compra. Esos bargueños son cada día más reclamados. Podría comprárselo de nuevo, tengo un cliente interesado, y no encuentro ninguno de la calidad del suyo. Haría un buen negocio si me lo revende.

—No, no gracias —Ramón se rió—, mi mujer me mataría si le quito su bargueño. Es lo primero que enseña a todas las visitas.

—Es lo que yo siempre digo, que comprar antigüedades no es un gasto, es una inversión. Su valor sube, mientras que el de los muebles actuales de diseño está condenado a hundirse en el olvido y la melancolía.

—Eso dice mi mujer, que cuestan casi lo mismo, y que una antigüedad es para siempre.

—La mejor herencia que podrá dejar a sus hijos, no lo dude, señor.

¿Hijos? ¿Qué hijos, si no los tenían? ¿Herencia para quién, para los sobrinos, para Hacienda? De nuevo aquel hombrecillo fisgaba en su herida, lo que le escocía e inquietaba. Decidió ir directo al asunto. Tenía que salir en diez minutos. Su implacable almanaque mental descontaba hacia atrás el tiempo de las citas. Diez minutos en el anticuario, cinco hasta la Avenida de la Constitución. Si no se demoraba, podría estar con suficiente antelación en la cita del notario, cumpliendo con otra de sus manías: llegar siempre antes que los clientes. No tenía tiempo que perder. Por eso abordó la cuestión que hasta allí le había llevado esa mañana, la dichosa piedra encontrada en la obra de Nueva Tartessos.

—¿Qué le pareció la pieza que le envié?

—¿Le interesa venderla? Se la compro a buen precio.

—No vendo. Lo que quiero saber es de qué época es.

—Antigua, muy antigua.

—¿Ha descifrado lo que dice?

—No. Ojalá hubiera podido hacerlo, señor. Esa lengua todavía no ha sido descifrada.

Ramón percibió que aquel anciano anticuario no tenía interés alguno en explicarle lo que sabía. Se limitaba a responderle con resbaladizas evasivas. Intentaría cercarlo con preguntas cada vez más concretas.

—¿Qué lenguaje es?

—El de nuestros mayores, los primeros que utilizaron la palabra escrita.

Ramón comenzaba a impacientarse. Le quedaban ocho minutos para abandonar aquel museo del pasado y todavía no había logrado sacar nada claro de aquel esquivo mercader. Decidió formular él mismo una hipótesis.

—Latín, desde luego, no es. Es mucho más antiguo. ¿Puede ser íbero?

El anticuario lo atravesó con la mirada y Ramón se sintió desnudo, como si todas sus vergüenzas estuvieran siendo mostradas al aire. *Coño, que es que como si me estuviese leyendo por dentro*. Esa extraña sensación cesó cuando el anciano bajó la mirada para preguntar con suavidad:

—¿Sabe dónde la encontraron?

—No, como le dije por teléfono antes de enviársela, me la regaló un amigo.

El anticuario lo miró de nuevo para escudriñar sus ideas. Ramón no albergó en ese momento duda alguna: había adivinado que le engañaba.

—La estela, que así se llaman estas piedras grabadas, es realmente antigua. Los signos esculpidos en ella responden a un extraño y desconocido alfabeto. ¿De cuándo? No lo sé con exactitud. Desde luego que cuando se grabaron, ni Rómulo ni Remo habían nacido. Probablemente tampoco el tatarabuelo de sus tatarabuelos.

Ramón percibió que el muro de su resistencia empezaba a resquebrajarse. El anciano sabía mucho más de lo que hasta ahora le había contado, y parecía que sus palabras comenzaban a fluir. Decidió guardar silencio, para no entorpecer el monólogo del anticuario.

—Llevo dos días sin dormir. Su piedra me tiene obsesionado, despertó en mí una inquietud que no logro saciar. He consultado libros, revistas, piezas de museos, todo lo que he podido localizar en bibliotecas o en Internet, y no he encontrado nada parecido. Estamos ante una pieza única, una de esas que hacen que las nociones arqueológicas se tambaleen.

Guardó silencio, mientras abría un álbum de fotografías y le explicaba las diferencias y semejanzas con cada una de las epigrafías retratadas.

—¿Íberos? Estas inscripciones no se parecen a las muchas consideradas como íberas, y que son muy abundantes en el sur y el este de la península. No. Esta escritura es mucho más antigua. ¿Tartésica? Podría ser. Mire esta estela encontrada en Huelva. Los caracteres guardan algún parecido. Pero no son idénticos. Para mí que son todavía más antiguas, a pesar de su extraordinario estado de conservación.

—O sea, que es posible que provenga de una ciudad anterior a Tartessos.

—Creo que sí. Tartessos alcanzó su esplendor con el rey Argantonio, allá por el siglo VI antes de Cristo. Pero creo que esta piedra fue grabada con anterioridad. ¿Mil años antes, dos mil?, no lo sé. Por eso resulta tan importante averiguar de dónde procede.

—Ya le he dicho que no tengo ni la menor idea.

—Pues me gustaría poder hablar con el amigo que se la regaló. Quizá él me lo pueda contar.

—No creo que él desee hablar con nadie acerca de la piedra. Ya sabe que estas cosas son delicadas.

—Coménteselo, por favor. Cuente con mi silencio más absoluto. Piense que yo me dedico a esto, no puedo permitirme indiscreción alguna. Perdería clientela y podría tener un problema con la policía, que cada día está más pendiente de las cuestiones de patrimonio. Tengo un doble interés. El primero el de la simple curiosidad histórica. No me entran todos los días piezas como esa. El segundo, digamos sería una cuestión de negocios. No sé, quizá haya más piezas enterradas. Yo podría pagar por ellas.

Realizó la propuesta con la cabeza agachada y con un tono de voz casi imperceptible. Ramón analizó sus palabras. ¡Ojalá pudiesen vender las ruinas de la urbanización por entero! Andrés Altozano, su jefe, no lo dudaría ni un instante. Que se lleve todas las piedras, que no deje ninguna, le urgiría. Pero, desgraciadamente, eso no podía ser. Nadie podría trasladar el coloso enterrado que habían tenido la desgracia de encontrar.

—Se lo comentaré, pero no creo que le interese. A lo mejor tampoco él sabe de dónde procede la estela.

El anciano levantó la cara, y sus ojos se cruzaron. De nuevo esa mirada que todo lo veía, de nuevo esa extraña sensación de estar siendo desvalijado de sus pensamientos más profundos.

—Algo me dice que sí podemos averiguar de dónde procede. Haga un esfuerzo. Se lo recompensaré con creces.

—Veré lo que puedo hacer. No le enseñe a nadie la piedra, por favor. Y cuídela. Pasaré por ella en unos días.

—No se preocupe. La cuidaré como se cuida a un hijo. Porque nada es tan valioso, ¿verdad? Le pido que me deje la estela un par de semanas más. Deseo seguir investigándola, tengo que extraerle mayor información. Y en cuanto a su seguridad, no se preocupe. Por mi propio bien, y sobre todo por el suyo, nadie nunca jamás sabrá de su existencia, como nadie conoce la del hijo que nunca tuve.

Ramón llegó con diez minutos de retraso al notario. Los clientes ya le esperaban, sin síntoma alguno de impaciencia. Tuvieron que esperar todavía más de media hora a que el notario se dignara a pasar a firmar una escritura elaborada por alguno de sus eficientes oficiales. Por diez minutitos de amable charla y la lectura de unas obviedades manidas, cobraría una buena minuta. Pero el delegado no tenía la cabeza ni en el abuso notarial, ni en la compraventa que firmaba como un autómata, ni siquiera en sus clientes, a los que tanta atención prestaba normalmente. La conversación con el anticuario le daba vueltas en su cabeza una y otra vez. Tendría que contarle a Andrés que se encontraban ante unas ruinas de gran antigüedad e importancia histórica. No le iba a gustar nada. Pero eso no había sido lo más inquietante de la reunión. Le obsesionaba la sensación de haber sido vaciado por el anciano. Estaba seguro de no haberlo podido engañar. A esas alturas el anticuario ya sabría perfectamente que él era quien en realidad había sacado la piedra del yacimiento. Y eso no era lo peor. También había adivinado el tormento que padecía por el hijo que no les llegaba. Lo había leído en su interior. Y cuando alguien conoce tus secretos más íntimos, tus infamias más ocultas o tus obsesiones más apegadas, te sientes débil frente a él. Su conocimiento le otorga poder sobre ti. La información es poder, dicen los políticos. Pues tienen razón, pensó Ramón con cierta angustia mientras salía de la notaría sin despedirse siquiera del señor notario ni de sus clientes.

Mientras, el viejo anticuario seguía meditando frente a la estela. Desde que llegara a sus manos estaba como en una especie de trance. Parecía que le venían a la mente recuerdos antiguos, quizá demasiados antiguos para que él pudiera haberlos vivido. ¿Qué era lo que ocurría en su mente? ¿De dónde esas imágenes en sueños? ¿Quién era ese anciano sacerdote que parecía hablarle desde las profundidades de su inconsciencia?

11

Sorbas soy, aunque más espectro que persona aparento ser. Sigo mi dolorosa marcha. La pendiente se hace más suave, y mi senda algo más liviana. He conseguido hacerme con un palo de acebuche a modo de chivata, que alivia mis pasos, pero no mi corazón. Renqueando, continúo hacia la aldea. Ya no puede estar lejos. Concentro toda mi energía en mis pies, rogando que no me fallen en la tarea. Y me acuerdo de las palabras de Tíscar, el sacerdote. Tú no sólo eres tú. Eres universo, todo tu ser comulga con el Todo. Por eso almacenas fuerzas que no llegas ni a sospechar. Búscalas cuando las necesites y las encontrarás ahí dentro, aguardando ser llamadas para servirte. Y eso hago, y a ellas me encomiendo para poder continuar. ¡Cuánta sabiduría la de Tíscar! Qué extraño era. Mi última imagen de él aflora en la bruma de mi memoria. En la gran puerta dorada del Gran Templo de Poseidón se despidió, una vez que los temblores de tierra hubieran comenzado. No era más que un venerable anciano, delgado y curvado, pero su mirada seguía irradiando una poderosa energía. Cada vez que sus ojos grises me miraban, mi mundo interior se le abría. No sólo es que tuviese el don de leer los pensamientos de los hombres, sino es que además, percibía sus sentimientos. Y eso, me repetía, es lo más difícil. Los pensamientos son matemáticas y los sentimientos poesía. Por eso, lo primero es ciencia que se aprende y lo segundo magia, que te sorprende. Tíscar siempre me sorprendió por su sabiduría, Senés, el sacerdote tesorero, por su alegría. Parecía burlarse de todo, hasta de las cosas más sagradas. Discutía a veces con Tíscar, aunque también parecía admirarlo por su conocimiento.

Encuentro un animal tumbado, sin vida. Es un toro, con los ojos abiertos hacia los cielos. Tiene que haber muerto hace bien poco, las alimañas todavía no lo han devorado. Necesito comer algo, para que mi cuerpo reaccione. Con mi puñal de bronce corto la vena de su cuello. Bebo con fruición la sangre que a duras penas brota. Me sabe a gloria, conocedor de la esperanza que encierra aquel elixir. Miro a los cielos e interpreto el hallazgo del toro como un buen augurio. Los toros son nuestros animales sagrados. Muchas de nuestras fiestas y liturgias giran en torno al animal de la fuerza y la bravura. Nuestros reyes deben probar su valor cazándolos en los campos armados de palos, telas y redes. Desde lejos llegan héroes queriendo probar su valor frente a la bestia ungida por los dioses. Los que logran dominarlo son adorados por el pueblo y recordados por sus gestas. Los de fuera nos conocen como la gente del toro, y algunos de nuestros marineros han llevado su culto hasta la gran isla, allá lejos, en el Levante.

Bebo de nuevo de su sangre, aplicando mis labios a la herida abierta por mi puñal. El rojo líquido de la vida me reconforta. Me sabe a dulce, como los besos de mi amada Antas. Y es que el amor es la pócima precisa para la felicidad, como la sangre lo es para el cuerpo. Morirá el segundo, pero sobrevivirá el primero. Esa es la enseñanza que recibí, esa es mi última misión. Que el amor de los hombres por su ciudad primera no se pierda en el recuerdo.

12

Mientras caminaba nervioso hacia el cine donde había quedado con Marta, Alejandro Arrachero no terminaba de creerse que algo tan maravilloso hubiera podido ocurrirle. La aventura comenzó el día anterior en la librería, cuando una joven estudiante de Historia se le acercó, después de haber permanecido un buen rato deambulando entre anaqueles y estanterías. Antes se había dirigido al Yerbas para preguntarle por un libro sobre los templos fenicios en la costa gaditana. No le supo responder, dado que el ordenador no recogía libro alguno con ese título. Pero la joven, tenaz, lejos de desanimarse, se acercó hasta Alejandro, para insistir en su petición y probar suerte.

—¿Templos fenicios? —la pregunta estimuló el único instinto de cazador que le funcionaba a Alejandro—. Déjame pensar. Sí, tenemos varios. Déjame que te los enseñe.

Y ante el asombro de Marta, que así resultó llamarse aquella atractiva estudiante, el librero la fue llevando de aquí para allá, mostrándole libros de títulos diversos que trataban sobre la materia.

—Este trata sobre el templo de Melqart, el dios fenicio que sería llamado después Herakles por los griegos y Hércules por los romanos, aunque se piensa que también pudo haber sido un héroe egipcio. Estuvo en la isla de Sancti Petri, y hoy está hundido en el mar. Este otro describe las necrópolis fenicias halladas en la capital, y este otro….

Alejandro, inusualmente desatado ante el estímulo que le suponía el serle útil a aquella divina joven, no cesaba de rebuscar todos aquellos libros que pudieran tener alguna relación con el tema de su interés. Marta lo seguía en silencio, hojeando los que se le ofrecían y escogiendo alguno de ellos. Al final compró cuatro, que pagó en metálico en la caja. Al recibir el justificante de compra sonrió atenta al librero esforzado.

—Muchas gracias, has sido muy amable. Me ha impresionado cómo conoces los fondos de la librería. Tu mente funciona mejor que el ordenador.

No le dijo más. Se despidió cortésmente con una sonrisa y se marchó, dejando a Alejandro sumido en un dulce desconcierto. La sonrisa de la joven, además de agradecimiento, denotaba admiración. Y Alejandro no estaba acostumbrado a que las chicas bonitas se fijaran en él. Es más, jamás ninguna le había prestado el menor interés. Desde muy joven sintió que era transparente para las mujeres, inexistente ante sus ojos. Eres cascarón de huevo, le mortificaban sus compañeros de instituto durante su adolescencia. Alejandro, resignado, se fue acostumbrando a esa situación de invisibilidad, aunque en su interior albergaba la esperanza de conocer algún día a una mujer que valorara su interior y que no se dejara embaucar por el gracejo y la fácil palabrería de los hombres que las rodeaban. La sonrisa de Marta le produjo una mella gozosa en su corazón, y, tras su despedida, quedó como flotando a dos cuartas sobre el suelo. Ni siquiera la más aguda octavilla de un coro podía levitar tan puramente. Aún mayor fue su satisfacción cuando al pasar junto a Diego Cifuentes lo notó tenso, como si estuviese celoso de su éxito. Como era de esperar, le lanzó una de sus puyas. *Desínflate, Casanova, que vas a explotar*. Pero, por vez primera, a Alejandro no le importó. Esa mañana fue el más feliz de todo Cádiz.

Cuando esa noche llegó a su casa, preguntó nada más abrir la puerta:

—Mamá, ¿qué le gustan a las mujeres de los hombres?

Su madre lo miró extrañada. Su hijo jamás se había interesado por esas cuestiones.

—Hijo, ¿no me darás la alegría de estar echándote novia, verdad?

—No, no. Es por una discusión que hemos tenido en la librería.

—Pues quiere que la haga sentir mujer, que le dé cariño, atención, seguridad, dinero e hijos. Y que no le pegue, que tú sabes lo larga que tienen muchos hombres la mano.

Cariño y atención podría darlo a raudales, pensó esa noche una vez tumbado en la cama. Se desviviría por la mujer que amara. Seguridad y dinero, también. No era rico, ni tenía un gran sueldo, pero trabajo nunca le faltaría. E hijos. Él también quería tener hijos, para pasearlos y mostrarles el mar. Les hablaría del Corcho, y les contaría alegres historias marineras. No entendió muy bien qué significaba exactamente eso de hacerlas sentir mujer. Por supuesto que jamás le pegaría. ¿Cómo poder golpear a la flor que se ama? Y se durmió soñando con el regreso a casa de manos con su hijo, agotado de horizontes y de historias imposibles de marineros románticos y alegres barquitas. Una dulce mujer esperaría su regreso. Y ese ángel tendría el resplandeciente rostro de la clienta que le había sonreído como ninguna otra mujer lo hubiera hecho jamás.

Pero la gran sorpresa estaba aún por producirse. A la mañana siguiente, la misma joven entró de nuevo en la librería. Alejandro la intuyó nada más poner los pies en el establecimiento. Antes siquiera de verla, su corazón se aceleró, presintiendo su llegada. Fuerte, fuerte, tanto que su ritmo sobresaltado le hizo enrojecer de temor y ansiedad. La demencia del amor que cabalga sobre el corcel de los nervios. Con disimulo, para que ninguno de sus compañeros pudiera sospechar nada, se acercó hacia la zona de entrada, poniéndose a tiro de la mujer cuya sonrisa le había robado sus sueños. Sí, allí estaba, resplandeciente de belleza y sencillez. Vestía con unos sencillos pantalones vaqueros y camisa blanca, y rezumaba una sobria elegancia. Se percató entonces de que se había quedado absorto observándola, convirtiéndose en vulnerable a las burlas de sus compañeros. Entresacó al azar unos libros de la mesa de novedades, cambiándolos de sitio en una absurda maniobra de distracción. Afortunadamente, nadie pareció darse cuenta de su desconcertante comportamiento, parecido al de tantas editoriales sin línea definida, que publican sin ton ni son. Se sintió como un colegial enamorado en el patio del recreo. En esas estaba cuando ella levantó los ojos y sus miradas se cruzaron. Alejandro se quedó paralizado. Ni pestañeó ante la mirada de aquella ninfa atlántica. La joven le sonrió con inocente educación, y él fue incapaz de devolverle gesto alguno. Atravesaba el séptimo cielo, aquel en el que se permite a los mortales vislumbrar el rostro de la divinidad, pero no se atrevió a pronunciar palabra. Agachó la cabeza, e inició la retirada a la zona trasera, a la sección de filosofía y clásicos. Atormentándose por la torpeza de su comportamiento y por la timidez que imposibilitaba su sonrisa, Alejandro ya se veía perdiendo ese tren que jamás volvería a pasar por delante de su puerta. Quizá debería adelantarse hasta la mesa de los libros de aventuras y acción. Así estaría más a su paso, antes de que Cifuentes o cualquier otro se precipitara sobre ella. En aquellos momentos, no tenía amigo alguno. Cualquier macho sería percibido como rival para la atención de la hembra. ¿Por qué era tan tímido? ¿Por qué no se acercaba para preguntarle si deseaba algún otro libro? Pues, sencillamente, porque era un desgraciado que nunca llegaría a nada. La perdería como tantas cosas había perdido a lo largo de su vida.

Se sintió de nuevo derrotado, y el empalago de la autocompasión pareció mitigar el escozor de su herida. Y entonces, emergiendo de la sección de temas andaluces, apareció la diosa, que se dirigió directamente hacia él.

—Buenos días. Quería pedirte un nuevo título.

Su interés por los libros le permitió recuperar la compostura abandonada vergonzosamente durante los últimos minutos. En la querencia del saber editorial se sentía seguro.

—Buenos días. Me alegro de volver a verla. ¿Qué libro desea?

—No me llames de usted, por favor. ¿Cómo te llamas?

—Alejandro, Alejandro Arrachero.

—Pues Alejandro, quisiera que me recomendases una novela. Me aburro mucho sola en casa, y quisiera algo para leer.

—¿Qué te gusta? ¿Novela histórica, negra, de aventura?

—Me encantan los temas románticos. Soy muy sentimental, ¿sabes?, y estoy cansada de leer tantos libros de historia.

Yo también soy un sentimental, pensó Alejandro para sus adentros, pero no puedo reconocerlo ante nadie. Se reirían de mí, a ningún hombre parecen interesarles esas cosas.

—Ven, tenemos ese anaquel dedicado a la materia.

—Muchas gracias. Me asombra cómo conoces la librería. Debe ser muy complicado, ¿no? Con tantos libros almacenados no sé cómo puedes orientarte con tanta facilidad…

—Bueno, la costumbre…

Alejandro se apartó un poco, dejándole un respetuoso tiempo de intimidad para que pudiera escoger la novela que más le gustara. Cabalgaba sobre una nube de placer. Se sentía halagado, admirado. ¡Y por la mujer más maravillosa del mundo, además! Cinco minutos más tarde, Marta se le acercaba con un libro en la mano.

—He escogido *Mahabbat*. Es de Grian. ¿Crees que será bueno?

—Es el tratado más hermoso que conozco sobre la Ciencia del Amor. Además, es una preciosa edición. Se inspira en la leyenda de Medina Azahara.

¡Qué casualidad! Había escogido un libro que a él también le había encantado cuando lo leyó, semanas atrás, y que había ocasionado la burla de Cifuentes. *Pero Alejandro* —le había espetado Diego con sonrisa malévola—, *¿te interesan las cosas del amor o es la morería cordobesa la que te pone?* No le respondió, y en la soledad de su casa se emocionó ante la belleza del libro. Y ahora, mira por donde, Marta también se fijaba en ese mismo título. La feliz idea de que se encontraba ante su alma gemela fue anidando en el corazón del librero, que aún no se atrevía a dar su primer paso. Pero el destino parecía trabajar para él.

—Alejandro, ¿qué haces esta tarde?

—Pues estar aquí, en la librería.

—No, digo al salir. No tengo nada que hacer. ¿Te gustaría que diésemos una vuelta?

Fue incapaz de responder. ¡Le estaban planteando algo parecido a una cita, a salir a pasear con una chica tal y como hacían todos sus amigos!

—¿Qué me dices? —le insistió la muchacha.

—Que sí, también a mí me apetece.

Ese era el resumen del maravilloso cuento de hadas que le había abierto las puertas al buque de la felicidad. Quedaron finalmente en ir al cine. Y en eso estaba en esos momentos, esperándola para entrar en la función de noche. Aunque todavía quedaban más de veinte minutos para la hora convenida, Alejandro ya llegaba a sus puertas. Como invitaba él, por supuesto, pensaba comprar las entradas con antelación, para no dar lugar a discusión. Un caballero siempre debía convidar a las damas, por más que le hubieran dicho que a muchas mujeres de hoy no les agradara ser invitadas sistemáticamente. Esperaba que Marta no se molestase por encontrarse con las entradas ya pagadas. Con estas y otras mil dudas como compañeras de espera, propias de su inexperiencia e inseguridad, Alejandro vio cómo se consumían los minutos con la lentitud propia de los atascos del puente de Carranza las mañana de los lunes. Parecía que el dios del amor los estirase para atormentarlo, o para hacerle más dulce, por deseado, el momento del reencuentro.

A la hora convenida, cinco minutos antes de la sesión nocturna, Marta aún no había llegado. ¿Se habría arrepentido? Lamentó no haberle pedido su número de móvil para llamarla. Quizá le hubiera ocurrido algo, algún imprevisto de última hora, y hubiese tenido que suspender la cita. Paseaba de aquí y allá, oteando hasta el último de los rincones de la plaza y de la calle que dominaba desde la puerta del cine. Un atún dentro de la almadraba no se hubiese mostrado tan inquieto, de puro nervio que tenía. ¿Y si todo había sido una broma de sus compañeros para humillarlo, como tantas veces hacían? No podía creer que la sonrisa de Marta pudiese esconder las intenciones de un judas. No. Esta vez no era una broma. O algo le había pasado, o, simplemente, se había arrepentido de haber quedado con él. Sí, eso era lo más probable. ¡Ya le había parecido raro que una mujer como ella se dignase a salir con un payaso como él! Agachó la cabeza, temeroso de que alguien pudiese adivinar su ridícula situación de enamorado plantado, y echó de menos a su amigo el Corcho. ¡Tantas veces le había advertido mientras apuraba su copa de fino! *¡Las mujeres! ¡Son como las tormentas en alta mar! Te cimbrean y sólo te quedas tranquilo cuando se han marchado. El hombre es una barquita que nunca podrá estar en paz frente al huracán que las mujeres desatan en su corazón.* Por eso, quizá, el Corcho nunca recalara en el engañoso puerto de mujer alguna. Pensaba que eran como traicioneras tormentas que te atrapaban hasta hundirte en su seno. Sí, pensó, el Corcho tenía razón de nuevo, como siempre. Marta ya era un ciclón en su ansioso corazón. Pero, paradójicamente, no deseaba salir de su reinado de mareas y rayos. No temía al riesgo de la tormenta del amor, lo que realmente le angustiaba era regresar a la calma chicha de su soledad.

—¿Qué, esperando?

La taquillera, una cincuentona gruesa, sacó su cara a través del estrecho ventanuco para interesarse por su situación. Debía estar acostumbrada a situaciones parecidas. Amantes desesperados, novios despechados, suicidas latentes. Pero, cosa curiosa, Alejandro no se sintió humillado, sino que, por el contrario, esa cara amable fue como el cabo al que atarse en momentos de deriva. Le reconfortó encontrarlo, no estaba tan solo, al fin y al cabo. Y hacia ella se dirigía para darle alguna justificación, cuando vio que Marta atravesaba decidida la plaza en su dirección. Atrás quedaron todas las dudas y zozobras. ¡Ella estaba allí, y había venido a su encuentro! ¡Qué más daba el angustioso retraso de cinco minutos, si al final había aparecido redentora y hermosa, como una mañana transparente de octubre!

Apenas se saludaron con el fugaz beso que los conocidos se apuntan sobre las mejillas, para pasar de inmediato al reino de las penumbras de salas y pantallas. De feliz, a Alejandro no le pareció raro el exceso de maquillaje que la chica recatada mostraba en su inocente rostro. Le daba un aire raro, como de personaje de obra de teatro. ¡Mujeres! ¡Eran tan presumidas! Y Alejandro entró ufano a la sala, porque sabía que Marta se había acicalado para gustarle a él.

—Muy buena, muy buena —Diego Cifuentes sonreía satisfecho ante la rubia oxigenada de mareante escote—. Realmente parecía una niña de colegio de monjas. Cuando entró por vez primera en la librería no la reconocí. ¡Enhorabuena, Mari, has encontrado a la chica Bond perfecta!

—¿Pero de qué chica hablas? Si todavía no te he mandado ninguna. Las putas sin pinta de putas no son tan fáciles de encontrar, no creas.

—Déjate de bromas. Ayer llegó a la librería preguntando por no sé qué libros sobre los templos fenicios. Figúrate, ¿a quién le interesa eso? Coqueteó descaradamente con el tonto de Alejandro. Hoy volvió a aparecer, yendo directo por su víctima. Intuyo que incluso han concertado una cita para esta misma noche. ¿Quién es? ¿Dónde la encontraste?

—Ya te lo dicho —respondió algo molesta la Mari—. Todavía no he mandado a nadie a pescar a tu besugo. No he encontrado a la persona adecuada.

—¿Me lo juras?

—Te lo juro por la Virgen del Rocío, la única que parió al Dios verdadero. Que mi *mare* que está en los cielos nunca llegue a verla si te engaño.

La Mari decía verdad. Nunca hubiera jurado en falso, mentando a la Virgen del Rocío y a su propia madre. A aquella misteriosa chica de la librería no la había mandado ella. ¿Quién era entonces? Porque desde luego jamás mujer alguna podría haberse fijarse en uno tan carajote como Alejandro.

Debía ser, sin duda, una mata hari que actuaba por encargo de alguien desconocido, interesado, sin duda, por el mismo asunto que sus jefes. Tendría que pasarle la información a Germán de inmediato. ¿Y si se trataba realmente de una inocente estudiante universitaria que había llegado a la librería en busca de libros de apoyo para su tesis? No, imposible. Ninguna mujer se había acercado jamás al pánfilo de Alejandro. Si aquella lo había hecho, debía ser por encargo. ¿De quién? Pues no tenía ni la menor idea. Por vez primera intuyó que estaba metido en un asunto más turbio de lo que inicialmente pensara. ¿Quién estaría detrás de ese demonio con cara de ángel que intentaba seducir a Alejandro?

A la salida del cine, Alejandro aún vivía la sensación de compartir oscuridad y cine con su alma gemela recién encontrada. Durante la película deseó haberle cogido la mano, pero no se atrevió. ¿Y si lo rechazaba? ¿Y si sólo lo quería como un amigo? No, no podía propasarse con una mujer tan inocente y dulce. No sería propio de un caballero enamorado como él.

—¿Te ha gustado la película?

Marta giró graciosamente el rostro al hacerle la pregunta. No es que la película le hubiese gustado a Alejandro. Es que la había vivido como uno más de sus protagonistas, como el capitán del barco que se empeñaba en recuperar los tesoros del galeón hundido, mientras que ella era la investigadora que defendía a la ciencia frente a la ávida rapiña de los buscadores de tesoros. Como el aventurero que afrontaba todos los peligros por el amor de su Dulcinea. Alejandro había arrostrado con temeridad los envites de las tempestades y las perfidias de los malvados gracias al combustible de su amor. Miraba a la pantalla y se veía él dentro. Soñaba con ser un héroe para enamorar a esa linda muchacha que le acompañaba. Y ahora Marta le preguntaba que si le había gustado la película. ¿Cómo decirle que, en verdad, él querría ser el héroe del Caribe y que ella fuera la princesa de Jamaica? Pero en su timidez se le encendió una alerta. Quizá a Marta no le hubiese gustado la película, por infantil, y un exceso de pasión por su parte lo desvaloraría ante sus ojos. Optó por un clásico de la retórica: responder preguntando.

—¿Y a ti?

—Mucho. Me encantan las películas de aventuras, de grandes espacios abiertos, y de tesoros hundidos. Y de hombres y mujeres dispuestos a todo por amor.

Alejandro buceó en los océanos de la felicidad. ¡De nuevo sus pensamientos paralelos volvían a encontrarse! A punto estuvo de declararle su amor eterno, pero logró contenerse en un último instante. No debía precipitarse, podría espantarla con su ímpetu. Se arrepintió de no haberse sincerado, al haber respondido su pregunta a la gallega. Acababa de perder una buena oportunidad de impresionarla. Pero como nunca es tarde si la dicha es buena, decidió dejar claro su idéntico parecer.

—A mí también me ha gustado mucho.

Pasearon en silencio durante un buen rato. Marta parecía pensativa, como si su mente persiguiera una idea inaccesible y escurridiza sin lograr atinar con la llave de su posesión. Alejandro, de simple dubitativo se devanaba los sesos intentando sacar un tema de conversación. Pero todos le parecían frívolos y sosos; temía defraudar a Marta. Pero tampoco deseaba pasar por un pasmarote, con menos conversación que una señal de tráfico al revés.

—A veces sueño —se arrancó por fin a hablar— con encontrar antiguos tesoros. Como en la película, seguro que todavía es posible. Deben existir muchos sumergidos en el fondo del mar.

Marta giró su cabeza para mirarlo fijamente. En sus ojos él supo adivinar el brillo del interés y la transparente profundidad de la sugestión compartida. Había dado en la diana.

—Es curioso. A mí me pasa lo mismo. Desde pequeña me fascinaron las historias de las viejas civilizaciones perdidas. Y de sus tesoros y misterios. A veces pienso que eso nos ocurre por estar en Cádiz. Probablemente en ninguna otra costa del mundo haya tantos pecios de barcos hundidos. Desde la antigüedad hasta nuestros días. Se piensa que desde la desembocadura del Guadalquivir hasta Gibraltar existen más de mil restos de naufragios. Muchos de ello están documentados y localizados. Otros muchos aún por descubrir.

Sin poderlo evitar, mientras Marta desgranaba nombres de barcos y de épocas históricas, Alejandro recordó al Corcho. También le hablaba de tesoros, de barcos fantasmas, y de naufragios sonoros. Como también hablaba de la…

—La Atlántida —la voz de Marta supo a ensueño—. Al fin y al cabo Platón ya dijo que la ciudad existió y que se encuentra sumergida delante de nuestras narices, con su misterio todavía incólume.

Alejandro no daba crédito a las palabras que acababa de escuchar. La Atlántida. A Marta le interesaba la Atlántida. Era increíble. Durante años nadie le había sacado el tema a relucir y en esos momentos era el pan nuestro de cada día.

—¿Tú crees en la Atlántida? —preguntó, sin poderlo evitar, para arrepentirse inmediatamente por haber mostrado su interés, en contra de lo aconsejado por el Corcho.

—Pues claro. ¿Tú no? Aparece en todas las viejas mitologías, algo de verdad tiene que haber. Un tío tan serio como Platón no perdería su valioso tiempo en contarnos pamplinas.

—Pues, la verdad, no lo sé. Nunca he pensado en ello.

—Pues yo muchas veces. Estoy haciendo mi tesis doctoral sobre Tartessos, la antigua civilización andaluza de la que tan poco sabemos. Muchas veces pienso que los reyes tartésicos provienen de los antiguos atlantes, serían como un último coletazo de los restos de su cultura. No sé, más que una certeza es una intuición. ¿Tú crees en las intuiciones?

—Sí.

— Pues yo también. Y quiero demostrar científicamente esa intuición. Por eso me documento todo lo que puedo sobre la antigüedad.

— Me gusta mucho lo que haces. Yo puedo ayudarte buscándote todos los libros que desees.

—Te agradeceré cualquier ayuda que puedas prestarme.

—Tengo un amigo, un viejo marinero, que dice que la arqueología no está enterrada en el campo, sino en sus gentes, sus hablas y sus costumbres. Que no busquemos ciudades perdidas, porque las ciudades antiguas no están ocultas en medio de la nada, sino dormidas bajo los cimientos de los actuales pueblos. Todos tienen más de seis, siete mil años, desde que los hombres decidieron que era más cómodo y seguro vivir en cabañas agrupadas que merodear por bosques y marismas. Dice que Andalucía es la tierra más antigua. Al menos eso lo que piensa el Corcho.

—Ya. También Ortega y Gasset decía que el pueblo andaluz era el más antiguo de Europa. Puede que tengan razón, pero esa tesis no se puede demostrar, y la ciencia arqueológica no lo aceptaría así como así. Se necesitan pruebas, catas arqueológicas, niveles de antigüedad, carbonos catorce, restos que se puedan clasificar y publicar. ¿Tú querrías ayudarme?

—Por supuesto, cuenta conmigo para todo lo que desees.

—Pues para empezar, ¿por qué no me presentas a tu amigo, el señor Corcho? Me gustaría charlar con él acerca de sus nociones de la arqueología.

—Le encantará, seguro —le respondió Alejandro, sonriendo por eso del señor Corcho—. También me habla mucho de la Atlántida.

—¿Ah, sí? Pues mejor que mejor. ¿Cuándo podemos verlo?

—Hoy ya no, ya se habrá recogido. Mañana por la tarde lo buscamos en las tabernas que frecuenta.

—Estupendo, mañana lo veremos.

Almas gemelas, sin duda alguna. Alejandro no salía de su asombro ante la cantidad de coincidencias que parecían unirle a aquel ser angelical, que seguía reflexionando en voz alta sobre el asunto de la ciudad perdida.

—A veces pienso que la Atlántida es un símbolo para la sociedad actual. Nuestra civilización podría sucumbir ante la furia de la naturaleza, irritada por nuestros desmanes ambientales.

—Eso mismo dice el Yerbas.

—¿Quién es el Yerbas?

—Un compañero, fue el primero al que le preguntaste ayer en la librería.

—Ah, sí. El pobre no tenía ni la menor idea de dónde localizar los libros que buscaba.

—Es ecologista.

—Ya. Predican en el desierto, los pobres. Nadie les hará caso. Seguiremos destruyendo hasta que la tierra nos destruya a nosotros.

—Qué triste, ¿no?

—Triste pero inevitable. Va en nuestra condición, crecer y crecer hasta consumir todos los recursos disponibles. Sabemos que destruimos el planeta, pero nadie quiere detener nuestro consumo. ¿Cómo decirle al pueblo que no debe aspirar al aire acondicionado, a la calefacción o al automóvil? Los ecologistas sólo podrán moderar nuestra voracidad, pero nunca frenarla. Aspirar a una vida mejor está escrito a fuego en nuestros genes. Ellos mismos contribuyen con su consumo a la destrucción.

—Eso mismo le digo yo. Que él también tiene coche, y piso, y vídeo.

—Y seguro que predica el desarrollo de los países pobres, ¿verdad?

—Sí, colabora incluso con alguna ONG y no se pierde ningún follón de los antiglobalización.

—Otro contrasentido. ¿Qué significa el desarrollo para esos países? Pues más carreteras, hospitales, regadíos, industrias, viviendas, consumo. ¿Y a qué equivale todo eso? Pues a más y más contaminación y destrucción de la naturaleza. Por eso estamos ante un círculo sin salida. Sabemos que destrozamos el planeta, pero no somos capaces de limitar nuestro crecimiento y nuestro consumo.

—Visto así, el planeta sólo tendría remedio si una plaga tremenda diezmara nuestra población.

—Así es. Y eso es lo que nuestro inconsciente colectivo presiente. Que estamos ante una nueva catástrofe global. Y por eso el recuerdo de la Atlántida vuelve a aflorar entre nosotros. Pero, en fin, no debemos ponernos solemnes esta noche tan bonita.

Pasearon en silencio y sin rumbo, sin que a Alejandro se le ocurriera invitarla a tomar nada. Al paso de un taxi, Marta se despidió.

—Hasta mañana.

—¿No quieres que te acompañe?

—No, no te preocupes, regresaré sola.

—Querría decirte algo más.

—Pues dime, que me voy.

—Que al Corcho no sólo le gustará conocerte porque también a ti te interesa la Atlántida.

—¿Ah, no? ¿Por qué más entonces?

—Porque le encantan las mujeres guapas—, casi susurró avergonzado por la osadía de su piropo.

Mientras el taxi se perdía en un recodo de la calle, Alejandro aún permaneció un buen rato bajo el hipnótico efecto del beso que Marta le sopló desde la palma de su mano a través del cristal de la ventanilla.

—¡Tío, muévete, que molestas!

Alejandro se apartó para permitir el paso de aquella pandilla de energúmenos adolescentes. E incluso disculpó su grosería. ¡Pobres, no sabían lo que era el verdadero amor!

13

Andrés Altozano dio el último repaso a la sala del Ritz donde volvería a celebrarse la reunión del consejo de administración de MHI, inesperadamente pospuesta por la absurda postura del consejero Pietro Lombardi. Dichoso italiano, pensó. Si no hubiese sido por su intervención, el consejo de la semana anterior habría aprobado su prudente plan de recoger beneficios antes de que la burbuja inmobiliaria estallase. Ahora todo estaba en el aire. Pero ese no había sido su único motivo de preocupación. Las obras de Nueva Tartessos, en Sanlúcar de Barrameda, seguían paralizadas. Había contemplado todas las alternativas, y la única solución factible era venderlo antes de que el asunto estallase ante la opinión pública. Pero para endiñarle a alguien el mochuelo necesitaba la aprobación del consejo. El director general movió la cabeza con resignación cuando recordó la argumentación del italiano. ¡Una nueva glaciación que sepultaría a Europa bajos los hielos y que forzaría a la población a venirse hacia las costas del sur! ¡Habríase visto chaladura semejante! Se consoló pensando que los restantes consejeros rechazarían con toda seguridad aquella absurda locura.

Cuando media hora más tarde comenzó la sesión del consejo, Andrés se llevó una gran sorpresa. Todas las compañías representadas se habían tomado muy en serio el informe del italiano.

—Bienvenidos, señores consejeros —tomó la palabra el presidente Straw—. Les recuerdo que decidimos aplazar el consejo con el objeto de poder estudiar la documentación que nos entregó el señor Lombardi. Les reconozco que personalmente estoy muy impresionado por su contenido. Pero no quiero influir en el ánimo del consejo. Le pido al señor Lombardi que haga un resumen del mismo sin extenderse en los detalles.

El director general no daba crédito a las palabras de su presidente. ¡Se había tomado en serio el informe! ¿Cómo podía ser posible tal desvarío?

—Gracias, presidente —Lombardi tomó la palabra—. Como habrán visto se trataba de un informe confidencial, procedente de Estados Unidos. Su resumen es bien simple. Vamos a entrar de forma inminente en una nueva Era Glacial, que golpeará con especial intensidad a Europa y a América del Norte. Ya saben que ocurrió otras veces, y que de una forma más o menos regular ha venido aconteciendo en nuestro planeta. En teoría debía haber empezado ya, pero el pequeño efecto invernadero producido por nuestras emisiones de anhídrido carbónico ha impedido un enfriamiento más brusco. Se ha demostrado, analizando los hielos fósiles de anteriores glaciaciones, que siempre estuvieron precedidas por un periodo de calentamiento global de la atmósfera y los mares, similares a los que estamos experimentando en la actualidad. Las consecuencias de la nueva glaciación serán catastróficas para Europa, que quedará bajo el hielo. Se producirá en consecuencia una masiva migración de europeos hacia los países del sur, especialmente España, por lo que el suelo costero incrementará espectacularmente su precio. Mi compañía no alberga ninguna duda al respecto. Debemos comprar todos los terrenos que podamos, mientras más mejor. No importa el precio, terminaremos multiplicándolo por diez. Supongo que habrán tenido tiempo de comprobar los datos que le aportábamos en el informe. Son todos científicamente rigurosos. Es hora de pasar a la acción y adelantarnos antes de que nuestra competencia se percate de lo que se nos viene encima y entre en la loca carrera para adquirir suelo. Cuanto antes compremos, más ganaremos.

Lombardi terminó con esas palabras su concisa exposición, dejando sumido al resto de los consejeros en un meditabundo silencio.

—Señores, pueden intervenir —animó el debate Straw.

El alemán Adolf Kürf fue el primero en solicitar la palabra. Dado que era extraordinariamente prudente, el resto de los asistentes esperaban con ansia su opinión.

—Hemos solicitado un informe de contraste a la principal agencia oficial de investigación en Alemania y la verdad es que su respuesta nos ha llenado de dudas. Mientras que algunos de sus científicos creen probable la tesis de la glaciación, otros la consideran muy remota. En todo caso nos dicen que es perfectamente posible. Al igual que hubo otras glaciaciones anteriores, es razonable pensar que en el futuro se repitan.

—Eso es exactamente así —le interrumpió Lombarda—. La última gran glaciación comenzó hace unos 40.000 años y se conoció como periodo glacial Würm, y se prolongó, con periodos más o menos suaves hasta que se intensificó hacia hace 12.700. Este último coletazo del frío duró unos 1.300 años y es poéticamente denominado como *La Joven Dryas*, en honor de una flor ártica de esa época. Al deshielo, hará algo más de 11.000 años, se sucedieron grandes inundaciones. Platón, sin conocer esos datos fechó la desaparición de la Atlántida bajo el agua sobre esas fechas. Los estudios de Cesare Emiliani demuestran que el nivel del mar subió casi cien metros por aquel entonces. Hoy sigue subiendo debido al deshielo de los Polos por el calentamiento global, que sabemos que es un fenómeno previo a cada periodo glacial. Cuando de verdad vengan los fríos, se formarán enormes masas de hielo que retendrán ingentes cantidades de agua. El mar volverá a bajar de nivel.

—¿Cuándo toca esa nueva glaciación?

—Las eras interglaciales de buen clima se prolongan unos diez mil años. La actual, que viene desde la época de las grandes inundaciones dura ya 11.600 años, es decir que estamos fuera de plazo.

—Entonces, ¿lo del calentamiento global?

—Repito, es cierto. Pero las glaciaciones históricas siempre vinieron precedidas por calentamientos globales. Lo sabemos por la evolución de los hielos fósiles. Por ejemplo, antes de la última era glacial, hubo una subida de más de 5 °C.

Andrés Altozano ya no pudo contenerse más, e intentó forzar a que la respuesta de Lombardi sonara a fábula fantástica.

—Es decir, que va a pasar lo mismo que pronostica la película *El Día de Mañana*, que Nueva York quedará bajo los hielos y que sus habitantes tendrán que emigrar hasta México.

—Exactamente así ocurrirá, tal y como ya pasó otras veces en el pasado. Pero en este caso no se trata de una película fantástica. Es una evidencia científica. La administración norteamericana se ha tomado en serio el asunto, y el Departamento de Defensa ya contempla la hipótesis de que medio país quede cubierto por los hielos. Y aquí, en Europa, sin querer enterarnos.

El italiano respondió con tal seguridad que hasta el propio director general comenzó a tomarse en serio la posibilidad de la glaciación. Por eso, dejándose llevar por su acentuado sentido práctico, le formuló la pregunta que todos esperaban.

—¿Cuándo estima que comenzará?

—Según el índice Vangengeim-Girs, entraremos técnicamente en glaciación en 2010, y esta alcanzará su máxima intensidad noventa años más tarde. Es decir, que tenemos pocos años para hacernos con una buena bolsa de terrenos. Los inviernos cada vez serán más rigurosos, y progresivamente más nórdicos necesitarán el sol del sur. A partir del 2010 también lo precisarán franceses, ingleses y alemanes. Millones de clientes dispuestos a pagar lo que sea por huir del clima polar que convertirá en campos de hielo sus verdes campiñas de la actualidad.

—El informe —quiso sentenciar Straw, el presidente—, considera que las continuas catástrofes naturales que nos golpean durante los últimos años, como tsunamis, ciclones, inundaciones, sequías y fríos polares, no son más que los síntomas del gran cambio que se va a producir.

—Así es —continuó Lombardi—. No tenemos ninguna duda acerca de la glaciación que viene. Lo que no sabemos es cuánto durará, ni los motivos exactos por los que se produce. Cambio del eje magnético, polvo solar, ciclos de astros, quién sabe. Pero desde luego no son causas humanas. Todavía no somos tan poderosos como para cambiar el clima.

A partir de ese momento comenzaron a pedir la palabra todos y cada uno de los consejeros. Y Andrés Altozano pudo comprobar lo que ya temía. Que habían hecho suya la tesis de la glaciación, y que apostaban por comprar terrenos y más terrenos. Cuando el tema estuvo suficientemente debatido, el presidente hizo suyo el mandato general.

—Este consejo no aprueba el plan de desinversiones que nuestro director general nos presentó la semana pasada. Por el contrario, le encarga desarrollar un ambicioso programa de compra de suelo a lo largo de toda la costa del sur de España. Que se elabore un programa financiero para poder llevar a cabo las operaciones.

El acuerdo fue unánime, y así quedó recogido, negro sobre blanco, en el libro de actas del consejo.

Andrés Altozano encajó como pudo el duro golpe sufrido. Pensó dimitir en ese momento, sintiéndose desautorizado. Pero no lo hizo. Al fin y al cabo ninguno de los consejeros le había recriminado nada, todos estaban tan asombrados como él mismo ante la tesis de la glaciación. Y quién sabía. A lo mejor, el italiano tenía razón y los beneficios se disparaban tras la acumulación de suelo. Él quería estar en ese reparto. Por eso tomó la palabra, para ponerse al frente de la manifestación.

—De acuerdo. Pondré a mi equipo a buscar suelo, y estimaré las necesidades financieras que supondrá su adquisición.

Cuando finalizó el consejo, celebraron una comida conjunta, en un extraño estado de euforia por el secreto que compartían. Pronto serían multimillonarios. Andrés, por su parte, ni se atrevió a insinuar lo de la venta de los terrenos de

Nueva Tartessos. ¿A quién le importarían unas ruinas cuando lo que estaba en juego era salvar de la congelación a millones de socios europeos?

Nada más finalizar el consejo, recibió la llamada de Ramón, su delegado en Andalucía.

—¿Puedo ya poner a la venta lo de Sanlúcar?

—No. Hemos decidido no vender. Ya te contaré.

—Y entonces, ¿qué hago con la obra?

—Ya lo decidiremos.

—Andrés, ya sé algo de la piedra.

—Dame una alegría. Te habrán dicho que no tiene demasiado valor, ¿verdad?

—Lo siento. Me han dado pésimas noticias. Por lo visto es una pieza única, de un incalculable valor arqueológico. Algo así como el mayor descubrimiento de los últimos cincuenta años.

—¡La madre que los parió, en qué lío nos hemos metido!

14

Al día siguiente, Alejandro encontró al Corcho en su taberna preferida. Durante toda la jornada, el joven librero había esperado con impaciencia la cita de aquella noche. Le acompañaba Marta y temía que su amigo le hiciera quedar mal. Sabía que al viejo marinero no le gustaban demasiado las mujeres. El encuentro fue frío, reservado.

—Corcho, te presento a mi amiga Marta.

El viejo marinero levantó la mirada con el mismo interés que pusiera ante el lejano avistamiento de una isla desconocida. Era la primera vez que su grumete le traía una mujer a bordo. Y si lo había hecho era porque tenía que estar coladito por ella, y si estaba coladito por una sirena es que estaba más perdido que el barco del arroz, ese que está a medio hundir desde hace décadas frente a la desembocadura del Guadalquivir. Perdido sin remedio. Todos esos pobres polizones terminaban cayendo en las garras de esas sirenas, mitad humanas, mitad pescados. El Corcho conocía bien sus artes. Muchos de sus amigos habían caído en sus trampas, y él mismo estuvo a punto de picar en alguna ocasión. Primero eran las dulces canciones de embeleso. Después, una vez enganchados, ya no había salvación posible para esos desgraciados. Eran arrastrados sin conmiseración hasta las profundidades de su posesión. Se acabaron las largas travesías en alta mar, los nuevos horizontes y los amores fugaces en cada puerto. Las sirenas los encadenaban a la rutina de una vida doméstica, labrando el huerto o trabajando de dependientes. Todos morían poco a poco de pena, sin poder romper el lazo de esclavitud con el que la gorgona los ató para siempre. La maldición de las mujeres parecía perseguirlo. Ahora era Alejandro el que estaba a punto de morder el anzuelo. Debía romper el sortilegio con prudencia y habilidad.

—Buenas noches. ¿Queréis una copa?

—Yo invito —Alejandro quiso tomar protagonismo—. Manué, dos copas de fino y..., Marta, ¿tú qué tomas?

—Un güisqui con mucho hielo.

A Alejandro le sorprendió que una mujer tan delicada pidiese una bebida tan fuerte. Algún hilo del traje de diosa pura con la que la había adornado se descosió en ese instante. Esperaba que hubiese pedido un refresco y salió con un güisqui con hielo, una bebida más propia de noctámbulos que de estudiantes aplicadas. Pero como la alquimia del amor todo lo transmuta, pasados cinco minutos el gesto de Marta ya le parecía el propio de una mujer actual y con personalidad, tal y como se suponían que a él debían gustarle.

El Corcho no pronunció palabra durante el tiempo que Alejandro tardó en digerir lo del dichoso güisqui con hielo, a pesar de que Marta había intentado iniciar algunas conversaciones banales, del tipo «Me encanta la decoración de la taberna. Hacía años que no venía a un lugar como este». Alejandro, algo violento por el desarrollo del encuentro, se vio forzado a intervenir.

—Marta está haciendo su tesis doctoral sobre el Cádiz antiguo. Le encantaría oírte alguna de tus viejas historias.

El Corcho apuró su copa de un trago, miró a la sirena primero, después a su grumete, y levantándose, se disculpó cortésmente.

—Voy antes al excusado. ¿Me acompañas?

Alejandro le siguió, extrañado por la invitación. Jamás nunca el Corcho había pedido compañía para mear.

—¿Quién es ésa? —le preguntó abiertamente una vez que estuvieron los dos dentro del lavabo.

—Una buena amiga, la conocí en la librería.

—¿Te puedo hablar claro?

—Por supuesto. ¿No te gusta?

—Para nada. Ni para mí ni para ti. Es una arpía, de las peores, de las de cara de niña buena y entrañas de serpiente marina.

—¡Corcho! ¿Pero qué dices?

—Que esa viene a sonsacarte. ¿No te das cuenta? ¿Cómo es posible que antesdeanoche estuvieses mosca por lo del seguimiento del tío del bigote y por el marcaje que te hacía tu compañero de trabajo, y ahora aceptes de forma tan natural a una recién aparecida que no hace otra cosa que preguntarte por viejas historias?

—Esto no tiene nada que ver, mi amiga es muy buena persona.

—¿Y tú qué sabes, inocente? Los grumetes siempre se enamoran de las fulanas que les sonríen. Y nunca aprenden que esa sonrisa dura lo mismo que el dinero en su cartera. Nada, un suspiro. Y ésa es una fulana que te dejará en cuanto consiga de ti lo que desea.

—¡Corcho, no te consiento que la llames fulana! ¿Cómo te atreves?

—¿No te irás a enfadar conmigo, verdad?

—No es una fulana, Corcho, es una estudiante que está haciendo un trabajo y...

—Y que, casualmente, te persigue desde hace dos días para sonsacarte cosas. ¿No te parece extraño?

—No es lo que tú piensas.

—Desinfla tus velas, que desbarras. ¿A que te ha preguntado por la Atlántida?

La pregunta cayó sobre Alejandro como una estantería entera repleta de libros de tapa dura. Lo aplastó, lo hundió. Efectivamente, Marta le había preguntado por la Atlántida. ¿Casualidad? Por vez primera la sombra de la duda comenzó a planear sobre sus entendederas. Pero se resistió a cobijarla. Marta, su alma gemela, no merecía ser mancillada por la sospecha infame.

—Corcho, hoy estás insoportable. Mejor nos vemos otro día.

Alejandro abrió la puerta para salir, pero antes aún tuvo que escuchar.

—¿Te ha preguntado por la Atlántida, verdad? ¡Despierta muchacho, despierta, que esa sierpe te arrastra hasta el fondo abisal de la mismísima fosa de las Marianas!

—Adiós.

—Cuando despiertes de tu sueño búscame. Tenemos que hablar.

Alejandro cerró la puerta de un portazo. No quería volver a verlo nunca más. Sin motivo alguno, había insultado gravemente el honor de la mujer que amaba. Quizá estuviese borracho, o quizá ya definitivamente loco y él no se hubiese percatado antes. ¡Y pensar que lo había considerado como su mejor amigo! ¿Cómo le explicaría a Marta el silencio del viejo marinero? Cuando regresó, su diosa no estaba. En una servilleta de papel rezaba de su puño y letra: «Querido Alejandro. Como tardabas, he supuesto que algo iba mal con tu amigo y no he querido importunar. Tampoco me gusta estar sola en los bares. Por eso me voy. No te preocupes por mí. Espero poder volverte a ver mañana. Un beso muy fuerte, Marta».

La pobre —se compadeció Alejandro— ha debido darse cuenta de que algo no marchaba bien. Y como es tan buena persona se ha querido quitar de enmedio. Eso está bien, mejor que sea recatada y que no le agrade quedarse rodeada de hombres que beben. Buena señal. Podrían haberla importunado en cualquier momento. Los hombres de Cádiz piensan mal de las mujeres que están solas en las tabernas. En su nota lo citaba para el día siguiente, y se despedía con un beso. Seguía siendo un pudoroso ángel, de las pocas mujeres en las que un hombre con poca experiencia como él podría fiarse. El Corcho estaba completamente equivocado con Marta. Veía un diablo donde en realidad reinaba un ángel. ¿Cómo podía estar tan ciego?

—¿Te ha abandonado, verdad? Ya te lo avisé.

El Corcho regresaba triunfante de los servicios. Interpretó la ausencia de la muchacha como reacción al sentirse desenmascarada.

—No, es que pensó que molestaba, y como no le gusta estar sola en los bares, decidió irse. Me cita mañana, para volver a vernos.

—¿Que a ésa le pesa estar con hombres en bares? ¿Es que crees que ha hecho otra cosa durante sus últimos tiempos?

Puta. La estaba llamando puta. Su amigo el Corcho estaba faltando gravemente a Marta, sin ningún motivo ni razón. Eso no podía consentirlo.

—Corcho, me voy. Has sido un miserable, me has hecho mucho daño.

—Más vale que descubras que llevas el casco podrido antes de embarcar…

Alejandro no quiso oír más. Salió en estampida, dejando al Corcho con la palabra en la boca. Esa noche no pudo dormir.

15

Soy Sorbas, y he logrado llegar con vida la anochecer. Tendré que pasar la noche al relente, desprotegido ante los espíritus y la naturaleza. Sé que debería subirme a un árbol para protegerme de las fieras, pero ni para eso tengo ya fuerzas. Dicen los viejos que al otro lado de las columnas existen grandes hombres peludos que viven en las copas de los árboles. No sé, quizá sean una especie de esos monos que los navegantes nos traen de sus costas. Me acurruco debajo de unas altas retamas que si bien no me harán entrar en calor, al menos me protegerán del viento. Me siento mejor. La sangre del toro me ha conferido fuerzas y ánimos. ¿Será por el espíritu sagrado que en ellos habita, o porque esa energía interior de la que tanto me hablaba Tíscar ha despertado a mis súplicas? No lo sé. El caso es que esta noche no le temo ni al frío ni a las fieras. Apenas quedaban ya por el bajo valle. Nuestros cazadores iban dando con ellas. Alguna vez que otra, una manada de lobos atacaban nuestro rebaños, y ocasionalmente un oso hería a algún leñador. Pero mucho más peligrosos que las fieras eran las víboras y escorpiones, tan abundantes en nuestra tierra. Desde hace mucho tiempo, leones ya no quedan. Dicen nuestras leyendas que antes del frío abundaron por estas tierras, aterrorizando a los poblados que apenas podían defenderse con palos y piedras de las feroces fieras. Algunos se convertían en cazadores de hombres, y era preciso ponerles cebos humanos para cazarlos. Se usaban prisioneros para atraer a la fiera asesina, bajo la atenta mirada de docenas de cazadores escondidos, con sus armas de piedra pulida listas. Cuando se acercaba al cebo, entonces todos atacaban con sus lanzas y hachas. Bueno, eso dicen algunos. Los más sabios susurran al oído que el rito de caza no era exactamente así. Según cuentan, primero dejaban que el león devorara al desgraciado, mientras chillaba de terror y padecimiento. Sólo cuando la fiera estaba ahíta, atacaban. Les era más fácil acabar con ella mientras sufría los vapores de la digestión. Y de la víctima, tampoco había que compadecerse en demasía, al fin y al cabo lo único que habían hecho era quitarle tarea al verdugo. Muchos de los cazadores morían en esta lucha contra el león, y sus cuerpos eran honrados como héroes. Los primitivos jefes de las aldeas tomaron al león como símbolo del poder. Eran los animales más poderosos y fieros sobre la faz de la tierra. Esa tradición se mantuvo, y aunque los leones desaparecieron, su leyenda no se apagó. Por el contrario, todos nuestros reyes lo siguieron usando como símbolo de su poder. Incluso las primitivas tribus del norte, que llegan a nuestros territorios mendigando metal, adornos, pócimas o simple diversión, también lo adoptaron como tótem de poder político. De alguna forma, es también un reconocimiento a nuestra supremacía. En un largo viaje que hice por tierra dos lunas al norte, me sorprendió com-

probar como las primitivas tribus de los llanos más allá de las dos grandes sierras también adornaban a sus reyes con la figura del león. Su signo lo extendimos mucho más allá. Nuestros navegantes exportaron nuestro tótem real cuando recorrieron los brumosos mares del norte en busca del estaño que precisábamos para fabricar el oricalco, allá donde nunca jamás existió el animal rey. Me dicen que en muchos reinos y tribus, el león es ya el signo del poder. Esa es una forma de rendirnos pleitesía, nosotros fuimos quien mantuvimos la primitiva costumbre de coronar con el fiero león, que hace tanto tiempo nos abandonó.

Tuve un presentimiento. La sangre del toro me había otorgado su fuerza, y el recuerdo del león su fiereza. Todos los espíritus de mi estirpe se estaban conjurando para hacerme inmune al dolor y al cansancio. Sí. Tenía una sagrada misión y nuestros dioses me ayudarían a cumplirla. Quizá su furia ya hubiese remitido y su ánimo estuviese más proclive a compadecerse de este humilde mensajero. Mañana dormiría cálido en una casa del poblado que buscaba. No podía ya estar lejos.

16

A Rocío Romero siempre le había gustado Sanlúcar de Barrameda. Y no sólo por los recuerdos de aquellos largos veraneos infantiles, sino por el placer, siempre renovado, que le producían su caserío, sus aires y su vino. Dicen que hay lugares con energía —se repetía en cada visita—, y este debe ser uno de ellos. A su ex marido, sin embargo, nunca le gustó. Le parecía demasiado pueblerino, elemental, poco sofisticado. Un lugar de veraneo para los comerciantes y funcionarios de Sevilla, poco más que eso. Él prefería la Costa del Sol, Marbella, el glamour, lo cosmopolita. Aunque Rocío jamás llegó a comprender el porqué, a su ex le encantaba asistir a esas fiestas en las que podía admirar de cerca rostros famosos. No le importaba que asistiesen por dinero, cobrando para darle ambiente al local, ni que prostituyesen su imagen para los consumidores ávidos de famoseo de cartón piedra. Él se sentía bien allí, y Rocío no. A ella no le interesaban para nada aquellas rubias operadas, famosas por haberse tirado a éste o a aquel otro, como tampoco aquellos actores decadentes alimentados de coca y recuerdos de grandezas pasadas. Frente a las elegantes fachadas de las discotecas y restaurantes de moda, ella prefería la serenidad del viejo río muriendo en el mar, dulcemente encajonado entre Doñana y Sanlúcar. Y frente a las fiestas sociales, prefería las fiestas tradicionales del sur, especialmente las romerías. El camino a pie o a caballo hasta la Ermita de la Virgen, para la que cantaba y bailaba, siempre la hizo feliz. El camino hasta el Rocío le producía un placer muy especial. Sentía que participaba con devoción en un rito muy antiguo. Su antiguo marido no lograba comprender nada de aquel mundo. ¿Cómo hablan de rezar a la Virgen si los rocieros sólo piensan en beber y divertirse? Y ella no sabía como explicarle que precisamente esa era, entre otras, la manera como el pueblo expresaba su cariño a la Señora. Desde siempre, lo hizo así por aquellas latitudes. Pero sus palabras y razonamientos resultaron inútiles; nunca logró hacerle comprender que la romería era algo más que una orgía para esos señoritos y flamencos a los que él tanto despreciaba.

Afortunadamente, todo aquello ya era un simple recuerdo, pensó. Se sentía libre, y podía ir donde quisiera. Y por eso estaba en Sanlúcar, un lugar en el que se encontraba especialmente bien. Quiso expresar ese sentimiento en voz alta.

—Todo parece haber cambiado en este siglo de locos, salvo este pueblo blanco. No sé por qué, pero creo que sus gentes están atadas como ningunas otras a un pasado del que desconocen casi todo.

—Interesante esa reflexión, querida Rocío. A tu belleza y habilidad para los negocios unes una fina sensibilidad antropológica.

Rocío observó al hombre que le hablaba. Estaban sentados en uno de los restaurantes de Bajo de Guía, esperando que el camarero les atendiera. Habían quedado a cenar para ultimar los detalles de la constitución de su consejo asesor, y parecía que el inicio de la velada prometía.

—Ahora debería responderte con aquello de que seguro que a todas les dice eso, pero no lo haré. Me encanta que los hombres me piropeen con algo más allá del clásico tía buena.

—Pues en serio. Que eres inteligente es una obviedad. Pero una cualidad más escasa aún es la sensibilidad. La inteligencia suele ser una capacidad solitaria, divorciada del resto de virtudes amables. Es como si la naturaleza hubiese dicho, a ti que eres inteligente no te vamos a dar belleza, o bondad, o generosidad. Afortunadamente, la tuya es promiscua, y coyunda con todo.

Aquel brillante hombre que le hacía reír era catedrático de historia antigua de la universidad de Cádiz. Con toda probabilidad, tras aquella velada se convertiría en uno de sus asesores locales. Rocío gustaba de crear un consejo asesor donde operaba. Le ayudaban a comprender la mentalidad dominante de las zonas en las que se implantaba. La costa de Cádiz albergaba unas enormes posibilidades, y por eso había decidido reforzarse con un consejo. Y su invitado de aquella noche era su principal fichaje. Se llamaba Juan Sepúlveda y respiraba la inocente alegría de los cátedros satisfechos. Lo conoció en la notaría, en la compraventa de unos terrenos que su familia tenía por la parte de Puerto Real. Rocío firmaba en representación del Consorcio de Seguros, y el acto no hubiese pasado de ser una más de las numerosas adquisiciones de terreno que atesoraba para su compañía, si no hubiese sido por un comentario del por entonces desconocido señor Sepúlveda, viudo de Francisca Navas, según constaba en la fría y concienzuda descripción notarial. Nada más que cobrar el suculento cheque bancario, debidamente conformado, por supuesto, sentenció.

—Señorita. Cree que sólo adquiere un solar, pero sepa que acaba de comprar una porción de historia. Estos suelos atesoran los restos más antiguos de nuestra civilización. Espero que sus construcciones sepan respetar el espíritu que nos legaron.

Rocío lo miró con sorpresa primero y simpatía después, una vez superada la leve irritación que sopló sobre su soberbia rampante. Aquel abuelete tenía razón, el aroma histórico daría atractivo a sus urbanizaciones. Tendría que comentárselo a sus arquitectos, era una buena idea: historia y naturaleza, una combinación perfecta para atraer a esas enormes masas de urbanitas sedientos de consumir cualquier producto que inspirara autenticidad. Y entonces se le encendió la luminaria de las ideas brillantes: lo incorporaría a su consejo asesor.

Quedaron para cenar en Bajo de Guía, y en ello estaban. Rocío parecía encantada con su invitado. Divertido, culto, parecía tener la chispa gaditana y la sensatez que los muchos años de estudio otorgaban.

—Langostinos para empezar, que sean de los buenos —ordenó Rocío al camarero que por fin los atendía—. Y media botellita de manzanilla fresca.

Ni que decir tiene que Juan Sepúlveda aceptó encantado la oferta del consejo asesor que Rocío le planteó. *Muchas gracias, me hace sentir útil. Estoy a punto de jubilarme, y necesito actividad.* Y ella le contó su proyecto. Pensaba construir varias urbanizaciones por la costa gaditana, y deseaba que alguna tuviese como elemento central los símbolos de las antiguas culturas que habitaron la zona. Podrían reconstruir alguna ruina, o levantar algún edificio emblemático imitando el estilo de la época que quisieran glosar.

—Entonces, Nueva Tartessos, esa urbanización que debe estar cerca de aquí a tenor de las señales que hemos visto en la carretera, es una de tus empresas —se interesó el profesor Sepúlveda.

—No, desgraciadamente no. No sé de quién será, pero nos han pisado la idea. Me irritó descubrir el anuncio al venir para acá, no me gusta llegar tarde. Alguien ha sido más listo que nosotros.

—Bueno, no se preocupe. Si bien es cierto que Tartessos es una civilización que asentó por aquí sus reales, aún podemos utilizar otra aún más sugerente.

—¿Sí? ¿Cuál?

—La Atlántida. Según Platón debe encontrarse bien cerca de estas costas.

Y mientras Juan Sepúlveda le narraba los imprecisos relatos que de la Atlántida habían llegado a nuestros días, Rocío ya se imaginaba la urbanización que construiría alrededor de canales circulares que tendrían en su centro una isla, donde instalaría el club social y el centro comercial. En uno de sus descansos, se lo comentó al catedrático.

—¿Y no es sacrílego sustituir el templo de Poseidón por un vulgar centro comercial?

—¿Se le ocurre algún lugar más reverenciado por las familias de hoy?

—No, la verdad es que no.

Y volvieron a reír. Y pidieron otra media botella de manzanilla. Y siguieron rememorando la civilización perdida.

—¿Y qué logo sería el más adecuado?

—No lo sé. Nada identifica el mito.

—¿Cree que es sólo un mito, o puede tener alguna base real?

—Nadie lo sabe.

—¿Y usted qué cree?

—Que existió.

—¿Tiene pruebas?

—No muchas más de las que me permite la simple intuición. Todos lo que han escrito sobre ella se basaron en los *Diálogos* de Platón y en su propia imaginación. Yo creo que existió en verdad, pero que nos ha llegado una idea muy deformada de ella. Leemos muchas tonterías al respecto. A veces la representan como la Arcadia feliz y la sociedad ideal, tal como hiciera Francis Bacon en su libro *La Nueva Atlántida*, escrito en 1627. Situó la acción en la imaginaria isla de Besanlem, la antigua Atlántida reflotada.

—Tendré que leerla para ambientarme. ¿Hay más cosas interesantes que deba saber?

—Se ha escrito muchísimo sobre ella, pero la inmensa mayoría de las obras son fruto de chalados. La Atlántida ha sido situada en los lugares más inverosímiles, sosteniéndose en muchas ocasiones las hipótesis más descabelladas. En 1874 el arqueólogo francés Félix Berlioux dijo haber encontrado la ciudad perdida al pie de la cordillera del Atlas, entre Marrakech y Agadir. En 1929 el conde Byron Jun de Prorok la situó en medio del desierto del Sáhara. Tanto el geólogo Paul Borchardt como el alemán Albert Herrmann la ubicaron en Túnez, donde el uno encontró una ciudad que finalmente resultó ser romana, y el otro unos canales que resultaron ser un sistema de irrigación de la época púnica. Bramwell, en boca de Leo Frobenius, la ubica en el país de los yoruba, en Nigeria. Y así un sinfín de ellos. En el Yucatán, en las Bahamas, en el Mar del Norte. En todos sitios menos en el que nos indicó Platón.

—¿Nadie la sitúa en Andalucía?

—Bueno, existió un excéntrico personaje, Ignatius Donnelly, que se acercó. Fue la figura más importante para la difusión del mito de la Atlántida. Donnelly fue un prolífico escritor, investigador y político norteamericano que se interesó por temas diversos, quemando horas y horas de lectura en la biblioteca del Congreso, del que llegó a ser diputado. Su obra más conocida, *Atlantis: The Antediluvian World* tuvo un gran éxito de ventas desde el mismo año de su publicación, en 1882. Lleva más de cincuenta ediciones, en varios idiomas, y todavía hoy se sigue vendiendo. Donnelly afirmó que lo que contó Platón no era un mito, y que en realidad existió un continente en el actual océano Atlántico. En esa Atlántida, el hombre pasó de la barbarie al conocimiento. Dado que de ahí proceden en última instancia todas las civilizaciones, los reyes y los héroes atlantes se mitificaron. Así los dioses griegos, fenicios, hindúes o escandinavos fueron herederos de esos primeros reyes atlantes. El culto del antiguo Perú y Egipto al sol también tendría allí su origen. Las razas arias indoeuropeas y los pueblos semíticos habrían tenido su cuna en la Atlántida. Al hundirse por un cataclismo natural en el océano, los supervivientes extendieron la tragedia, que habría llegado hasta Platón por medio de los sacerdotes egipcios. Según Donnelly los tartésicos serían los descendientes más directos de los atlantes.

—Eso parece muy interesante, dignifica nuestro linaje.

—Sin duda alguna.

Rocío se quedó pensativa. Quería cerrar esa misma noche un buen logo para su urbanización La Atlántida. Por eso se atrevió a proponer uno.

—Quizá sería bonito un león rampante sobre un campo de olas.

—¿Por qué has dicho un león?

—No lo sé. Me pareció que le confería un toque mítico y noble.

—Resulta curioso. El león aparece, o ha aparecido, en la mayoría de los escudos de las casas reinantes europeas. No deja de ser raro esa doble coincidencia. Por una parte, que tantas dinastías en el poder decidieran utilizar un mismo símbolo, el león rampante. Y por otra, que el animal representado, el león, no existiera en Europa. ¿No te parece extraño?

—La verdad es que sí. Nunca había pensado en eso. ¿De verdad aparece el león en tantos escudos de casas reinantes? Le reconozco que no sé nada de heráldica.

—Te sorprendería. Suecia, Noruega y Dinamarca lo utilizan, así como Inglaterra y Escocia. ¿Leones en el norte? Nunca existieron. ¿Entonces por qué leones en sus escudos? Es la pregunta que debes intentar responderte. Yo todavía no he logrado hacerlo. Pero antes déjame que siga con la lista. El escudo de España también lo recoge, por herencia leonesa, así como Luxemburgo, Bélgica y Países Bajos. En Alemania lo ostentan Baviera y Sajonia, y más al este Checoslovaquia, Montenegro y Bulgaria. Leones y leones, sin que este animal existiera en época histórica en Europa. El propio escudo de Andalucía también los pone a los pies de Hércules Fundador. El segundo símbolo real es el águila, muy utilizada en el imperio austriaco, alemán, prusiano y napoleónico, así como Polonia, Rusia y Serbia. Leones por occidente y águilas por oriente. No sé cuál será, pero alguna razón histórica debe sustentar esa división tan clara.

—Quizá los leones lo trajeran los romanos desde África, cuando lo del circo y los gladiadores.

—No, los leones ya eran utilizados mucho antes. Fíjate si no en las numerosas esculturas ibéricas con su imagen. ¿Por qué los íberos, que en teoría no habían visto león alguno en su vida, también lo tomaron como símbolo real? ¿Quién se lo enseñaría? Esto de los leones es un misterio, no tiene explicación alguna.

La urbanización Nueva Tartessos regresó a la cabeza de Rocío, mientras que el catedrático seguía con su estrambótica disquisición del porqué de los leones en las casas reinantes europeas. Nueva Tartessos. Un hermoso nombre para un proyecto inmobiliario extraordinariamente bien situado. Le interesaba. Debería hablar con los promotores, quizá pudiera hacerles una oferta de compra. Sí, mañana mismo intentaría localizarlos. Podría pagar un buen dinero por los terrenos y...

—¿Quieren otra media de manzanilla? —la interrumpió el camarero.

—Sí, por favor.

—Hablemos del consejo, querida. Si te cuento lo que en verdad pienso de la Atlántida, seguro que me tomarías por loco.

17

Dos días más tarde, Rocío Romero conoció a Ramón, el delegado de MHI en Andalucía. Desde la cena de Sanlúcar tuvo muy claro que debía entrevistarse con él cuanto antes. Quería comprarle Nueva Tartessos. No le costó trabajo localizarlo. La conversación telefónica que mantuvo para conseguir la entrevista fue breve y directa.

—¿Podríamos vernos mañana? Es para hablar de una de sus promociones.

—Mañana estaré todo el día ocupado. Tenemos convención en Sevilla.

—Será cuestión de minutos.

Ramón hizo un sencillo cálculo mental. Andrés había citado a todos los delegados de la empresa en el hotel Alfonso XIII. A las doce del mediodía tendrían un descanso de media hora, para tomar café y realizar las llamadas telefónicas más urgentes.

—Si no necesita mucho tiempo, tendré un hueco a las doce.

—Pues bien, a las doce nos veremos en el hotel Alfonso XIII.

La convención de la mañana desconcertó a los delegados de MHI. A los de la Meseta y el Norte, la empresa les exigió un programa de desinversiones. No podían comprar más terreno, y debían acelerar el ritmo de ventas. A los del sur, al contrario, se les prohibía vender y se les pedía incrementar el ritmo de adquisición de terrenos. La empresa quería hacerse con una importante reserva de suelo en la costa andaluza y murciana. Algunos delegados del norte no entendieron la directriz de la empresa. Si vendían y no compraban, ¿qué futuro les quedaba al frente de una promotora? Aunque Andrés argumentó vagas justificaciones para ello, la verdad es que los afectados no quedaron satisfechos. Más de uno se vio incluido en una de esas humillantes prejubilaciones, y expresó su desconcierto y malestar sin ambages. Y es que una empresa sólo puede mantener buen equipo si tiene expectativas de crecimiento. Si el horizonte barrunta retroceso, los más avispados comienzan de inmediato a buscar un nuevo nido. Tampoco los del sur parecieron entender demasiado bien la jugada. ¿Por qué comprar terrenos y no vender pisos? ¿No sería demasiado riesgo acumular tanta bolsa de terreno? ¿Y si la demanda, como otras veces ya ocurriera, disminuía? ¿Qué harían con tanto suelo? ¿Y qué pasaría con sus comisiones, siempre vinculadas a las ventas?

En esas disquisiciones estaban, cuando Ramón se dirigió hacia la cafetería. Casi había olvidado la cita que contrajo con la señora que lo llamó el día anterior. Rocío Romero, le había dicho que se llamaba, responsable de la inmobiliaria de un consorcio de seguros. La galería de mesas se encontraba prácticamente vacía. Una del fondo estaba ocupada por una atractiva morena. Hacia allí se dirigió, suponiendo que no se trataría de la citada. Pero en esta ocasión se equivocaba. Era ella, y fue, además, la que se dirigió a él.

—¿Es usted Ramón Centella, de MHI?

Tras los saludos, Ramón se sentó con Rocío, quien, fiel a su estilo directo, no se anduvo por las ramas.

—¿Tenéis en venta Nueva Tartessos?

—No. Es una de nuestras mejores promociones.

—Me dicen que habéis parado las obras.

—¡Bah!, pequeños problemas con los contratistas. Ya sabes que con tanto trabajo cada día están más exigentes.

—A mi empresa podría interesarle adquirir esos terrenos.

—Ya te he dicho que no los tenemos en venta. No vendemos suelo bruto, vendemos pisos.

—Podríamos hacer una generosa oferta.

Ramón dudó por vez primera. Andrés no le había autorizado a poner en venta la promoción, pero pensó que tampoco les vendría mal conocer lo que ofrecía una empresa interesada. Si al final decidían vender, pues eso que se tenía adelantado.

—Ya te he dicho que no vendemos, no tenemos autorización de nuestro consejo. Ahora bien, si quieres presentarnos una oferta, hazlo. Si la veo adecuada, quizá pueda presentarla a mi director general.

En ese momento, Andrés pasaba por su lado.

—Mira, hablando de Roma por la puerta asoma. Te lo presentaré.

A raíz de las presentaciones se desató una dinámica curiosa. Rocío y Andrés conectaron desde el primer instante de las salutaciones. Hablaron del sector, de las perspectivas a corto plazo, de las mejoras fiscales que algunos gobiernos preparaban para favorecer la adquisición de segundas viviendas, mientras que Ramón apenas abría la boca. Sólo lo hizo para expresar el interés de Rocío por la promoción de Sanlúcar de Barrameda.

—Lo siento, no está previsto que vendamos por ahora.

—Ya se lo había dicho yo, apostilló Ramón, para que quedase clara su postura de firmeza.

A las doce y media tuvieron que levantarse. La convención debía continuar con el programa previsto. Ramón se despidió y se dirigió hacia las salas. Tenía que llamar a su mujer. Esa mañana le daban las pruebas del tercer intento de implantación del óvulo fecundado. Al levantarse, Rocío hizo ademán de pagar las consumiciones.

—Déjalo, pago yo, se intentó imponer galantemente Andrés.

—No me gusta que me inviten mientras trabajo, le respondió Rocío con sonrisa seductora.

—¿Y después del trabajo? —le sostuvo el reto.

—Después del trabajo, sí, siempre que se dé el caso.

—¿Y se da el caso para una cena esta noche?

Rocío lo miró con descaro, con clara intención de que se percatara de que lo estaba calibrando. Después, manteniéndole la mirada, y arrastrando las palabras, le respondió.

—Afirmativo, se da el caso. ¿Dónde?

—En Becerra. Está junto a la Plaza Nueva.

—Lo conozco. A las nueve y media quedamos.

—Te esperaré.

Andrés regresó, sorprendido de su propio atrevimiento, a la sala de reuniones. Nunca había sido un lanzado para las mujeres, y en esa ocasión se había comportado como tal. El triunfo de la cita conseguida le producía un grato cosquilleo. Rocío, Rocío Romero. Su rostro le recordó vagamente a alguien que no alcanzaba a recordar. ¿La conocería de algo? No, estaba seguro de que no. Había hecho bien en atreverse a echarle el anzuelo. En su soberbia masculina no se percataba de que era víctima del síndrome del cazador cazado, intérprete involuntario de la sinfonía que le escribiera con sonrisa e insinuaciones la verdadera depredadora. Pero Rocío tenía bien aprendida la lección. Los hombres siempre debían creerse que eran ellos los que tomaban la iniciativa de conquista. Regla número uno, así de simples eran. Y, una vez más, había comprobado que su receta mágica resultaba infalible.

Justo antes de entrar en la sala de reuniones, se cruzó con Ramón. Tenía el rostro desencajado por la preocupación.

—Andrés, me vas a tener que disculpar. Tengo que salir.

—¿Algún problema?

—Mi mujer, que acaba de regresar del médico y quiere verme.

—¿Le ocurre algo malo? —se preocupó Andrés.

—No, no, es que se pone muy nerviosa. ¿No te importa que falte estas dos horas, ¿verdad?

—No te preocupes, lo primero es lo primero. Espero que todo vaya bien.

Ramón se despidió con gesto de triste agradecimiento, dirigiéndose con rapidez hacia la salida. *Algún problema grave tienen*, pensó Andrés, compadeciéndose de su eficaz delegado, al que tanto aprecio le hubiera tomado. Y en verdad acertaba en sus apreciaciones. Ramón y Macarena tenían un gravísimo problema por delante. La prueba de fecundación había vuelto a dar negativa. El tercer intento también resultó fallido, y la mujer lloraba desconsolada. El doctor le comunicó que sólo podría volver a intentarlo una vez más, y Macarena estaba a las puertas mismas de la depresión severa.

—Ramón, no lo soporto más. Jamás podré tener un hijo, me quedaré vacía.

—Tranquila, mujer. El propio doctor te ha dicho que volveremos a intentarlo pronto, y que esta vez implantará aún más óvulos fecundados. Seguro que te quedas embarazada, todo el riesgo estará en que tengamos trillizos.

—No servirá. Yo no valgo, no soy suficiente mujer, algo se debió estropear en mi interior.

—Eres una mujer maravillosa que me ha hecho muy feliz. Tenemos ahora un problema y lo solucionaremos.

—Nunca debimos dejar para tan tarde lo del niño. Debíamos haberlo intentado antes, en vez de atiborrarme de esos malditos anticonceptivos. Me han dejado infértil.

Ramón apreció por vez primera un tono de reproche en sus palabras. Fue él el que insinuó, recién casados, que no debería quedarse embarazada tan pronto, que mejor el hijo para cuando las cosas se hubieran estabilizado. De familia muy religiosa, Macarena no vio con buenos ojos eso de los anticonceptivos, que finalizó aceptando como un mal menor ante la insistencia de su marido. Y había tenido esa espinita guardada en su corazón hasta ese momento. De alguna forma, responsabilizaba a Ramón por el hijo que no llegaba. El marido estuvo a punto de replicar, pero la luz de la prudencia le aconsejó contar hasta diez antes de responderle con alguna expresión desafortunada de esas que se guardan y nunca se olvidan. Mejor seguir consolando a su mujer. En las circunstancias por las que atravesaba no debía tomar en cuenta sus acusaciones y quejas.

—Tranquila, cariño, ya verás como todo sale bien.

Guardaron silencio por un buen rato, hasta que Ramón intentó abrir una nueva vía a la esperanza.

—Si quieres, vamos a ver a otro médico.

—¿A otro médico? —a Macarena no pareció gustarle nada la sugerencia—. ¿Para que comience de nuevo el martirio de las pruebas? No, déjalo, prefiero seguir con el que estamos. Es el mejor de Sevilla, fíjate la cantidad de embarazos de conocidas que lleva. El problema no está en el doctor, está en mí.

Ramón se dio por derrotado. No podría consolarla, ni presentarle alternativa alguna. Mejor dejar pasar el momento, y volver a plantear el asunto cuando su mujer estuviese más serena.

—Ramón —Macarena lo miró con los ojos bajos, como avergonzada—, verás, como sabes llevo un tiempo acudiendo a clases de yoga…

—Sí, ¿y qué?

—Que allí asisten gentes de lo más diverso, y el otro día mantuvimos una sesión extraña. Trataba de la influencia del estado de la mente sobre el cuerpo. De cómo problemas psíquicos pueden derivar en enfermedades graves, o cómo desde una mente sana se pueden curar enfermedades que parecían insalvables para la medicina convencional.

—Sí, teorías propias de la cultura oriental…

—Pues igual ocurre con los embarazos. Es posible que mi cuerpo rechace el embrión por algún problema mental, o de energía, o de qué sé yo, que desconocemos. Si logramos averiguar dónde está el bloqueo mental, podríamos superarlo y mi cuerpo se volvería receptivo a la vida.

—Pero Macarena, ¿qué bobadas son esas?

—Llámalo como quieras. Pero es una posibilidad, y yo quiero apurarlas todas. Sólo nos queda una oportunidad tras este último fracaso, y quiero ir bien preparada.

—¿Pero qué me estás diciendo, que vayamos a un brujo de esos?

—No son brujos, son conocedores de la energía de la mente.

—¿Te has vuelto loca?

—Hasta ahora no, pero si no consigo quedarme embarazada, la vida perderá sentido para mí. No sé si eso es mejor o peor que la locura. ¿Por qué no lo probamos, qué más te da a ti?

No podía negarse. Aunque lo de asistir a una sesión de un curandero o un sacerdote oriental, o un brujo budista, era algo que le repugnaba, no tenía otra opción. No podía negar a su mujer esa oportunidad a la que parecía asirse con desesperación. Sabía que si rechazaba la sugerencia, su mujer no se lo perdonaría jamás. Justo en el momento en que iba a responder, sonó su teléfono móvil. Miró la pantalla, no conocía el número. Iba a desconectarlo, pero su propia mujer le animó a cogerlo.

—Atiéndelo, así te da tiempo a meditar mi propuesta.

Molesto por la interrupción, pulsó la tecla verde del aparato.

—Don Ramón, perdone que le moleste, soy el anticuario.

La imagen del viejo de ojos penetrantes le vino a la cabeza. Su solo recuerdo le intimidó. ¿Qué querría?

—No molesta, dígame.

—Es referente a la piedra. Llevo varios días estudiando textos, signos y dibujos, y creo que tengo alguna idea de su significado.

—Estoy ahora ocupado. Si quiere mañana paso por la tienda y hablamos.

—Tengo que decírselo en este mismo instante, comprenda mi excitación.

—Pues bueno, dígamelo.

—Los signos nos hablan de un rito de fertilidad. Por lo visto, el peor castigo que podían tener las mujeres en aquel entonces era el quedarse secas. Eran marginadas y proscritas. Por eso recurrían a sortilegios, ritos, sacrificios y deidades.

Un escalofrío de terror recorrió toda su espina dorsal. De nuevo aquel brujo, digo anticuario, leía sus adentros y se anticipaba a sus angustias. ¿Pura casualidad? Comenzaban a ser demasiados aciertos para tratarse de simples coincidencias.

—¡Don Ramón! ¿Sigue ahí?

—Sí, sí, perdone, es que me ha hecho pensar. ¿Ha dicho una especie de rito de la fertilidad?

—Exactamente. Mañana le explicaré más pormenores. ¿Por qué no viene con su mujer? Me han entrado unas cómodas isabelinas excepcionales, seguro que le encantan.

—Hablaré con ella. Hasta mañana.

Nada más colgar, Macarena se percató de que la llamada había causado un extraño efecto en su marido, ensimismado en la breve conversación que acababa de mantener.

—¿Quién era?

—El anticuario al que le compramos el bargueño. El otro día le llevé una piedra que apareció en una obra. Tenía unos extraños signos grabados, y me ha llamado para comentarme su opinión al respecto.

—¿Y qué te ha dicho?

—Que era una especie de sortilegio u oración para la fertilidad femenina.

—No, no puede ser.

Ramón no pudo contenerse más. Toda la emoción y el dolor contenido en esas últimas semanas afloraron a su piel. Se abrazó a su mujer, besándola mientras le susurraba.

—Es un hombre muy extraño, parece que adivinara lo nuestro.

Macarena lo apartó con suavidad y cariño.

—Es una señal, Ramón. Los del curso me avisaron. Mañana mismo iremos a verle. Dejaremos para más adelante al curador de mentes. De esta me quedo embarazada, seguro.

18

La noche va pasando lenta, densamente, como si las oscuridades se hubieran juramentado para no abandonarnos jamás. Soy Sorbas y permanezco acurrucado bajo la retama, engañando al relente de la madrugada, que se ensaña con el mordisco de sus fríos dientes contra la fácil presa de mi ser. Tirito. Duermo a ratos y, con los ojos abiertos como las bocas de nuestros antiguos puertos, me atormento con reflexiones y censuras. ¿Por qué los pensamientos que acompañan las noches en vela son tan angustiosos? No le temo a las fieras, ni siquiera a los bandidos. Ya me tengo por muerto, nada podrían hacerme. Es mi pasado, nuestro pasado el que me atemoriza. ¿Por qué no supimos evitar la catástrofe? ¿Es que los signos no fueron suficientemente claros? Recuerdo la vez primera que Tíscar me habló del cataclismo que vendría. «No sé cómo se producirá, joven Sorbas, pero a buen seguro que el castigo de los dioses ya está de camino». ¿Por qué lo sabes?, me atreví a preguntarle. «Los auténticos sacerdotes saben sin ver, conocen sin estudiar, entienden sin razonar. Llevamos la verdad dentro, y sabemos interpretarla. Los signos externos nos ayudan. Y esos signos están hablando. Mira alguno de los más claros. Desde hace unos años nuestras mujeres son menos fértiles. O es la semilla de nuestros hombres la que carece del preciso vigor, eso sólo los dioses lo saben. El caso es que cada vez se quedan encintas con mayor dificultad. Y una mujer no es mujer mientras no da a luz. Su mayor dolor es quedarse seca y no poder parir. Antes nuestras mujeres gozaban de fama por su sensualidad y fertilidad. Tanta que, aunque la ley lo prohibiera, tenían que acudir a sacerdotisas para que su vientre no siguiera aumentando de tamaño y pudiesen expulsar la sangre viva que albergaban. Ahora, por el contrario, las mujeres acuden a los templos de las diosas a llevarles presentes y ofrendas. Les piden que la simiente de sus maridos engendre en sus vísceras. Pero no las oyen. Los dioses llevan tiempo ignorándonos. Tuve un maestro que llegó a vivir más de cien primaveras. Era sabio y bueno. Y una atardecida, como de pasada, me comentó algo sobre lo que he reflexionado mucho últimamente. A los hombres les pasa como a los animales, me susurró. Cuando su raza entra en decadencia, sus hembras dejan de parir, sin que sepamos bien las razones. Es como si algo ajeno a ellas mandase sobre su organismo. Nada más me comentó, ¡pero cuánta sabiduría encerraban sus palabras! Por aquel entonces, las nuestras parían cada año, crecíamos, nos hacíamos cada vez más poderosos. Cuando dejaron de hacerlo, comprendí que nuestra decadencia había comenzado».

¡Cuánta razón tenía Tíscar! Al principio no le entendí, creí que eran cosas de viejos. Pero una tarde en la que pudimos encontrarnos a escondidas en uno de los almacenes de su pa-

dre, Antas me pidió que le diera el hijo que todavía no había podido tener. Que llevaba cuatro primaveras desposada con su marido, y que la sangre le seguía bajando cada luna. Su marido la insultaba y la despreciaba, sus amigas murmuraban y su madre la llevaba de romería a santuarios para rogar por el nieto que su hija no le daba. La amé con furia esa tarde, empujando para poder vaciar mi semilla en lo más profundo de sus adentros, allí donde dicen que se produce la engalladura. Fue inútil. La sangre le volvió a bajar. Lo intentamos en tantas ocasiones como permitieron las circunstancias, pues mucho era el riesgo que corríamos. Pero el hijo que tanto deseaba no le llegaba. No pude concebírselo. Antas cumplirá pronto los veintitrés, y los hijos ya no le vendrán jamás. Ya será vieja para parir. Por eso ella sufría, y por eso creo que también comenzó a despreciarme. ¿Para qué le sirven los hombres a las mujeres si no son capaces de engendrarles el hijo que desean? ¿Qué les hicimos a los dioses para negarnos los hijos? Y comprendí el castigo maldito para las razas y estirpes que se enemistan con los dioses de la naturaleza. Desaparecer.

Un día le pregunté a Tíscar que si la maternidad era tan importante, por qué le estaba negada a las sacerdotisas. Por vez primera en mi vida percibí emoción en sus palabras. «Antes no era así, me respondió. La rigidez del celibato la impusieron las Nuevas Leyes. No sé si acertaron». Bajó la cabeza y guardó apesadumbrado silencio. Jamás había oído a Tíscar cuestionar ninguna de las leyes sagradas. Fue la única vez que su humanidad rebasó los límites del orgullo altivo de su elevada responsabilidad. Ese día aún lo aprecié más. En Senés eran más habituales los gestos de humanidad. En Tíscar apenas podían entreverse a través de su rígida sabiduría. Pero aquel día vibró, y yo no lo puedo olvidar.

Amanece. Las primeras luces adornan de rojo el levante. Debo partir. En el día de hoy podré cumplir mi misión. O al menos la misión que me encargó Tíscar, porque la otra, la de concederle a Antas el hijo que deseaba, jamás llegará ya a poder ser satisfecha. Esa pena se enterrará conmigo, en mi tumba sin epitafio, vagando por el éter infinito como un desgarrador grito sordo. Si tengo un hijo, habrá sido en el vientre de la otra mujer con la que yací. Y a ese no lo llegaré jamás a conocer. Cuando nazca, yo ya estaré muerto.

19

Andrés había reservado mesa en una de esas salitas discretas e íntimas de la planta superior del Becerra. Así nadie los molestaría, y podrían hablar con tranquilidad, sin sentirse aplastados por las voces de los vecinos de mesa. Pensaba disfrutar de la cena con Rocío. Llegó al restaurante con diez minutos de antelación, y pidió una copa de Jerez en la barra. La cita de aquella noche le producía una agradable desazón, y estaba necesitado de momentos gratos. Las últimas semanas habían sido duras. La preparación del consejo de administración fallido, la paralización de las obras de Nueva Tartessos por culpa de las malditas ruinas, el cambio de estrategia de la empresa, el malestar que había podido percibir en la convención de delegados. Estaba realmente cansado. Por eso, la cena con la atractiva morena que hubiera conocido por la mañana en el Alfonso XIII le parecía de lo más estimulante. Ni siquiera sabía bien qué se proponía con ella, si es que realmente algo se había propuesto.

Cuando entró en el restaurante, Rocío llamó la atención de todos los presentes. Estaba radiante. Andrés, nada más verla entrar se enderezó discretamente, sacó pecho, metió barriga y se ajustó el nudo de la corbata. Casi había olvidado la sensación de acompañar a una hermosa mujer. Varios de los contertulios de la barra volvieron sus ojos hacia ella, y Andrés no pudo evitar el orgullo de pensar, ¡Eh, capullos, que ésta viene conmigo, vosotros a beber y a hablar de fútbol, que es lo vuestro!

Enseguida subieron a su reservado. Andrés se pavoneó delante de todos aquellos que se la comían con la mirada. *Reprimidos, son unos reprimidos,* pensó para sus adentros, sin reparar en la multitud de ocasiones que había sido él quien se fijara en las mujeres de los demás.

Ya sentados en su mesa, después de unos minutos de charla intrascendente, Andrés quiso pisar, para abrir boca, terreno conocido.

—Hemos tenido unos años francamente buenos. Todos ganamos dinero, incluso el más tonto. Pero los años de vacas gordas pueden estar tocando a su fin.

—Sí, nosotros pensamos lo mismo.

La respuesta de la mujer desconcertó al ejecutivo. Si Rocío creía que los precios iban a bajar, ¿por qué estaba tan empeñada en adquirir Nueva Tartessos? Decidió preguntar por lo directo, para salir de dudas.

—Sin embargo, estás interesada en comprarnos una de nuestras mejores promociones. Ramón me comentó que querías hacernos una buena oferta.

A Rocío le divirtió el juego al que la sometía Andrés. El pobre no sabía lo que se venía encima de los suelos del sur de España. Pero si esperaba arrinconarla en un renuncio, aviado estaba. No lo iba a permitir. Y para defensa, nada mejor que un buen ataque.

—Tampoco yo entiendo lo vuestro. Si creéis que el suelo no va a subir y que vienen las vacas flacas, ¿por qué no vendéis ahora que tenéis una buena oportunidad?

A Andrés también le excitaba la táctica que empleaba Rocío, intentando hacerle incurrir en alguna contradicción. Jamás debía sospechar que en verdad los suelos iniciarían en breve una rápida subida impulsada por el cambio climático. Ese era el mayor secreto de su compañía.

—Eso quisiera yo. Pero tú sabes como son las cosas en los consejos de las grandes empresas. Las decisiones son lentas. Puede que nos equivoquemos al no atender tu oferta, pero la orden de los accionistas es desarrollar toda la promoción.

—Pues sí que somos coherentes —se rió Rocío—. Creemos que los suelos van a bajar, a pesar de lo que yo quiero comprar y tú no quieres vender. Si Adam Smith levantara la cabeza se escandalizaría al ver cómo pateamos su afamada ley del mercado, despreciando a la mano invisible que ordena oferta y demanda.

Andrés sonrió abiertamente. Aquella mujer le divertía. A punto había estado de pillarle en falta, pero afortunadamente había podido escapar de su encerrona dialéctica. Se había creído la verdad a medias del consejo. Desde luego, lo que nunca llegaría a imaginar eran las enormes plusvalías que su compañía esperaba obtener tras el inicio de la glaciación en ciernes.

También Rocío se estaba divirtiendo. Aquel ejecutivo parecía inteligente, inquiriéndole por su interés en comprar. Había logrado en última instancia despistarle. ¡Si el pobre supiera lo que se avecinaba! ¡Entonces sí que no vendería!

—¿A quién se le ocurrió lo del nombre de Nueva Tartessos?

—A mí, respondió orgulloso. Pensé que era bonito, mítico, muy acorde con la zona en la que se ubica.

—Es curioso. Eso mismo pensé yo cuando lo vi anunciado. La historia es un poderoso atractivo para los compradores.

—¿Conoces la de Tartessos?

—Hasta hace unos días no. Ahora algo sé. Me la explicó Juan Sepúlveda, un miembro de mi consejo asesor y catedrático de historia antigua en la universidad de Cádiz. Es impresionante, y apenas conocida. Los más antiguos reyes europeos de los que tenemos referencias escritas son los tartésicos. La primera de sus dinastías, está mitificada. Gerión, su rey más destacado, debió vivir a principios del segundo milenio antes de Cristo. Espera, creo que en el bolso tengo la chuleta con los nombres que me proporcionó el profesor Sepúlveda. Sí, aquí está. Veamos. Gerión fue hijo de Crisaor y de Callirhöe. Crisaor, el caballero de la falcata de oro, tiene un curioso origen. Cuando Perseo cortó con su hoz la cabeza a la Medusa, nacieron de ella Crisaor y Pegaso, ni más ni menos. El linaje de la madre tampoco desmerecía. Callirhöe, la doncella de la cabellera flotante, era hija del titán Océano. Es decir que Gerión tenía el más alto de los pedigríes heráldicos. Conocemos el nombre de una de las hijas de Gerión, Erytheia, que le dio un nieto, llamado Norax, que llegó a reinar en Tartessos y a colonizar Cerdeña, donde fundó la ciudad de Nora, inspirada en su propio nombre. Gerión saltó a la fama gracias a sus toros. Hércules, el héroe, recibió el trabajo de robar los toros a Gerión y llevarlos hasta Micenas. Para ello tuvo que traspasar las columnas tartésicas que separaban el Mediterráneo del Atlántico —el actual Estrecho de Gibraltar— y llegar hasta la isla en la que pastaban los toros, venciendo al oleaje que el dios Océano le organizó para dificultar su misión y ayudar así a su nieto Gerión. Pero todo fue inútil. Hércules mató a todo el que se le puso por delante, y logró finalmente robar los toros, tras atravesar con su lanza los tres cuerpos de Gerión, causándole la muerte. También mató a su fiel perro Orthos.

Andrés la escuchaba extasiado. No estaba acostumbrado a tratar con mujeres tan cultas. Aunque sus explicaciones —de las que él no tenía ni la menor idea— le empequeñecían, no se sintió desplazado ni capitidisminuido ante su erudición. Rocío también parecía disfrutar repitiendo la lección magistral que el viejo catedrático le impartiera durante su cena en Sanlúcar.

—Entiendo. Gerión, primera dinastía, ¿hubo alguna otra?

—De la segunda dinastía conocemos los nombres de Gargoris y de su hijo Habidis. Ya son reyes históricos, aunque adornados con rasgos casi divinos. Los dos responden al modelo de reyes civilizadores. El primero enseñaría a su pueblo a cultivar la miel y el segundo las técnicas de agricultura más avanzadas de la época. Habidis nació de los amoríos incestuosos de Gargoris con una de sus hijas. Por eso, el rey Gargoris ordenó que lo mataran nada más nacer. Fue abandonado en el monte, pero las fieras, en vez de devorarlo, lo amamantaron. Cuando el rey lo supo, ordenó que lo echaran a jaurías de perras y cerdas hambrientas para que lo despedazaran, pero, para sorpresa de todos, también las bestias lo respetaron. La decisión final fue arrojarlo al mar, pero milagrosamente las olas lo devolvieron a la playa, donde una cierva lo recogió y lo terminó de criar. Puedes figurarte la fortaleza y la agilidad de ese niño criado en el monte. En una de las cacerías que gustaban a su padre, Habidis fue capturado con una red. Una vez pasada la sorpresa inicial, Gargoris reconoció al hijo que creía haber asesinado. Se arrepintió de sus anteriores intentos y se apiadó de él. Lo abrazó y se reconciliaron. Habidis fue un gran rey para su pueblo, al que enseñó a arar con bueyes, y ordenó el trabajo distribuyéndolo según las clases sociales. El otro rey conocido es Argantonio, pero ése es ya muy reciente, del siglo VI antes de Cristo.

—Sí, me suena.

Rocío agradeció el hecho de que Andrés reconociera su desconocimiento de la materia. Nada odiaba más que los pedantes que presumían de saber de todo cuando en verdad lo ignoraban. Todos los días se topaba con alguno.

—Y colorín colorado, este cuento se ha acabado. Perdona si me he extendido, quería que vieras que me sabía bien la lección. Te prometo no aburrirte más con historias antiguas que a nadie interesan.

—No, al contrario, me ha encantado, de verdad. Me he dado cuenta de lo irresponsable que soy. Le pongo el nombre de Tartessos a una urbanización, sin apenas conocer la historia de ese nombre. ¡Figúrate que me pregunta un cliente y no sé responderle! Habrás pensado que soy un animal, ¿verdad?

Siguieron bromeando por un buen rato sobre la materia, mientras apuraban platos y bebida. Rocío le aclaró que eran fuentes griegas las que hablaban de Tartessos, aunque también aparecía en la Biblia. A Ramón, toda aquella historia le parecía desmesurada. ¿Cómo no se la habían contado en el colegio? La civilización de Tartessos en la Biblia, ¿no era fantástico?

—La ciudad de Tartessos fue para los griegos la idealización de la belleza y la abundancia. El mito de la Felicidad, algo así como lo que llegaría a ser el Dorado para los españoles que descubrieron América. Todavía no hemos sido capaces de encontrarla, ¿crees que algún día aparecerá?

Andrés no pudo evitar acordarse de las ruinas de su urbanización señera. Casi se atragantó al hacerlo. Se limpió, y con media sonrisa enigmática respondió:

—¿Quién sabe? Aunque lo más probable es que se trate de un mito, o que esté bajo cualquiera de los pueblos o ciudades actuales.

—Sí, eso es lo más probable. Pero no me digas que no sería hermoso que lo encontraran. Sería algo así como decir al mundo entero, ¡todavía es posible soñar!

Rocío apuró su copa. Y fue entonces cuando formuló la pregunta que le quemaba desde que conociera a Andrés.

—¿Nos habremos visto en algún lugar antes? Cuando te veo sonreír estoy convencida de haberte tratado con anterioridad, quizá hace ya muchos años.

—Es curioso, a mí me pasa lo mismo.

Y dedicaron el resto de la cena a intentar averiguar dónde podían haber coincidido con anterioridad. Pero no lograron encontrar ningún episodio donde sus vidas hubieran podido cruzarse, hasta que esa misma mañana Ramón los hubiera presentado durante el receso de la convención.

20

La inesperada salida de Marta y el encontronazo que tuvo con el Corcho en la taberna, aturdieron por completo a Alejandro aquella noche en la que tan feliz se la había prometido. El encuentro entre su amiga y el viejo marinero había terminado en naufragio. No recordaba una pesadilla semejante ni en los peores momentos de su vida. Marta y el Corcho, los únicos a los que quería, parecían de repente darle la espalda. Sólo le quedaba su madre, como siempre. La noche de autos no fue capaz de conciliar el sueño. Después de dar más vueltas en la cama que un indeciso en la feria del libro, decidió levantarse. No soportaba más la prisión de las sábanas. Las cuatro de la mañana y sin pegar ojo. ¿Qué les habría pasado? ¿Por qué esa violenta reacción del Corcho, poniendo a Marta de vuelta y media? ¿Y por qué se marchó ella tan bruscamente? ¿Temería ser desenmascarada tal y como afirmó el Corcho? ¿Realmente se marchó por pudor al quedarse sola en la taberna? ¿Habría hecho él algo malo?

Se asomó al balcón. La estrecha calle del Cádiz antiguo estaba solitaria. Nadie con quien compartir su dolor y desconcierto.

—Alejandro, ¿qué te pasa? ¿Por qué no estás en la cama?

Su madre, en bata y camisón, le abrazó con cariño. Alejandro recostó su cabeza sobre su hombro. Se dejó acariciar el cabello. Se sintió mejor entonces. No estaba solo, al menos una persona se interesaba por él.

—Es por una mujer, ¿verdad?

—No, no, son simples problemas de trabajo.

—No merece la pena que sufras por ellas. Tú eres muy bueno, te harán padecer. Hay mujeres muy malas, querrán aprovecharse de ti.

Alejandro iba a responderle que no estaba así por mujer alguna, pero la mirada de infinita comprensión de su madre lo desarmó. Ella lo conocía como nadie, y había intuido el motivo de su dolor. No merecía la pena ocultarle lo que para ella era una evidencia.

—¿Tú crees que algún día me podrá querer alguna mujer?

—Claro que sí, tonto. Si eres lo mejorcito de Cádiz entero. Y si no, siempre me tendrás a mí. Anda, vamos a la cama, que mañana tienes que levantarte temprano *p`ar* trabajo.

Alejandro durmió mal, una pesadilla le angustió hasta que el despertador tocó a arrebato por la mañana. Se veía acosado por mujeres que querían arrancarle el corazón y comerse sus vísceras. Él huía aterrado, hasta que las arpías lograban acorralarle. Se sabía perdido para siempre y recordaba las palabras del Corcho que le repetía, ¡ya te lo avisé yo, ya te lo avisé yo, nunca debiste confiar en las mujeres! Justo cuando Alejandro rompía a llorar desesperado, resignándose a su triste final ante las brujas, aparecía su madre luminosa, con alas y espada flamígera. Se encaraba con todas aquellas malditas gorgonas y tras una ardua lucha, lograba ahuyentarlas. Y así una vez y otra, hasta que finalmente se despertó sudando al sonido del despertador. Se duchó mientras trataba de ordenar sus pensamientos, y cuando salió al comedor se encontró con que su madre le había preparado el desayuno. Lo esperaba con una sonrisa en los labios, el café calentito en una mano y las tostatidas en la otra. Aquella escena doméstica lo serenó. Siempre tendría a su madre, al fin y al cabo. ¡Qué locura había cometido encariñándose de una mujer a la que apenas conocía! Lo mejor sería que nunca volviera a verla. No quería sufrir más.

Veinte minutos más tarde llegaba a la librería. Como siempre, era el primero en hacerlo y el encargado de abrirla. Le gustaban esos instantes de soledad, avanzando en la oscuridad de la tienda, hasta accionar las luces y descorrer las cortinas. Estaba orgulloso de la responsabilidad que la empresa le había conferido al entregarle las llaves, como inequívoca muestra de confianza. Se dispuso a abrir la reja de la tienda. Esa mañana debía comenzar una nueva etapa para él. Debía olvidar a Marta para siempre y...

—Buenos días, Alejandro.

Era su voz. Se giró y allí estaba, resplandeciente como la Estrella de la Ilusión de la Cabalgata de los Reyes Magos. Su sola visión le hizo feliz. De inmediato olvidó todo lo meditado durante aquella malhadada noche. Nunca podría olvidarla. La seguiría hasta el fin del mundo, si se lo pidiese.

—Buenos días, Marta. Qué sorpresa verte por aquí a estas horas.

—Vengo a disculparme por mi precipitada salida anoche. Me sentí mal cuando te metiste en los servicios para discutir con tu amigo el marinero.

—Yo, yo, lo siento...

—No, fui yo la que me comporté mal. Pero es que no pude soportar las miradas que me dirigía. No sé qué le habré hecho, pero te aseguro que, si por él hubiera sido, me abría paseado en la tabla sobre la borda de su barco para arrojarme a los tiburones. Jamás me sentí peor.

—Debes disculparlo, está chapado a la antigua, no sabe tratar a las mujeres.

—No, no. No se trata del miserable machismo de los hombres antiguos. Era algo peor. Quería separarme de ti, quería cargarme de plomo y arrojarme a la fosa más profunda.

—El Corcho es mi amigo, es buena persona..., pero a veces chochea. También yo me enfadé con él anoche. Se portó muy mal contigo.

—¿Qué te dijo de mí?

—¡Bah!, chaladuras, no debes hacerle el menor caso.

Marta agachó la cabeza. También parecía haber pasado una mala noche. ¡Se veía tan indefensa! Alejandro volvió a indignarse con el inexplicable comportamiento del Corcho. ¡Cuánto habría sufrido la pobre!

—Alejandro, te debo una explicación.

Marta se le había dirigido con tono misterioso, con la promesa entredicha de alguna sorpresa para él. Iba a responderle que mejor quedaban ese mediodía, para tomar una cerveza, cuando pasó lo peor que podía pasarle en aquellas circunstancias. Apareció en escena Diego Cifuentes, pillándolo con la puerta a medio abrir, sin haber ni siquiera encendido las luces del establecimiento.

—¡Buenos días nos dé Dios!

Alejandro terminó de abrir las cortinas, y se apresuró en encender todas las luces, adentrándose en la librería. Cifuentes se quedó a solas con Marta en la misma puerta.

—Vamos a aclarar las cosas —se dirigió a ella con total descaro—. ¿Quién te manda? ¿Para quién trabajas?

—No te entiendo. ¿Qué quieres decir?

—No te hagas la tonta, que yo os reconozco a la legua. No será la Mari, ¿verdad?

—¿La Mari? ¿Quién es?

—Mira, no te pases de lista, que yo conozco bien a las mujeres como tú. Has venido a sacarle algo al inocente de Alejandro, eso se ve a leguas. Sólo quiero que me digas, por tu propio bien, quién te envía.

Marta no soportó aquel absurdo interrogatorio. Se giró, y sin despedirse ni de Diego ni de Alejandro, se marchó airada. *Ésta se las da de digna ofendida,* se relamió Cifuentes. *Pero al menos ya se habrá percatado de que aquí no nos chupamos el dedo.*

—¿Y Marta? —preguntó Alejandro cuando regresó tras cumplir con todo su ritual de apertura.

—¡Ah! ¿Marta se llama? Pues me dijo que se marchaba a comprar tabaco, que a lo mejor pasaba otro día de estos por aquí.

—¿Que se ha marchado? Pero sí teníamos que..., si me había dicho que quería comprar unos libros esta mañana.

—Pues no habrás estado lo suficientemente convincente. ¡En vez de ligotear, que se te nota, deberías poner más atención a tus funciones de venta, que se te escapan las mejores!

Alejandro, sin comprender nada, salió a la calle, por si la veía aguardándolo en alguna esquina. Pero nada, allí no estaba. De nuevo desaparecía ante sus narices. Pero esta vez aún había sido más raro. No existía motivo alguno. Además, dijo que tenía que contarle algo que parecía importante... Cifuentes lo sacó de su ensimismamiento.

—Alejandro, tú algo ocultas. Lo sé. Cada día estás más raro. ¡Con lo buena persona que eras, te estás convirtiendo en un huraño!

—No le habrás faltado a Marta, ¿no? ¿No te habrás burlado de mí o de ella, verdad?

—Pero qué dices, *chalao*. Tú sabes cómo soy yo. El cliente es lo primero. ¿Cómo quieres que le falte? ¿Sabes lo que te digo? Que tú estás muy raro y que esa amiguita tuya todavía lo es más. Creo que es una fulana, para que te enteres. Empezó a preguntarme cosas sobre ti. Que qué responsabilidad tenías y cosas así, como para saber qué sueldo podías tener. Ésa quiere algo de ti, seguro, no te conviene.

—¡Déjame en paz, no la conoces de nada!

Alejandro deambuló de sección en sección completamente descentrado durante toda la mañana. Incluso cuando un compañero le preguntó por la ubicación de un conocido libro de viajes, respondió con un rotundo *no tengo ni la menor idea*, con el que jamás se habría aliviado en circunstancias normales. Alejandro no tenía la cabeza en los libros, sino en todo lo que le había acontecido últimamente. Todo su entorno parecía confabular contra Marta. ¿Cómo era posible que una mujer tan maravillosa levantara un rechazo tan fiero en Cifuentes y en el Corcho? Quizá porque el primero fuese un esaborío y el segundo un misógino. Sí, eso tenía que ser. Él tenía buen ojo para las personas, y Marta le parecía tan indefensa, tan hermosa, tan angelical... ¿Cómo podían ni siquiera sospechar que se tratase de un fulana? Aquella infamia le rasgaba el corazón. ¡Cómo podían sospechar que la mujer más maravillosa de la ciudad fuese una puta!

21

Anselmo Olvera era maestro de escuela y un gran aficionado a la arqueología. Durante su infancia recorrió palmo a palmo todas las cuevas de la sierra de Algodonales, su pueblo, excavando sus suelos, a la busca de puntas de flechas y hachas de piedra. Las encontró a cientos. También gustaba de localizar las necrópolis ibéricas, romanas y andalusíes, que normalmente se encontraban cerca de las grandes cortijadas. Fue entonces cuando descubrió que los principales restos arqueológicos solían esconderse bajo esos blancos cortijos que pasaban de familia a familia durante cientos o miles de años. Cortijos, almunias, villas, siempre en el mismo lugar, con las lógicas mutaciones arquitectónicas para adaptarse a los gustos de los tiempos. Salía con frecuencia al campo, sin más experiencia que los ligeros conocimientos del colegio, y alguna que otra visita al Museo Arqueológico de Sevilla. Por aquel entonces no era consciente de que lo que hacía era un auténtico expolio, destrozando yacimientos que podrían haber arrojado mucha información a los arqueólogos profesionales. Pero con sus años no reparaba en aquellas sutilezas. ¿Cómo podía alguien impedirle que saliera al campo con su pequeña azada, su navaja y su cepillo? Años después, se arrepentiría del daño que causó al patrimonio, pero siempre recordaría la emoción de aquellas excavaciones furtivas, sacando a la luz los restos de un pasado que se le antojaba misterioso y quimérico. El sentimiento de aventura nunca le abandonó, y, quizá por eso, en sus fines de semana, seguía saliendo al campo a rastrear superficialmente. Ya no excavaba y mucho menos expoliaba yacimiento alguno. Se limitaba a escudriñar los montones removidos de tierra de las excavaciones de las obras, o a andar por las siembras recién levantadas. En muchas de esas visitas localizaba pequeños objetos, o restos cerámicos que le permitían datar la época histórica del probable yacimiento enterrado. Cuando consideraba que podía albergar suficiente interés, avisaba a la universidad, a la delegación de cultura o al museo arqueológico más cercano. De esa forma seguía haciendo de perro de presa, que era lo que le gustaba, sin dañar a los restos ni practicar expolio alguno.

Ese fin de semana había venido a ver a su novia a Sanlúcar de Barrameda. Le gustaba ese pueblo, que intuía antiguo y sabio. Un cerro —pensaba— junto a la desembocadura del gran río. Seguro que desde la más remota antigüedad se asentó un poblado sobre su suelo.

Hacía calor aquel día, y su novia había decidido ir a la playa con unas primas.

—Vente con nosotras, anda.

—No, mejor me doy una vuelta para estirar las piernas, ya sabes que a mí lo de tostarme al sol no me gusta. No tengo complejo de salmonete.

—Pues allá tú.

Y Anselmo decidió salir al campo. En los alrededores de Sanlúcar se estaban construyendo algunas urbanizaciones nuevas, y no estaría de más que echara un vistazo por la tierra removida. Nunca se sabía dónde podía saltar la sorpresa. Salió por el barrio de la Algaida, pero antes de meterse en el pinar, pensó que sobre suelo de marisma sería muy difícil que pudiera encontrar restos algunos. Hasta hacía sólo dos mil años habían estado cubiertos de agua, por lo que nada podía hallar en su seno. Oteó entonces los cerros que circundaban la marisma, y comprendió que de existir algún yacimiento en la zona se tendría que ubicar en las laderas de esos cerros, que sería el límite de la antigua costa. Durante un buen rato observó el relieve a través de los prismáticos que siempre le acompañaban en sus salidas al campo. ¿Qué era aquello que destacaba sobre aquel pequeño promontorio? Apenas se percibía desde la distancia, pero parecía... Sí, era un movimiento de tierras. Sin duda alguna estaba de suerte. Algo encontraría aquel día. No se podía figurar hasta qué punto sus intuiciones resultarían ciertas.

Procuró no desorientarse a través del laberinto de carriles de tierra y arena que le separaban hasta las laderas. Por experiencia sabía que no siempre resultaba fácil localizar un punto detectado desde la distancia, una vez que te acercabas al mismo, carente de la antigua perspectiva. Varias veces tuvo que deshacer el camino andado, hasta tomar el cruce adecuado. Cuando llegó hasta la base de la excavación, su instinto de sabueso le dijo que aquel lugar tenía algo especial. Sonrió recordando la cantidad de veces que había asombrado con su olfato a sus acompañantes. Mirad —les decía— en lo alto de aquel cerro debe haber algo. Y efectivamente, en cuanto removían el suelo comenzaban a encontrar trozos de cerámica y vidrio. La apuesta que más le gustaba realizar era la de las necrópolis. Eran las más difíciles, pero las más substanciosas en hallazgos. Se situaba en algún punto elevado y se concentraba. Cuando tenía una idea decía, *está allí, en el arranque de aquel camino*. Y muchas veces acertaba, entre los aplausos de sus amigos. Ese instinto que siempre le acompañó, le gritaba en aquellos momentos que estaba ante las puertas mismas de un gran descubrimiento. Excitado, comenzó a subir la rampa. El calor y la celeridad le hicieron romper a sudar enseguida. Pero no le importaba. Olvidó el cansancio, a su novia y hasta a la madre que le parió; no tenía cabeza para otra cosa distinta que no fuera rastrear la zona de tierra removida a la que llegaba. Se detuvo para tomar aliento. Era curioso, jamás había experimentado una sensación tan fuerte, algo así como unas imperceptibles vibraciones que le alteraban. Llegó hasta la zona excavada, y las evidencias del yacimiento no tardaron en aparecer. Cientos de trozos de cerámica rotos, así como pequeños fragmentos de mármol, cantaban que allí debajo había unas ruinas. Recogió algunos y los observó. El tipo de cerámica le pareció muy antigua, de una época que situó entre el neolítico y el bronce. ¿Calcolítico? No lo sabía; como apenas había encontrado restos, no podía aventurar cronologías ni culturas. Media hora después, tras haber recorrido el área de tierra removida, ya había sacado algunas conclusiones sobre el lugar. Que primero se había excavado con maquinaria pesada, para después volver a enterrarse. ¿Por qué ese extraño comportamiento en una empresa constructora siempre tacaña en sus gastos? Pues bien sencillo. Habría encontrado un yacimiento arqueológico y no tendría interés alguno en que nadie llegase a enterarse. Desgraciadamente ocurría en muchas ocasiones. La riqueza del yacimiento y su extensión debía ser extraordinaria. No tenía duda alguna, pertenecían a un calcolítico avanzado. No podían ser por tanto tartésicos, en plena edad del hierro. Los restos parecían mucho más antiguos. Decidió hacer un muestreo de las cerámicas más representativas que encontró sobre el suelo, para llevarlas hasta la facultad de historia. Fue entonces cuando descubrió una gran lona plástica en uno de los extremos de la excavación. ¿Qué taparía? Cuando la levantó no pudo reprimir un grito de asombro. Entremezclados con arena y tierra pudo apreciar capiteles, columnas, cimacios, sillares, piezas todas de lo que tuvo que ser una rica construcción. Le impresionó el tamaño de los distintos elementos arquitectónicos. Eran muy superiores a los que estaba habituado a encontrar. ¿Qué podía ser aquello?

Un potente grito le sacó de sus cavilaciones.

—¡Oiga, qué hace ahí, no ve que es una propiedad privada!

Instintivamente, Anselmo dejó caer la lona, según estaba, y simulando naturalidad, se dirigió hacia el hombre que le gritaba.

—Buenos tardes, vaya diíta de calor, ¿eh?

—¿Qué hacía en la excavación? ¿No sabe que no se pueden entrar a las obras? Es peligroso, podría caer en cualquier hoyo y lastimarse.

—Tiene razón, disculpe mi imprudencia. Acababa de llegar. Tenía urgencia por hacer mis necesidades y…

—No hace falta que me lo explique. Váyase, por favor.

—Pues en paz de Dios, amigo.

Julián García, el encargado de la obra, apuntó la matrícula del coche antes de que se perdiera bajo una estela de polvo. No se acababa de fiar de las excusas del hombre. ¿Qué estaría haciendo allí? ¿Habría descubierto las ruinas? Había hecho bien dándose una vuelta por la obra. Decidió llamar de inmediato a Ramón. Tenía que conocer el incidente.

Anselmo, por su parte, no terminaba de creerse lo que había entrevisto bajo la lona. Jamás pudo suponer que existiera tal riqueza arquitectónica y arqueológica en las afueras de Sanlúcar. No albergaba duda alguna, esas ruinas eran las más importantes que jamás hubiera conocido. ¿Cómo no había saltado todavía a la prensa? Analizó las diversas posibilidades. Que hubieran sido descubiertas el día anterior y aún no hubieran tenido tiempo de dar el parte, o, lo más probable, que sencillamente la empresa constructora las hubiera vuelto a enterrar para que nadie se percatara. Era muy habitual en el mundo de las obras, nadie quería ver un arqueólogo por las inmediaciones. Su primera intuición había resultado buena. Sí, eso era lo que había ocurrido, de ahí el interés del guarda en echarlo. Bueno, al menos en esa ocasión la empresa no había destruido los restos, tal y como, desgraciadamente, tantas veces ocurriera. Anselmo pensó las opciones que tenía para denunciar el hallazgo. O dar parte a la guardia civil, o a cultura, o a la universidad. Pensó que acudiría a esta última, pero ya el lunes. Estaba en fin de semana y no iba a pasarlo declarando en un cuartelillo. Su novia lo mataría.

Al tercer intento, Julián pudo conectar con Ramón.

—Tengo malas noticias que darte. He sorprendido a un tío fisgoneando por la excavación. No sé si habrá visto algo o no. Le pregunté, y me dijo que había bajado a mear, pero vete a saber qué era lo que hacía exactamente.

—Eso es muy grave, Julián. ¿No será de cultura o del ayuntamiento, verdad?

—No tengo ni la menor idea. Su coche, no era público. Le he tomado la matrícula.

—Dámela, le pediré a unos amigos que hagan alguna averiguación. Llamaré a Andrés ahora mismo. Debe conocer el marrón en el que nos estamos metiendo.

Ramón, tras colgar, se quedó unos instantes meditabundo. Debía pensar bien los pasos a dar a partir de aquel entonces. Ocultar o intentar destruir restos arqueológicos podía tener pena de cárcel.

—¿Quién era? —le preguntó su mujer Macarena.

—Un encargado de obra, para contarme algunas incidencias. Nada importante.

—Pues quién lo dijera. Te has quedado como un pasmarote y con una cara de susto que das pena. No quiero ahora que tengas otra preocupación distinta que la de la entrevista que vamos a mantener con nuestro anticuario. Nos tiene que explicar con tranquilidad a qué rito de la fertilidad se refería.

Mientras salían de la casa para dirigirse hacia el barrio de Santa Cruz, Ramón hizo una primera llamada a su agencia de detectives. Tuvo la suerte de pillar al jefe en el móvil. Le proporcionó el número de la matrícula y le pidió que hiciera indagaciones urgentes.

—Sobre todo para saber qué podía estar haciendo su propietario en una de nuestras obras, rebuscando entre lo excavado. ¿Qué tiempo tardarás en darme alguna información?

—Depende. Si pillo de servicio a mi amigo de la policía, en menos de una hora lo sabrás todo de ese merodeador.

—Espero tu llamada.

Ramón decidió no comunicarle a Andrés las nuevas hasta descubrir quién era el propietario del coche y qué podía estar haciendo por allí. Con esa información debían tomar decisiones, aunque no se hacía demasiadas ilusiones. El secreto de las ruinas ya no se podría mantener; tarde o temprano saldría a la luz pública. Y eso significaría el final de la promoción de Nueva Tartessos, la más importante que jamás hubiera acometido MHI.

—Venga, Ramón, que el taxi ya espera en la puerta.

Media hora después, Macarena aguardaba excitada a que el anticuario abriera aquella puerta rotulada como Hispalis, Antigüedades. Ni siquiera el calor de la tarde había vaciado el barrio de Santa Cruz de turistas y transeúntes. Ramón volvió a formularse la misma pregunta que en sus anteriores visitas. ¿Cómo podía tener clientes aquel diablo de anticuario si siempre mantenía el negocio cerrado? Golpeó una y otra vez la puerta con la aldaba, pero nadie daba señales de vida en el interior. ¿Se habría olvidado de la entrevista?

—¿Qué pasa, Ramón? ¿Por qué no abre?

—No lo sé. Este hombre es muy raro. Siempre tarda mucho.

Ramón volvió a intentarlo. El sonido de la aldaba sonó rotundo. La gruesa madera de la puerta hacía las veces de solemne caja de resonancia.

—Parecen repiques de muerto.

—No digas eso, Macarena. Suena como lo hacen todos los llamadores de las casas antiguas, lo que pasa que con los timbres se nos ha olvidado su sonido.

Ramón volvió a llamar. Macarena se impacientaba, y su marido se removía inquieto. ¿Quién era en verdad aquel extraño anticuario? ¿Por qué parecía que le leía los pensamientos?

La puerta seguía sin abrirse. Algo en el interior de Ramón le advertía que lo mejor que podían hacer era marcharse cuanto antes. Su corazonada le advertía que no debía volver a entrar en aquella casa. Al menos esa tarde no.

—Macarena, vámonos, no hay nadie.

—Vamos a esperar cinco minutos. Si nos ha citado, no debe tardar en presentarse.

El chasquido proveniente de la puerta anunció que su mecanismo de apertura se había accionado. El anticuario debía estar en el interior. Las hojas del portón se entreabrieron, como invitándoles a penetrar en la penumbra del zaguán.

—¡Oiga! ¿Hay alguien ahí?

Nadie contestaba desde el interior. La puerta se había abierto a distancia.

—¿Qué hacemos? —preguntó Ramón a Macarena—. El anticuario no aparece.

—¿Cómo que qué hacemos? ¡Pues entrar, que para eso hemos venido! El anticuario debe estar dentro esperándonos. ¿Quién te crees si no que habrá pulsado el portero automático o lo que sea que haya abierto la puerta?

Temeroso, Ramón empujó la puerta. Las bisagras debían estar algo oxidadas a tenor del chirrido que produjeron. Entraron en el zaguán, envuelto en sombras. Quedaron a ciegas mientras sus pupilas se adaptaban a la penumbra interior, que contrastaba vivamente con la luminosidad externa. Justo en ese momento, el portón de entrada se cerró con gran estrépito de sus goznes.

Ramón, titubeante, quiso romper aquel silencio que le atemorizaba.

—¿Hay alguien en la casa?

Nadie respondió.

—Debe estar dentro esperándonos —Macarena parecía mucho más tranquila que su marido—. El pobre está mayor, y debe costarle andar por la casa. Vamos a entrar al patio.

El patio, con sus grandes macetones y su fuente central, se mantenía fresco a pesar de lo caluroso de la tarde. Esa era la magia de las casas andaluzas. En el pasillo que rodeaba el patio, detrás de las arcadas de columnas, se veían antigüedades y piedras de todas las edades. Pero del anticuario ni rastro.

—Pues sí que es raro —por vez primera concedió Macarena la razón a su marido. Parece que estamos solos.

Ramón regresó sobre sus pasos. Quería salir de nuevo a la calle, aquel lugar estaba comenzando a asfixiarle. Llegó hasta la puerta, y se la encontró cerrada. Tanteó en busca de la manivela o la palanca, o el pestillo, o el botón que permitieran abrirla, pero no fue capaz de encontrarla. Aquella maldita puerta no se podía abrir desde el zaguán. ¡Estaban encerrados! Su inquietud se transformó en temor. Regresó acelerado hasta el patio. Su mujer le esperaba sobresaltada.

—¡He oído un ruido en aquella habitación!

En efecto un sonido tenue, de algo que se deslizaba con suavidad, provenía de la sala que tenían a su derecha.

Ramón estaba aterrorizado. Sacó su móvil, dispuesto a llamar a alguien para pedir auxilio. Se arrepintió. ¿Quién lo tomaría en serio cuando le explicara el pavor que experimentaba por una simple visita a un anticuario a plena luz del día?

Su mujer, deseosa de hablar con el anciano, se dirigió hacia la puerta de la que procedía el sonido. Ramón se vio forzado a acompañarla. La habitación era una especie de trastero, con escaleras, botes de pintura y estanterías polvorientas repletas de útiles de muy diversa naturaleza.

—¡Ahí detrás suena!

Macarena se agarró con fuerza al brazo de Ramón. Entre los estantes, vieron cómo unos ojos brillaban con cruel frialdad. Macarena no pudo contener un grito.

—¿Qué es eso, Dios, qué es eso?

Una inesperada voz emergió de sus espaldas.

—Mi gato, Sófocles. ¿Les ha asustado?

Se trataba del anticuario, que entraba desde el patio.

—No, no, lo que pasa es que nos sobresaltó. No lo esperábamos.

—No es un gato demasiado bien educado, que digamos. Bienvenidos a casa. Les estaba esperando. Perdonen mi retraso, estaba trabajando con su piedra. Síganme, por favor.

Los condujo hasta un pequeño gabinete, atravesando la jungla de piedras y enseres. Ni Ramón ni su mujer conocían ese despacho. Les costó diferenciar si estaban en un almacén de piezas arqueológicas o en un lugar de trabajo. El anticuario los invitó a sentarse sobre dos capiteles invertidos a modo de sillones. Los ojos le brillaban aún más que en las anteriores ocasiones que los recibiera. Tenía mirada de gato viejo y astuto. Se sentó sobre la única silla tras el pequeño buró repleto de papeles, revistas y fotografías, y Sófocles fue a sentarse a su regazo.

—Disculpen el desorden. Es mi cuarto de trabajo. Aquí sólo me rodeo de mis libros y mis objetos más queridos.

Ramón miró a su alrededor. Piedras, cerámicas, estelas, todo eran vestigios de un pasado muy lejano. Tanto como el del propio anticuario.

—Sí —comentó el anciano al comprobar que sus invitados registraban con la mirada los objetos del gabinete—, es arqueología. Nunca dejo que nadie entre en este lugar. Es..., digamos, mi lugar sagrado.

—Gracias —Ramón tomó la palabra—. ¿Qué es lo que quería contarnos acerca del rito de fertilidad de la piedra?

—Sí, el rito de fertilidad de la antigua estela. El alma de las cosas antiguas es más rica porque tiene más vida sedimentada. Y sólo podemos considerar antiguo lo que viene de antes de Cristo. Las únicas antigüedades verdaderas son las anteriores a los romanos. El imperio de Roma creó una civilización industrial, racional, carente de cualquier emoción. Desde Roma para acá hemos avanzado menos de lo que nos creemos, todo es modernidad.

Macarena miró a su marido con impaciencia. No había venido a aquella casa tan rara para hablar de arqueología, ni de antigüedades, por muy contenta que estuviese con su bargueño. Se encontraba en aquel lugar maldito para hablar de un misterioso rito de fertilidad, grabado en una piedra antigua encontrada en una obra. Eso era todo. Ella esperaba una señal, un arcano que pudiera comentar con el sanador de mentes. ¿Por qué no hablaba ya Ramón?

Pero su marido, como antes le ocurriera, experimentaba una extraña transformación ante aquel anticuario. Seguía asustado. Sumiso y resignado, se prestaba a ser leído en su interior. Para evitarlo procuraba mantener la mente en blanco, esperando que sus obsesiones no fuesen percibidas. Presentía que estaba en un lugar extraño, donde una poderosa energía parecía dominar mentes y personas.

—La época histórica que más me atrae, continuó el anciano, es el calcolítico, el paso desde la edad de piedra del Neolítico a la primera edad de los metales, el cobre. Por aquel entonces es cuando la Humanidad perdió la inocencia, se hizo poderosa, se supo que llegaría a dominar el mundo, y creó sus primeras ciudades e imperios. Todo era virgen entonces, la aventura todavía era posible. Todo lo posterior carece de interés. Por ejemplo, los romanos, que ya dominaron, miles de años después, un Mediterráneo civilizado, al que aburrieron con sus cánones y reglamentaciones. Todo lo medían y pesaban, todo lo desarrollaban según sus leyes de proporción. Soñaron con ser fríamente perfectos. Fue una civilización de ingenieros y leguleyos, todo un aburrimiento. El invento les funcionó durante siglos, hasta que al final se desmoronaron ante el fresco empuje de los salvajes.

Detuvo su perorata, mientras jugaba con una lucerna que tenía entre sus afiladas manos. Miró con detenimiento el rostro de Macarena. La mujer no fue capaz de sostenerle la mirada. Inquieta, bajó los ojos, mientras oía con sorpresa las palabras del anfitrión.

—La decadencia romana, la decadencia romana. ¿Saben lo que les ocurrió? Que no nos cuenten tonterías de las orgías y los festines. Se hundieron porque sus mujeres dejaron de tener hijos, por ese sencillo motivo. Al igual que ocurriera con otras civilizaciones anteriores, en un momento dado, y sin que en teoría los científicos hayan sido capaces de proporcionar explicación alguna, la fertilidad bajó a límites escandalosos. Que si el plomo de las tuberías, que si la vida licenciosa…, se intentan exponer mil y una razones para lo que es una simple regla natural. Cuando un grupo humano se hace demasiado poderoso, la naturaleza juega su papel equilibrador. Les baja su fertilidad, mientras que se la sube al resto. La población romana empezó a descender, mientras que la de sus vecinos bárbaros a aumentar. El Imperio tuvo que recurrir a mercenarios para sus ejércitos y a bárbaros como mano de obra. Al final, les resultó imposible mantener el espíritu que los había hecho grandes y se desinflaron.

Guardó un nuevo silencio y los miró. Su pregunta rajó el corazón de la mujer.

—¿Verdad que les suena esa historia? ¿No ocurre ahora lo mismo? Sin jóvenes, recurrimos a inmigrantes y mercenarios. La fertilidad baja, cada vez les cuesta más a nuestras mujeres quedarse embarazadas, y la calidad del semen de los hombres da asco. ¿El estrés, el tabaco, el alcohol, los pesticidas? Por favor, qué tonterías. De nuevo es la madre naturaleza la que actúa. La raza blanca ya ha terminado su ciclo de dominio, otras vendrán a sustituirla. ¿Y quién sufre? Los Estados no tienen sentimientos. La decisión de la naturaleza golpea a esas pobres mujeres condenadas genéticamente a querer ser madres y que ven como cada nueva menstruación les niega el hijo que necesitan. Y digo bien necesitan, y no quieren, porque para la estabilidad de una mujer el hijo es una necesidad, no un simple deseo. Así funciona el reloj de nuestro organismo, así imponen su ley los todopoderosos genes que nos definen.

Ramón y Macarena lo escuchaban con los ojos, la mente, el corazón y el alma completamente abiertos a sus palabras. ¿Quién era en verdad ese maldito anticuario? ¿Cómo podía adivinar siempre dónde supuraba su llaga?

—Por eso los he llamado. Después de estudiar obsesivamente la estela que me trajo, he llegado a algunas conclusiones. Algunas de ellas con cierta base científica, otras por pura intuición. Pero créanme que para estas cosas de interpretación del pasado, tanto vale lo uno como lo otro. Primera conclusión. Estamos ante una pieza de valor excepcional. Segunda, es muy antigua, de varios miles de años antes que la civilización tartésica. Si mis suposiciones son correctas, estaríamos ante el más antiguo de los testimonios escritos de la Humanidad, anterior incluso a los babilónicos o egipcios. Y, en tercer lugar, el texto y los signos apuntan hacia un rito de fertilidad. Observen estas fotos de posteriores santuarios, ya en época íbera. Verán algunos signos parecidos, probablemente herederos los unos de los otros.

Así era. Signos triangulares que a todas luces pertenecían a una misma familia.

—A partir de esas tres premisas, tuve un presentimiento. La sociedad en la que fue grabada esa estela tuvo el mismo problema que golpeó a Roma varios miles de años después, idéntico al que nos hará a nosotros desaparecer como civilización. Sus mujeres y hombres se fueron convirtiendo en estériles, de ahí la devoción a las diosas de la fertilidad, siempre vinculadas a las deidades de la tierra y la naturaleza. Sin duda alguna, la pieza procede de un templo dedicado a una de ellas. Las mujeres acudirían a dejar sus ofrendas, a musitar sus promesas, a dejar sus exvotos. Las de esta tierra lo llevan haciendo sin interrupción miles de años, basta con excavar cualquiera de nuestros grandes santuarios para comprobarlo.

Guardó un prolongado silencio mientras escrutaba los adentros del matrimonio.

—La sabiduría está en el pasado. Mientras más remoto mejor, en aquellos tiempos en los que los hombres aún comulgaban con la naturaleza. Por eso, pensé que les interesaría ahondar en le rito de la piedra. Pero antes, necesito saber de dónde procede la estela. Créame que es muy importante.

¿Cómo podía haber adivinado que estaban interesados en ritos de la fertilidad? ¿Y si todo se trataba de un truco para descubrir dónde se encontraba el yacimiento para poder expoliarlo?

—¿Para qué quiere saberlo?

—Es obvio. La localización puede ayudarnos a responder las preguntas que nos interesan. A ustedes y a mí. ¿Me lo dirá?

—Ya le comenté que no tengo esa información. Si lo supiera ya se lo habría dicho.

De nuevo los ojos del anticuario le traspasaron las ideas.

—Haga un esfuerzo. La visita a esas ruinas no sólo sería bueno para la ciencia, o para satisfacer mi propia curiosidad. También tendría un interés muy especial para su esposa y usted.

—No soy especialmente aficionado a la arqueología.

—No hablo de arqueología. Ya le he dicho que se trata de un rito de la fertilidad.

Macarena abrió los ojos con espanto. Aquel maldito anticuario le daba miedo. Se hizo la misma pregunta que atormentaba a su marido. ¿Cómo podía saber que ella deseaba participar en uno de esos ritos? ¿Es que leía sus pensamientos? ¿Es que, acaso, su esposo fue alguna vez indiscreto? Ramón respondió a la defensiva.

—¿Qué le hace a usted suponer que podríamos estar interesados en antiguos templos dedicados a la fertilidad de la mujer?

—Si lográsemos saber de dónde procede la estela, podríamos realizar los tres una rápida visita. Estos lugares suelen estar cargados de energía, son una auténtica caja de sorpresas. Y suponiendo que ustedes quisieran tener un hijo…

—¿Quién le ha dicho a usted que nosotros queremos tener un hijo?

Ramón expresó con la pregunta su temeroso nerviosismo. Aquel anciano lo sabía todo desde el principio, había estado jugando con ellos.

—Nadie —y pareció meditar sus palabras—. Lo había supuesto. Pero no se enfade, si no quieren hijos, con no ir, todos contentos.

Macarena, visiblemente alterada, entró con fuerza en la conversación.

—¡Basta ya de juegos, no lo soporto! Yo sí quiero ir adonde el dichoso templo, yo sí quiero tener un hijo. Sea usted quién sea: ¡Por favor, ayúdenos a tenerlo!

—También yo prefiero que seamos más prácticos —le respondió satisfecho el anticuario—. Créanme. Si ustedes desean un hijo, es importante que vayamos al templo. Pero para ello su marido tendrá que indicarnos el camino. Cuenta con toda mi discreción profesional. Puedo jurarle en este preciso instante que no expoliaré pieza alguna, ni le comentaré jamás a nadie nuestra visita.

Macarena dirigió una mirada implorante a su marido. Ramón comprendió en ese preciso instante que no podría negarse a descubrirle el yacimiento. Su mujer no se lo perdonaría.

—Para mí —y esta vez fue el anciano quien les suplicó con la mirada—, también es vital. Se trata de un viejo asunto, muy personal.

A Macarena, convencida desde el inicio, aquella súplica del anciano le llegó al corazón. Urgió con el gesto a su marido para que cediera de una vez y confesase el enclave.

—Está bien. Le llevaré. ¿Cuándo le viene bien?

—Debemos partir de inmediato, esta misma tarde, tenemos que llegar antes de anochecer.

—Pero ¿esta misma tarde? No he venido vestida para ir al campo.

—No te preocupes, querida. Nos vamos, subes a casa y te cambias.

Ramón hizo ademán de levantarse para partir enseguida.

—Esperen un minuto —se disculpó el anciano—, tengo que subir para recoger algún material que me será necesario.

Mientras el anticuario se ausentaba escaleras arriba, Macarena cogió la mano de su marido.

—Muchas gracias, Ramón. Sé que lo has hecho por mí. Pero es que teníamos que ir. Algo me dice que nos alegraremos el resto de nuestras vidas.

Quince minutos después, estacionados ya a las puertas de la casa del matrimonio, esperaban a que Macarena se cambiase de ropa. Sonó entonces el móvil de Ramón. Era la llamada del detective.

—Ya sabemos de quién es el coche. Su titular se llama Anselmo Olvera, y tiene residencia en un pueblo de Cádiz, Villamartín, aunque es nacido en Algodonales. A través de mis informadores he podido averiguar que es maestro de escuela.

—¿Algo más?

—Bueno, sí, pero no sé si te puede interesar. Es muy aficionado a la arqueología. Organiza visitas para los chavales, y preside una asociación de defensa del patrimonio histórico.

¡Lo que faltaba! Aquella era la peor noticia que Ramón pudiera recibir. Un aficionado a la arqueología merodeando por la excavación. ¡A buen seguro, ése ya sabía lo que se ocultaba bajo el plástico!

—Ramón, ¿sigues ahí?

—Perdona, estaba procesando tu información.

—¿Deseas algo más?

—No. Ten el móvil abierto, te llamaré si te necesito.

Ramón tenía que llamar a Andrés. Su director general debía conocer de inmediato en la delicadísima situación en la que se encontraban. Si no actuaban rápido, en unos días el hallazgo de las ruinas sería titular destacado de todos los periódicos. Y eso sería la puntilla definitiva para Nueva Tartessos.

—Andrés, soy Ramón.

—Dime.

—Tengo malas noticias. Hace algo menos de dos horas me llamó Julián García, nuestro jefe de obras de Sanlúcar…

—Lo conozco, no hace falta que me des tantos detalles. ¿Qué es lo que ha ocurrido?

—Que pilló a un tío merodeando por la excavación. Aunque se hizo el sueco, Julián sospechó algo. Me pasó la matrícula de su coche y he descubierto que se trata de un aficionado a la arqueología, responsable de una asociación cultural y todo eso.

—¿Seguro?

—La información que me pasa la agencia suele ser buena.

—Pues entonces estamos jodidos, bien jodidos.

Tras la conversación telefónica, Andrés quedó aturdido por un buen rato. ¿Qué podía hacer? Aunque se le pasó por la cabeza, no podría chantajear ni sobornar al arqueólogo aficionado. Supondría un riesgo muy alto y esas cosas, además, solían terminar mal. Lamentó tener tantos escrúpulos. Si eso mismo le hubiera ocurrido a muchas de las promotoras de capital ruso de Marbella, a la mañana siguiente alguien encontraría un cadáver flotando en la desembocadura del Guadalquivir. Habría un muerto más, pero un problema menos. No, no podía ni siquiera pensar en eso. A buen seguro, el intruso no daría parte a cultura hasta el lunes. Tenía todavía todo el fin de semana por delante. Dos días, y ni uno más. El lunes se destaparía el asunto y ya nada podría hacer. Meditó por un buen rato. Ninguna de las opciones que barajaba garantizaba el éxito que tanto necesitaba en aquellos momentos. Tendría que optar por la alternativa menos mala. Y aunque le dolía el hacerlo, marcó el número de Rocío Romero. Tenía que conseguir venderle los terrenos entre el sábado y el domingo, aunque tuviera que sacar a rastras al notario.

Y en el mismo momento en que el coche de Ramón, con el anticuario y Macarena a bordo, abandonaba la autopista Sevilla-Cádiz para dirigirse a Sanlúcar, vía Jerez, Andrés lograba contactar con Rocío. Tras los amables saludos, entró directamente en faena.

—Buenas tardes, necesitaría verte con urgencia. Tengo buenas noticias. No me ha sido fácil, pero he conseguido la autorización de mi consejo para venderte los terrenos de Nueva Tartessos.

—Muchísimas gracias, esa sí que es buena nueva. ¡Debemos celebrarla!

—¿Nos vemos esta misma noche?

—Vale, yo estoy ahora en Marbella.

—Pues dentro de tres horas estoy allí. No debemos retrasar la operación, al enterarse de la aprobación de venta, otro consejero ha manifestado su interés.

—Pues vente corriendo. Hablaremos esta noche de las condiciones.

Andrés cogió el primer avión que salía para Málaga. Un taxi lo llevaría hasta Marbella. Sabía que no era ético lo que iba a hacer. Rocío Romero le había caído bien, demasiado bien quizá, y sentía tener que hacerle la faena de venderle esos terrenos con premio oculto. Pero, en fin, se consolaba, los negocios eran los negocios. Mientras se dirigía al aeropuerto, rezando por no quedar atrapado en uno de los monstruosos y habituales atascos, intentó, sin éxito localizar a Ramón. Tendría que prepararse por si se precipitaba la compraventa. Debería de encargarse de papeleos y escrituras. ¿Dónde podía estar que no lo localizaba? A través de la ventana del taxi, Andrés observaba las nuevas urbanizaciones que derramaban Madrid hasta el infinito. Algunas de ellas las había promovido él. ¿Dónde demonios estaría Ramón, ahora que más lo necesitaba? Su delegado solía tener siempre el móvil abierto, ¿por qué lo llevaría desconectado?

Ni en sus más locos sueños, hubiera llegado a sospechar jamás el paisaje dónde se encontraba en aquellos momentos su subordinado. Rodaba por el carril de tierra que conducía a Nueva Tartessos, después de atravesar las anárquicas urbanizaciones que extendía Sanlúcar hacia la marisma. En menos de cinco minutos llegarían hasta la excavación. La excitada mirada de Macarena rebuscaba un atisbo de esperanza, mientras que el viejo anticuario parecía aturdido, sumido en una tumultuosa tormenta interior. Ramón, sencillamente no entendía nada. Ni qué esperaba encontrar el anticuario en el yacimiento, ni la primitiva fe de su mujer. Únicamente tenía una certeza en aquellos momentos. Que estaban locos. Sobre todo él, que se había dejado meter en la misma boca del lobo.

22

Soy Sorbas. Amanece y tirito de frío. Vuelvo a tener hambre. Levanto la mirada hacia los cielos rojizos preñados de luz, y agradezco a los dioses que me hayan permitido vivir un día más. Hoy debo llegar hasta la aldea, para concluir allí mi misión. Me incorporo lentamente. Me duelen los brazos y tengo llagas en los pies. El cuero húmedo lacera mi piel. Decido marchar descalzo. Las piedras del camino me serán menos enemigas que las correas mojadas de mis destrozadas sandalias. Miro al suelo e imploro ayuda a los dioses. Comienzo a andar hacia el este, donde las tierras se levantan. Todo está encharcado, pero al menos se puede andar. Nada tiene que ver este barrizal con la enorme laguna que todo lo llena, allá abajo. Hoy nada queda de mi ciudad, arrasada por las lluvias, derruida por el terremoto y sumergida bajo el agua por la descomunal fuerza de la ola y la subida del mar. Todo eso fue hace cuatro lunas. Tíscar me avisó a la misma puerta del templo. Lo recuerdo como si fuese ayer. Ve primero al Santuario de la Luna, me urgió. Huye sobre el caballo más veloz. Y eso hice. Galopé como los más avezados jinetes del hipódromo. Casi con las riendas sueltas, espoleé al caballo hasta más allá del límite de sus fuerzas. El sacerdote me había dicho que huyera, y le obedecí. Algo grave iba a pasar y debía ponerme a salvo, en tierras más altas. Una vez allí, intentaría alcanzar, en primer lugar, el Santuario de la Luna, según me había indicado el gran sacerdote. Llegaba a las primeras colinas, cuando el suelo tembló. El caballo estuvo a punto de caer, y pareció enloquecer. Se alzaba de manos, brincaba, galopaba sin son y se detenía bruscamente, sin obedecer ya las órdenes que le transmitiera a través de las riendas. Ese sobresalto me impidió ver lo que ocurría a mi alrededor. El terremoto destrozó las construcciones. Acueductos, puentes, casas y palacios se desmoronaron como si fuesen templos de arena construidos en la playa por niños soñadores. Pero eso no pude verlo. Bastante tenía con intentar dominar a un caballo enloquecido. Galopaba desbocado, cuando tropezó, ya exhausto, con un tronco. Animal y jinete rodamos con estrépito por el suelo. Pude matarme, pero los dioses decidieron que mi hora aún no había llegado. No tuvo tanta suerte el animal, que quedó tumbado en agonía, con los ojos muy abiertos, como ventanas abiertas a los infiernos. Aturdido, tardé en poderme incorporar. Y fue justo entonces cuando vi el horror. Una gigantesca ola avanzaba veloz por el valle, arrasando todo a su paso. Corrí como un desesperado ladera arriba, intentando ganar altura, único antídoto posible contra la furia desatada del mar. Empleé todo mi ímpe-

tu, pero ni siquiera así pude salvarme de uno de sus manotazos. El agua me arrastró, y braceé y luché por no ser engullido para siempre por aquellas aguas grises de barro y muerte. De nuevo la providencia divina me fue propicia. Casi inconsciente, terminé enganchado a unos arbustos del cerro que trocado habíase en orilla. Esperé a que las aguas bajaran para desengancharme de mi inesperado asidero. Anochecía y todo olía a destrucción y muerte. El silencio más profundo acompañó a la oscuridad. Ni animales ni humanos parecían haber quedado con fuerzas para implorar siquiera auxilio o llamar a los suyos. Nada. La gigantesca ola había limpiado de vida mucho terreno a mi alrededor. Me desmayé, y cuando desperté, un tímido sol calentaba ya el escenario de destrucción. Nada, no quedaba nada, salvo una extensa laguna en lo que hasta la tarde anterior fuese el fértil valle de la Atlántida. Después comenzó a llover de nuevo, con lo que los caminos y las sendas se hicieron aún más intransitables. Intenté incorporarme pero me fue imposible. Mis heridas y magulladuras me lo impidieron. El Santuario de la Luna, mi primera etapa, no podía estar ya lejos. Intenté orientarme y empecé a arrastrarme por el fango. Todavía hoy, más de cuatro lunas después, recuerdo con auténtico horror el suplicio que me supuso avanzar como una serpiente por aquellas laderas convertidas en su totalidad en un gigantesco venero. Pronto me acostumbré al espanto de los cadáveres semienterrados, y al festín que las alimañas hacían de ellos. Oré por no ser yo el siguiente plato de aquel aquelarre. Llegó la noche, y aún no había alcanzado el Santuario. Era tal el cansancio que acumulaba, que dormí de un tirón, inmune a los dolores y las fatigas. En la alborada del día siguiente retomé mi camino, algo más restablecido. A ratos conseguía marchar de rodillas, sin tener que pasar por reptil. Lloraba de dolor e impotencia, pero, al límite de mis fuerzas, alcancé las ruinas de lo que fuera el Santuario, donde las mujeres venían a ponerse bajo la invocación de la Luna, la que guía las mareas y los ciclos de fertilidad. Mi misión comenzaba allí. Hoy, cuatro lunas más tarde, espero concluirla en la aldea a la que me acerco y donde debo cumplir el segundo de mis encargos. Nada más me quedará por hacer en esta vida. Podré ya reunirme con los míos en el averno de los espíritus que llorarán por siempre su perdida Atlántida.

23

Aquella tarde fue aciaga para Alejandro. Todo parecía salirle mal. El plácido remanso de la librería se había trocado en enfurecido océano. Se equivocó al dar de alta las novedades, asignando un código editorial erróneo. Una auténtica catástrofe, pues todo el sistema informático bebía de esa información. Tuvo que empezar de nuevo, entre las quejas de sus compañeros, jaleados por Cifuentes. Ni siquiera el Yerbas hizo en esa ocasión por ayudarlo.

—¿En qué estará pensando este infeliz?, murmuraba Cifuentes a todo aquel que lo quisiera escuchar.

Y, con dolor, Alejandro los oía. Tuvo que pasar un buen rato para que las conversaciones entre ellos volvieran a la normalidad.

—Tío, cómo se están poniendo los pisos —se quejaba el Yerbas. A estos precios, ni los jóvenes, ni los trabajadores podrán comprarse jamás una vivienda. Los especuladores controlan el suelo para que suban de precio. Las autoridades deberían liberar mucho más terreno para construir viviendas subvencionadas.

Alejandro, con la cabeza baja, para no destacar, se regodeó en la contradicción que encerraban las palabras del Yerbas. Quería más viviendas para los jóvenes, pero después se quejaba del daño que las nuevas urbanizaciones causaban en el medio ambiente. Otra de sus contradicciones. Pero no dijo nada. ¿Para qué pelearse con el único que no se reía de él?

Por vez primera en mucho tiempo, Alejandro salió de la librería justo a la hora del cierre. Ni un minuto más tarde. Y lo hizo como avergonzándose, como pidiendo perdón. Es por cuestiones personales, se excusó. El jefe, preocupado por su extraño comportamiento, se prometió mantener al día siguiente una conversación con él. Si seguía así, no tendría más remedio que despedirlo. La librería dejaba muy poco y tenía exceso de personal. Y las grandes cadenas ya acechaban. Alejandro era buen chico, muy trabajador, pero mal vendedor. Y ellos vivían de lo que vendían, nunca debía olvidarlo. Un librero no era otra cosa que un culto y romántico mercader de libros, no un acaudalado mecenas de la cultura, tal y como llegaron a creerse tantos de los que terminaron arruinándose.

Ajeno a esa nueva amenaza, Alejandro deambulaba sin rumbo por la vieja ciudad. La entrada de Marta en su vida le había causado tantos estragos como uno de esos huracanes de fuerza cinco que insistían en su empeño de destrozar las costas estadounidenses del Golfo de México. La idea de un castigo de la naturaleza por los excesos de los americanos sobrevoló su pensamiento. Qué tontería. Las ventoleras de la pasión alejaban cada vez más la tranquilidad que su espíritu necesitaba. La lluvia del dolor mojaba toda su alma. Se sentía solo, desamparado, vacío. Necesitaba arroparse con la sonrisa de Marta, protegerse con su presencia. Si ella no estaba con él, ¿qué sentido tenía su vida? ¿La de ser el tonto de la librería? ¿La de servir de eterno blanco de las burlas de todos sus conocidos? Miró hacia la palmera que se cimbreaba. ¿Es que todos podían tener una novia normal menos él? Y entonces, como otras tantas veces le ocurriera, comenzó a regodearse en su propia pena. Jamás podría ser feliz, estaba condenado a ser un don nadie, despreciado y humillado. Y escarbaba en su complejo, resignándose a cumplir el triste papel de desgraciado que la vida parecía tener reservado para él. Curiosamente, esa conmiseración con su propia desgracia le proporcionaba un extraño placer.

El sonido de su móvil le hizo emerger del pozo de sus amargas cavilaciones. Era Marta. El sol volvía a brillar en la noche de sus sentimientos.

—Alejandro. Tenemos que vernos.

Quedaron en la cafetería del Parador Atlántico, en el Campo Genovés. Allí estarían tranquilos y nadie los molestaría. Alejandro aceptó encantado. Iría adonde ella le ordenara, desde Bahía Blanca, el barrio más pijo de la ciudad, hasta el Cerro del Moro, el más marginal. Su sitio estaba donde ella estuviera.

Como la tarde alargaba, todavía era entreluces cuando llegó la muchacha. Resplandecía de belleza a pesar de la preocupación que reflejaba. Nada más verla, el librero olvidó todas sus penas. Pasara lo que pasara, pensara la gente lo que pensara, él sería feliz a su vera. Y además ella lo quería, lo tenía que querer. Algo tenía que significar para Marta. ¿Por qué, si no, regresaba siempre a su lado después de sus huidas?

Desde sus sillones podían ver el mar enrojecido de crepúsculo, más allá de la piscina y el pequeño jardín.

—Tengo que explicarte algo, Alejandro. Lo quise hacer desde el primer día, pero las circunstancias me lo impidieron.

La miró con los ojos muy abiertos. Dijera lo que le dijera, le contase lo que le contase, él la querría para siempre.

—Verás, es algo complicado. Hace ya algunos años, cuando comencé la carrera, entré en contacto con un grupo de personas aficionadas a los temas esotéricos. Parasicología, fenómenos extraños, cosas así. Pero pronto me desengañé. Aunque es cierto que delante de nuestras narices ocurren sucesos raros que no podemos explicar, la mayor parte de lo que se nos vende como paranormal no es más que pura sugestión, cuando no un fraude abierto. Sin embargo hice muy buena amistad con Antonio Rebollo, un profesor de psicología que defendía una curiosa teoría. Que las mentes de los hombres de hoy son sensibles a los mensajes, a las angustias y a las experiencias de los hombres del ayer. Nuestras mentes serían algo así como antenas que pueden percibir las débiles señales mentales de otras épocas. Como uno receptores psíquicos de ondas mentales del pasado, vamos. No todas funcionan igual, claro. Para la mayoría, esas señales pasan completamente desapercibidas, pero para las personas más sensibles se representan como imágenes oníricas, intuiciones, premoniciones fugaces, sensaciones de haber vivido anteriormente algunas de las cosas que le ocurren o emociones incontroladas ante determinados lugares. En la mayoría de los casos no saben interpretarlas. Es más, a muchos que les pasan algunas de esas cosas piensan que son algo normal, no llegan ni siquiera a intuir que su mente pueda percibir débiles ondas del pasado. Trabajé con Antonio en varios experimentos, y puedo confesarte que el resultado terminó convenciéndome de sus teorías. No se trata de simple admiración hacia su figura, es una íntima convicción personal. Te preguntarás por qué te cuento todo esto, ¿verdad?

Antonio Rebollo, un profesor de psicología al que aquella diosa admiraba. Malo. Lo que en realidad se preguntaba Alejandro en aquellos instantes era si Marta había tenido algo con él. Los celos hicieron su punzante aparición. No podría soportar que estuviese con otro. Pero no debía reconocerlo, tenía que seguirle la corriente.

—Me parece muy interesante, continúa, por favor.

—Pues por hacerte breve la historia, te diré que desde hace un tiempo a esta parte, son cada vez más las personas que se interesan por la Atlántida. Es como si, por alguna circunstancia que desconocemos, se hubiera reactivado un mensaje secular.

—La Atlántida, ¿la Atlántida dices?

—Sí, ¿por qué te sobresaltas tanto?

—Porque ya estoy viviendo demasiadas casualidades. En efecto, desde un tiempo para acá, me encuentro un día sí y otro también con la historia de la ciudad fantástica.

—Lo suponemos. Por eso quise ponerme en contacto contigo.

Mil dudas y preguntas se agolparon en la cabeza de Alejandro, taponando sus entendederas. Giraban y giraban como aquellos trompos de su infancia, que enhiestos causaban asombro hasta que, mareados y exhaustos, terminaban arrastrándose por el suelo una vez perdido el equilibrio mágico de su inercia. Nada parecía tener sentido, salvo el terrible descubrimiento que acababa de hacer. Ella lo había buscado por algo relacionado con la Atlántida. ¿Tendrían razón, entonces, las advertencias del Corcho y de Cifuentes?

—Lo siento, tuve que confesártelo antes, pero preferí conocerte un poco mejor. Después los acontecimientos se precipitaron. No pude soportar el rechazo del Corcho. Irradiaba una extraña energía, tuve miedo, no pude seguir en su presencia. Y después pasó lo de esta mañana. Tu compañero de librería estuvo muy agresivo conmigo, no hacía otra cosa que preguntarme que quién me enviaba. Se interesó por una tal Mari. ¿La conoces de algo?

—¿Maris? Pues a muchas en general y a ninguna en particular con la que Diego pueda tener relación.

—Tampoco fui capaz de soportarlo y volví a huir. Siento estar causándote tantos sobresaltos, tampoco yo lo estoy pasando bien, créeme.

La carcoma del amor herido comenzó a corroer la débil madera interior del alma de Alejandro. Se vio como uno de esos viejos libros apolillados y deshechos, olvidados por todos en el rincón más húmedo del *soberao* de las alpatanas. Su ilusión por amar y ser amado se desvanecía sin remisión ni consuelo. En verdad, Marta jamás se había interesado por él, simplemente vino a buscarle como conejillo de indias para alguno de los experimentos psicológicos que realizaba con su admirado profesor. Antonio Rebollo. ¿Cómo sería el psicólogo que la embelesaba? ¿Alto, guapo, inteligente? Daba igual, ambos habían intentado aprovecharse de él. No era para ellos más que un tonto bacilo que observaban bajo el microscopio de su atención. Se sintió desmoronarse, y recordó los consejos de su madre y del Corcho, instándole a no fiarse de las mujeres. Tenían razón. Nunca llegaría a ser otra cosa que un destartalado pelele manejado por ellas.

—Por eso te llamé con tanta urgencia esta tarde. Tenía que contarte toda la verdad enseguida, era lo mínimo que te merecías porque… ¿sabes una cosa Alejandro? Pues que me has caído francamente bien. Hacía mucho tiempo que no me sentía tan cómoda con un hombre como lo he estado contigo. Por eso he sufrido tanto con mi absurdo comportamiento, y por eso tenía necesidad de contarte toda la verdad.

Aquellas palabras reconfortaron el estado de ánimo del librero, que decidió superar su postración para intentar aclarar, de una vez por todas, el lío en el que se encontraba metido.

—¿Y qué tengo que ver con la Atlántida, si puede saberse?

—Pues no lo sé. Eso era, en teoría, lo que quiero averiguar.

Alejandro la miró debatiéndose entre la ternura y la desconfianza.

—Pues vayamos por partes. ¿Por qué decides buscarme a mí? ¿Quién te dice que yo tengo algo que ver con la Atlántida?

—Fue algo sorprendente. Tuvimos algunas sesiones con personas sensibles a los fenómenos de la percepción mental. Las hicimos por separado, sin que les planteáramos ningún asunto inicial. Antonio las hipnotizaba, e iba llevando sus mentes, libres y abiertas, hacia el pasado, rogándoles que contaran lo que sentían. Ninguna de estas personas tenían contacto entre sí, por lo que nada sabían las unas de las otras. ¿Y qué te crees que percibieron la mayoría de ellas? Pues un dolor muy antiguo, de una ciudad sepultada bajo las aguas y el fango, y voces que alertaban que lo mismo podía volver a suceder. Al principio pensamos que serían reacciones inconscientes lógicas ante las catástrofes naturales que estábamos sufriendo, como los tsunamis, ciclones y demás cataclismos. Ya sabes, esas alertas del inconsciente colectivo y todo eso. Pero poco a poco nos fuimos percatando de que la señal mental que se activaba tenía un origen más antiguo. Total que para no hacerte larga la historia, te la resumiré. Llegamos a la conclusión de que, efectivamente, el inconsciente colectivo de la Humanidad actual comienza a percibir que un nuevo desastre climático o ecológico, como el que sumergió a la Atlántida, podría volver a repetirse. Por eso, sus voces de alarma, dormidas en el éter durante miles de años, han vuelto a activarse. No te creas que esto que te digo es tan raro. ¿Acaso los animales no anticipan la llegada de tsunamis o terremotos? Pues algo similar se está activando en nuestra memoria de especie. Y el símbolo por excelencia es la Atlántida, y la Atlántida estuvo muy cerca de aquí. ¿Cómo no iban a percibir las mentes sensibles de hoy el mensaje que nos dejaron nuestros tatarabuelos de ayer?

—Y yo, ¿qué pinto en todo esto? —preguntó un Alejandro cada vez más desconcertado.

—Eso fue lo más asombroso de todo. Una de las mujeres experimentó visiones que nos fue describiendo con todo lujo de detalles. Nos habló de templos antiguos situados por toda la costa andaluza. Eran tiempos de dioses y héroes. La Humanidad salía de su infancia y aprendía a escribir y a usar los metales, cuando todo era tan virgen que todavía podían ponerse nombres. ¿Hay una responsabilidad mayor que bautizar lo innombrado? Pero tenían escrito su final trágico. Un anciano sacerdote, empeñado en que la memoria de su civilización no quedase olvidada, se le apareció en sus visiones. Intuyó la catástrofe, pero nadie le escuchó. Por eso instauró un sistema de mensajes que deberían atravesar los océanos del tiempo para que una vez llegado su momento volviera a aflorar. Y los tiempos eran estos. Le preguntamos que quién podía ser en la actualidad el portador del mensaje, quién podía correr ahora con el relevo. Entonces empezó a darnos pistas. Y esas pistas nos condujeron a ti.

—¿A mí? —Alejandro saltó del sillón—. ¡Pero qué dices, si yo del único relevo que sé es el del turno de trabajo de las fiestas y fines de semana, que me los chupo todos!

—Pues todos apuntaban a ti. Y sin ningún género de dudas además. En su sueño hipnótico nos hablaba de un joven gaditano, que trabajaba con libros. En sesiones siguientes nos fue aportando otras pistas hasta que te encontramos. No fue fácil interpretarlas y seguirlas. Si quieres, después te cuento el camino que tuvimos que recorrer. Créeme que con cada nuevo descubrimiento se nos ponían los pelos de punta. Tú debes tener alguna relación con la Atlántida, aunque puede que todavía no seas consciente. Parece una historia de ciencia ficción, pero sin embargo es real. ¿Me crees?

—Si tú me lo dices, será verdad, aunque me cueste creerlo.

—¿Por qué piensas que eres tú el señalado? ¿Conoces algo de la Atlántida que te llame la atención?

Alejandro intuyó que el Corcho era su principal nexo de unión con la civilización perdida. Por ahí debían venir los tiros. Pero comprendió también que no podía revelarlo ni inmiscuirlo en el asunto sin su consentimiento. Al fin y al cabo todavía no sabía quién era Marta de verdad, ni qué intereses se escondían detrás de ella.

—No. No caigo. Tengo algunos amigos que algo saben de la materia, pero poco más.

—Pues debes estar atento a las señales. Sin duda alguna aflorarán a tu paso.

—Estaré pendiente, respondió sin demasiada convicción.

—Y el Corcho… ¿Crees que puede tener alguna relación especial con la Atlántida? Me confesaste que a veces te hablaba de ella.

De nuevo el canto de sirenas, mitad mujeres, mitad pescados, que arrastraban a los marineros hasta los oscuros abismos. No pensaba caer como un pardillo en su trampa.

—¿El Corcho? No, ése no es más que un viejo parlanchín, que cuenta todo tipo de historias mientras se emborracha.

Marta asintió. También esa fue su impresión cuando lo conoció. Quizá el secreto estuviese guardado en el interior del propio librero.

—Alejandro…

—¿Sí?

—Querría pedirte un favor.

—El que quieras.

—Antonio está muy interesado en mantener contigo una sesión de hipnosis. Tu trance hipnótico podría sernos de gran ayuda.

El complejo de ratoncillo de indias volvió a aflorar en su interior. Marta quería experimentar con el batracio más tonto e insignificante.

—Me dan miedo esas cosas.

—Piénsalo, tenemos tiempo por delante.

Alejandro decidió que la reunión debía finalizar en ese punto. Ella había querido utilizarlo como una cobaya de laboratorio, así de simple. No le interesaba para nada como persona, sólo había venido para exprimirle sus conocimientos para servírselos después en bandeja de plata a su querido Antonio Rebollo, el psicólogo estrella. Pues desde luego, él no se prestaría a ese juego.

—Déjalo, no lo haré. No me insistas más con eso, por favor.

Marta comprendió que por ese camino no podría seguir avanzando. Alejandro puso fin a la reunión. Nada más tenían que hablar. Cuando el librero se disponía a pedir la cuenta, Marta, retumbada cómodamente en su sillón, volvió a tomar la palabra. No parecía tener ningún interés en marcharse.

—Sabes. Es cierto lo de mi tesis doctoral. Me leí los libros que me vendiste sobre los templos de la costa gaditana. Me llevé muchas sorpresas. Aunque algunos los fundaron los fenicios, otros venían de mucho más antiguo. Como el del Hércules egipcio, ubicado en la isla de Sancti Petri, que fue readaptado por los fenicios, y que se convirtió en el gran templo de la antigüedad. Se creía que albergaba las cenizas del héroe, según muchas leyendas antiguas. Algunos creen que no se trató de un mito egipcio que arraigó en nuestras tierras, sino un héroe de aquí que llegó hasta el primitivo Egipto, no sabemos cómo. Era un templo extraño, que asombraba a propios y extraños. Por ejemplo, tenía dos pozos muy especiales. Uno de ellos bajaba con la altamar y subía con la bajamar, dando agua salobre. El otro sólo salía en las mareas altas y proporcionaba un agua de excelente calidad. Otra singularidad era la presencia de un árbol de una especie única en el mundo. Hablan de él varias leyendas y textos clásicos. Pero lo que más llamaba la atención eran las cuatro grandes columnas de cobre fundido, sobre las que se podían leer extrañas inscripciones. Los eruditos y sabios de la época, y algunos todavía lo siguen manteniendo hoy, creyeron que se trataban de una enumeración de los gastos incurridos en la construcción del templo. ¡Qué ocurrencias! ¡Cómo podría grabarse en un lugar de culto su coste! Nunca se hubiese cometido esa sacrílega ordinariez en esta tierra de sensibilidad. ¿Qué decían entonces, de verdad, aquellos signos? Fue un controvertido personaje, de comprobada existencia histórica, quién proporcionó una explicación mucho más razonable. Denunció la falsedad de la interpretación oficial que los sacerdotes. ¿En qué templo se especificarían los gastos? A los dioses, a buen seguro, no les gustaría ese gesto de tacañería humana. El sabio y taumaturgo Apolonio de Tiana dejó escrito que los signos fueron grabados «con motivo de la solemne traslación de los restos mortales del Hércules egipcio y de su antiguo monumento funerario, flanqueado por cuatro columnas cuadradas, de oro y plata sobre las que figuraban antiguas inscripciones en primitivos caracteres ibéricos». Y como la explicación de las cuentas no le convencían, va mucho más allá al escribir: «Los dioses no me permiten callar lo que yo sé. Estas columnas son las ataduras de la Tierra con el Océano. Hércules las grabó en la casa de las Parcas para restablecer la concordia entre los elementos y sellar la amistad que habrá de reinar entre ellos en el futuro». Es decir, una especie de conjuro para evitar nuevas catástrofes. Este texto debería hacernos reflexionar. Primero. ¿Qué lengua fue esa que se escribía con «primitivos textos ibéricos»? ¿Por qué los sacerdotes intentaban ocultar el significado verdadero de lo escrito, inventado esa historia de las cuentas? ¿Qué significa eso de ataduras de la Tierra con el Océano? ¿Qué concordia había que restablecer entre ellos? ¿Por qué Apolonio de Tiana quiso desvelar el secreto tan celosamente guardado? He pensado mucho en todo ello. Pienso que algunos supervivientes de la catástrofe erigieron templos dedicados a aplacar la cólera de los elementos. En esa tradición se inscribiría el primitivo templo del que terminaría llamándose Hércules egipcio, que adoptó el nombre de Melkart para los fenicios y de Heracles para los griegos, pero que sin duda alguno tuvo origen por esta parte. Tras el hundimiento de la Atlántida, la decadencia más profunda arraigaría entre los supervivientes y los reinos vecinos, algo parecido a lo que ocurrió con los siglos oscuros que sobrevinieron al hundimiento del Imperio Romano. Te contaba todo esto, porque estamos convencidos de que el renacer del recuerdo psíquico de la Atlántida tiene que ver con el cambio climático en el que nos encontramos y las catástrofes naturales que parecen empeñadas en destruirnos.

Alejandro, más que pensar en las reflexiones de Marta, se quedó con eso de «estamos convencidos». ¿Quiénes? Pues sin duda alguna, ella y su maestro hipnotizador, por el que debía sorber los vientos. Mantuvieron una conversación algo más banal, en la que los nombres de Adolf Schulten y Heinrich Schliemann salieron a relucir. Alejandro sólo conocía sus historias de pasada, y no mostró ni el mínimo interés por sus obras y milagros. De hecho, ya se estaba preparando mentalmente para despedirse para siempre de la única mujer que había logrado burlar las defensas de su corazón. Marta hablaba y hablaba de Tartessos y la Atlántida, como si tan sólo esos pedazos de pasado remoto pudieran interesarle. Pasado, frío pasado. ¿Y el presente del corazón? ¿Es que no era más importante la brisa de la vida que la lóbrega oscuridad de los muertos? Alejandro quería aún asirse a una mínima esperanza. Necesitaba significar algo para la ayudante del psicólogo. Sólo cuando se despedían en la puerta del Parador, Marta le susurró.

—Tienes mi móvil, llámame cuando quieras.

Alejandro se quedó mirando el taxi que se perdía entre las luces de los escaparates y los vehículos. Se iba ella y regresaba la desolación. No era capaz de analizar fríamente la situación, mezclando su propia desazón de enamorado con la sorpresa causada por las confesiones de Marta. ¿Con quién podía hablar? Sólo con el Corcho. Por eso marchó en su busca. Debía encontrar al Corcho, tenían mucho de qué hablar.

Diego Cifuentes no comprendía bien la historia que estaba viviendo. Lo que empezó siendo un jueguecito para ganarse la amistad del guionista y para conquistarse a la Susi, se había terminado convirtiendo en un estúpido juego de espías con Hollywood y la Atlántida como trasfondo. Se sintió estúpido, siguiendo los pasos de un mequetrefe como Alejandro. Se sabía capaz de empresas mayores y le dolía perder su tiempo en pequeñeces. *Estoy depre*, pensó, *todo lo veo negro*. Solía ocurrirle algunas tardes en las que su ánimo se venía abajo. Además, aquel viernes por la noche no tenía plan y, por experiencias anteriores, sabía que la soledad de su apartamento lo aplastaría. El único antídoto eficaz para la melancolía que ya envenenaba su razón sería el salir a divertirse. ¿Y con quién mejor que con la frutera? Al fin y al cabo su trabajo de recomendación ya merecía alguna recompensa. Lo intentó a la desesperada. Sabía que era tarde, pero quiso tentar a la suerte.

—¿Susi? —reconoció al instante su voz al otro lado del teléfono—. Soy Diego. ¿Cómo andas?

—Pues muy bien, gracias a Dios.

—Mira, que había pensado, si te viene bien, que nos viéramos esta noche. Tengo buenas noticias acerca de tu papel en la película de mi amigo Germán.

La Susi lo escuchó con lástima. Qué torpe lo veía, más melón que boniato. La que de verdad era amiga de Germán era ella. Bueno, algo más que amiga, que ya habían compartido cama. Y el tontorrón del vecinito aún creía que podía obtener sus favores con el tráfico de influencias. De pena, de auténtica pena, vamos. Se contuvo para no romper a reír ante sus narices. Por conmiseración del burlado, optó por una respuesta cortés.

—¡Qué ilusión! ¿Me las podías adelantar por teléfono? Es que esta noche tengo una cena familiar a la que no puedo faltar.

Cifuentes insistió, no quiso rendirse a la primera.

—Mujer, preferiría contarte a la cara las buenas noticias para comprobar en persona el guapo que se te sube.

—Venga, porfa, no seas malo. Cuéntamelo ahora.

—No. Te lo tengo que decir a la cara.

—Pues ven mañana a la frutería.

Aquello deprimió aún más a Diego. No se le ocurría un lugar menos adecuado para la seducción que aquel maloliente antro de verduleros. Dada la resistencia de la niña, mejor sería una retirada prudente antes que prolongar una batalla perdida de antemano.

—Lo intentaré, aunque mañana tengo el día muy ocupado. En todo caso quiero que sepas que sigo luchando por ti, y que todo saldrá bien.

—Te lo agradezco, no sabes lo importante que eres para mí en estos momentos.

Colgó, y Cifuentes se quedó con el teléfono en la mano y la honrilla en los pies. La niñata se le resistía. ¡Bueno, ya caería en sus brazos, era cuestión de esperar a que madurara la fruta! Decidió hablar con Germán, para contarle sus inexistentes avances. A lo mejor lograba sacarle algo más de anticipo. Lo intentó varias veces sin resultado alguno. Su móvil estaba apagado o fuera de cobertura. Paseó por la habitación haciendo miles de esos ochos de fiera enjaulada que cantan los escritores mexicanos. El apartamento se le caía encima con todo el peso de su soledad y fracaso. Tenía que salir, no podría aguantar por más tiempo aquel encierro consigo mismo. ¡La Mari, eso era, llamaría a la Mari! A lo mejor, por eso del negocio que llevaban a medias, no le cobraba. Tampoco su teléfono respondía. Todo parecía salirle mal aquella noche en la que las personas normales salían en manadas a las calles para divertirse y alternar, mientras que él se consumía en disquisiciones solitarias y amargas. Aquello tenía que acabar. Salió a la calle con un destino cierto. El Club Tyffany`s, donde trabajaba la Mari. Seguro que allí la encontraría.

Apoyado en la barra, Alejandro pidió una copa de fino en la taberna habitual del Corcho. Dada la hora, no debería tardar.

Con la fina psicología que otorgan los muchos años en el negocio del vino, el tabernero pareció adivinarle las ideas.

—¿Qué, ahogando penas de amor?

—No —Alejandro se enderezó—, aquí esperando al Corcho.

—Pues no sé si vendrá. Desde la noche que apareciste con la moza, no ha vuelto da señales de vida. ¿Sabes qué creo? —le dijo bajando el tono de voz y guiñando un ojo—. Que se puso celoso cuando te vio con la zagala. Ese viejo te quiere solo para él.

Dicho lo cual, rió por lo bajo y se largó para atender al cliente que acababa de entrar, un escandaloso vendedor de cupones que solía terminar su jornada laboral gastándose en vino casi lo ganado en la venta del día. *Hijo, mira a este pobre ciego, ¿qué otra cosa puedo hacer?* —respondía cuando alguien le recriminaba su conducta— *Bebo vino, por lo de la clarividencia. Me permite ver el paraíso, no existen gafas mejores.* Con fino bastón blanco y perro guía se desenvolvía por las calles y por la vida con un endemoniado buen humor, asombroso para sus circunstancias. *Si la procesión va por dentro, ¿P`a qué sacarla?*, solía jactarse mientras se metía entre pecho y espalda su vaso de vino. Vivía solo en un modesto piso que sus padres pudieron dejarle, y, además de su visita a la taberna, el único lujo que se permitía era una noche de picos pardos al mes. El primer sábado, sin falta, se lavaba, se perfumaba, y acudía a casa de una señora, ya entradita en años, que recibía en casa. Sólo a amigos de confianza, presumía.

A Alejandro aquel ciego le caía bien. En la taberna le llamaban el Bastones. En unas circunstancias aún más adversas que las suyas, conseguía encarar la vida con alegría, sin complejos. No como él, siempre ahogándose en su propia zozobra personal.

—¡Bastones! —gritó el tabernero para que todos pudieran oírle—. Que me pregunta el Libros que si has visto al Corcho.

—Lo único que he visto es el cacho cabrón que se esconde tras la barra. Anda, ponme otra copa.

La bromita del tabernero molestó a Alejandro, que odiaba convertirse en el centro de atención. Libros era su apodo entre los habituales de aquel antro.

—¡Niño! —gritó el Bastones mirando al vacío—. ¿Es verdad que buscas al Corcho?

Alejandro se le acercó, para responderle en voz baja. Lo que hablaran entre ellos no le interesaba a nadie más.

—Bueno, he pasado por si lo veía, para tomar una copita con él.

—Debemos cuidarlo. Anda en penas, el pobre.

—¿Por qué lo dices?

—Esta mañana se tropezó conmigo y me pegó la hebra. No comprendí muy bien qué me quería decir. Sólo sé que está triste, muy triste. ¿Sabes que le puede pasar?

—Ni idea.

—Pues debemos estar atentos. Estos viejos marineros nunca se asientan en tierra firme, siempre están *arreaos*. La pena los marchita poco a poco, como el calor a las flores que cada año planta la Teófila en los parques. Duran menos que un caramelo a la puerta de un colegio.

A las diez menos cuarto, Alejandro ya supo que el Corcho no pasaría por allí aquella noche. Decidió marcharse. ¿Pero adónde? No podía regresar a casa en aquellos momentos. Necesitaba comentar con alguien toda esa historia de su relación con la Atlántida. Los experimentos hipnóticos de Marta y su amigo el psicólogo le habían producido una honda inquietud. Tenía que consultar su situación. ¿Con quién? Sólo le quedaba Cifuentes. Ése sabía algo. Había acusado a Marta de ser enviada por alguien. De alguna forma, acertó. Sin duda, su compañero debía estar en el ajo, lo demostró su interés al pillarle con el libro de la Atlántida. Tenía que charlar con él, quizá supiera algo que le pudiese servir de ayuda. Al fin y al cabo eran colegas, se debían una mínima lealtad. Marcó su número, pero antes de pulsar la tecla verde se arrepintió. ¿Y si le molestaba? Indeciso, salió de la taberna. La ciudad le produjo la misma sensación de vértigo que una estantería vacía el día punta de ventas. Sabía que debía llamar a Cifuentes, no podía dejar por más tiempo que esta historia siguiera rodando de forma descontrolada ante sus atónitas narices. ¿Se atrevería a hacerlo? Decidió tomarse otra copita en una taberna cercana. Así se entonaría para superar sus dudas, hijas de su timidez.

Cuando Diego llegó al Tyffany´s, la Mari no estaba.

—Ha salido con un cliente, le respondió la Toñi, la de las tetas gordas y el culo respingón. No tardará en volver, pero si tienes una urgencia, yo misma te la soluciono. Seguro que la Mari no se molesta. Aquí estamos todas por el servicio al cliente.

—No gracias. La esperaré tomando una copa.

En la penumbra del club, rodeado de hombres solitarios que reían con mujeres de vida alegre y corazón triste, Diego se sintió algo mejor. La soledad de su apartamento había abierto una profunda sima a sus pies y, en caída libre, necesitaba algún asidero donde agarrarse. Algo así le ocurriría a la mayoría de aquellos hombres que buscaban consuelo en su felicidad comprada. Según le contaba la Mari, muchos venían sólo por la compañía, alguno de ellos casados, incluso. Sintió que pertenecía a esa cofradía universal de puteros, tan desacreditada como abundante. Percibió el lazo de solidaridad que a todos unía. Miradas furtivas, mentiras en casa, excusas inverosímiles, temores a enfermedades innombrables. ¡Puteros del mundo, uníos! ¡Reclamad vuestro honor! ¿A quién molesta que mendiguemos un poco de cariño y caricias? ¿A qué político demente se le podría ocurrir prohibir la prostitución? ¿Es que quieren que los psiquiátricos rebosen de locos, las cárceles de sátiros, y los juzgados de divorcios? En una esquina observó como dos hombres, con grandes relojes de oro, bromeaban con cuatro jóvenes con menos ropa que vergüenza. Las ninfas habían construido una torre con copas, que escanciaban con abundante champán de buena marca, de esas que suenan a francés, por el que cobrarían un auténtico ojo de la cara. Pero los clientes, promotores de viviendas y pelotazos, reían y las animaban a poner más copas y escanciar más champán. Querían que la fuente surtiera como las del antiguo Balneario de la Palma. Una escena un millón de veces vista y que seguiría repitiéndose hasta el infinito mientras existieran hombres con dinero y mujeres con necesidad de él. Putas, las eternas putas. ¿Cómo le sacarían la pasta a los horteras antes de la invención del champán?

A su lado, un cuarentón le contaba sus penas a una mulata paciente. ¡Buen ganado, sí señor! Los oía llamarse por sus nombres de pila, que si Rodrigo por aquí, que si Ana por allá, cuando los dos sabían que eran falsos. Ni ella era Ana, ni mucho menos él Rodrigo. ¿Cómo podría dar un honrado padre de familia su verdadero nombre en un puticlub? ¿Es que, acaso, querría arruinar su matrimonio? Todo formaba parte de un juego de fingimientos tolerados. Pero entre Rodrigo *mi amol* por un lado, y Ana, mi tesoro, por otro, el buen hombre se fue animando hasta asir de la cintura a la caribeña y arrastrarla hacia los reservados. La faena había comenzado y otra partida de divisas estaría garantizada para la buena de su mamá y sus peques, que se quedaron allá, los pobres.

El reloj del lupanar funcionaba a la perfección. Todos los mecanismos engranados giraban con regularidad secular. En aquella isla de gozo comprado, de sonrisas fingidas, de dramas escondidos, regía, sin embargo, la única república de la verdad. Allí nadie engañaba a nadie. Todos sabían a lo que iban y dónde estaban. El reino del engaño quedaba fuera, en sus casas, con sus mujeres, sus amigos, sus novias o con los futuros maridos de ellas, que algunos cargarían con alguna joyita de aquellas sin llegar a descubrir nunca su pasado. Toda mujer guarda secretos en su corazón o en su historia que los hombres jamás alcanzarán a descubrir. Todos los actores del puticlub eran sinceros cuando se engañaban recíprocamente. La gran verdad de sus íntimas mentiras. Tras ellas ocultaban su propia infelicidad, la enfermedad de los hombres del siglo.

La Mari apareció por la puerta. Lo vio apalancado en la barra, y se dirigió hacia él sonriente.

—Vaya, hoy es mi día de suerte. Ya llevo dos servicios, y ahora apareces tú.

—No vengo en son de guerra.

—¿Qué te crees, que yo estoy rabiando por irme a la cama contigo? ¡Anda ya! Te lo decía porque tenía previsto llamarte. Ya tengo a la niña de primera comunión que buscabas.

Aquello sí que era una excelente noticia. Estaba totalmente descolocado desde que apareció en escena la tal Marta, que estaba volviendo loquito al tontorrón de Alejandro. Debía contrarrestar de inmediato su influencia sobre el librero bobo.

—¿De verdad?

—Acaba de llegar. Tiene veinticinco años, es licenciada en filología hispánica por la universidad de San Petersburgo, y tiene carita de ángel. Debe estar al regresar, salió antes que yo con un cliente.

—Entonces habla español, ¿verdad?

—Como tú y como yo. ¿Qué te crees? En Rusia se aprende lo que se estudia, no como aquí, que hablamos malamente hasta nuestro propio idioma.

—¿Le has comentado algo?

—Sí, y acepta encantada.

—Tendremos que preparar un plan. Sobre todo el cómo se conocerán. Es muy importante no fallar en los detalles. Tenemos problemas, nos ha salido una inoportuna competidora. Se llama Marta y va todos los días a la librería a atosigarlo. Es una fulana fina, de las que no parecen puta.

—¡Sin ofender a las demás, por favor!

—No seas quisquillosa, ya sabes cómo soy.

Cinco minutos después, Petrova, que así decía llamarse, entraba en escena. Inmediatamente fue presentada a Diego. La rusa era, sencillamente, bellísima. Cara tierna, redondeada, con unos ojos celestes en cuya inmensidad uno se sumergiría de por vida. Elegante en sus movimientos y con un rostro fresco, no ajado todavía por los condicionantes del oficio.

—Mari, enhorabuena, era exactamente lo que buscaba.

—Sabía que te gustaría. Tendremos que revisar algo las condiciones económicas, ésta pica alto.

—Ya hablaremos de ello. Ahora vamos a preparar el plan. No nos será fácil contactar con Alejandro.

Y entonces, lo imposible ocurrió. El móvil de Diego vibró en su bolsillo. A punto estuvo de apagarlo a ciegas. No quería ser molestado en ese decisivo momento. Pero la curiosidad fue más fuerte que su primer impulso. ¿Quién podía llamar a esas horas? ¿Sería la Susi que habría acabado la cena familiar y que deseaba verlo? Cuando descolgó, comprobó que no se trataba de la frutera. Era Alejandro quien acababa de hacerle la llamaba más inesperada y oportuna.

—Diego, necesito verte con urgencia. Quiero hablar contigo de compañero a compañero. Últimamente me están pasando cosas muy raras, y a lo mejor tú podrías ayudarme.

—Por supuesto, para eso están los amigos. ¿Quieres que nos veamos esta misma noche?

—¿No te molesta?

—Que no, hombre que no —Cifuentes se vio forzado a improvisar—. Iré acompañado de mi prima y una amiga suya, que me han pedido que les enseñe la ciudad.

—Muchas, gracias, no sabes lo que te lo agradezco.

Diego irradiaba satisfacción al colgar.

—¡Niñas, que tenemos el pichón a tiro! ¡Petrova, que no se te puede escapar!

Los decibelios que atronaban el discopub dejarían en pañales al estruendo mismo de las Torres Gemelas al derrumbarse. Bulla de la buena, de las de codo en la boca y rodilla en el riñón, aliñada con una infernal música tecno, amplificada hasta la misma hipotenusa del infinito por unos bafles calibre Rolling Stones en las Ventas. El peor de los lugares donde habrían podido citar a Alejandro, acostumbrado al silencioso rumor de las tabernas, donde lo más que se oía eran las gracias del Bastones, las blasfemias del Alpechín o los escupitajos del Corcho. Porque el cante estaba allí prohibido desde que Camarón murió. *Si nunca jamás volverá a haber alguien como él* —repetía el tabernero cuando mandaba callar a los espontáneos—, *¿p´a que perder el tiempo con segundos platos?* Otro mundo, frente a la realidad que afrontaba. Pero lo peor estaba por llegar. No fue ni el rugido de la música ni la marabunta de la tropa arremolinada lo que le dio la puntilla, no. Fue el humo. Local autorizado para fumadores, rezaba la patente de corso del cartel. Y vaya que si fumaba la afición. Parecía que a aquel antro le hubieran conectado las chimeneas de la refinería de Algeciras a plena producción. La cámara de gas de un campo de exterminio nazi no haría tanto daño a los pulmones en tan poco tiempo. ¿Cómo podía la gente divertirse allí?

Recibiendo más empujones que dándolos, logró llegar hasta la barra donde se apoyaba Cifuentes, que efusivo se dirigió a él.

—¡......!

Supuso que la mímica de su compañero equivaldría al saludo. A plena voz, le respondió.

—¡¡..........!!

—¿.......?

A Alejandro ya no le cupo duda alguna. Cifuentes estaba por agradar. Por la expresión de sus labios había deducido que le acababa de preguntar que qué era lo que deseaba tomar.

Aunque pidió una cerveza, el de la barra le sirvió un whisky. Lo cogió resignado. Un desastre. Estaba claro que aquel camarero no sabía leer los gestos. ¿Cómo podía entonces adivinar lo que le pedía la clientela? Una absoluta falta de profesionalidad, semejante a la que él cometería si no supiese aplicar el lector de código de barras.

Por unos minutos mantuvieron una conversación de besugos. Nada se entendieron el uno del otro, hasta que aburrido, Cifuentes le indicó que salieran a la calle. El paraíso. De nuevo los oídos oían, los pulmones respiraban, los ojos veían y el sudor se evaporaba.

—Está animado el chiringuito este, ¿eh? No me digas que no es de puta madre.

Sobre todo al salir, pensó Alejandro sin atreverse a decirlo.

—¿No estabas con tus primas?

—Han ido a dar un paseo, ahora vuelven. Me has llamado, ¿qué querías contarme?

—Verás. Últimamente me pasan cosas muy raras. Por ejemplo, me extrañó tu interés por mis lecturas de la Atlántida, o el interrogatorio al que sometiste la otra mañana a Marta. ¿Qué es lo que pasa?

—Que yo sepa nada. No tengo ningún interés en tus lecturas sobre la Atlántida, lo que ocurrió es que no debías haberlas hecho en horario de trabajo. ¿Y quién es Marta?

—La clienta que espantaste el otro día.

—¿La que se fue a comprar tabaco sin esperarte?

—Algo le dijiste.

—Te juro por Dios que no. ¿Qué te ha dicho? ¿Que la molesté? Pues quiero que sepas que miente más que habla.

—Me ha contado que le preguntaste si la enviaba una tal Mari.

—¿Cómo puede ser tan mentirosa? Ni conozco a ninguna Mari, ni faltaría jamás a una clienta, tú sabes como soy yo.

La sombra de la duda nubló de nuevo la razón de Alejandro. ¿Y si Marta le mentía? Al fin y al cabo su comportamiento era de los más raro y su relación con el tal Antonio Rebollo de lo más sospechosa.

—Olvídate de ésa, que no te conviene.

En ese preciso instante una guapísima rubia se acercó hasta ellos. Alejandro no pudo evitar mirar a sus ojos grandes y azules, como el cielo de enero.

—¿Y mi prima Tere? —le preguntó Cifuentes a la recién llegada.

—Nos hemos perdido. Llevo un rato buscándola y no la encuentro. Me costó regresar hasta aquí.

—¡Ay, Teresa! ¿Dónde tendrá la cabeza?

Cifuentes parecía contrariado. Alejandro quiso ayudarlo, aunque no supo cómo. No la conocía, de nada valdría que saliera a buscarla por las calles.

—Alejandro, te presento a Petrova, la amiga de mi prima Tere. Estudia filología española en San Petersburgo, y está haciendo prácticas en España.

Se saludaron. ¡Qué guapa era la rubia!, pensó Alejandro. Sólo la belleza de Marta la superaba. ¿O no? A lo mejor él la veía más hermosa a causa del anteojo del amor, porque en verdad bien mona que era la rusa…

—Oye, voy a buscar a Teresa. No me gusta que esté perdida por la calle. Esperadme aquí. Si tardo, iros al Jaleo.

Alejandro se quedó a solas con la rusa Petrova. Su timidez ante una desconocida le impidió animarse a una conversación que fuera más allá de *¿te gusta Cádiz?* o *¿cuánto tiempo estarás aquí?* La chica era educada y respondía agachando los ojos, tan cortada como él. La pobre se esforzaba en responder. Sus pocas palabras las pronunció en perfecto español. Se veía a la legua que también era tímida. De los monosílabos iniciales pasó a la concatenación de cuatro o cinco palabras, no más. Entre frase de uno y respuesta de la otra mediaron espesos silencios, de esos que incomodan y hacen sentirse patosos a los que no son capaces de rellenarlos. La situación comenzaba a desesperar a Alejandro, que no quería aparecer como un soso aburrido. Pero como tampoco se le ocurría conversación alguna, tuvo una brillante idea.

—Te invito a una copa. Lo esperaremos dentro.

Esa nueva inmersión en los avernos de Satanás no le pesó tanto al librero, que le hablaba sin cesar a la rusa algo que sonaba así como, «……». Petrova le sonreía atenta y le contestaba: «….., ……». La ininteligible conversación fluyó con naturalidad entre ambos, cuando en verdad nada se escuchaban ni mucho menos entendían. Mejor así, pensó Alejandro, aliviado del vacío de sus silencios. La comunicación entre ambos había mejorado, sobre todo a ojos de terceros, que lo envidiarían por acompañar a aquel bombón. Petrova parecía estar pasándoselo bien, incluso hizo un amago de baile, que quedó fulminantemente frustrado por dos pisotones a babor, un empujón de proa y un codazo de estribor. Sólo la popa se libró del enemigo. En su contoneo, sin que la pobre se percatara, rozó la entrepierna de Alejandro, que fue sacudido por un gozoso estremecimiento. ¡Cifuentes tenía razón, no estaba nada mal aquel chambao! Una hora más tarde, el librero decidió abandonar el local que, por la mediación de aquel benéfico ángel rubio, ya le pareciera más cielo que purgatorio.

—¡Qué lugar tan fantástico! —exclamó feliz la rusa al salir.

—¿A que sí? —le respondió sincero

—Me lo estoy pasando muy bien contigo, Alexander.

—Alejandro, aquí decimos Alejandro.

—No eres como los demás. Eres más atento y divertido.

Alexander Arrachero se ensanchaba y ensanchaba. Nunca mujer alguna le había dicho que era divertido, ni ameno, ni había bailado para él.

—Muchas gracias, muchas gracias. Oye, ya ha pasado más de una hora y Diego no ha regresado. ¿Le habrá pasado algo?

—¡Perdona, qué tarde es! Debo regresar a casa de Teresa, no me gusta estar en la calle a estas horas.

—Te acompaño.

—No, no te molestes. Pediré un taxi.

Alejandro la siguió hasta la parada más próxima.

—¿Nos volveremos a ver? —le preguntó coqueta mientras se subía en el automóvil—. Diego tiene mi móvil, llámame, me gustaría seguir hablando contigo.

Ni siquiera el levantazo que batía la ciudad logró sacudirle la gloria bendita que le perfumaba. Si al inicio de la noche Alejandro sólo pensaba en Marta, el nombre de Petrova lo llenaba todo al finalizarla. Petrova la bella, Petrova la inteligente, Petrova la cosmopolita, Petrova la modosita, Petrova la sencilla. Y bajo las estrellas, silbando feliz de regreso a casa con las manos en los bolsillos, Alejandro se sintió transformado en Alexander, el atento y el divertido. Alexander, protagonista de novelas, Alexander, el héroe de películas a todo color.

24

Tanto Ramón, que conducía, como Macarena y el anticuario que le acompañaban, guardaban silencio mientras rodaban por el camino de tierra y arena que les conduciría hasta el yacimiento. La tarde moría plácida y todavía tendrían casi una hora de luz. Aprovecharían ese tiempo de prórroga que el ímpetu del verano concedía al día en su pugna secular contra la oscuridad de la noche. Atrás quedaba casi una hora y media de viaje desde Sevilla, en la que el anciano había reflexionado en voz alta acerca de la posible civilización a la que pertenecieran los restos.

—Estoy muy desconcertado. La historia que intuyo no corresponde con la historia oficial. Debemos situarnos. En teoría, desde siempre se nos dijo que fueron los navíos del Egeo que arribaron a nuestras costas, casi cuatro mil años antes de cristo, los que nos trajeron la civilización. Se supone que establecerían colonias e influirían en la población autóctona, todavía sumida en las tinieblas de la Edad de Piedra. Eso es lo que nos dice la historia oficial, pero no me lo creo. Llevo muchos años observando piezas, estudiando y reflexionando, y tengo mis propias teorías. Primera, que cuando los comerciantes egeos llegan por aquí, ya encontraron un territorio civilizado, heredero de alguna cultura anterior. ¿Cuál? No lo sabemos. Nos movemos a tientas, en mundos mitológicos todavía no contrastados científicamente. Pero es una realidad la existencia de un fluido comercio desde esa remota antigüedad con África y el Mediterráneo oriental, tal y como lo demuestra la presencia de marfil en tumbas sevillanas con una antigüedad que supera los tres mil años antes de Cristo. La pregunta es, ¿qué fue antes? ¿La visita de los egeos a la península o la de los habitantes de esta al otro lado del Mediterráneo? Estoy convencido de que ocurrió lo segundo. Mi intuición y mis estudios apuntan a ello, por más que pueda sorprender a los estudiosos de la universidad. El propio Ortega, en su *Teoría de Andalucía,* tras afirmar que el pueblo del Sur es el más antiguo de Europa afirma que fueron los protoandaluces los que llevaron la civilización al este del Mediterráneo, y no al revés, tal y como se nos enseña. Escribía el filósofo que «...una corriente de cultura, la más antigua de la que se tiene noticia, partió de nuestras costas y, resbalando sobre el frontal de Libia, salpicó los senos de Oriente». También Blas Infante habla de los curetes que saliendo del sur de la península llegaron hasta Egipto, siguiendo los escritos de Justino, que afirmó que los curetes de Gárgoris, originarios de Tartessos, civilizaron muchos pueblos.

—Ni idea, no tenía ni idea —le interrumpió Ramón, abrumado por las fuentes que manejaba el anticuario—. ¡Y yo que creí que nosotros éramos unos salvajes hasta la llegada de los fenicios!

—Eso es lo que dice la historia oficial. Pero creo que se equivoca. Tengo más fe en mis propias convicciones y teorías, que necesitan comprobación. La influencia de los antiguos habitantes de estas tierras no se limitó al Mediterráneo. También está presente en las leyendas celtas. Las sepulturas megalíticas irlandesas son idénticas a las andaluzas. Esta relación se demuestra, además, por la cantidad de alabardas ibéricas encontradas por los arqueólogos en sus trabajos en Irlanda. Los siluros del País de Gales tienen el mismo tipo de pelo negro ondulado de los íberos, lo que motivó que Tácito afirmara que sus habitantes procedían de la Turdetania. Más curiosas aún resultan las viejas leyendas de Irlanda, en las que siempre hablan de piedras sagradas de origen atlante. La famosa piedra de la coronación —que utilizaron para la coronación de los antiguos reyes irlandeses— habría sido llevada a Irlanda por la princesa egipcia Escota, que fue reina de Iberia tras sus esponsales con el rey peninsular Gatelo. Podría poneros mil ejemplos más, que demostrarían que en el sur de la Península Ibérica, se desarrolló la civilización más antigua de toda Europa y el Mediterráneo.Pero ¿dónde están sus restos? De ahí mi excitación cuando vi la estela. Podría ser la primera evidencia escrita de ese esplendoroso pasado todavía desconocido para nosotros, pero del cual se habla profusamente en las viejas leyendas egipcias, griegas y celtas.

Ni Ramón ni Macarena lograban ubicarse en ese laberinto histórico de miles de años y recovecos en su interior. Ramón maldecía el hecho de que esa misteriosa civilización hubiera tenido que aparecer precisamente en el subsuelo de su urbanización, mientras que Macarena estaba convencida que su presencia en aquel viejo templo no podía ser pura casualidad. Era la señal que esperaba para romper el bloqueo mental que impedía su fertilidad. Estaba deseando hablar con su maestro de yoga, para explicarle el cúmulo de circunstancias que le habían conducido hasta allí. Ramón señaló hacia el cerro al que se dirigían.

—Ahí está el yacimiento. A media ladera, bajo el movimiento de tierras.

El coche recorrió el último tramo de carril mientras el anticuario intentaba obtener una fotografía mental de la ubicación geográfica.

—La línea de cerros que sobresalen de la marisma... Esto

tuvo que ser la costa, al menos en época Tartésica y romana.

—Sí, respondió Ramón, que esa historia ya se la conocía. La actual marisma es el relleno del antiguo lago Ligustino, colmatado por los sedimentos del Guadalquivir.

El anticuario pareció meditar aquel dato mientras observaba atentamente el entorno donde se asentaba. Un extraño cúmulo de sensaciones vividas le confundían en su interior. Un magma de intuiciones, recuerdos y voces se aleaban dentro de su ser. ¿Qué le ocurría? ¿Qué voz se alzaba desde lo más profundo de su ser? ¿Quién manejaba los hilos que zarandeaban su conciencia y memoria como un títere? Pero de esa íntima zozobra nada exteriorizaba, refugiado tras su imagen discreta, prudente e incisiva, en la que tan cómodo y seguro se sentía.

—Aquí es, ya hemos llegado.

Solemne como un viejo sacerdote al entrar en templo sagrado, silencioso como un penitente del Gran Poder, el anticuario bajó del coche. Miró hacia el Sol, que ya comenzaba a ponerse, y musitó algo parecido a una oración. No comprendía de dónde podían surgirle aquellas extrañas sensaciones e inesperados recuerdos. Después, concentrado, recorrió la base de la ladera. La memoria se le estaba abriendo de forma clarividente. De vez en cuando se agachaba y cogía un poco de tierra. A Macarena, que permanecía junto a su marido, aquellas reclinaciones le recordaron los gestos que el anterior Papa Juan Pablo II hiciera cada vez que tomaba tierra por vez primera en un nuevo lugar y que tan famosos llegarían a convertirse. Arrodillarse y besar el suelo, como símbolo de respeto a las gentes y a la naturaleza de cada lugar. Experimentó entonces un arrebato de religiosidad. Lo que tenía que haber hecho, pensó, era haber rezado más e ir menos a los médicos. Se entregó a la ciencia de los hombres, y olvidó que en verdad era la fe la que movía montañas. Su Ramón era muy buena persona, pero, desgraciadamente, nada practicante. Y su roce la había apartado de la Iglesia, a ella, educada en un colegio religioso y de familia de misa diaria. Apenas iba los domingos a la iglesia, pero seguía siendo creyente. Sintió remordimientos por su tibio comportamiento, por su desapego de las cosas sagradas. Deseó con fuerza retomar la senda del espíritu que abandonó. Y el dulce recuerdo de los momentos pasados en oración en la serena penumbra de la capillita de su colegio, consiguió que se le humedecieran los ojos. La Fe, estaba volviendo a vivir la Fe. Cogió entre sus manos la medallita de la Virgen del Rocío que siempre llevaba en su cuello y la besó con devoción. *Por favor, por favor, Señora mía, que pueda tener el hijo que tanto deseo.* Y sintió deseos de arrodillarse, y de rezar, y de exteriorizar la corriente de vivo cariño que brotaba de su corazón. Supo en aquellos momentos que la Virgen no la abandonaría, que terminaría apiadándose de sus penas, que atendería a sus plegarias. Y le rezó aún con más devoción. Ella también fue madre, madre de un niño Dios. Y aunque el Señor todo lo podía, la intersección de María Santísima siempre resultaba una cálida y maternal ayuda. Por eso rezaba para su eficaz mediación. Sintió lo divino cercano. Desde su infancia no percibía el gozoso estremecimiento del amor espiritual. Pareciera que un ángel le hubiera tocado con su ala. Pero, por prudencia, nada dijo. Permaneció de pie, junto al coche, observando como el sol se ponía por la parte de Doñana, y sintiéndose cerca de Dios, muy por encima de hombres y épocas. Miró a la luna llena que pugnaba en el cielo del atardecer y lloró. Por sus pecados, por sus faltas. Pero también como agradecimiento, como exteriorización del sentimiento noble que le embargaba.

Ajeno a todo, Ramón realizaba cálculos sobre los problemas que podrían acarrearles la situación que atravesaban. El lunes aparecerían los de cultura y, con toda seguridad, clausurarían las obras. Esperaba no haber incurrido en responsabilidad alguna, pues nadie podría testificar que hubieran tenido intención de destruir ni ocultar el yacimiento. Tendría que aleccionar adecuadamente al jefe de obra y a sus hombres, para que no metieran la pata hablando de más. La imagen de Andrés le vino a la cabeza. ¿Qué estaría tramando su jefe en aquellos momentos? Algún conejo intentaría sacarse de la chistera, aunque difícil lo tendría en esta ocasión. El anticuario seguía recorriendo como en trance toda la superficie de la excavación. En algunos instantes lo perdía de vista, sobre todo cuando entraba en el regato que hería al cerro. Pero la que más transformada se mostraba era su mujer. Parecía en éxtasis, con los ojos llorosos pero con expresión feliz. Besaba su medalla mientras parecía rezar. Optó por no molestarla, desde siempre fue muy devota, aunque durante los últimos años había abandonado su hábito de ir a misa. Pues entre los paseos de uno y los rezos de la otra, Ramón se sintió fuera de lugar. Decidió apartarse un poco de la escena, para no molestar, y se sentó sobre una piedra que sobresalía en un lateral. El sol desapareció en la línea del oeste. Experimentó un ligero escalofrío. ¡Cuántos crepúsculos similares se habrían podido observar desde allí! Aquel lugar tenía algo especial. Hasta él estaba empezando a percibirlo.

—¿Pueden ustedes venir? —les gritó el anticuario desde más arriba.

—¿Qué ocurre? —preguntaron casi al unísono los cónyuges, que llegaron jadeando hasta donde se encontraba el anciano.

—¡Es asombroso! ¡Sí, creo que es aquí donde debemos cavar! Necesitamos hombres con picos y palas para que excaven justo en este punto. Si no tardan en empezar, antes de que amanezca podemos tener el trabajo terminado.

—¿Excavar dice? Pero eso es imposible, ¿no sabe que sería un delito de expolio?

El anticuario levantó la cabeza y sus ojos mostraron el empuje de los mil toros de Gerión en desbandada.

—Tenemos que hacerlo, esta noche. ¿Puede llamar a alguna cuadrilla de Sanlúcar?

—Pero eso es una auténtica locura. Nadie querrá venir a esta hora, estarán cenando, o de fiesta, con sus amigos.

—Páguele el triple del salario. O el cuádruple, si fuera preciso. Yo lo pongo, no se preocupe por el costo. Tome, supongo que será suficiente.

Le entregó un abultado sobre con billetes de cincuenta. Allí había dinero para tener trabajando a dos cuadrillas durante tres semanas.

—No es cuestión de dinero. Es que es una locura, puede venir la Guardia Civil, sorprendernos.

—Nada nos pasará. Estamos sobre un suelo con licencia de obras, todavía no ha sido declarado como yacimiento arqueológico. No cometeremos ningún delito si excavamos un poco. A lo más una falta administrativa.

—Pero mi empresa...

—Olvídese de su empresa. Esto le afecta a usted y a su mujer como personas. Y, además, haga lo que haga, su compañía no podrá construir aquí jamás. Probablemente estemos sobre el descubrimiento arqueológico más importante de la historia de Occidente. Como comprenderá, pensar que podrán edificar sobre ella no es más que pura fantasía. Lo siento. Hicieron un pésimo negocio al comprar estos terrenos, pero gracias a ello hoy podemos estar aquí. Y quizá, si todo sale bien, podrán tener el hijo que desean.

¿Qué tenía todo aquello que ver con el hijo que Macarena le reclamaba? ¿Estaba ante una especie de chantaje sentimental de aquel viejo loco? Excavar en pleno yacimiento, qué locura. Ramón no estaba convencido. Seguía considerando la absurda idea de hacer hoyos por la noche como una majadería sin sentido. ¿Qué es lo que pensaría encontrar? Además, ¿quién estaría dispuesto a hacerlo? Sólo podría planteárselo a Julián, su jefe de obra. Y la respuesta no sería otra que mandarlo a hacer gárgaras.

—¿Por qué tiene tanto interés en excavar precisamente hoy?

El anticuario tardó en responder. Ya no sabía en realidad cuál de las dos personalidades que albergaba en su interior llevaba el mando de su consciencia. Aquel lugar había reactivado la voz del pasado. Uno de sus cerebros no sabía qué responder. Fue el otro, el antiguo, el que lo hizo.

—Llevo mucho, mucho tiempo, esperando este momento. No puedo demorarlo más. Además, sé que si no lo hago hoy, mañana ya no podré.

En eso llevaba razón, pensó Ramón. A partir del lunes resultaría del todo imposible poder remover la zona. Quedaría precintada a la espera del preceptivo proyecto de excavación, que debería realizar, además, un arqueólogo competente. O se excavaba esa noche, o se tendrían que enterar por los periódicos de lo que se encontraba allí abajo.

—¿Qué es lo que espera encontrar? ¿Por qué correr tanto riesgo?

—El porqué lo comprenderá a su debido tiempo. Créame que le atañe. Su mujer lo sabe. Mejor dicho, lo está sabiendo en estos momentos. El alma del lugar ya está envolviendo a su espíritu.

Ramón giró la cabeza para mirar a Macarena, que sollozaba en éxtasis de oración, mientras se acercaba hasta ellos. Ramón, desconcertado, escuchó las súplicas de su mujer, contundente como órdenes.

—Sí, Ramón, tenemos que ayudarle. Búscale los hombres. Y no me preguntes por qué te digo esto. Ni yo misma lo sé, pero algo muy fuerte en mi interior me dice que nuestro futuro está escrito desde siempre en este lugar.

El anticuario volvió a alejarse cerro arriba, observando trozos de cerámicas y restos de piedras. El constructor, indeciso, observaba su lenta cadencia. ¿Qué demonios podría encontrarse allí debajo? Ramón intentó todavía convencerse de que era una auténtica locura lo que a esas alturas ya sabía que iba a hacer. La partida había comenzado y él tenía las cartas marcadas. No podía negarse a su mujer; tampoco a su propia curiosidad. Regresó al coche por su móvil, que había mantenido todo el tiempo desconectado, y marcó el teléfono de Julián.

Mientras su marido hacía las llamadas, Macarena se acercó hasta el anticuario.

—Muchas gracias, maestro. Sin usted, el hijo que sé que voy a tener jamás hubiera llegado.

—Lo tendrá, no se preocupe. Soy yo quién tiene que agradecerle su influjo. Sin su ayuda yo hubiera seguido vagando por los océanos del olvido. Sé que este es el lugar, este es el momento. He vuelto a ver, a sentir. Desde que descubrí la estela supe que volvería aquí, al Templo de la Luna.

—¿De la Luna?

—Algo en mi interior así me lo dice. La toponimia de Sanlúcar nos remite al Sol, pero los textos antiguos nos dicen que también hubo un templo dedicado a una divinidad femenina por sus alrededores. De Venus, lo llamaron posteriormente. Pero antes fue el de la Luna, contrapunto femenino al sol fuerte y masculino.

Macarena volvió a observar a la misma luna llena que antes le hiciera llorar. Y la adoró con la misma devoción que experimentaba ante las imágenes más queridas de sus vírgenes sevillanas.

Su marido se acercó hasta ellos jadeando, pero con rostro feliz.

—¡Lo conseguí! Julián estará aquí con cuatro hombres de confianza antes de una hora. Fue difícil de convencer, pero ya lo dijo el poeta, poderoso caballero es don dinero.

No le fue fácil a Andrés conseguir reserva en el restaurante de moda de Marbella, enclavado en una lujosa urbanización de la Milla de Oro, la zona comprendida entre el pueblo y San Pedro de Alcántara. Tuvo que hacer valer sus influencias con el dueño del local para conseguir una mesa para las diez de la noche. Y todo ello desde el teléfono, entre aeropuertos y taxis. Pero sabía que esa noche tenía que quedar bien, y aquel restaurante era lo mejor de lo mejor. Siempre fue cuidadoso con los detalles. Rocío Romero estaría acostumbrada a los altos vuelos, y no podía defraudarla. Un marco adecuado siempre ayudaba a las operaciones difíciles, y el negocio de esa noche resultaba vital tanto para el futuro de su compañía como para su propio devenir profesional. Iba a vender unos terrenos sin tener el permiso previo del consejo, pero sabía que no tenía alternativa posible. O conseguía colocarle el proyecto ese fin de semana a la única clienta interesada, o no le quedaría más remedio que comerse en sus cuentas el estropicio de una obra paralizada por años, por no decir de por vida. Pero también tuvo que reconocer algo. No sólo lo hacía por eso. Había seleccionado el más lujoso de los restaurantes que conociera porque, en verdad, la compañía de Rocío le resultaba más grata de lo recomendable, tratándose de una persona con la que necesitaba cerrar un negocio. Un juego a la vez divertido y peligroso. Su espíritu de cazador le advertía que no debía tener piedad con la víctima una vez que la tuviese a tiro, mientras que sus sentimientos de hombre le recriminaban el exterminar a una de las especies en mayor peligro de extinción: la de las mujeres maravillosas que lograban despertar su corazón dormido.

La inusual puntualidad de su avión le permitió llegar al restaurante quince minutos antes de la hora acordada, atravesando el lineal de urbanizaciones en el que se había convertido toda la Costa del Sol. Le agradaba llegar con tiempo. Así la esperaría, tal y como mandaban los cánones clásicos de seducción. ¿Seducción? ¿Pero no estábamos hablando de negocios? Sacudió su cabeza, incrédulo. ¿Cómo podía permitirse ni siquiera esa debilidad? Le sirvieron una copa de Montilla. Saboreándola, se concentró en su objetivo. Le vendería a Rocío Nueva Tartessos y desaparecería de su vida. Un corte seco y definitivo era lo mejor para estas cuestiones. Para la marcha de las empresas y para el dolor de los sentimientos. Firmaría y después, si te he visto no me acuerdo. Él se quedaría con el dinero, y ella con el muerto. Y a partir de ese momento que se entendieran sus abogados.

Justo a la hora convenida, Rocío Romero entró en el restaurante, tan soberbia como una nereida mediterránea. Lucía un traje negro ligero, que se adaptaba a sus formas y que realzaba con un pronunciado escote. Una belleza clásica, bajo la eterna combinación de los colores de la pasión. Se sonrieron antes de saludarse. El beso que se intercambiaron les produjo a ambos un dulce estremecimiento. ¡Qué difícil le sería a Andrés considerarla como una simple clienta a lo largo de toda la velada!

Durante los aperitivos trataron de temas diversos de actualidad, analizando la generalizada sospecha de corrupción que se extendía sobre todo lo que oliera a construcción en la Costa del Sol. ¿Es que necesariamente los promotores tenemos que ser vistos como unos chorizos?, se quejaban mientras apuraban sus copas de buen fino. Rocío transmitía una enérgica alegría, un optimismo que descolocaba la natural tendencia al escepticismo de Andrés. A medida que avanzaba la noche, más se convencía de que jamás había conocido a una mujer como aquella. Y, por si fuera poco, sabía expresar su cultura de forma sencilla, bien distinta a la de los pretenciosos que tanto le molestaban.

—Pediré un plato de *garum,* una combinación de salazones y salsas de pescado que hicieron furor durante el imperio romano. Existieron numerosas factorías de *garum* a lo largo de la costa andaluza. Los emperadores se volvían loquitos por el mejunje bético, algo así como el caviar Beluga en la actualidad. Aunque no se conoce con exactitud su fórmula, en algunos lugares han conseguido aliñar algo parecido. Es exquisito.

—¿Te das cuenta de que otra vez estamos hablando del pasado?

Los ojos de Rocío reflejaron cierta añoranza.

—A veces pienso que la historia está condenada a repetirse, y no sólo porque cometamos los mismos fallos, sino porque algo de lo de atrás siempre queda en nosotros. Lo que quedó sin hacer, nuestro natural nos empuja a rematarlo.

Andrés no entendió bien la reflexión, pero, por supuesto, se cuidó muy mucho de exteriorizar nada que pudiera cuestionar su capacidad de discernimiento.

—¿Sabes? Desde pequeña supe que quería vivir en un lugar donde hubiera sol y piedras antiguas. No sé por qué, pero me encuentro mucho mejor en edificios históricos que en los modernos. Siempre seré una inadaptada en los modernos bloques de hormigón y cristal. Por eso me planteo dejar Madrid y regresar a Andalucía.

—Yo también lo he pensado, aunque me resultará imposible a corto plazo. Tú sabes cómo son las cosas, hay que estar en Madrid si se quiere ser alguien.

Rocío no le respondió, entretenida como estaba saboreando el amontillado con el que Andrés le había sorprendido para el acompañamiento de las carnes. Un vino de dioses, le había explicado. Los mejores finos se dejaban envejecer en sus botas hasta que se amontillaban, después de veinte o treinta años de paciente espera. Estos vinos fueron famosos desde la antigüedad. Lo llamaban el del pañuelo, porque bastaban unas gotas para mantener todo el día el perfume de su extraordinaria fragancia.

—Este vino que bebemos tiene más de treinta años de antigüedad, un privilegio al alcance de muy pocos.

La morena tuvo que darle la razón, mientras observaba el brillante color ambarino de aquel vino que hasta esa velada desconocía. El director general la miró de soslayo, sin poder evitar que la maldad galopara en su razón. Así que le gustaban las piedras antiguas. *Pues si de verdad te gustan, disfrutarás, porque te vas a llevar una ciudad entera.* Andrés se sintió mal consigo. No debía permitirse pensamientos de tamaña catadura. Incluso, por unos segundos, se vio incapaz de colocarle el muerto a aquella mujer tan extraordinaria, con la que quizá podría disfrutar de una nueva oportunidad. Pero eso no podía ser, no debía ocurrir. La debilidad de su corazón no debía reblandecer el acero de su razón. Le costó superar ese momento de debilidad. La soledad ya le pesaba, y, por vez primera, el simple horizonte del éxito económico no le pareció acicate suficiente para seguir luchando. Necesitaba algo más, y, aunque no quisiera reconocerlo, en el fondo sabía que ese algo más tendría que tener, por fuerza, nombre de mujer. Y quizá nunca encontrara uno más adecuado que el de Rocío Romero. Decidió entonces pasar al ataque, con una de las sorpresas que traía preparadas para sorprenderla. A pesar de que pensaba engañarla con lo de Nueva Tartessos, deseaba ser recordado como un hombre brillante y culto.

—Para que veas que soy un buen alumno, he leído la historia de Tartessos. En gran parte, su historia es la historia de los negocios, como la nuestra. Por eso la comprendo tan bien. Los mejores comerciantes de la historia, los fenicios fueron los últimos grandes mercaderes con Tartessos, una vez que lograron expulsar a los griegos. Mil años antes de Cristo los fenicios ya dominaban el riquísimo mercado de metales tartésico, en especial el del estaño, imprescindible para la fabricación del bronce, y también los del oro, el plomo y el hierro, aunque el metal más deseado terminó siendo la plata. Egipto, que era rico en oro, no poseía la plata que precisaba para el intercambio con sus vecinos de Medio Oriente. Con la desaparición del imperio hitita, la plata alcanzó un valor altísimo. Llegó a superar el oro. Los fenicios supieron aprovechar esa coyuntura y obtuvieron unas extraordinarias ganancias gracias al monopolio de la plata tartésica, que vendían a hebreos y egipcios. Pero su avaricia rompió el saco de su fortuna. Abusaron de tal forma con su comercio, que terminaron hundiendo los precios. La propia Biblia nos habla de ese mercado en época del rey Salomón, comprador de plata tartésica a los fenicios: «la plata llegó a ser tan abundante que no se hacía aprecio de ella». El tráfico naval fue muy fluido en la época, y las naves de Tarschich —que así aparece nombrada en la Biblia—, de gran porte y capacidad de carga, fueron las preferidas para los viajes largos, frente a las naves habituales de cabotaje utilizadas en las costas sirias y egipcias. Tharsis aparece en numerosas ocasiones en la Biblia, siempre refiriéndose a la tierra de occidente pródiga en riquezas y bienestar. Incluso cuando Jonás, el pecador, quiere huir del castigo de Jehová no se le ocurre otra cosa mejor que bajar al puerto para embarcarse en una nave que saliera para Tarschich.

—Para, para, que me abrumas, rió Rocío. ¡Y yo que pensaba que mi profesor me lo había enseñado todo!

—Y todavía no sabes lo mejor. A esa relación de los tesoros tartésicos con Salomón se remontan muchos de los misterios templarios. ¿No te parece extraño que dispusieran sus fortalezas en lo que sería, más o menos, el límite de Tartessos. Mira un mapa y une sus dos castillos más meridionales, Jerez de los Caballeros y Caravaca de la Cruz...

—¿Crees en esas cosas de los tesoros templarios?

El fino instinto de Andrés le hizo adivinar que no debía profundizar por la vía esotérica. Por el tono de su pregunta había descubierto que a Rocío no le gustaba. Pues nada, a cambiar el guión aprendido. Salió como pudo de la senda iniciada.

—Bah, te lo comentaba porque me acabo de leer el *Código da Vinci*, y sé que esto de los templarios da mucho morbo. En verdad a mí lo que me gusta es la historia, no la fantasía.

—Como a mí entonces, estoy hasta el gorro de templarios y cátaros.

Andrés respiró aliviado. Había podido reconducir la situación, evitando contarle lo que había indagado sobre el tesoro de Salomón oculto en Toledo. A Rocío no le habría interesado. Derivó su conversación hacia temas más banales, evitando, eso sí, deslizarse hacia los personales. Por experiencia de terceros sabía que lo peor que puede hacer un hombre ante una mujer es lamentarse de su soledad. «Si está solo por algo será», pensarán de inmediato, convencidas, como están, de que el príncipe azul no va a estar esperándolas. Al menos eso piensan las mujeres fuertes e inteligentes como Rocío. A otras, sin embargo, con el instinto maternal más desarrollado, le enternecen las historias de hombres desamparados necesitados de cariño.

—¿Hablamos de negocios?

Una vez agotados los prolegómenos, la mujer planteó la cuestión de forma directa. Andrés casi hubiera preferido haber dejado el trato para última hora, para el día siguiente mejor. Así todavía tendría una esperanza de poder arrepentirse antes de cerrarlo. Si se metían en faena tan pronto, a buen seguro que terminaban la cena con la compraventa culminada. Ganaría mucho dinero, pero probablemente perdería para siempre a una mujer que apuntaba maneras excepcionales. Rocío no le dio opciones. Se metió directamente en faena.

—Mi gente ya ha conseguido los planos de catastro, los del Plan General, la calificación urbanística, la edificabilidad permitida, las autorizaciones de enganches y accesos, los permisos de medio ambiente y la licencia de obras. Como ves, he podido obtener bastante información.

—Has hecho un buen trabajo.

—Vosotros sí que habéis hecho un buen trabajo. En un país en el que los trámites urbanísticos se eternizan, habéis bendecido los terrenos con todas las licencias y permisos habidos y por haber. Esa obra ya no la para nadie.

—Lo hemos hecho lo mejor posible.

—Pues venga, ya que conozco al caballo, vamos a ponerle precio.

El trato resultó sorprendentemente sencillo. Andrés pidió por los terrenos una cantidad exorbitante, que al menos triplicaba toda la inversión que su empresa había realizado, quizá con la esperanza de que Rocío se echase para atrás. Pero ni se inmutó. Le aceptó el precio sin rechistar.

—¿Cuánto quieres de señal?

Ya no podía desgancharse del tren que él mismo había puesto en marcha y que conducía, ineludiblemente, hacia un puente ajado que se desmoronaría sobre el vacío. Con resignación, no tuvo más remedio que contestarle.

—Lo que tú veas.

—¿Un millón de euros?

—Vale.

—Pues ve redactando un contrato sencillo, que haga las veces del recibí de la señal, mientras te relleno el talón.

Cinco minutos después, la operación estaba rematada. Ni en sus delirios más optimistas hubiera podido soñar Andrés que conseguiría quitarse Nueva Tartessos de encima de una única *sentá*. Sin embargo no estaba contento. Y no sólo por haberla concluido sin permiso de su consejo, que eso ya lo arreglaría, sino por haber engañado a Rocío. Ocultó intencionadamente lo de las ruinas, cuando sabía que, a buen seguro, el lunes paralizaría Cultura las obras iniciadas.

—A las diez de la mañana nos vemos en el notario para protocolizar la operación. Te pagaré allí el resto de la cantidad convenida.

Rocío tenía un fino instinto para los negocios. Y aunque sabía que aquellos terrenos le habían salido caros, algo en su interior le decía que había acertado, que se alegraría de por vida de la compra que acababa de cerrar. Le extrañó que Andrés no pareciera contento. Sin duda alguna había hecho un excelente negocio, ¿por qué no aparentaba entonces estar feliz? ¿Se trataba de una estrategia de negociador, de una cuestión de carácter, o sencillamente lo que le ocurría es que había vendido sin ganas, sabedor de que el terreno encerraba todavía grandes plusvalías latentes?

Apuraron la copa de Pedro Ximénez que, como cortesía, el sumiller les había ofrecido. Ningún remate más adecuado para una excelente cena.

—¿Te apetece otra copa?, preguntó cortés Andrés.

—No, gracias, estaba deliciosa, de verdad. Mañana tendré que levantarme temprano para preparar todos los pormenores de la operación.

—Sí, así será mejor.

Rocío regresó a su hotel dudando si había hecho bien rechazando la invitación. Andrés era algo elemental, pero le había caído francamente bien. Podían haber echado un buen rato, pero ella era fiel a sus principios. Si un hombre te hace un poco de tilín, pon tierra de por medio, querida. El director general, mientras tanto, maldecía la operación que le salvaría la empresa, pero que le apartaría de la única mujer que le había despertado sentimientos aletargados en su interior durante mucho tiempo. Y el horizonte habitual de solitarios cuartos de hotel y de apartamentos de soltero le deprimió profundamente. Quizá todavía tuviera una última oportunidad para retractarse al día siguiente en la notaría, antes de firmar. Lo pensaría detenidamente esa noche. ¿Y Ramón? ¿Dónde demonios estaría metido que no lograba localizarlo? Tendría que prepararlo todo en solitario. Menos mal que siempre llevaba un juego de escrituras encima.

25

Soy Sorbas y por fin parece que los dioses derraman su gracia sobre mí. ¡Allá distingo, a lo lejos, la arquitectura del poblado que buscaba! Acelero mis pasos. No tengo tiempo que perder, allá aguardan las personas a las que debo transmitir el primer mensaje. Exhausto, temo quedar derrotado y sin fuerzas antes de alcanzar mi objetivo. Ya he perdido los ímpetus que me confiriera mi reposo en al Santuario de la Luna. Aún recuerdo la emoción que me produjo alcanzar sus ruinas, hace ya más de cuatro lunas. «Ve primero al Santuario» me había ordenado Tíscar. Y eso conseguí. El templo estaba derruido casi por completo. La furia del terremoto tumbó sus sillares, pero el abrazo de la ola no había logrado arrastrar por completo sus piedras, tal y como ocurriera en muchas zonas bajas. Aún percibo la cálida felicidad que me reconfortó fugazmente cuando alcancé sus escalinatas. Pero no llegué a saborear las dulces mieles de la meta en aquel momento. Las fuerzas me abandonaron y mi consciencia viajó hasta los purgatorios, dejándome tirado sobre la puerta del Sanuario, más súbdito del reino de los muertos que peregrino en este. Volví a dar leves señales de vida cuatro días después, según me contó la sacerdotisa que me encontró desmayado sobre suelo sagrado, al borde de la inanición, deshidratado y desangrado. Con sus atenciones logré salvar la vida. Mi muerte aún no debía estar prevista en el calendario de los dioses. Durante una luna, mi recuperación fue apenas perceptible. Enix, la sacerdotisa, a punto estuvo de darme por muerto en más de una ocasión. Pero no me abandonó, y gracias a su esfuerzo, fui recuperando el hálito de la vida. «Te manda Tíscar, el sacerdote, ¿verdad?», fueron las primeras palabras que escuché de su boca, una vez que mi consciencia hubiese hecho acomodo tras larga ausencia. «Sí, le respondí. Momentos antes del arrastre de la ola me ordenó cabalgar hasta aquí. Él quiso morir en el seno del templo de Poseidón, y a mí me ordenó vivir. Tenía una misión que cumplir y mi primer paso debía darlo aquí, en el Santuario de la

Luna». «Tranquilo, ahora reponte, me respondió. Todavía no tienes fuerzas para realizar lo que los dioses esperan de ti». Y durante el largo tiempo que duró mi convalecencia, cobijado en una humilde choza construida sobre una de las paredes del muro sacro, Enix pronunció verdades que jamás antes oyera. Por ella supe que todos somos en función de la armonía del cosmos, que es uno. Nosotros somos ese uno, y ese uno está en nosotros. Desde la partícula más minúscula hasta el elefante más colosal, todos vibramos siguiendo las leyes de la naturaleza. Todo debe ir en concordancia. Si algo desafina, la armonía se rompe y el equilibrio se desmorona con gran estruendo y daño, hasta que liberada la energía de esa destrucción, el nuevo orden vuelva a establecerse. Los atlantes, según la sabiduría de la sacerdotisa, nos adelantamos a nuestro tiempo. Desestabilizamos nuestro ciclo, desmoronamos el frágil equilibrio sobre el cual habíamos cimentado nuestro mundo. Y, rota la armonía, se desató la furia. La de los dioses y la de los elementos. Ofendimos a la madre naturaleza, y con su colosal fuerza nos aniquiló. Nada quedaba de nuestro mundo, salvo ruinas y recuerdos. «Las piedras se desharán y el recuerdo de nuestra ciudad se borrará de los hombres tan pronto como la niebla del tiempo empiece a desdibujar el Apocalipsis que sufrimos. No podemos consentirlo». Así habló Eníx, y yo supe reconocer en sus palabras la sabiduría de Tíscar, que sin duda alguna se habría encargado de formar a las sacerdotisas del Santuario. En mantener la memoria de su ciudad y su sabiduría radicaba mi misión. Que por siempre se recordara que dominamos el mundo, y que los nietos de nuestros nietos jamás olvidaran la lección aprendida. Que armonía somos y nada más. Que si rompemos los finísimos lazos que nos hacen vibrar acorde al ritmo de lo natural, la furia del caos volvería a visitar el reino de los insensatos. «¿Y cómo conseguir legar esos mensajes al incierto futuro y protegerlo frente a la necedad de los cuerdos y la insensata lucidez de los locos?», le pregunté una noche a la sacerdotisa. «A su tiempo lo sabrás, me respondió. Yo te lo diré». Casi cuatro lunas duró mi convalecencia. La última semana, ya pude caminar, al principio renqueando y con la ayuda de un bastón, al final con mi torpe esfuerzo. Hace apenas cuatro noches, cuando la luna llena iluminaba el gran lago y el céfiro vivificaba plantas y ánimos, el susurro de unos pasos me sobresaltó. Estaba tumbado en mi camastro de paja y ramas. Nada más girarme la vi acercarse hasta mí, plena en su madura desnudez. Nunca jamás disfruté la vista de un cuerpo más armonioso. Ni siquiera el de mi amada Antas lucía las esplendorosas redondeces con las que la matrona sacra me deslumbraba. Los rayos de luna arrancaban trémulos fulgores a su piel satinada por aceites perfumados. El denso aroma del romero macerado sobre el jugo de la aceituna verde anunció que la mujer se había preparado para amar. De pie, frente a mí, sin muestra de pudor alguno por su desnudez, me ordenó que la siguiera. «Ha llegado nuestra hora». La senda de su firme tafanario me guió hasta la zona central del templo, allí donde todavía podía verse una antigua ara. «Este fue el altar de nuestros mayores, cuando las mujeres éramos fértiles, y el futuro feliz, me susurró. Lleva años dedicado a la diosa de la vida, y sobre él hemos orado bajo la luna para que la vida engendrara en vientres estériles. Y yo, que a tantas mujeres ayudé, todavía no he tenido hijo alguno. Jamás yací con hombre, el velo de mi himen aún protege mi virginidad. Esta será tu última noche en este santuario. Nuestros caminos nunca volverán a cruzarse, por eso quiero que siembres tu agalla en mi vientre. Esta noche que estoy húmeda y fértil como tierra abonada que se acaba de regar». Desconcertado quedé, en un principio. Mi educación prohibía amar a una mujer entregada a lo sagrado, pero recordé de inmediato las palabras de Tíscar. Que antes de las Nuevas Leyes las sacerdotisas podían yacer con varón y procrear. Y si él cuestionó la imposición de los hombres, ¿por qué iba yo a respetarlas? Cumplí sus deseos. Rompí su sangre sobre el ara, mientras que sus leves estremecimientos de dolor y placer se confundían en plegaria con mis reprimidos jadeos. Esa fue nuestra ofrenda a la diosa. Concluso el apareamiento, la sacerdotisa sacó un objeto depositado o reverenciado, quién sabe, en una hornacina horadada en la base misma del altar. Sus trenzas se habían deshecho, y su larga cabellera negra brillaba de luna y sudor. «Toma, me dijo, custodiar este medallón es tu misión. Así lo ordenó Tíscar a la abadesa de este Santuario, Orce. Y ella, antes de morir, me lo confió a mí. Sabíamos que llegarías, y por eso te esperé. Tíscar nos dijo que llegado el momento, enviaría a la persona adecuada. Tú eres el mensajero. Este medallón es el símbolo que debemos ir legando de generación en generación, en él confiamos el legado de nuestra existencia. Parte ahora, sin volver la vista atrás. Tu suerte será nuestra suerte».

Y eso hice. Desde aquella noche mágica me he arrastrado hasta llegar aquí. Y ahora, que me acerco al poblado, sé que culminaré mi misión. Lo que ignoro es si conseguí engendrar en Enix el hálito de vida que las vísceras de Antas me negaron. Y lloro porque nunca sabré si mi estirpe se perpetuará sobre esta tierra que tanto amé, y que para siempre será bendita entre los hombres.

26

Alejandro se encontró abierta la librería cuando llegó el sábado por la mañana. Ya tenía las luces interiores encendidas y las mesas de novedades colocadas. Por vez primera, Cifuentes se le había adelantado. Lo recibió con una cómplice sonrisa de camaradería.

—Muchas gracias por atender anoche a Petrova. Es agradable, ¿verdad?

—Mucho. Y a ti, ¿qué te pasó? ¿Por qué no regresaste? Te estuvimos esperando.

—Lo siento. Por más que busqué a mi prima, no la encontré. Di más vueltas que un garbanzo duro en la boca de un viejo, intentado encontrarla, pero nada. La llamaba y no respondía. Me preocupé. Me acerqué hasta su casa, y allí estaba, tan fresca, esperando el regreso de Petrova. Te llamé y no me respondiste.

—Es cierto. Esta mañana vi tu llamada perdida. Con el ruido del bar no me enteré, lo siento. ¿Qué hiciste entonces?

—¿Pues qué iba a hacer? Regresar adonde quedamos. Cuando llegué ya no estabais.

—Perdona, pero Petrova quiso irse a su casa, y yo supuse que tú ya no volverías y...

—No te preocupes, gajes del oficio, ¿no? Me tomé una copita y regresé a casa.

¡Por fin una mañana tranquila para Alejandro! La franca camaradería de Cifuentes le subió la moral. Lo había tratado como a un amigo más, sin despreciarlo ni humillarlo. Con el ánimo más sereno, se dedicó a cumplir su deber en la librería, mientras trataba de desentrañar la extraña conversación que había tenido con Marta la tarde anterior. Un atisbo de remordimiento por lo de Petrova empañó su recuerdo. ¿Se molestaría Marta si descubría que había estado de copas con otra? A lo mejor un poco de celos le vendría bien para darse a valer. ¿Se pondría celosa Marta con la rusa? Se encogió de hombros, no tenía ni la menor idea. Debía resolver algunas dudas sembradas por la conversación que mantuvo la tarde anterior con Marta. Le había dicho que algunos genios llegaron a tener intuiciones. Le proporcionó, incluso, algunos nombres. Debía estudiarlos. Compró algunos libros sobre la materia. Los repasaría esa tarde de sábado, en la que se quedaría tranquilo en casa. Por la noche saldría a buscar al Corcho. Ya eran muchos los asuntos que tenían que aclarar entre sí.

La sorpresa se presentó poco antes de la hora del cierre. Petrova. Con un traje muy modosito, entró en la librería para dirigirse directamente a Alejandro.

—Pasaba por aquí y he venido a haceros una visita. ¡Qué bonita es la librería!

—Sí, es la mejor de Cádiz.

Diego también se acercó a saludarla.

—¿Qué hacéis esta noche? —preguntó la rusa con inocencia—. ¿Podemos dar una vuelta?

—Lo siento, mintió Cifuentes, tengo un compromiso familiar.

—¿Y tú, Alexander?

Esa noche estaba apurado de tiempo. No podía dejar de ver al Corcho, tenía que comentarle todo lo que Marta le había contado. Pero tampoco quería dejar de ser Alexander.

—Pues yo..., a partir de las diez y media de la noche puedo salir.

Y así, sin comerlo ni beberlo, Alejandro se vio abocado a otra aventura. Si antes era Marta, ahora era Petrova la que lo solicitaba. ¿Es que el mundo se había vuelto loco? Cuando salía, Martínez, otro de sus compañeros, le guiñó un ojo mientras le decía: *Picarón, tío, estás en racha, las chavalas se te acumulan*. Y Alexander, el atento, el divertido y el enrrachado, salió de la librería inflado como un pavo.

Pero no quería creerse nada. Y debía, antes de ahondar con Petrova, solucionar lo suyo con Marta. Durante su conversación en el Parador, le había contado que algunas personas son mentalmente sensibles a las señales del pasado. Y nombró a Schliemann y a Schulten. Dedicaría la tarde a estudiar sus obras y milagros, a ver si podía ir poniendo la casa en orden. Comenzó con la biografía del primero, que resultó ser el descubridor de las ruinas de Troya. Su vida le pareció tan emocionante, que lo que inicialmente se había propuesto como una tarea, se fue convirtiendo paulatinamente en un placer absorbente.

El más famoso de todos los arqueólogos románticos, el comerciante alemán Heinrich Schliemann, nació en 1822 y murió en 1890. Se hizo multimillonario gracias a sus negocios de comercio internacional y se retiró para dedicarse a su gran pasión, la arqueología. Debió ser un tipo sumamente inteligente e intuitivo. Por eso de intuitivo encajaba en las teorías de Marta. Fue un políglota asombroso. Además del alemán, hablaba inglés, francés, holandés, español, italiano, portugués, sueco, polaco, ruso y griego, tanto moderno como antiguo. Si se tenían que creer sus propias palabras, aprendió la lengua de Homero en tan sólo tres meses. Schliemann, despreciado por los historiadores «serios» de la época, creyó a pie juntillas que la guerra narrada en la *Iliada* de Homero tenía una base histórica real. Troya no era un mito, debió existir en la realidad, y él era el llamado a encontrarla. Después de rastrear amplias zonas de la costa turca tuvo un presentimiento. Comenzó a excavar en un montículo de Hissarlik, que se encontraba a una distancia de la costa que haría posible que los héroes homéricos pudieran ir y venir en un solo día. En 1872 sorprendió a propios y extraños al afirmar que había encontrado unos gruesos muros de piedra. ¿Cómo era posible que exactamente donde él había indicado apareciera una ciudad? Bajo esa muralla se encontró otro nivel, y así sucesivamente. Ordenó excavar hasta el fondo, buscando el asentamiento más antiguo, que sería el de Troya. En eso se equivocó. Schliemann atravesó los niveles de Troya, destruyendo valiosa información estratigráfica. Pero la diosa Fortuna hizo que en el nivel base, sobre un muro que él ya había designado como el palacio de Príamo, descubriera un espectacular tesoro que hizo enmudecer de asombro, y también de envidia, a los interesados del mundo entero. Aparecieron casi diez mil objetos de oro, collares, zarcillos, diademas, copas, armas, escudos... Ni que decir tiene que se mostró convencido de que los objetos databan de la guerra de Troya, unos 1.190 años antes de Cristo. Volvió a equivocarse. El tesoro era casi mil años más antiguo. Sea como fuere, logró sacarlo de Turquía y llevárselo a Atenas. Al morir, legó su tesoro a su patria Alemania, y estuvo expuesto en el Museo de Historia Antigua de Berlín, desapareciendo al final de la Segunda Guerra Mundial, entre el desconcierto y estupor del mundo entero. Cincuenta años después se supo que los soviéticos lo habían ocultado en el Museo Pushkin de Moscú, con lo que se armó un lío monumental. Grecia y Turquía lo reivindican como patrimonio nacional, Alemania también, pero sigue en poder de los rusos.

Pero el destino tenía reservado a Schliemann otro asombroso descubrimiento. Fue a Micenas, Grecia, y contra todo pronóstico anunció que había encontrado un tesoro aún más rico, el de la tumba del rey Agamenón y su esposa Clitemnestra. Todo ocurrió de forma similar al descubrimiento de Troya. El arqueólogo alemán utilizó fuentes de la literatura clásica griega, a los que hasta entonces los científicos sólo habían concedido un valor mitológico, para descubrir su realidad arqueológica, guiado por su intuición. Y como en Troya se equivocó. La tumba que encontró no fue exactamente la de Agamenón, aunque sí fue un enterramiento de un poderoso rey cuatrocientos años más antiguo. Más que los tesoros encontrados, el valor de Schliemann reside en haber concedido valor histórico a las leyendas homéricas y sobre todo el tesón que puso en seguir su «olfato» arqueológico, que parecía conducirle hacia los descubrimientos más espectaculares. Alejandro estaba entusiasmado con lo que leía, que parecía concordar con las tesis de Marta. Era posible que determinadas mentes sensibles supieran captar señales del pasado. Si eso era así, Schliemann era uno de los poseedores de ese don.

¿Y Schulten? Adolf Schulten fue un arqueólogo que dedicó treinta años de su vida a buscar Tartessos. Estaba convencido de que existía y que sus ruinas se encontraban en algún punto cercano a la desembocadura del Guadalquivir. Admiraba profundamente a Schliemann, e inspirándose en su sistema, tomó por buenas las numerosas citas que acerca de Tartessos aparecían en la Biblia y los antiguos textos griegos. Los poetas griegos, le gustaba repetir, siempre mezclaron la poesía con la verdad. Durante años también fue despreciado por la historia oficial, que consideraba a Tartessos como producto de la fantasía de los juglares griegos. Poco a poco fue encontrando piezas que no coincidían ni en su cronología ni en su estilo con las conocidas hasta el momento. Comprendió que sus descubrimientos no encajaban con las interpretaciones oficiales de la historia, lo que le animó a seguir buscando. Y aunque bien es cierto que nunca llegó a encontrar una ciudad perdida tipo Troya, sí sentó las bases para que la civilización tartésica se considerara una realidad histórica en la actualidad. Se supone que fue un reino integrado por una red de ciudades que abarcaría todo el sur de la península ibérica, y que tendría su centro de poder hacia la desembocadura del Guadalquivir. Su riqueza provendría de la explotación de las minas de cobre de Sierra Morena, que aleaban con el estaño que traían de las islas Casitérides, actual Inglaterra. A Alejandro le sorprendió que casi mil años antes de Cristo, las naves tartésicas llegaran hasta el Mar del Norte en busca de metal. El Corcho siempre le contaba que las naves atlantes navegaban por el brumoso Mar del Norte.

Schulten utilizaba con frecuencia un texto latino del siglo IV de nuestra Era, titulado *Ora marítima*. Su autor, el erudito romano Rufus Festus Avienus describió en su obra toda la costa ibérica, basándose en fuentes muy antiguas, probablemente en el Periplo de Eutimenes, que situaba Tartessos en una isla entre los brazos del gran río. En la obra de Avienus —escrita mil años después de la desaparición de Tartessos— se afirma que el río, de raíces argénteas formaba un gran lago interior cerca de su desembocadura. *El río Tartessus, que fluye del lago Ligustino por abiertos campos, ciñe por todas partes con su corriente a la isla*. Schulten creyó cierta esta descripción, que Avienus podría haber conocido de los antiguos textos griegos. Buscó Tartessos como ciudad perdida y no la halló. Muchos consideraron que había fracasado, pero otros lo consideraban un adelantado a la ciencia actual. Sólo por su intuición pudo descubrir la gran civilización tartésica que la ciencia de aquellos tiempos negaba. De nuevo la intuición, reflexionó Alejandro. De ahí la conexión entre Schliemann y Schulten. Los dos «supieron» interpretar adecuadamente lo que los demás sólo consideraron poemas de la antigüedad. ¿Ocurriría otro tanto con la Atlántida? ¿Podría haber existido de verdad? Las cosas que le contaba el Corcho acerca de la ciudad perdida, ¿las había oído antes, o eran fruto de sus visiones?

Recordó algo entonces. No hacía mucho había leído un libro del poeta ganadero Fernando Villalón, el que se arruinó por querer criar toros bravos con los ojos verdes. Hombre extraño, se titulaba teósofo y mago gris. Rebuscó por su estantería hasta encontrarlo. Sí, ahí estaba. Villalón, el que dividía el mundo en dos partes, Sevilla y Cádiz, también fue otro tocado por esa extraña intuición del pasado de la que le habló Marta. Leyó lo que escribió el poeta varios años antes de que Schulten lanzara su teoría: *Aquí, en las marismas andaluzas, en esta tierra que piso, cuna de la civilización ibérica, el Hércules egipcio, hijo de Osiris, fundador de Hispalis, dio la primera nota taurina del mundo. Aquí fue su lucha decisiva contra Geryón, tirano de Tartessos, para arrancarle la posesión de los célebres toros colorados que guardaba el temible perro Orthos. Cuando los romanos alcanzaron estas márgenes del Guadalquivir no tuvieron nada que civilizar. La cultura turdetana abría sus aulas al invasor, que se benefició de ellas*. Tartessos, la Atlántida. ¿Mitos de poetas o realidad histórica? Sintió entonces deseos de continuar su charla con Marta. Poco a poco, él mismo iba concienciándose de que algunas mentes podían percibir los hechos del pasado. Pero no quiso pensar más en ella. Se había propuesto olvidarla.

Después de tomar algunas notas, cerró los libros y los cuadernos, sabedor de que había aprovechado el tiempo de consulta. Se despidió de su madre y salió a buscar al Corcho. Esa noche, sin falta, tenía que hablar con él. Y, después, para rematar la noche, había quedado con Petrova. ¿Adónde podría llevarla?

Germán se encontraba de nuevo en la ciudad y había quedado para cenar con Cifuentes. Quería oír de su boca esas «excelentes noticias» que le había anticipado por teléfono.

—Tío —le explicaba el librero con confianza de colegas—, no te puedes figurar el bombón que le hemos puesto como cebo al pardillo de Alejandro. Es rusa y se llama Petrova. Esta noche ha quedado para salir. Ése canta nada más caer en sus brazos, fijo.

Germán trasegó la carne que maceraba entre sus dientes gracias a un prolongado buche de vino. Sin limpiarse con la servilleta, tal y como aconsejaba la pringue que orlaba la comisura de sus labios, quiso comprobar que la misión estaba perfectamente definida.

—¿Qué le dijiste que averiguara?

—Cualquier cosa que pueda relacionar a Alejandro con la Atlántida. Experiencias, amigos comunes, viajes extraños, aficiones, investigaciones, cualquier cosa.

—Bien hecho. De eso se trata.

El gigante volvió a llenar las copas. Apuró la suya de un solo trago antes de preguntarle.

—¿Quién está más buena, la Susi o la rusa?

Diego no podía responder que la rusa, porque perdería fuerza su apoyo a la frutera para el papel de la película.

—Creo que la Susi. Es, ¿cómo lo diría yo?, más auténtica. Eso es.

—Pues si resolvemos pronto este asuntillo que tenemos entre manos, le ofreceré un buen papel, que te deberá a ti, por supuesto.

—Se llevará una alegría, la pobrecilla.

La cena empezaba bien para Diego. Germán reconocía su tarea y le aseguraba el premio prometido. Debía aprovechar que estaba en buena onda para intentar responder a algunas dudas que tenía.

—¿Por qué estás tan interesado en conocer la relación de Alejandro con la Atlántida?

Germán, que ya llevaba sus copitas encima, no se contuvo a la hora de dar explicaciones. Las tenía bien preparadas. Pero sólo le contaría la respuesta oficial, la del escaparate. La verdad no podría conocerla nunca, la Casa no perdonaría ninguna indiscreción. Pero tampoco le mentiría del todo con su respuesta. Lo del guión era cierto, pero no era ese el principal motivo por el que le interesaba la Atlántida. Comenzó a hablar de la película que estaba madurando. Cuando trabajaba en un guión, aprovechaba cualquier oportunidad para narrar argumentos, más por aclarar las propias ideas que por exponer de forma coherente sus trabajos.

—Estoy finalizando el guión de la mejor película sobre la Atlántida que se haya rodado jamás. He estudiado todo lo que sobre ella hay escrito, y tengo una idea. Voy a comenzar la historia en la Andalucía de hoy, en la que se descubren unas ruinas de imposible catalogación. A raíz de eso se iniciará una fulgurante investigación, que descubrirá que el mito de la Atlántida tuvo base real. Habrá de todo. Amor, pasión, sexo, aventura, intriga, suspense. Un éxito, seguro.

—Suena bien. ¿Crees de verdad que la Atlántida pudo estar por aquí?

—Estoy completamente seguro. Y espero que la película transmita esa certeza. Son muchas las evidencias que apuntan en esa dirección, desautorizando a todos aquellos que defienden la opción de Creta o de América. Fíjate qué joya encontré en un libro. El escocés Lewis Spence, seguidor del famoso Donnelly, atacó en su libro *The Problem of Atlantis* la idea de que la Atlántida pudiese estar en Creta, una idea que había tomado mucha fuerza tras el descubrimiento de Cnossos por Evans. En verdad fueron los minoicos los que aprendieron de los descendientes de los atlantes. ¿Quién si no les enseñó el culto al toro, y el juego con ellos? Pero todavía son muchos los que ubican la Atlántida en la isla mediterránea. ¿Cómo alguien puede negar lo que Platón escribió tan expresamente? Pero fíjate, he encontrado otras cosas interesantes, de médiums importantes. Murry Hope, que gozaba de portentosas facultades psíquicas que asombraron a los científicos de su época, insistió en sus libros que la civilización minoica nació de la enseñanza de los atlantes que colonizaron el Egeo. Y dijo algo que nos interesa, que Tartessos era una colonia de la Atlántida, cuando no parte integrante de ella como postreros sucesores. Asimismo descalificaba otras ubicaciones propuestas, como Yucatán, Tunicia, África o el Mar del Norte. Y llegó a estas conclusiones gracias a estudios científicos y psicométricos que realizó en paralelo,

El guionista estaba desatado. Mezclaba citas de sus fichas, con sus propias reflexiones, intentado conseguir alguna coherencia ante el espejo de la conversación. Era una técnica muy utilizada por escritores, que logran ver mejor el desenlace de su propia trama cuando se la pueden explicar a alguien en alto.

—La Atlántida existió y estuvo por aquí. ¿Te figuras la escena de barcos atravesando el estrecho de Gibraltar rumbo a Creta o a Egipto? Será total.

—¿Egipto? ¿Qué tiene que ver Egipto en esto?

—¡Camarero! ¡Otra botella de vino! Ese será uno de los platos fuertes de la película. Los atlantes estuvieron en Egipto, antes de que este despegara. Así consta en las propias leyendas egipcias y en su tradición oral. Se refieren a ellos como los pueblos de occidente que llegaban por mar. ¿No es fantástico? En los jeroglíficos egipcios aparecen numerosas inscripciones acerca de los pueblos marinos de occidente. Son tan abundantes que sorprende que nadie haya sacado unas conclusiones tan obvias. Los sacerdotes egipcios de Sais enseñaban que en la antigüedad llegó a Egipto un numeroso grupo de atlantes procedentes del Occidente bajo el manto de la diosa Nut, conocida posteriormente por los griegos como Atenea. Hesiodo escribió que Atenea había nacido en el extremo occidental del Mediterráneo. Los primitivos faraones siempre afirmaron que su estirpe venía del lejano Occidente. Diodoro de Sicilia nos dice que la Atlántida tuvo una potente escuela religiosa que se extendió por todo el Mediterráneo. Te leo el texto, es precioso, lo tengo apuntado aquí: *Es preciso remontarse a las épocas en la que los atlantes enseñaban a los griegos y egipcios el culto de Atenea, que era representada, por aquel entonces por el disco solar, al igual que Horus.*

>>Han aparecido restos de barcos cerca de las pirámides. Según las viejas leyendas, servían para llevar a los difuntos reales a la tierra de los antepasados, la tierra de los muertos, allí al Oeste, hacia «la isla». En un texto de una pirámide se puede leer, ¿Eres un auténtico occidental? En otro, se formula la pregunta a Horus, el Hércules egipcio, hijo de Osiris e Isis, ¿Eres tú el jefe de los occidentales? Los templos gaditanos estaban dedicados al Hércules egipcio. ¿Quién puede poner en duda la estrecha relación entre el sur de la Península ibérica y Egipto en la remota época megalítica?

Nada parecía poder detener la locuacidad del guionista. Bebía y hablaba sin mesura ni en lo uno ni en lo otro. Cifuentes atendía como podía a la cascada de datos históricos. Jamás hubiese podido sospechar que bajo la coleta del gigante pudiera albergarse tanta sabiduría.

—A Osiris, señor de Amenti, se le conoció como rey de la noche, y su residencia estaba en el Occidente. Para los egipcios, morir significaba regresar al país de los antepasados, la hermosa Amenti. Héroes y dioses. ¿No son mimbres para trenzar un cesto de ensueño? Mezclaré historias del pasado y el presente, entretendré al público a la vez que le descubro el fascinante y misterioso mundo de los atlantes. Peliculón, peliculón. Si el director sabe captar el espíritu de la obra, de aquí a Hollywood. Dentro de un par de semanas tendré bastante avanzado el guión, te lo dejaré para que lo veas.

—Lo leeré encantado. Oye, toda esa historia que me cuentas suena muy bien. ¿Cómo se destruyó entonces la Atlántida?

—No se sabe. Esa es la parte más oscura. ¿Se hundió una isla? No parece probable. En eso estoy investigando ahora, y por eso estamos siguiendo a determinadas personas que podrían saber algo. Alejandro es uno de ellos.

—Y si fuera así, ¿por qué no se lo preguntáis directamente, en vez de jugar a los espías?

Por vez primera durante toda la cena, Germán hizo uso de la servilleta. Era la pregunta más comprometida, tenía que explicar con convicción la coartada que ocultaba el verdadero motivo.

—Por dos razones. Porque los que de verdad están en el asunto, nunca nos lo revelarían. Y segundo, porque creo que tenemos a la competencia pisándonos los talones. No podemos levantarle la liebre de los que consideramos personas claves.

—¿La competencia?

—Sí, la competencia. Otros guionistas, otras compañías cinematográficas. ¿Crees que todos los días aparece una historia tan buena como esta? Algunos estarían dispuestos a matar por conseguir rodar la película. Eso nos obliga al sigilo más absoluto. Lo último que debemos hacer es identificarnos como personas de cine.

—Cuenta con mi discreción.

—Ya lo hago. Te considero como uno más del equipo. Debes presionar para descubrir qué es exactamente lo que sabe Alejandro. Y que esa rusa indague todo lo posible en su amistad con un viejo marinero que llaman el Corcho.

Germán repasó mentalmente lo que le había contado a Cifuentes. Correcto, todo estaba dentro de la versión oficial del guión. Jamás nadie debería llegar a saber que, en verdad, se había metido en ese asunto por un extraño encargo de la Casa al que no pudo negarse. La Casa le había ayudado en su carrera, y no pensaba enemistarse con ella negándole el único favor que hasta la fecha le había solicitado.

27

Esa tarde Alejandro tuvo suerte; no tardó en localizar al viejo marinero. Estaba recostado sobre la barra de una de las tabernas que frecuentaba, la del Albero le decían. Se ubicaba junto a la calle de la Palma, donde el sacerdote detuvo las aguas que apunto estuvieron en 1755 de arrasar todo Cádiz, cuando lo del terremoto de Lisboa. Eso son cosas de los curas, contaba el Corcho cuando estaba de buen humor, que nos las cuentan para que tengamos que agradecerles a ellos que Cádiz no sea hoy una nueva Atlántida. Pero no parecía feliz el marino aquella noche, silencioso y absorto en el contenido de su copa de vino, en una pose que no preludiaba historia alguna.

—Hola Corcho. Llevo dos días buscándote.

—Hola grumete, no esperaba volver a verte. ¿Lograste romper las redes de la sirena?

—No empieces, por favor.

—¿Sigues entonces bajo sus ensalmos?

—Ya no sé nada, a estas alturas. Estoy hecho un lío, vengo a pedirte ayuda.

—Es normal, tenía que pasarte. Anda, pide una copita.

El Bastones hizo su entrada en ese momento, saludando a la parroquia con su habitual: ¡Salud, hermanos! Alejandro se percató entonces de que se encontraba en un mundo tabernario inmutable al paso de los tiempos; la barra de madera, las vírgenes y los toros en la pared, el vino dorado aclarando gargantas y mutando razones en ensueños, las fantasías que cabalgaban sobre sus vapores, el ángel de Cádiz siempre dispuesto a posarse sobre algún elegido. ¿Serían muy distintas las tabernas de los tartésicos y los atlantes? ¿Qué intuirían Schulten y Schliemann en esos templos cotidianos donde el espejo del ayer proyecta sus obsesiones y alegrías? El Corcho volvió a navegar por el océano infinito que se confinaba en su catavinos.

—El elixir de los sabios, Alejandro. En una copa de vino cabe casi todo.

Y después calló. Parecía que volvía por sus fueros normales. El librero nada le dijo, sabedor de que el marino necesitaba su temple y respeto para destilar la sabiduría que encerraba. Tiempo tendría de plantearle lo que quería saber.

—Casi todo cabe en una copa de vino. Los artistas produjeron belleza empujados por los efectos de su pócima, los amantes se amaron a su compaña, los amigos hablaron a su alegre estímulo. No sé qué tendrá, pero el vino se mete en nuestros adentros haciéndonos libres, creativos, hermosos. Es como si rompiéramos amarras con un puerto feo y sucio para adentrarnos en un mar de aguas celestes y transparentes.

—Qué cosas más bonitas dices, Corcho. Espera que pida otras dos copas.

—Desde siempre el vino fue sagrado para los pueblos sabios del sur. Los atlantes bebieron este mismo vino que hoy tomamos, que los hijos de los tartésicos llevaron a Roma en ánforas. Tantas fueron, que incluso se hizo una montaña con sus restos. Incluso cuando fuimos moros seguimos bebiendo vino y bailando a su son. Y es que nuestras diosas siempre gustaron que lo bebiéramos para rezarles. Por eso nuestras romerías. Diosas de nombres extraños en la antigüedad, a las que los curas bautizaron con el nombre de nuestras vírgenes. Y de todas ellas la principal, el Rocío, la diosa de los tartessos y de sus abuelos atlantes.

—Corcho, como te oigan los de la Hermandad se van a enfadar contigo. Quizá encarguen unas misas en desagravio.

—Mira la pared, ¿qué ves? Pues vírgenes, toros y toreros. Y así en todas las tabernas de Andalucía. Míralo ahora con otros ojos, con las gafas de la historia. Estás viendo a las diosas que siempre se adoraron en estas tierras, a los toros sagrados y a los héroes del pueblo, los toreros que lograron dominarlos. Diosas, animales sagrados y héroes capaces de vencerlos en el pasado, vírgenes, toros y toreros hoy. Grumete, ¿eres capaz de sentir esa cadena que siempre nos ata al pasado? ¿La percibes? Debes saber que nadie, nunca, podrá romperla. Debemos tener a orgullo ser uno de los eslabones de esa cadena infinita, por más que muchos no lo sepan ni reconozcan.

Alejandro no respondió. ¿Cómo podía hacerlo? Apuró su copa nervioso. Él había intuido esa reflexión, había interpretado la imagen del espejo de los tiempos. El pasado le había hablado sin necesidad de guía para interpretarlo. Había sentido que los signos que le rodeaban hablaban de un pasado mitológico que seguía vivo. Algunas mentes son capaces de sentir los porqués de la antigüedad. Schliemann, Schulten, Villalón. ¿Sería él uno de ellos?

—En el mar fui feliz. En tierra desgraciado. Sólo el vino me hizo rememorar los días de viento y libertad, sólo el vino me retuvo aquí, sólo el vino me ancló en mi pasado y me otorgó clarividencia... Como te decía, casi todo cabe en una copa de vino.

Por vez primera aquella noche, el Corcho se volvió hacia él, para mirarlo con intensidad. Apuró su copa y la dejó sobre la barra. El golpe sonó a repique de gloria en Domingo de Resurrección.

—Todo cabe, menos la posibilidad de cambiar nuestro destino. Todo está escrito, y el vino sólo engrasa la maquinaria para que las cosas que tienen que ocurrir, ocurran. No somos libres. Mi historia es la que es porque así tuvo que ser, como la tuya será la que sea, porque así habrá de acontecer. Debes saberlo, debo asumirlo. Y los signos han hablado. Se va mi tiempo y llega el tuyo. Unos vamos y otros venís, como en el juego infinito de las mareas. ¿Son libres las anguilas que vienen desde el Mar de los Sargazos hasta el Guadalquivir para criar? No. Desde que nacieron están condenadas cada año a repetir su periplo vital. Como todos los seres, también como el hombre. Todo se mueve para que al final todo siga igual. El mar golpeando las playas y mi historia pariendo la tuya. ¡Manué, otras dos copas, que nos tienes en dique seco!

Alejandro, aturdido por las palabras del viejo y por el alcohol, apenas alcanzaba a seguir las razones del marinero. Nunca lo había visto tan solemne. Algo quería decirle, pero no alcanzaba a desentrañarlo. Quizá aclarara alguna de sus dudas con respecto a la Atlántida. Apuró de nuevo su vino, para no perder la vez frente al Corcho. Arrastrando las palabras, el viejo marinero inició el rito de retirada.

—Creo que debemos salir.

¿Adónde, si todavía era temprano? Alejandro lo siguió hasta quedar frente al mar, adonde la Caleta, con sus barquitas marineras y sus dos castillos, Santa Catalina y San Sebastián, que la abrazan y la protegen. Era una noche de esas de verano en las que la *caló* y el Levante reblandecían sesos y torcían entendederas. El mar encabritado, los pelos revueltos, la piel sofocada, y un viento que aullaba como parido por gargantas de locos, hicieron que tuviese que chillar al Corcho para hacerse escuchar, duro de oído como era, y confundido como todos por la feroz sinfonía del Levante.

—¡Que le digo que por qué está tan triste hoy! Quizá no todo esté escrito.

—¿Qué me dices?

—¡Qué por qué está tan triste!

—¡Maldito Levante! No te oigo nada, niño, este joío viento nos dejará tan majaras como a los de Tarifa.

Alejandro no lo volvió a intentar, batido por vientos y melancolías. Era la noche del Corcho, sólo a él le tocaba hablar.

—El mar es una gigantesca copa de vino salado, del que beben cielos y tierras. Casi todo cabe en ella, salvo la posibilidad de modificar lo que escrito está.

El Levante, seco y caluroso, había limpiado el paseo, a fuerza de sus envites, de cualquier otro testigo.

—Tenías razón cuando el otro día me comentaste que empezaban a pasar cosas a tu alrededor. El tío del bigote que me seguía, el interés de tu compañero por tu lectura de la Atlántida, la aparición de la sirena que te domina, todo confirma que mi hora ha llegado. He cumplido mi tarea discretamente, tal y como he sabido hacerlo. No ha sido fácil. Pero hoy que sé que te entrego el testigo, me siento mejor.

—¿De qué hablas, Corcho?

—¡Ven conmigo, quiero enseñarte algo!

Alejandro le siguió. No tenía sentido alguno seguir frente a un mar encrespado por ese viento malhumorado. Mala coyunda. Bajo un cielo azul y una mar en calma, ¿se surcan los mares o se navega el aire?, piénsalo grumete, le había dicho en alguna ocasión. Algunos envites del Levante racheado los hizo tambalearse, debiendo inclinar su cuerpo para poder mantener una trayectoria recta. Se adentraron en el centro histórico. Para su fortuna, el viento respetaba las callejas, como si le diera miedo meterse en aquel laberinto de tiempos y pareceres. En silencio, caminaron hasta llegar a una vieja casa, de esas típicas de Cádiz, con los bajos vistos de piedra ostionera. Entraron en el destartalado portal, en el que nacía una angosta y oscura escalera, de escalones mellados por el uso y una sucia macetilla, que así es como allí llaman a los descansillos, apenas iluminada por una bombilla colgada de un cable medio pelado. Ni siquiera en el malecón era tan cierto como en esos decadentes portales aquello de que La Habana era Cádiz con más negritos, y Cádiz, La Habana, con más salero.

—Espera aquí. Voy a entrar en casa de mi hermana. Como no me fío de las monjas, que lo rebuscan todo para quitarnos la bebida y las fotos de las tías en pelota, guardo aquí mis pocas cosas de valor.

El Corcho regresó a los cinco minutos con algo entre las manos.

—Volvamos a la mar.

Se apartaron hasta un rincón solitario, allá donde la escultura de Paco Alba seguía componiendo chirigotas eternas al coro de las olas y el viento. Estaban solos en ese punto en el que el Campo del Sur se convierte en Caleta. Una emoción solemne y antigua realzaba las palabras del marinero.

—Desde hace muchas, muchas generaciones, un viejo pasa el testigo a un joven preparado. La ceremonia es secreta y se celebra ante el más sagrado de los santuarios, el inmenso Océano.

El gesto del Corcho parecía irradiar una extraña serenidad. Desde aquel mismo momento, Alejandro fue consciente de que el viejo marinero oficiaba una desconocida y arcana liturgia para la que llevaba mucho tiempo preparándose.

—Raza del ayer, sabed que nueva sangre toma hoy la responsabilidad del mensaje.

El alma del océano le respondió con un fuerte manotazo de viento, sazonado de aromas marinos y saturado de humedad y respeto. El Corcho aún alzó más la voz, para que los que estaban en el fondo se enteraran.

—Raza primigenia, sabed que yo cumplí mi misión, como los otros tantos que me precedieron.

Más viento, más ruido, más olas. Y, todavía, aún, más respeto.

—Hombres antiguos, sabed que ya saben que sabemos.

Las rachas de viento cesaron en ese momento. Alejandro, que participaba en la ceremonia con un respetuoso temor reverencial, supo que esa última oración no había sido de gloria, sino de pasión. Y que sería él quién tendría que lidiar con los que ya sabían que sabíamos. ¿Pero qué sabíamos? ¿Quiénes eran esos que ya sabían que sabíamos?

El Corcho quiso responder a la brisa susurrante.

—Ciudad primera, todo puede volver a suceder.

La brisa se mudó en ventolera. Seca y cálida, de la que asura los campos de Vejer y hace aullar a los perros de los cortijos. Con los mechones de cabello agitados por el viento, con la parsimonia del que sabe que oficia el culto mayor, el Corcho abrió el hatillo de tela que llevaba entre las manos.

—Alejandro, toma el medallón. A partir de ahora nunca más serás grumete, ya eres capitán.

Alejandro acogió con delicadeza el medallón que le pasaban. Tenía unos diez centímetros de diámetro, era dorado y pesaba un auténtico quintal. Desconcertado, sin saber aún en qué rito estaba participando, no pudo evitar una primera pregunta zafia. Quizá hubiera llegado el momento de desacralizar el ritual.

—Parece... ¿no será de oro, verdad?

—De oro es. Eso explica que haya llegado hasta nosotros en perfecto estado de conservación. Hazlo tuyo.

Alejandro lo observó a la escasa luz de una de las farolas que iluminaban el paseo. No le costó descubrir un león, de abundante melena y fiero aspecto, que parecía dominado por una cadena alrededor de su cuello. En la misma cara, un toro descomunal, con una anilla en sus hocicos, atado por una larga cuerda. En el anverso, una especie de laberinto circular ocupaba toda la cara.

—¿Qué representa esto? ¿Qué significa este medallón?

—Intenta responderte tú mismo.

Como antes hicieran algunos de los elegidos, como hubieran procedido Schliemann, Schulten y Villalón, Alejandro cerró sus ojos de la cara y abrió los de la mente. Dejó que fuera el propio medallón el que le explicara su mensaje. El león no podía ser otra cosa que un símbolo de poder. El toro, el animal sagrado de la tierra. Así fue en el pasado, y así seguía siendo en aquel preciso momento. Esos signos no representaban ninguna dificultad de interpretación. ¿Y los círculos del reverso? El levante trocose entonces en céfiro, el viento de poniente y de la vida, el que fecundaba Guadalquivires para engendrar centauros y caballos andaluces, el que susurraba palabras de amor a los enamorados, de aliento a las parturientas y de cordura a los locos. Los círculos no podían ser otra cosa que los canales de la Atlántida, hechos a imagen del sol. Alejandro recordó de inmediato lo que había leído sobre el trazado de la ciudad. ¡El signo del medallón era un plano esquemático, con sus canales en forma de anillos sobre la isla central y con el gran canal de entrada de los navíos! ¡No podía ser, estaba siendo víctima del desvarío de su fantasía desbocada! ¿Quién demonios había tallado la medalla? ¿Podría tener, de verdad, más de once mil años de antigüedad?

—Cor.. Corcho… ¿Es esto lo que estoy pensando que es?

—Eso mismo. Ya lo has hecho tuyo. También pronto entenderás su mensaje. Llévame a casa ahora. Debes conversar con tu propia soledad a partir de ahora, nadie más que ella te podrá guiar en el camino de tu misión.

—Corcho, tengo mucho tiempo para vivirlo con mi soledad. Cuéntame más, quiero saber todo lo que tú sabes.

—Hace muchos años, un viejo marinero de Sanlúcar, Garrido le decían, me entregó el medallón contándome lo mismo que yo te contaré ahora. Otro marinero se lo había dado a él muchos años antes, como penúltimo eslabón de una saga de viejos hombres de mar que se relevaron en su custodia. Todos recibieron idéntica misión. Legar el testigo en el momento y a la persona adecuada, y jamás revelar el secreto a nadie. Todos cumplieron lo pactado, tal y como yo también he hecho. Ahora te toca a ti velar por la norma. Júrame que jamás contarás nada a nadie y que bajo ninguna circunstancia te desharás de ella hasta el momento de cederla.

—Te lo juro. Por lo más sagrado, lo juro.

—Júrame que pasados los años, cuando encuentres a alguien de tu confianza y entiendas que ha llegado la hora, le regalarás el medallón, contándole la misma historia que yo a ti te contaré, y poniéndole las mismas condiciones que ahora te exijo.

—Te juro que así lo haré.

El Corcho detuvo sus pasos para mirarlo con fijeza. Sus ojos brillaban con pasión antigua y agradecida, irradiando una alegría que los avatares de la tarde le habían negado hasta el momento. Sus palabras fluían como bálsamo liberador.

—Tus temores me alertaron. Cometí un grave error, al vocear mis cantos a la Atlántida. Siempre creí que mis palabras no tendrían para la gente otro significado que los delirios de un viejo borracho. Olvidé la regla de oro, la discreción absoluta. Fue una tremenda imprudencia, te he podido colocar bajo sospecha. Por eso he decidido cederte el testigo, ya no soy digno de portarlo. Estoy bien seguro de lo que hago. Tú eres el mejor, tú eres el elegido por la historia y los arcanos héroes del mar. Debes custodiar este medallón, que nos llega desde los tiempos más remotos, pasando de mano en mano sin salir nunca de estas costas. Es el último vestigio de la Atlántida y debe perdurar como muestra de su existencia. El medallón tiene más de once mil años de antigüedad, y si se conserva tan bien es por la pureza del oro de que está hecho. El animal sagrado de los atlantes fue el toro, mientras que su símbolo de poder, el león. Y el dios más sagrado, el sol. Por eso aparecen en una cara de la medalla. Estas extrañas letras que lo rodean lo explican todo. ¡Qué pena que no lo podamos entender! Lo que tienes detrás es el plano de la ciudad, abrazada por canales concéntricos. De alguna forma, también quiere esquematizar el regazo femenino. No olvides que es esta una tierra hembra. Y eso es todo lo que sé. Debes recordarlo bien, porque a partir de este momento tú serás el eslabón en la transmisión de este medallón. Que nunca salga de esta tierra, que siempre tenga un custodio que la tutele.

Alejandro, sobrecogido, anonadado, no supo cómo responder, ni qué decir. Acababa de convertirse en el guardián del mayor de los secretos. Sintió miedo por la tarea que le aguardaba, no sabía si sería capaz de cumplirla. ¿Y si la perdía? ¿Y si se la robaban? ¿Y si se le iba la lengua en un momento dado?

—Corcho. Si nuestra misión es que permanezca viva la memoria de la Atlántida, ¿por qué no podemos descubrir la medalla? Así la ciencia sabría de su existencia.

—Nadie te creería. Además, nuestro deber es conservarla en secreto. No se nos está permitida ninguna otra posibilidad, salvo que…

—¿Salvo qué?

—Salvo una circunstancia que Garrido me explicó y que no logré comprender bien. Me dijo que el propio medallón nos indicaría cuándo salir a la luz, para cerrar el nudo que los sabios abrieron en el pasado. Cuando eso ocurra, los hombres tendrán que optar, si no quieren que la historia se repita. ¿Lo entiendes?

—No demasiado bien.

—Yo tampoco. He pensado mucho en ello. Supongo que nuestro deber es custodiarlo con todo nuestro interés, hasta que de alguna forma algo nos indique que el medallón tiene que salir. En cuanto a la historia que se repite, pienso en lo del fin de la Atlántida. Podía ser algo así como un aviso a los hombres de hoy, tan engreídos en su poder de computadores y cohetes, despreciando la fuerza de una naturaleza que puede hundirnos cuando desee.

No hablaron más. Alejandro necesitaba digerir todo lo que le acababa de ocurrir. Marta había acertado en sus apreciaciones. Él era el único lazo de unión con la historia de la Atlántida. Llegaron a las puertas del asilo a las diez y cuarto. Antes de que pudiesen despedirse, una monja gruñona y enfurecida salió a por su pupilo.

—¿Otra vez llegas tarde? ¡Y seguro que vienes borracho! —le recriminó la monja portera—. ¡Anda entra a dormir la mona!

—¡Espere un segundo, madre! ¡Déjeme despedirme de mi amigo! Adiós, Alejandro. Que tengas mucha suerte en la tarea, tal y como yo la he tenido con la mía. Adiós, amigo.

—¡Venga, adentro! ¡Y a ti, joven!, ¿no te da vergüenza emborrachar a un viejo? ¡Seguro que le has sacado el dinero para la parranda!

Aturdido, Alejandro se apresuró en salir del zaguán de la residencia. Ni siquiera pensó en las palabras de la monja. Sólo tenía en la mente los ojos del Corcho al despedirse. Parecían querer decirle algo más de lo pronunciado. Algo que no supo o que no quiso interpretar esa noche, pero que de algún modo le sonó a definitiva despedida.

Desconcertado, temeroso, Alejandro se alejó meditabundo del asilo del Corcho. Acababa de tomar el relevo del testigo atlante. Por vez primera se sintió importante. Había sido elegido para custodiar el único símbolo atlante. De repente recordó su cita con Petrova. ¿Qué hora era? Con el cúmulo de sensaciones que había experimentado la había olvidado por completo. Consultó su reloj. Apenas le quedaban diez minutos para encontrarse con ella, no podía llegar tarde. Palpó el medallón, que abultaba ostentoso en su bolsillo. ¿No sería más prudente pasar antes por casa para dejarlo guardado? Volvió a mirar su reloj. No, no le daría tiempo para ello, así que aceleró para llegar puntual a la cita. Quería demostrarse ante sí mismo que podía superar el golpe que le supuso conocer la segura relación de Marta con su *alter ego*, el profesor y psicólogo Antonio Rebollo. Además, ya le había aconsejado el Corcho que la forma más segura de ocultar su secreto era seguir haciendo la vida normal, sin modificar ni un ápice ninguno de los compromisos que tuviese contraídos.

A la hora convenida apareció Petrova, resplandeciente como los tejados de Cádiz al amanecer. Pero el inicio de la noche pronosticaba un auténtico desastre para Alejandro. A su proverbial timidez, se unió la desazón que el asunto de la Atlántida le había generado. No fue capaz de iniciar conversación alguna, ni tampoco sostener ninguna de las muchas que propuso, con tesón propio de jesuitas, una Petrova con ganas de agradar. Alejandro era consciente de que lo mejor sería optar por una prudente retirada, pero le pareció descortés despedirse de la rusa. Sería algo así como decirle que se estaba aburriendo y que no le interesaba su compañía. Él no sería nunca capaz de hacerle un desaire de tal magnitud. Y después estaba el asunto del antro donde habían quedado. A la rusa le gustaban los pubs y discotecas modernas, de decibelios y pastillas, y Alejandro sólo se encontraba cómodo instalado en el olor ácido de las viejas tabernas, rodeado de melancolías y fracasos. Petrova se inspiraba con juegos de sonidos y luces, mientras que el librero añoraba el viejo cartel de los vapores Cádiz-La Habana que tantas veces le hiciera soñar. La rusa, mujer inteligente, comprendió que su misión se estaba yendo a pique, por más que ella se empeñara en representar el papel de discreta y tímida estudiante. Debía cambiar de estrategia, porque si no, el pichón se le escaparía enterito. Y con él los buenos euros que le tenían prometido. No podía permitirse ese derroche. Odiaba la vida de puta que le tocaba hacer, y estaba deseando enterrar para siempre esa triste etapa de la que sabía que sólo podría obtener dinero, mucho dinero, y amargura. Por eso, cuanto antes ganase lo que necesitaba, antes podría salir de la sucia ciénaga en la que se revolcaba. Decidió emplearse a fondo con la técnica más clásica, y también más eficaz de la seducción femenina. Halago al varón, regado con alcohol e insinuaciones crecientes.

—Alejandro. ¡Eres tan diferente al resto de los hombres que he conocido en España!

—Anda ya, soy normalito.

—De normalito nada. Apura esa copa, que me gustaría bailar contigo.

Lo arrastró hasta la pista de baile. Sonaba una música lenta, que ella se empeñó en bailar agarrado. Y lo hizo agarradito de verdad, pegando pecho, y cintura, y piernas y todo lo que fue susceptible de pegarse a aquel inocente que bailaba como el más torpe de los patos del país de los patos torpes para el baile.

—Eres tan atractivo, Alexander... Me siento muy afortunada de que hayas querido salir hoy conmigo, seguro que tendrás a mil chicas detrás tuya.

—Bueno, yo… Yo sí que soy afortunado por poder bailar con una mujer tan guapa como tú.

Alejandro ya comenzaba a levitar. El viejo truco seguía siendo infalible, no existía hombre que lo resistiera. Y Petrova que se arrimaba y arrimaba, mientras que a Alejandro se le venía todo para arriba, no sólo el ánimo y la autoestima.

—¿Tomamos otra copa?

Alejandro pensó que ya llevaba demasiadas encima esa noche, pero se vio sin fuerzas para rechazar la sugerencia de aquel jazmín de *madrugá*. ¿Quién dijo miedo? Total, una noche era una noche. Además, se consolaba, podría poner celosa a Marta. Al fin y al cabo ella lo había hecho sufrir, no estaba de más que él le respondiera con algo de tormento.

Volvieron a bailar. Petrova dosificaba sus roces con pericia profesional, encelando progresivamente a un Alejandro que sólo deseaba ser visto con aquella diosa eslava y que empezaba a sentirse, realmente, guapo, atractivo e interesante. Y su autoestima que subía y subía a velocidad de turboreacción, impulsado por el combustible de los halagos y de los roces de la mujer enamorada. Atrás quedaban sus complejos e inseguridades. Esa noche, con Petrova, se sentía realmente él. Y es que, siempre lo había dicho, algún día llegaría la mujer que supiera comprenderlo y valorarlo. Había creído que esa mujer era Marta, y se equivocó. Petrova era el hada redentora. Y aún voló más alto cuando sus labios rozaron los suyos, ronroneándole después en sus oídos. Alejandro la abrazó aun más fuerte y la besó en la boca, tal y como viera en las películas y como tantas veces hubiera soñado.

—Alexander…, me haces tan feliz…

Y Alejandro que la apretaba aún más y más fuerte la besaba.

—¿Tomamos otra copa?

Y Alejandro que tomó otra, y después otra, veía cómo la discoteca entera se empeñaba en girar sobre su cabeza. Cada vez más alejado de la realidad terrenal, flotando en el limbo de los borrachos, sentía cómo Petrova le besaba y besaba en sus adentros, mientras que sus manos se volvían intrépidas y ágiles, prestas en acariciar las sinuosidades de la bella Petrova. A medida que más bebía, más bailaba, más besaba y más sobaba, más rápido giraba el mundo a su alrededor. Aún tuvo un chispazo de cordura cuando se le representó fugaz, el consejo del Corcho advirtiéndole contra el irresistible ensalmo de las sirenas. Alejandro agitó su cabeza rechazando aquel consejo equivocado. ¡Qué mala suerte tuvo su amigo marinero al no haber conocido nunca a una mujer como Petrova! Inmediatamente olvidó al Corcho, a su madre y a su propia historia. Los vapores del alcohol gobernaban ya su mente, con sus desquiciadas y dementes leyes. Vueltas, todo le daba vueltas, hasta que cayó con estrépito al suelo. Se levantó con esfuerzo, intentando aparentar normalidad.

—Per...dona, preciosa, ha sido un tropezón tonto.

—No te preocupes, ¿nos vamos?

Y salieron. Petrova comprendió que se le había ido la mano con la bebida. Conocía bien los estragos que el vodka causaba en los cosacos de su tierra. Nada podría sonsacarle a ese inocente si no lograba reanimarle. Decidió dar un paseo, con la esperanza de que el aire fresco lo despejara. Se sentaron en un banco de un jardín cercano, y la rusa concibió un plan de trabajo. Primero recuperarlo un poco, después ya sólo le quedaría lo más fácil. Llevarlo al catre y hacerle cantar la Traviatta. Soltaría todo lo que llevase dentro. Efectivamente, lo soltó todo rápido, de inmediato, pero en forma de vomitera y arcadas, que a punto estuvieron de salpicarla por completo.

—Mi vida, parece que algo te ha sentado mal, déjame un pañuelo para que te limpie.

Alejandro no se encontraba en disposición de sacar su pañuelo del bolsillo. La operación era demasiado complicada para sus posibilidades de coordinación corporal. Con un gesto le indicó que lo sacara ella misma. Y entonces fue cuando Petrova descubrió que Alejandro guardaba algo en el bolsillo. Sin necesidad de disimular, lo extrajo. El borracho de nada se enteraría. Era un pesado medallón, grabado con unos signos extraños. Parecía de oro. Quizá, para los que la habían contratado, tuviese más valor que las historias que aquel energúmeno pudiese contarle. Así que decidió retirarse del campo de operaciones llevándose consigo el botín. Dejó recociéndose en sus propios vómitos a Alejandro, y se largó en taxi hasta el apartamento de Cifuentes, según las instrucciones que había recibido. Sea la hora que sea, en cuanto tengas alguna novedad ven a mi casa para contármela, le había dicho. Y eso ella haría. Atrás, tumbado sobre un banco, dejaba una víctima más del infinito rosario de marineros destrozados en puerto por los cantos de esas sirenas mitad mujeres, mitad pescados que, desde siempre, fueron las más peligrosas enemigas de los marinos sentimentales.

28

Soy Enix, la sacerdotisa, y acabo de parir al hijo, sangre de mi sangre, que el mensajero Sorbas engendró en mí. Los dolores del parto fueron intensos, pero los aguanté sin gritar, sufriendo en la soledad de la choza que habilité en una de las esquinas de las ruinas. Engendré sin más ayuda que la luz de mi lucerna de aceite y mi firme determinación de dar vida a carne de mi carne. Estaba preparada. La vida viene con dolor, pero con dolor consentido. Lo tomo entre mis brazos, todavía ensangrentado. Lo limpio con agua tibia y anudo el cordón que durante tantos meses lo mantuvo unido a mí. Lo abrazo con fuerza, presa de mi profundo instinto maternal. Lo cubro con mantas y telas y nos acurrucamos, los dos, abrazados, en mi cama. Soy feliz. Ahora comprendo las lágrimas de desesperación de aquellas que venían hasta aquí para implorar el hijo que la naturaleza les negaba. Ser madre nos confiere un sentimiento de plenitud; gracias a nuestros vientres la Humanidad podrá seguir viviendo. Dejo pasar unos minutos, y acerco su boquita hasta mi pecho, rebosante de leche de vida. Así, hijo mío, así. Sorbe, mama, toma fuerzas y salud. Crece, engorda, niño de mi alma, no cojas frío.

Es varón. No tengo duda sobre cómo se llamará. En las ofrendas a la diosa le otorgaré el nombre de Sorbas, como su padre, el enviado de Tíscar, el que me donó su semilla. Una sola vez yací con varón, y de esa única cópula preñada que-

dé. Sorbas. ¿Qué habrá sido de él? Probablemente haya muerto, salió demasiado débil. Pero tenía una misión que cumplir, me repetía, no podía permanecer por más tiempo aquí. Era cierto, por eso no le retuve, por más que supiera que el posible padre de mi hijo marchaba para no volver. No siento su muerte, más sentiría que no hubiese alcanzado a cumplir la importante misión que Tíscar le encargó. Yo lo esperaba. Ya Orce, la abadesa y también mi madre, me había alertado, antes de morir. «Tíscar, el sacerdote, enviará un emisario. Dale el medallón del altar». Cuando lo vi llegar, arrastrándose malherido, pensé que moriría sin poder cumplir su misión. Con mis cuidados lo reanimé. Casi cuatro lunas de atenciones me costaron, antes de que recuperara la salud. Pero también yo había decidido algo por mi cuenta. Yo misma le adjudiqué a Sorbas otra misión que tendría que cumplir antes de partir, la de engendrarme un hijo. Como ya hiciera mi madre, Orce, incumpliría las injustas Nuevas Leyes que los hombres nos impusieron y por las que nos era vetado conocer el amor de la carne. No quería morir virgen, quería yacer con varón y parir un hijo. Por eso lo entretuve un par de días, hasta que alcancé el punto álgido de mi celo. Lo supe por la tersura de mis pechos y la tensión de mi vientre. Y entonces lo llevé hasta el altar, esa misma ara en la que le juré un día a Orce, la abadesa, mi obediencia a los ritos de la Luna. No estaba nerviosa, a pesar de que sería mi primera vez, y, probablemente, también la última. Pero quería tener un hijo, y, además, tenerlo de Sorbas. Era el enviado de Tíscar, el gran sacerdote, al que admirábamos y casi venerábamos en el Santuario. ¡Orce nos hablaba tanto de él, poniéndolo como ejemplo de varón ungido por los dioses!

Ninguna de mis compañeras de sacerdocio llegó jamás a conocer mi verdadera historia. Tampoco yo, hasta pocas se-

manas antes de la catástrofe. Todas sabían que hace veinte años, de amanecida, alguien me abandonó a las puertas del templo. Yo era una criaturita de muy pocos días, cuidadosamente depositada en una canasta de mimbre forrada de cálida piel. No era la primera vez que se abandonaba a recién nacidos en las puertas del Templo. Normalmente, las sacerdotisas se hacían cargo de ellos durante los primeros años de su vida, para entregarlos, en su adolescencia, al servicio del rey. A los pocos días de mi acogimiento, regresó al Santuario la abadesa Orce, que había estado realizando un largo viaje de varias lunas de duración. Por lo visto, la jerarquía del Templo de Poseidón así se lo había ordenado. Cuando volvió de su largo periplo, según me contaron años después mis hermanas sacerdotisas, su rostro resplandecía de belleza y felicidad. En seguida le narraron la nueva de la criatura abandonada y, para ejemplo de todas, decidió no sólo acogerme a sagrado, sino que, además, anunció su disposición a criarme en su propia celda, para que sólo ella resultara molestada por mis llantos infantiles. Su humildad y sacrificio levantaron admiración entre las sacerdotisas, que la veneraron por su sabiduría y ejemplo. Cuando tuve cinco años abandoné su celda, para dormir en un pequeño añadido. Y a los doce se planteó el debate en el seno del claustro capitular. ¿Qué hacer con aquella niña? ¿Entregarla como en otras ocasiones al servicio de palacio? Como quiera que todas estaban encariñadas conmigo, decidieron solicitar a la rígida abadesa permiso para prolongar mi estancia en el Santuario. Así se acordó. Dos años más tarde manifesté mi deseo de ingresar en el sacerdocio. Fui aceptada, y una noche de luna llena juré mi obediencia a los ritos sagrados. Y lo hice ante la misma ara en la que amé a Sorbas, padre de mi criatura.

Le limpio la boquita y espero a que eructe. Todavía tengo mis pechos rebosantes, deseosos de que llegue la hora de la nueva toma. Pero por ahora parece satisfecho. Mejor lo dejo para que duerma tranquilo, boca abajo, para que la leche no lo ahogue. Lo cubro, y una ola de ternura cubre todo mi ser. ¡Es tan indefenso, tan inocente de todo!

También yo fui inocente durante mis primeros años de sacerdocio, en los que me esforcé por resultar grata a los dioses, conteniendo mis propias ansias de mujer. El ejemplo de la abadesa Orce me sirvió para superar mis momentos de debilidad. Y así hasta semanas antes de la catástrofe, cuando algo absolutamente inesperado vino a cambiar por completo las verdades en las que yo había basado mi vida. Orce me llamó y a su reclamo acudí sumisa y temerosa. «Quiero contarte algo importante, me dijo. Algo que sólo debemos saber tú y yo. Júrame delante de este altar que jamás nunca nadie sabrá lo que de mis labios vas a oír». Intrigada por sus palabras, se lo juré. «Enix, quiero que sepas que soy tu madre. Eres mi hija, mi única hija». Ante mi cara de incrédula sorpresa, se vio forzada a dar algunas explicaciones. «Pequé y me quedé preñada. Mi carne fue débil y yací con varón. Pequé contra las leyes de los hombres, que no contra las de nuestra diosa, las únicas verdaderas. Pero esas están ahora proscritas. Por eso corrí un gravísimo peligro de ser descubierta. Pude hacer uso de las hierbas que mata la vida que crece en nuestras entrañas, pero no lo hice. Aun a riesgo del oprobio público, decidí seguir adelante con mi gestación. Me resultó fácil ocultarlo al inicio, pero pasadas las primeras lunas tuve que fingir un largo viaje para ocultar la prominencia de mi vientre. Me oculté en casa de una anciana de total confianza, que fue la misma que te depositó, nada más nacer, a las puertas del Santuario, en un canasto que primoro-

samente forré con piel. Regresé enseguida y pedí llevarte a mi celda. Lo que todas tomaron como un gesto de humildad y sacrificio, no fue otra cosa, en verdad, que el deseo irrefrenable que toda madre siente ante su hijo. Te crié con la leche de mis pechos, sin que nadie jamás llegara a sospechar nada». Las lágrimas se le saltaron a la mujer que acababa de conocer como madre. Jamás la había visto llorar. También yo rompí a sollozar. No sabía qué decir, ni cómo reaccionar. «Te he visto crecer a mi lado, y eso me ha hecho muy feliz». «¿Y por qué me cuentas ahora todo eso?», le pregunté. «Porque quiero que sepas que no sólo sucumbí a mis pasiones de hembra, sino que quise rebelarme contra las injustas leyes que los hombres nos impusieron. El celibato, la virginidad, la sumisión al varón. No siempre fue así. Las mujeres mandábamos, los santuarios de nuestras diosas eran los más importantes, y las mujeres manejábamos el tesoro y la economía. El templo mayor de la Atlántida fue dedicado a la diosa. Eran tiempos sin guerras, de comercio y entendimiento. Con la paz, las mujeres florecen y los hombres se arrugan, como flores mustias. Son bestias que necesitan de la fuerza bruta para destacar. Nuestro pueblo comenzó a errar, y olvidándose de nuestra tradición de paz, comenzó a guerrear, afanoso de conquistar por la fuerza unas tierras que ya le antes rendían pacífico vasallaje. Esos aires de gesta sepultaron a las mujeres. Sin que supiéramos defendernos, nos relegaron. De nada valía nuestra inteligencia frente a su fuerza. Si nos rebelábamos, nos castigaban, nos encarcelaban o nos mataban. Dejaron de educarnos, y sólo en los santuarios pudimos mantener la lengua escrita, patrimonio de la mujer». Orce tenía razón en sus palabras. Casi a escondidas, me había enseñado a escribir. La abadesa me advirtió que Tíscar, a pesar de ser varón, era un hombre sabio. Y que le había advertido. «Nuestro tiempo está próximo —me dijo—. Y tenía razón. Los prodigios han hablado, y pronto muchos moriremos. Casi todos. Los hombres con sus leyes, y las mujeres con nuestras cadenas. Por eso quería que supieses que soy tu madre. A lo mejor lo he hecho por amor, o por simple egoísmo, ante el temor de nunca ser recordada». Acababa de oír las palabras más asombrosas de mi vida entera. Mil sentimientos contradictorios me invadieron en aquellos instantes. Tantos y tan diversos, que necesitaría mucho tiempo para explicarlos. Le oí en silencio, y sólo alcancé a formular la pregunta inevitable. «¿Y quién es mi padre?» Orce, *la abadesa,* Orce, *mi recién conocida madre, me besó con ternura en la frente, mientras me decía: «Eso, hija, jamás te lo podré decir». No le volví a preguntar. Dejamos pasar un buen rato en silencio. Me miró a los ojos y se sinceró: «Tíscar, el gran sacerdote. Él te engendró en mi vientre. Desde siempre fue así, hija mía. Los precisamos para procrear. La naturaleza nos creó para volvernos receptivas a sus ímpetus, no podemos luchar contra las leyes de nuestras vísceras, por más que nos resulten presuntuosos y altivos». Nos abrazamos llorando. Después me contó lo del medallón oculto en la hornacina del altar, y me pidió que si ella faltaba, se lo entregara al mensajero que el gran sacerdote enviaría allá por los días de la catástrofe. Murió cuando el gran terremoto, sepultada bajo las piedras del templo derruido, sintiéndose liberada del secreto que tanto tiempo le oprimiera. A los primeros temblores me envió al monte, con un encargo banal. Creo que quiso salvarme la vida. La madre estuvo por encima de la sacerdotisa. Por eso, ahora, me siento menos huérfana. Tú, mi niño, por lo menos sabrás quién fue tu madre, eso llevas ganado. ¿Te contaré algún día quién fue tu abuelo? No lo sé.*

29

La luna confería un aspecto metálico a la loma del yacimiento. A las doce menos cuarto de la noche, aún no habían llegado Julián y su cuadrilla. Ramón, inquieto, paseaba de aquí para allá, exasperando a Macarena, su mujer.

—¿No te puedes quedar quieto?, le advertía.

—¿Quieto? ¿Tú sabes la locura que estamos haciendo? Nos puede pillar la Guardia Civil, me pueden echar de la empresa.

El anticuario, mientras tanto, permanecía sentado sobre el punto en el que debía excavar. Con la cara escondida entre las manos, parecía meditar. En uno de sus paseos, Ramón llegó hasta él.

—Tardan demasiado, y no responden al móvil. Deberíamos irnos.

—No. Estoy seguro de que vendrán, todavía tenemos mucha noche por delante.

Cinco minutos más tarde, que a Ramón le dolieron como horas, las estelas de luz de unos focos denunciaron a los dos coches que se acercaban. ¿Y si es la Guardia Civil?, maldijo por lo bajo el promotor. ¿Se hará realidad mi premonición, tendré el niño?, se preguntó obsesiva Macarena. Sólo el anticuario acertaba en su opinión. Eran los coches de Julián y sus hombres, que habían tardado algo más de lo previsto en reunirse y buscar las herramientas. No le había resultado nada fácil al encargado conseguirlo a aquellas horas. Sólo su insistencia y la promesa de muchos euros habían logrado reagrupar la cuadrilla a esas horas tan inusitadas.

A las doce en punto comenzaron a excavar en el punto que el anciano había marcado. Los hombres se turnaban en las faenas, sincronizando el esfuerzo. Dos golpeaban el suelo con sus picos y azadas, dos cargaban las espuertas y las carretillas con la tierra suelta, y los dos restantes amontonaban la tierra extraída. Ramón había ordenado que antes de abandonar el lugar deberían tapar el agujero que se abriera, por lo que la tierra extraída debía regresar con facilidad adonde descansó durante milenios. La cuadrilla trabajaba en silencio, iluminada por la luna llena. Si topaban con alguna piedra, Julián encendía una pequeña linterna para comprobar su valor. Sólo cuando llevaban una hora trabajando, el encargado se atrevió a preguntar al anciano.

—¿Qué es lo que cree que vamos a encontrar?

El anticuario tardó en responder.

—Siga, por favor. Todavía debe estar más hondo.

Y Julián regresó malhumorado al tajo. También era consciente de la locura que hacían. Pero la tentación de un dinero rápido y goloso y la pura curiosidad por saber qué demonios era lo que había allí enterrado habían sido más convincentes que las cautelas que su prudencia le marcaba. Todos sus hombres estaban convencidos de que cavaban para encontrar un tesoro, de esos de jarras y monedas de oro del tiempo de los moros, según se rumoreaba en tabernas y plazas. A la emoción del descubrimiento, y a la satisfacción de un jornal inesperado, se uniría la posibilidad de una buena propina. Por eso, alimentaban, con su excitación alegre y su infantil curiosidad, el brío de la excavación.

Otra hora más transcurrió entre paletadas de tierras y jadeos de esfuerzo, sin que nada reseñable hubiera sido encontrado. Macarena se había metido en el coche, pegando cabezadas entre rezo y rezo. Ramón oteaba nervioso el terreno que la luna le permitía ver, temiendo que de un momento a otro apareciera la Guardia Civil con una orden de arresto para los expoliadores, pillados con las manos en la masa. Sólo el anticuario aparecía sereno, atento a la marcha de los trabajos. Serían casi las tres de la mañana, cuando los que excavaban empezaron a murmurar entre sí, aprovechando uno de los cortos paseos de Ramón y una ausencia del misterioso anciano.

—¿Y si estamos excavando un antiguo cementerio?, preguntó el más joven de ellos.

El hombre que guardaba turno para cargar la carretilla, apurando el cigarrillo que tenía entre los labios, no pudo evitar el exteriorizar lo que todos pensaban. Que aquello era tierra de muertos, que estaban profanando su morada, y que su maldición podría marcarles de por vida. Accidentes, apariciones, enfermedades, visiones de espanto. Las mil y una supersticiones oídas a sus mayores, y musitadas en noches de tormenta, amedrentaron sus ánimos. Ni estaban ya tan alegres, ni tenían tanta esperanza de encontrar tesoro alguno. La excitación curiosa que les había impulsado a mantener el ritmo de trabajo, se estaba transformando en puro miedo. Cada vez que golpeaban la tierra con la azada, la legona o la pala, temían que una mano del más allá emergiera de las profundidades para arrastrarlos hasta el tormento de los infiernos.

—Yo no sigo excavando. Debemos regresar a casa. No sabemos qué es lo que puede aguardarnos aquí abajo.

El anticuario tuvo que emplearse a fondo para poder contener el motín. Supo leer el miedo en sus miradas y comprendió que ni con dinero ni con órdenes reanudarían el trabajo. Debía alejar los fantasmas del temor. El sabio que llevaba dentro tomó la palabra para tranquilizarlos.

—Esto no es una necrópolis, ni tampoco cementerio alguno. Es un santuario dedicado a una diosa que representaban en forma de luna, a la que vendrían las mocitas de la época pidiendo buen matrimonio e hijos. Y lo harían cantando y bailando, como las romerías de ahora. No era un lugar de dolor, sino de gozo. Como la ermita de la Algaida, como la capilla de la Virgen de Guía, como una hermana menor de la ermita del Rocío.

Aquellos argumentos tranquilizaron a los peones. Todos ellos habían rezado y bebido en honor de aquellas vírgenes. Se sentían amados y protegido por ellas, nada les podía pasar. A lo mejor, lo que encontraban era una antigua imagen y ...

—Un momento —Julián tomó la voz en jefe—. Todo eso que nos cuenta está muy bien. Nos tranquiliza. Pero yo necesito que me aclare algo, antes de continuar. Hasta hace unos días nadie tenía ni la menor idea de la existencia de estas ruinas. Usted no las ha conocido hasta esta tarde. ¿Cómo sabe tanto de ellas, entonces? ¿Quién le dijo que se trataba de un santuario en vez de un cementerio o una ciudad?

El anticuario, paciente, miró a Ramón como solicitándole autorización. La ligera inclinación afirmativa de su cabeza le permitió descubrir el origen de sus tesis.

—Me entregaron una piedra grabada. Investigué los signos que en ellas aparecían y llegué a esa conclusión. Estoy seguro de no equivocarme.

Julián asintió para sus adentros. Él mismo había ayudado a Ramón y a Andrés a cargar la maldita piedra en el coche. Esa explicación era convincente. Pero aún tenían que exponer la última duda que le corroía.

—El otro día, las máquinas encontraban piedras por todos lados. Había tantas, que la excavadora no podía avanzar. ¿Por qué justo donde estamos excavando ahora, a pesar de estar en medio del yacimiento no aparecen piedras?

—Creo que estamos excavando un antiguo patio interior del santuario. No encontraremos sillares o losas hasta que lleguemos al nivel de la base.

Los hombres cuchichearon entre sí. Parecía que mantenían diferencia de opiniones entre ellos.

—Por favor, intervino por vez primera Ramón en esta discusión. Pronto serán las tres y cuarto de la mañana, debéis reanudar el trabajo de inmediato. Antes de que amanezca tenemos que dejar el agujero cerrado. Si perdemos el tiempo, no podremos finalizarlo.

A regañadientes, los hombres fueron regresando uno a uno al tajo. Ramón, en uno de los reflejos de la linterna, observó el tranquilo rostro del anticuario. Parecía aún más afilado, más sereno, más convencido de que lo que buscaba se encontraba exactamente bajo sus pies. Pero ¿qué podría ser, Dios?

Los golpes de la legona marcaban el compás del trabajo. Uno, otro, otro. Una palada, otra, otra. El tic tac del tiempo tenía son de acero y tierra. El agujero, cada vez más profundo no profanaba más que un suelo de color blanquecino. ¿Se habría equivocado el anciano?

—¡Aquí, aquí hay una piedra! —exclamó el hombre que se encontraba excavando en el fondo de un hoyo que ya mediría casi el metro y medio de profundidad.

—Tranquilidad, señores —el anticuario se puso al mando de la operación, mientras que todos se arremolinaban sobre la boca de la excavación—. Procurad descubrir toda su superficie. No dañadla con vuestros golpes.

Julián quiso ser personalmente quien se encargara de limpiar toda la superficie de la piedra. Resultó ser rectangular, plana, sin ningún adorno, y con unas dimensiones aproximadas de dos metros por uno. Tuvieron que ensanchar el hoyo entero para poderla abarcar. Parecía una simple losa de mármol. ¿Para esto todo el tinglado que habían montado?

—¿Qué es? ¿Una lápida? —preguntó Julián mirando hacia los que se encontraban en la superficie.

Un escalofrío de terror volvió a recorrer la espalda de alguno de los muchachos. Una lápida equivalía a muertos, la última compañía que desearían compartir para lo que restaba de noche.

—No. No puede ser una lápida. Debe ser un altar. El altar que buscaba. Intentad escarbar por sus bordes, para ver si sigue para abajo.

Efectivamente, una vez delimitado su límite, la azada volvía a morder tierra hacia abajo, la verdadera base. Las cuatro de la mañana. Tenían dos horas para descubrir lo que el anticuario denominaba altar y volverlo a enterrar todo. ¿Les daría tiempo?

—Cuidado, cuidado, puede estar esculpido por su frontal.

Efectivamente así fue. Por tres de sus lados aparecían figuras humanas, geometrías vegetales, y diversos motivos animales. A medida que Julián iba avanzando las iba limpiando con un trapo que empapaba en un cubo de agua. Julián estaba como en trance, trabajando con exquisito cuidado, temeroso de cometer el sacrilegio de romper cualquier trozo de aquella maravilla. Depositaba la tierra extraída en una espuerta, que subían los que estaban arriba con la ayuda de unas cuerdas. Y así, poco a poco, fueron excavando todos los bordes del altar hasta llegar a unas losas de piedra en la base. Julián encontró, revueltas con las tierras, unas figurillas de terracota y otras metálicas. Excitado, las colocaba sobre la tierra de la espuerta. El anticuario las limpiaba y las observaba con atención.

—Son exvotos, parecidos a los que podéis ver en los santuarios actuales como muestra de agradecimiento cuando se concede lo pedido. Aunque hay algunos que representan ojos y piernas, la mayoría son figurillas de niños recién nacidos.

Macarena abrazó eufórica a su marido. Ella ya lo había presentido antes.

—¡Entonces, estaba usted en lo cierto! ¡Esto es el gran santuario de la diosa de la fertilidad!

El anciano asintió con la cabeza, y Macarena supo que pronto engendraría el hijo que deseaba. Rezó a la Virgen, y no pudo reprimir una oración clandestina a quien quiera que fuese la deidad titular de aquel remoto templo de fertilidades.

A las seis menos cuarto de la mañana, todas las paredes del altar estaban limpias. Justo entonces, el anticuario ordenó.

—Bajadme. Dejadme solo.

Con ayuda tanto de los que estaban arriba como abajo, el anciano logró bajar hasta la base del hoyo. Con su linterna alumbraba los relieves, a los que acariciaba con infinito respeto, mientras repetía:

—Es increíble, es increíble. Tal y como tantas veces la soñé durante estos últimos días.

Ordenó a Ramón que bajara para hacer fotos de todos los decorados del altar, insistiéndole que fuera concienzudo en la tarea. Necesitaría esas fotografías para estudiar con detenimiento los grabados y dibujos, aunque casi podría dibujarlos de memoria. ¡Tantas veces los había entrevisto en sueños! Con lentitud, sin prisas, el anticuario se dirigió al lado interior del altar, el menos decorado y desde donde la sacerdotisa oficiaría su ceremonia. Por allí debía existir una hornacina cerrada por una tapa de piedra. ¡Allí estaba! No había tardado en localizarla. Por vez primera, la excitación hizo mella en el ánimo del anticuario. ¿Habría algo dentro? Con la ayuda de una navajilla, consiguió ir deslizando la piedra que hacía las veces de cierre de la hornacina. Perfectamente ajustada, la cal depositada a lo largo de miles de años parecía haberla sellado a las paredes de la ara. El anciano tardó más de diez minutos en completar la tarea, mientras que Ramón, a su lado una vez cumplida la tarea de fotografiar el ara desde todos los ángulos posibles, apreciaba con preocupación cómo el cielo se iba aclarando en la superficie.

—¡Ya está!

Y con la misma delicadeza con las que restauraba sus obras de arte más frágiles, el anticuario depositó sobre el suelo la puertecilla de piedra que acababa de extraer. Elevó los ojos y musitó una plegaria. Mucho miles de años después, podría comprobar si la misión que encargó pudo cumplirse. No quiso iluminar la hornacina con la linterna. Prefirió palparla con sus propias manos. Despacio, deseando con todas sus fuerzas que nada hubiera en su interior. Milímetro a milímetro sus dedos avanzaron por el hueco labrado en el altar. Llevaba miles de años esperando, ¿qué más le daba esperar unos minutos más? Mientras, en la superficie, la inquietud iba apoderándose de los que veían cómo el cielo iba tomando color, allá por el levante. ¿Qué demonios estaba haciendo el viejo, metiendo la mano en un hueco del altar? ¿Estaría allí el tesoro?

—¡Nada! ¡Está vacío! —gritó feliz el anticuario, mientras abrazaba a Ramón. Su extraña efusividad apenas duró un fugaz instante. En seguida volvió a su correcta compostura habitual.

—¿Vacío? Respondió defraudado Ramón.

—¿Vacío?, se lamentaron los de arriba. ¿Y para esto tanto esfuerzo y riesgo? ¿De qué se alegra el viejo?

—Ramón hazle fotos también a la hornacina. El flash iluminará perfectamente su interior. ¡Nos vamos!

Una vez todos arriba, se prestaron a realizar con la mayor prontitud la tarea inversa. Afortunadamente, enterrar era mucho más rápido que excavar, máxime cuando los montones de la tierra extraída habían sido preparados para regresar a su morada. A las siete de la mañana, el trabajo estaba concluido. Ramón pagó a los hombres la cantidad convenida, a la que se añadió una generosa propina del anticuario, que parecía estar fuera de sí de gozo y satisfacción. Una vez que los de la cuadrilla estuvieron en el interior de sus coches, soltaron todo el desencanto que albergaban en su interior.

—¡Ese viejo está loco! ¡Nos hace excavar durante horas, se arriesga gravemente, se gasta una pasta gansa, y encima está feliz por no haber encontrado nada!

—¡Pues esto es como el chiste, figúrate como estaría si hubiese encontrado un tesoro!

Rieron de buena gana. Todos menos Julián, que no paraba de darle vueltas en la cabeza a todo lo vivido esa noche. Aquel lugar tenía algo especial, aquel viejo le había producido un estremecimiento cada vez que sus ojos se cruzaron. Y después estaba lo de su conocimiento. ¿Cómo podía saber que encontrarían un altar en un yacimiento olvidado desde hacía miles de años? Desde luego no era un hombre normal. Y por vez primera confirmó en su interior la sospecha que le había rondado durante gran parte de la noche. Un brujo. Eso era, tenía que ser un brujo, que había querido comprobar si alguien había retirado un objeto del altar. No descansó hasta comprobar que estaba vacío. No sabía Julián lo acertado que estaba con sus disquisiciones. Acertaba en el motivo de la alegría del viejo, pero erraba en su primera apreciación. El anticuario no era un brujo, ¿quizá un anciano sacerdote de alguna religión antigua?

El anticuario, inmune a cuánto pudieran pensar de él, se dirigió con afecto hacia el matrimonio expectante.

—Nos vamos. Tarea cumplida.

No volvió a abrir los labios en el trayecto de regreso hasta Sevilla. Meditabundo, veía pasar los campos de Andalucía iluminados por el primer sol. Los mismos campos que miles de años atrás, un viejo sacerdote tuvo que amar y honrar. Un viejo sacerdote que, y sin saber exactamente los motivos, él creía albergar en su interior y con el que había convivido en sueños y vigilias desde que la estela cayera en sus manos. Un sacerdote que acababa de comprobar que el mensajero que envió, mucho tiempo atrás, había podido retirar el medallón de la hornacina del altar, donde la abadesa Orce lo había custodiado siguiendo su mandato.

Ramón, también satisfecho, regresaba a la paz del hogar con una doble misión cumplida. Había hecho feliz a su mujer Macarena sin que nadie los hubiese sorprendido. Nada tenía ya que temer. Si era cierto aquello de que la fe mueve montañas, su mujer se quedaría preñada de esta.

Una vez en Sevilla, dejaron al anticuario en la Puerta de Jerez. Antes de perderse por las callejuelas del barrio, les guiñó un ojo.

—El rito de la fertilidad está cubierto. Pero de nada servirán los poderes de las diosas antiguas si no ponen ustedes de su parte lo que deben poner.

Y sonriendo se marchó. Hicieron el amor nada más llegar a casa, con celeridad, sin resuello. La semilla debía ser depositada mientras su vientre estuviera fértil, como la tierra abonada y recién regada. Como desde siempre tuvo que ser. Se amaron con la esperanza de que, nueve meses después, el parto les convertiría en las personas más felices del planeta.

30

Andrés durmió mal aquella noche. Los remordimientos por la venta de Nueva Tartessos a Rocío le asaltaron como corsarios de cuchillo en boca, sustrayéndole el botín del sueño placentero. A cada momento se despertaba sobresaltado y daba vueltas y vueltas en aquella cama grande de sábanas de hilo que tan desmesurada se le antojaba, por ociosa, e inútil en su soledad.

Tomó la decisión mientras desayunaba en el nutrido *buffet* de la terraza del jardín. Le explicaría a Rocío la verdad, toda la verdad. Le diría lo de las ruinas, lo del arqueólogo aficionado que habían sorprendido fisgoneando, le contaría el altísimo riesgo de que Cultura paralizara las obras por muchos años. Le pediría perdón por no habérselo contado con anterioridad, y le devolvería el talón con la señal. En MHI nunca se enterarían de lo que pudo haber sido y no fue. Total, en teoría no estaba autorizado para vender, por lo que al anular la operación no hacía otra cosa que seguir los dictados del consejo. No vendas nada, le dijeron. Pues nada vendería, ni siquiera ese maldito yacimiento que les podía hundir todo el plan de expansión. Miró su reloj. Las siete y media de la mañana. Todavía quedaban casi dos horas para la cita del notario.

Paseó por el jardín del hotel. La mañana estaba fresca, y el verde de las plantas lucía lozano y generoso. ¡Qué clima el de Marbella —pensó—, en ningún lugar hay jardines como estos! Una vez tomada su decisión, se sintió más sereno, orgulloso de su propio criterio ético. En esta ocasión había antepuesto la verdad al puro interés del negocio. ¿Y por qué? ¿Por simples criterios morales o porque Rocío Romero era ya para él algo más que una simple clienta? Sonrió. Por vez primera le estaban pasando demasiadas cosas. No sólo iba a desperdiciar un excelente negocio, sino que descubría que empezaba a beber los vientos por una mujer morena. Sabía que no era buena cosa, pero presintió que no podría evitarlo.

Se sentó en una hamaca del jardín, pidió un café y abrió el periódico. Esperaba encontrar las habituales noticias de broncas internacionales, broncas nacionales, broncas autonómicas y broncas locales, cuando dos titulares le llamaron la atención. En el primero se leía que unos científicos que llevaban años midiendo las temperaturas de las aguas de la Corriente del Golfo anunciaban con preocupación que se estaban enfriando. Que cada año la enorme corriente marina cálida que nacía del Golfo de México y que llegaba hasta la Europa Atlántica, suavizando su clima, perdía grados. Eso podría tener consecuencias catastróficas para el norte de Europa, cuyas temperaturas bajarían drásticamente durante los inviernos. Nada más decía la noticia, pero Andrés no pudo evitar recordar todos los argumentos aportados por Lombardi en el consejo. La amenaza de una nueva glaciación parecía más cierta, según esa información. La noticia era desmentida por un sinfín de instituciones que llevaban años predicando el mensaje del calentamiento global. Pero la duda ya estaba sembrada. ¿Y si al final entrábamos de verdad en una nueva Edad del Hielo?

La segunda de las noticias en la que se entretuvo le pareció propia de ciencia ficción. Un científico que llevaba años intentado localizar la Atlántida, mostraba unas fotos tomadas por la NASA desde el espacio en la que se podían apreciar los restos de unas extensas estructuras circulares, inapreciables desde tierra, pero que adquirían proporción desde la perspectiva aérea. Se situarían ocupando una extensa zona del Coto de Doñana, entre los límites de las actuales provincias de Huelva y Sevilla. El científico interpretaba esos círculos como los restos de los canales que circundaban la ciudad de la Atlántida. Su tesis era bien sencilla. La Atlántida sería una isla que no estuvo en el mar, sino en el delta del Guadalquivir, y que su final no fue hundirse en el mar, sino quedar sepultada por el agua y el barro, debido probablemente a una ola gigantesca combinada con la subida del mar tras el deshielo de la última gran glaciación, haría algo más de once mil años. Esta teoría colisionaba con otras que ubicaban la Atlántida en lugares remotos, o bajo las aguas del mar, tal y como intentaban comprobar los descubridores de los restos sumergidos del Titanic. Por lo visto, se estaban preparando para realizar sondeos subterráneos bajo las aguas andaluzas. Ambos equipos, a pesar de sus diferentes hipótesis de localización, coincidían en una teoría: que la Atlántida desapareció haría unos 11.600 años, debido al deshielo del final de la última gran Glaciación, al igual que lo habían hecho otras civilizaciones, como la isla de Mu, en Asia o la civilización acadiana de Mesopotamia.

Andrés cerró el periódico. Glaciaciones, deshielos. Si por lo visto ya habían ocurrido en varias ocasiones en el pasado, ¿quién aseguraba que no volverían a suceder? Por vez primera interiorizó la posibilidad real de la glaciación. Debía comprar cuanto más terreno mejor. Se harían multimillonarios. Los fríos no tendrían piedad con Europa, como no la tuvieron hace 20.000 años, cuando los hielos llegaron hasta el Mediterráneo, como demostraban los pingüinos en algunas pinturas rupestres localizadas cerca de Marsella.

Con el deshielo aumentó el nivel de las aguas y la Atlántida se sumergió. ¿Podría ser verdad? Andrés decidió que ya iba siendo hora de abandonar las fantasías y volver a la realidad. Tenía que contactar con Rocío para retractarse de la operación de Nueva Tartessos. No lo consiguió. Debía tener su móvil apagado. Lo intentó en numerosas ocasiones durante más de media hora, pero fue tarea inútil. No le quedaría más remedio que acercarse hasta la notaría. Allí la encontraría, y podría explicárselo todo.

A las nueve en punto, un atento oficial le saludaba en la notaría, ubicada en un lujoso edificio del centro de Marbella.

—¿Don Andrés Altozano?

—Sí soy yo.

—Pase, le esperábamos.

—¿Ha llegado ya la señora Romero?

—No, pero está su representante legal trabajando con la documentación de la compraventa.

Aquel recibimiento no le gustó. Le dio la impresión de que una implacable máquina legal y administrativa había sido puesta en marcha, con una eficacia que honraba a Rocío, pero que podía aplastar sus últimas decisiones. Tampoco le agradó eso de su representante legal. Él necesitaba verla antes de nada, para poder desenredar el sainete al que la había conducido.

—Buenos días, señor Altozano —se presentó el encorbatado abogado que le aguardaba en la sala de juntas—. Soy Manuel Peinado, representante legal de las empresas que dirige la señora Romero. Mis poderes acreditativos ya constan en esta notaría. Tengo toda la documentación preparada, a falta de sus datos personales y sus poderes.

Aquel señor soltó toda la perorata del tirón, sin respirar siquiera. Era evidente que querría terminar pronto la faena. Seguro que tendría otras operaciones que cerrar a lo largo del día.

—Buenos días. Querría ver a la señora Romero antes de firmar. ¿Sabe a qué hora llegará?

—No vendrá. Recibí una llamada anoche en la que me daba instrucciones precisas. Esta mañana a las siete quedé con ella. Me proporcionó el contrato privado y después se marchó de viaje. Es una mujer muy ocupada.

Aquella noticia fue un duro golpe para Andrés. La ausencia de Rocío eliminaba su última opción de retractarse. Tendría que firmar, ya no podía volverse atrás. Se dolió por el engaño que consumaría irremediablemente. Pero más aún le había escocido que se hubiera marchado sin despedirse siquiera, como si él no le importara nada. Para ella su relación no habría sido otra cosa que un mero negocio. Se sintió ridículo al haber albergado esperanzas más propias de un adolescente que de un empresario maduro. ¿Cómo podía haber sido tan necio? El despecho hizo que se redoblara su instinto de cazador herido. Firmaría la operación y le endosaría el muerto de las ruinas. Y, además, se quedaría con la conciencia completamente tranquila. Él había intentado evitarlo, ella había sido, con su desinterés, la que le había impedido la rectificación.

—Pues muy bien, cuando quiera firmamos. Aquí le doy la documentación necesaria. ¿Trae el resto del dinero?

—En media hora nos traerán el cheque conformado por el banco. Lo tendremos antes de que llegue el notario. A las diez podremos firmar.

—Pues estupendo, ¡a por ello!

Tampoco Rocío había pasado una buena noche, a pesar de haber cerrado una excelente operación de compra. Los precios pagados eran altos para la fecha de la firma, pero baratísimos para el mañana, cuando los fríos impulsaran a los europeos y a sus dineros hacia el sur. Sin embargo, una angustiosa desazón no le permitió conciliar el sueño que tanto necesitaba. Habían sido demasiados los viajes últimamente, y el cansancio ya comenzaba a dejar huella en su rostro. Las bolsas de los ojos denotaban esa tensión. Y una noche sin dormir sería la puntilla. No podía seguir así, no quería envejecer de forma prematura. Le horrorizaba perder la tersura de la piel de la que tan orgullosa se sentía. Tenía que dormir, descansar, pero no lo conseguía. ¿Por qué? Pues porque algo terrible estaba ocurriendo en su interior. Se sentía fuertemente atraída por Andrés. Pero no un tipo de atracción física, sexual. Si por ahí hubieran ido los tiros no habría existido mayor problema. Aquí te pillo y aquí te mato, y después tan amigos. No, el problema era que cuando estaba con él percibía un dulce cosquilleo, que sabía heraldo del enamoramiento por venir. Y ella no podía consentir caer de nuevo en la enfermedad del amor. Lo había jurado tras el divorcio de su marido. Los hombres sólo serían juguetes para ella. Nunca más caería en la prisión de los sentimientos, esos que amarran a la mujer al varón y la transforman en gatita sumisa y dependiente. Y ella no quería depender sentimentalmente de hombre alguno. La velada con Andrés había debilitado alarmantemente su sistema de defensa. Las alarmas habían sonado y debía poner en marcha un auténtico plan de emergencia. Nada más salir de la cena, tomó tres rápidas decisiones. En primer lugar, nada de alargar la noche. No podía dar opciones a copas o sobremesas donde su entereza pudiera desmoronarse, o su corazón extraviarse. En ningún caso debía correr el riesgo de pasar la noche con él. No quería que esa cama compartida significara el símbolo de unas nuevas cadenas para su voluntad. La segunda decisión la adoptó nada más montarse en el taxi que la llevaría de regreso hasta su hotel. Llamó a su abogado para pedirle que la representara en la operación a firmar ante el notario la próxima mañana. Lo citó temprano para poder darle los datos y la documentación que necesitaba, así como el contrato privado que acababan de firmar. Lo necesitaría para la notaría. Y tercera determinación, la de salir inmediatamente de viaje después de esa entrevista con su abogado. No quería volver a encontrarse con Andrés.

Por eso, aquella mañana, con el cansancio del insomne a cuestas y con la desazón que siempre producen las huidas personales, Rocío conducía su coche hacia Sanlúcar de Barrameda, alejándose del lugar en el que el bucanero se aprestaba a abordar su corazón. No se dejaría. Por eso se puso en huida, con todo su velamen desplegado. ¿Hacía bien, hacía mal? ¿Tenía sentido luchar contra su condición de mujer? ¿Podría permanecer por mucho más tiempo huyendo de sus propios sentimientos? ¿Encontraría la paz que precisaba con la simple rotación de meros sementales en su alcoba?

A la altura de Algeciras, llamó a Juan Sepúlveda, el catedrático de su consejo asesor.

—¿Juan? ¿Podemos vernos este mediodía en Sanlúcar? He comprado unos terrenos, y me gustaría verlos contigo.

Tumbado sobre aquel banco, el librero recuperaba dolorosamente la consciencia, al tiempo que la amanecida aclaraba los cielos de Cádiz. ¿Dónde estaba? ¿Qué pasaba? ¿Cómo había llegado hasta ese infierno en el que le daban tormento? Mil ratas le corroían el estómago, un millón de agujas circulaban por las venas de su cerebro. Un enfermo atropellado por el carrusel completo de ciclistas de la vuelta a España y pisoteado después por trotones mallorquines estaría más entero que él en aquellos momentos. El malestar era total, cósmico, insoportable. Tenía todas las chirigotas y comparsas del carnaval dentro de su cabeza, desafinando al unísono. No podía soportar el dolor que le producía. La boca seca, la lengua inflamada, los retortijones de la barriga. En su vida se había encontrado tan mal. ¿Dónde estaba? Tras una serie de fuertes arcadas vomitó unos jugos ácidos y pestilentes. Intentó incorporarse, pero mareado, cayó en redondo sobre el banco en el que se encontraba. Sintió frío. El relente de la madrugada le había despertado justo en ese endiablado instante en el que cruzaba la puerta que le conduciría desde la infame borrachera a la resaca más atroz. Tumbado todavía, intentó abrir los ojos. La tenue luz del alba enfureció a las agujas de su cerebro, que, en protesta, se esmeraron en su tarea de perforación. Volvió a cerrar los ojos, y entonces fue recobrando la conciencia. La música, Petrova, las copas... Y entonces sufrió un martirio aún más cruel y sutil que la resaca, los remordimientos. Se había emborrachado, había hecho el ridículo ante la rusa y..., ¡se había quedado dormido sobre un banco del parque! ¿Cómo había podido caer tan bajo? Tras un agónico esfuerzo, logró incorporarse. Tuvo que agarrarse al banco para no caer de nuevo; el mundo parecía empeñado en seguir girando a su alrededor. Trastabilló sus primeros pasos, hasta que logró recuperar la coordinación del caminar. No consiguió hacerlo en línea recta, pero, al menos, avanzaba hacia su casa. ¿Qué diría su madre cuando lo viera llegar de esa guisa? Sintió que todo Cádiz le estaba observando desde la ciento veintinueve torres mirador con las que los comerciantes en los tiempos gloriosos de la carrera de indias esperaban otear en primer lugar la llegada de los buques. Pero no estaba para sutilezas en esos momentos. Necesitaba cuanto antes esconderse en su cuarto para no salir de él durante el resto de su vida. Volvió a vomitar sobre el arriate de un naranjo amargo, y su estómago agradeció el desalojo de esa bilis corrosiva que atravesaría el acero más templado de los astilleros. Fue entonces cuando descubrió otra humillante vergüenza. La borrachera le había soltado el vientre y su pernera rezumaba un olor que identificó de inmediato. *¡Adiós, me he cagado encima!* Aquello le ayudó a acelerar el paso. Querría hacerse invisible, desaparecer, morir. El paseo hasta su casa lo entonó un poco, aunque la resaca afligía a todos y cada uno de sus órganos y músculos. Logró atinar con las llaves, y una vez en su casa corrió hasta el cuarto de baño, ignorando las voces de su madre.

—Alejandro, ¿cómo llegas a estas horas? ¿Qué te ha pasado, por qué vienes tan sucio?

Pero Alejandro, ya encerrado en el cuarto de baño no le contestaba. Su madre empleó sus narices, aspirando con fuerza el tufillo que su hijo había dejado en el pasillo.

—¿A qué hueles?

Y entonces comprendió. Su hijo regresaba a casa borracho como una cuba, tal y como ocurriera en alguna ocasión con su difunto padre. Por pura prudencia decidió no abrumarle. Una buena ducha lo despejaría, y un sueño profundo le haría recuperarse. ¡Tampoco pasaba nada si por una vez su hijo se emborrachaba con los amigotes!

Alejandro comenzó a desnudarse con dificultad. Primero se daría una larga ducha, y después limpiaría toda la ropa. No podía permitir que su madre descubriera que se lo había hecho todo encima. No podría soportar esa vergüenza. Se quitó la camisa, el pantalón…, y entonces recordó. El medallón. Tenía que estar en su bolsillo. No estaba. Lo había perdido, se lo habían robado. Quiso morirse en aquel momento. En un rato él había destruido una cadena que había durado miles de años. El peso de la responsabilidad lo abrumó. ¿Cómo podría decírselo al Corcho?

En quince minutos se había duchado y medio limpiado su ropa sucia. Luchando contra la resaca, llegó hasta su dormitorio, se puso ropa nueva, y volvió a salir a la calle. Ignoró las preguntas de su madre, que acababa de prepararle un desayuno calentito para que se fuera repuesto a la cama. No tenía tiempo que perder. Tenía que rehacer todo su camino, por si la casualidad hacía que volviese a encontrar el medallón caído. Llegaría hasta el banco del parque. Rezaba por poderlo volver a tener entre sus manos, todo lo daría por ello. Sus pasos le devolvieron al parque, pero no hasta el medallón. No estaba, alguien tenía que haberlo cogido. ¿Quién, cuándo? ¿Qué podía hacer, Dios?

—Bien hecho, preciosa, bien hecho —felicitó Cifuentes a Petrova mientras observaba con asombro el medallón—. No sé qué diablos puede ser esto, pero seguro que tiene alguna relación con el asunto que nos ocupa. ¿Te lo ha dado él?

—El pobre ni se ha dado cuenta. Estaba completamente borracho.

—Mejor así. Si te pilla, siempre podrás negar que tú se lo sustrajiste. Todas las noches desvalijan de cuartos a un borracho. Toma, el dinero prometido. No vuelvas a ponerte a tiro de Alejandro, a menos que yo te lo ordene.

Y Petrova, agradecida, recogió el dinero de su trabajo. Sintió el orgullo propio de la faena bien realizada, la satisfacción del auténtico profesional. Podría retirarse a descansar. Y mañana, en recompensa, no bajaría al club.

Diego Cifuentes sopesó el medallón. Parecía de oro, pero no podía serlo. Costaría entonces una auténtica fortuna. Y un diablillo empezó a soplarle la tentación: *Quédate con el medallón, vale más que un polvo con la Susi. Que le den por saco al Germán. Quédate con el medallón, puede tener un valor incalculable*, se repetía tenaz. Pero Cifuentes, a su manera, era un hombre de principios. A media mañana llamaría al guionista. ¡Menuda sorpresa le iba a dar!

• • •

31

Llego al poblado, y un destello de orgullo aleja las tinieblas de mi dolor. ¡Soy Sorbas y he conseguido alcanzar la meta que Tíscar me impusiera! Pronto cumpliré el resto de mi misión y entonces, por fin, podré descansar en paz. Las chozas están abandonadas, algunas incendiadas, y otras con graves desperfectos. Sin duda alguna las lluvias, los temblores de tierra y los zarpazos de los bandidos han hecho sufrir a estas pobres construcciones de campesinos y gentes de la tierra. Y un nuevo temor nubla mi corazón. ¿Y si no queda nadie? ¿Y si todo mi esfuerzo de días, para arrastrarme desde el Santuario hasta aquí, ha resultado inútil? Miro hacia el cielo. Siempre preferí a sus dioses que a los del infierno o el océano. Les imploré que me permitieran cumplir los mandatos de Tíscar.

Llego hasta el centro del poblado y grito. «¿Hermanos, hay alguien aquí?» Pero sólo me responde el ladrido de unos perros que huyen, bien cobardes deben ser si se espantan de la débil piltrafa que soy. No hay nadie, aunque pienso que si algún superviviente existiera, escondido estaría, temeroso de los saqueos y desmanes de los extraviados de la ley. Y es que los humanos se convierten en fieras en cuanto abandonan la civilización, pienso. No, en algo todavía peor que las fieras, porque esas al menos no violan ni matan a sus semejantes. Avanzo sin ver a nadie. Quizá los moradores estén aún más asustados que sus perros. Debo hacerles saber que no soy un malvado, que llego sin otra mercancía que la paz en mis manos. Grito. «¡Hermanos, soy hombre de ley! ¿Hay alguien aquí?» Nadie contesta, nada se mueve. Ni la brisa que aligera nuestros veranos ni siquiera los pájaros del cielo o los perros de los cercados res-

ponden a mis llamadas desesperadas. Silencio. El mismo silencio de muertos con el que el cataclismo tapó nuestros aullidos de dolor. Estoy solo, agotado, hambriento, herido y me siento inútil, fracasado. La memoria de lo que fuimos se perderá para siempre si no consigo llevar a cabo lo que el sacerdote me pidió. Caigo de rodillas, no tengo ya fuerzas para mantenerme en pie. Y entonces le explico a voces, «¡Hermanos, Tíscar, el más anciano de los sacerdotes, me envía! ¡Me dijo que aquí os encontraría, hombres del país del gran río, hombres del calor, hijos de la hermosa y árida tierra del levante del océano interior! ¡Tengo que veros, tengo que hablaros, tengo que pediros lo que Tíscar me ordenó que hiciera!» Me quedo sin aire en los pulmones. Me callo y el silencio me parece menos denso, como si algo se hubiese movido en el aire, en la tierra y en el hálito de los ausentes. Comienzo a llorar ante mi propia incapacidad. Nuestra memoria quedará perdida por la debilidad de un simple mortal. «¡Por favor! ¡Por favor!», aún logro gritar antes de derrumbarme entre sollozos.

Y rendido, postrado sobre la tierra de la que venimos y a la que volveremos, no soy consciente de que varios hombres se me han acercado con cautela hasta que los tengo encima. Levanto la cabeza y veo sus morenos rostros y su pelo ensortijado. Sí, son ellos, la raza de los hombres del Levante, de aquellas tierras que visitamos con nuestro príncipe Osiris. Son los hombres del gran río, ese que con sus crecidas anuales riega de exuberante fertilidad una tierra yerma. Me ayudan a incorporarme y me conducen en silencio a una de las chozas. Me sirven un caldo caliente, que apuro de un sorbo. Me siento mejor. Les sonrío, y sólo entonces, el mayor de ellos me pregunta, «¿qué te pidió Tíscar?» Y, yo, con voz solemne, le respondo. «Tíscar os ordena que regreséis a vues-

tro país. Aunque tardéis lunas en hacerlo. Predicad allí nuestro ejemplo, difundir nuestra ruina. Que las generaciones del futuro sepan de la Atlántida, y de por qué fenecimos. Que lo tomen de enseñanza para que la soberbia humana no vuelva a ofender ni a los dioses ni a la naturaleza que los acoge. Que nuestra memoria no se pierda. Vuestra civilización tomará el relevo a la nuestra, seréis grandes, podréis poner en marcha lo mucho que aquí aprendisteis. Sembrad el mensaje para que vuestra cultura, cuando también sucumba, sepa dejar el mensaje a la que le tomará el relevo, que así de mudables siempre fueron las cosas humanas y sus imperios».

Escucharon mis palabras en silencio, con respeto. Sabían que no les mentía, que la hora de regresar a su tierra lejana ya había llegado. Crearían un templo y venerarían a los dioses de la tierra de Occidente, donde todo nació. Y contarían, de generación en generación el triste final de los que todo fueron y en nada quedaron. Esa misma tarde partieron, silenciosos y tristes. Atrás quedaban muchas lunas de estudio en el país de los atlantes, muchas otras les quedaban de viaje hasta llegar a su país. Ni siquiera nos despedimos, entre nosotros estaba todo dicho. Sabía que cumplirían su deber, y que se hablaría por siempre de nuestra historia. La semilla del recuerdo sería plantada junto al gran río del desierto. Aquellos hombres se marcharon en silencio. Dejaban atrás un país destruido, muchos muertos y un espectro. Yo. No podía continuar mi viaje, no acumulaba ni salud ni energía para ello. Esperaría. Tíscar me dijo que cuando me sintiera sin fuerza buscara a un relevo para que me sustituyera en la custodia del medallón. Me dejaron comida, agua, y una manta para cobijarme. Sólo me restaba esperar. Me pasé tres días tumbado, descansando pero no reponiéndome, orando por en-

contrar a un relevo digno y encomendando a los fieros dioses del mar que permitieran a aquellos extranjeros regresar hasta su país de origen.

32

A su regreso a Sevilla, tras la mágica noche de excavación, Ramón y Macarena se aplicaron en culminar el acto de amor que siempre remató, desde el origen de los tiempos, el rito de la fertilidad. Sin embargo, el viejo anticuario no logró concentrarse en ninguna de las tareas que se propuso. Se recluyó en su casa, se sentó en su gabinete, y dejó que su mente volara atrás, mucho tiempo atrás. Quería entender cosas que aún no conseguía vislumbrar, quería respuestas a preguntas que no se atrevía a formular. No entendía bien lo que le ocurría, no sabía cómo era posible que una persona del ayer conviviera en su mismo cuerpo de hoy. Pero se dejaba llevar. Lo que tuviera que ser, sería. El signo no estaba en la hornacina. Quien tenía que haberlo cogido a buen seguro que lo hizo. El mensajero que envió logró conseguir el signo. Sorbas, sí ese era el nombre del emisario. Hasta ahí, misión cumplida. Pero quedaba lo más importante, que hubiera podido encontrar al relevo. ¿Lograría haber iniciado la saga entregándole el medallón, tal y como había previsto? Tan concentrado se encontraba en sus delirios que ni siquiera oyó, o no quiso hacerlo, los reiterados aldabonazos en su puerta. Clientes y turistas que querían llevarse un pedazo de la historia andaluza en píldoras de antigüedad. ¡Pues que se fuesen a otro lugar! El anticuario no quería que nada ni nadie lo sacase en aquellos momentos de sus cavilaciones. Tenía que comprenderlo todo. Estaba satisfecho. La arcana misión que encargó era doble. Ya sabía que la primera de ellas había sido cumplida a la perfección. Los seminaristas egipcios, formados en el valle atlante, pudieron volver a su país y ayudar a levantar la gran civilización que custodiaría durante milenios el recuerdo de la ciudad perdida. La tradición de la Atlántida se conservó en los templos egipcios, tal como había dispuesto. De Egipto había pasado a la tradición griega. El propio Platón reconoció en sus *Diálogos* que la historia de la Atlántida le venía por tradición oral de las palabras del sacerdote Solón, al que a su vez se lo habría contado otro sacerdote del templo de Sais, Sonquis. Tíscar había tenido éxito en su estratagema. Supo intuir que la memoria de su ciudad se perdería en su propia tierra, sumergida ya de por siglos en las tinieblas de la barbarie, y tuvo la genial idea de conseguir que los jóvenes sacerdotes egipcios que había formado en la Atlántida, regresaran a su país con el deber de mantener vivo el recuerdo en el templo que el príncipe Osiris fundara en uno de su largos viajes al país del gran río. El primer encargo a Sorbas funcionó. Muchos miles de años después el mensaje fue recogido por Platón, que consiguió hacerlo eterno gracias a la inmortalidad de su autoridad intelectual.

Pero esa era sólo una parte del deber que impuso a Sorbas. ¿Habría conseguido la otra, la de fundar una cadena de relevos para la custodia del medallón? Desde luego, que la hornacina estuviese vacía era una excelente señal. ¿Qué podría hacer para comprobar su éxito? Pues tan sólo encontrando el medallón podría saberlo. Si los relevos habían funcionado tal y como él impuso, no debería encontrarse demasiado lejos. El anticuario, que ya no sabía si era el uno o el otro, se dejaba llevar. ¿Qué podía hacer? ¿Era ya el tiempo para el reencuentro? ¿Hablarían los signos? ¿Habría llegado el medallón hasta sus días? Y un chispazo de intuición le hizo saltar de su sillón. Tenía que regresar a Sanlúcar. Lo que quiera que tuviese que ocurrir, iba a acontecer pronto y lo haría en la ciudad donde Andalucía despide a su río y abraza al océano al que dio nombre, el Atlántico.

Con el peso de la resaca sobre sus espaldas, Alejandro intentaba reconstruir la noche fatídica. Recordaba las copas, el baile, los besos… ¡Los besos! Una sospecha se abrió paso entre las brumas de su discernimiento. ¿Habría sido ella? ¿Acaso habría sucumbido al canto de la sirena? No, Petrova no podía haberlo emborrachado para quitarle el medallón. Ni ella era una de esas aprovechadas, ni tampoco hubiera podido saber de su existencia y valor. Además sería muy fácil localizarla después. Vivía en casa de una prima de Cifuentes. ¿Cómo podía dudar de una mujer tan maravillosa? Con esfuerzo logró rescatar del fondo de sus recuerdos la caída en la discoteca y su salida apoyado sobre los hombros de Petrova. ¡Qué vergüenza, Dios! En el tropezón pudo habérsele caído el medallón. Quizá rodara por el suelo de la pista de baile, como consecuencia del porrazo que se pegó. Tendría que ir a comprobarlo. Siguió recordando su itinerario. Salió a la calle…, y ya no se acordaba de más. Bueno, sí. Que comenzó a vomitar y que Petrova le limpió con un pañuelo. ¡Un pañuelo! De nuevo la sospecha. ¿De dónde lo sacaría? ¿De su bolsillo? Necesariamente, entonces habría topado con el medallón. A lo mejor, lo había guardado para devolvérselo después. ¿Por qué lo habría dejado abandonado en el banco? No pudo sentir el mínimo rencor hacia ella. ¿Qué otra cosa podía hacer si el hombre con el que sale se emborracha como una cuba y empieza a vomitar en la calle? Hizo bien marchándose. A lo peor, para no volver. Decidió alejar malos pensamientos de su cabeza. Tenía que concentrarse en la búsqueda del medallón. Quizás se habría caído al suelo cuando Petrova, sin percatarse de ello, le sacó el pañuelo. Si así hubiera sido, cualquiera lo podría haber encontrado debajo del banco donde dormitaba borracho. Sí, esa podría ser la otra alternativa. Tenía que contemplar todas las posibilidades.

Eran las ocho y media de la mañana. El personal de limpieza de la discoteca todavía tardaría un buen rato en llegar. Pensó en llamar a Petrova, pero decidió dejarlo para más tarde. Todavía estaría durmiendo la pobre, escandalizada por el espectáculo que su amigo Alejandro había protagonizado. Y desde luego no podía denunciar ante la policía el robo de un medallón de la Atlántida. No quería que lo encerraran en un manicomio por loco de atar. Necesitaba hacer tiempo para realizar todas las averiguaciones necesarias. Quizá lograse todavía recuperarlo en objetos perdidos de la discoteca, o quizá, y eso sería lo mejor, Petrova se lo hubiese guardado al ver que caía de su bolsillo. Paseaba de un lado al otro del parque sin saber qué hacer, hasta que comprendió que tenía que comunicarle de inmediato al Corcho lo sucedido. Aunque después lo quisiera matar. Para su amigo, el secreto del medallón había sido lo más importante de su vida, y no podía ocultarle la tragedia que había acontecido nada más soltarlo. A lo mejor a él se le ocurría algo.

Se dirigió hacia su asilo. No sabía cómo se lo diría. Al llegar a la recepción y antes de abrir la boca, la hermana portera le sorprendió con su pregunta.

—Me alegro verte de nuevo por aquí. ¿Dónde está Pepe?

Las monjas nunca llamaban al Corcho, Corcho. Para ellas era Pepe Higueras, su nombre de bautizado, decían.

—No tengo ni idea. A por él vengo.

—Aquí no está. Salió esta mañana muy temprano, cuando todavía no había amanecido. Apareció como un espectro en la portería, y asustó a la hermana que la custodiaba. Nunca se levantaba a esas horas. Cuando le preguntó qué adónde iba con el alba, le respondió que su amigo Alejandro lo sabía, que a nadie más tenía que dar explicaciones y mucho menos a unas monjas metomentodo. Ya sabes lo cascarrabias que es. De todas formas, a la hermana le pareció extraño su comportamiento. Irradiaba gran serenidad y decisión, como si fuese a hacer algo importante. Salió contento, silbando una vieja canción marinera. Por eso pensamos que habría ido contigo a algún sitio.

—A mí no me dijo nada. Lo dejé aquí anoche y nos despedimos.

—Entonces, ¿no sabes dónde puede haber ido?

—No.

—¡Seguro que a beber desde primera hora!

Mientras que la monja despotricaba contra el viejo mentiroso, doliéndose de que parecieran niños grandes por sus rabonas y escapadas, el joven librero meditaba. «Alejandro sabe dónde voy» le dijo el Corcho a las monjas al salir. ¿Y cómo demonios iba a saberlo? Intentó recordar sus últimas frases. Nada, no le había dicho nada especial. ¿Seguro? Algo hubo en aquella despedida que le emocionó. ¿Quizá el brillo de sus ojos? ¿Quiso decirle algo y él no lo supo interpretar? Y un terrible presentimiento le atravesó con un dolor de aguja el globo de su resaca. Tenía que desechar la sospecha que acababa de anidar en su ánimo.

—Perdone hermana. Salgo a buscarlo, a ver si soy capaz de encontrarlo.

Y salió corriendo, dejando a la monja con su frase en los labios.

—Pues cuando te lo encuentres, aunque esté muy borracho te lo traes para acá.

Alejandro corrió entre las callejas gaditanas en dirección hacia la Caleta. Una de las frases preferidas del Corcho le tenía el alma en vilo y el corazón angustiado. La recordaba perfectamente, se la había dicho en más de una ocasión. *¿Sabes, Alejandro? Un día de estos me voy a reunir con los atlantes. Una madrugá de mar calma, cogeré una barquita de remos y me iré hacia adentro. Sus cantos me guiarán. Y después me dejaré ir. Nadie me quiere aquí y yo sé que mi sitio está en la mar. Las olas me sepultarán y mi epitafio será de olas y espumas, como las de los dioses antiguos.* ¿Lo habría hecho? ¿Se había entregado a la mar?

Llegó jadeando al murete de la Caleta. El sol de la mañana sacaba brillos al baluarte de San Sebastián. Se asomó a su borde, y no vio la barquita en la que solía salir, la de su amigo Garfio, la más pinturera de toda Cádiz. La Caleta estaba desierta, sólo batida por las olas y los vientos. Otras barcas, igualmente marineras, se zarandeaban al ritmo de la marea. Decidió bajar para ver si se encontraba oculta en alguna de sus esquinas. La conocía bien porque había salido con él de pesca algunas mañanas. Si de verdad el Corcho hubiese decidido iniciar su viaje hacia la Atlántida esa sería la barquita en la que habría embarcado.

Mientras bajaba los escalones de piedra, el batir de las olas le gritaba con voces de antigua solemnidad que sí, que el gran Corcho había cumplido valientemente con su destino, dirigiéndose hacia donde las voces de la historia, su historia, lo reclamaban. Tuvo la sensación de que entraba, más que en una playa, en la antesala de un templo magnífico y colosal. Procuraba apartar de sí esos sentimientos, debía dejar espacio para el asidero de la esperanza. Pero no encontró la barca que buscaba. ¿Estaría esa mañana varada en otro lugar? Sería muy extraño, pero quiso agarrarse a esa posibilidad. Deseaba con todas sus fuerzas volver a abrazar al Corcho, el único amigo que de verdad tenía. Pronto sus esperanzas se desvanecieron. La barca no aparecía y Alejandro rompió a llorar. *¿Sabes, Alejandro? Un día de estos me voy a reunir con los atlantes. Una madrugá de mar calma, cogeré una barquita de remos y me iré hacia adentro. Sus cantos me guiarán. Y después me dejaré ir. Nadie me quiere aquí y yo sé que mi sitio está en la mar. Las olas me sepultarán y mi epitafio será de olas y espumas, como las de los dioses antiguos.*

—¡No, no puede ser! —gritó— ¡Regresa, Corcho, que aún tenemos mucho que hablar! ¡Me tienes que contar mil historias marineras! ¡No me dejes, regresa, por favor!

No hubo respuesta a sus gritos. El mar continuó con su inmutable salmodia, y el coro de olas, conchas y guijarros atenuó sus gritos hasta confundirlos con el graznar de las gaviotas. El Corcho nunca llegaría a oírlos, allá donde se encontrara.

33

Rocío había quedado para tomar una cerveza con Juan Sepúlveda en la pequeña cafetería del palacio de la duquesa de Medina Sidonia. El viaje desde Marbella se le había hecho corto, y la sola vista de los alcornocales de la Ruta del Toro le habían relajado. Sabía que había atravesado el antiguo bosque de la Sauceda, una de las últimas zonas vírgenes de la península. El catedrático, con su voz grave y su sabiduría, le hacía olvidar la imagen de Andrés.

—Este palacio se asienta sobre mil palacios anteriores. Estamos en la parte alta de la loma de Sanlúcar, donde desde siempre hubo asentamientos humanos.

La morena se sentía cómoda. La conversación con aquel erudito, en aquel marco singular, le proporcionaba la serenidad que la cena le había espantado.

—¿Desde época tartésica?

—Desde mucho antes. La prehistoria andaluza es totalmente desconocida, todavía. Nos agarramos a los cuatro tópicos sobre los fenicios y los griegos, cuando en verdad aquí florecieron civilizaciones muchísimo antes. Y quedan muchas cosas por explicar. Cuatro mil años antes de Cristo ya existía comercio marítimo entre Egipto y el sur de la Península Ibérica. La misteriosa civilización de Los Millares, en Almería, así lo demuestra. En algunas tumbas todavía más antiguas, aparecen objetos que no podrían haber sido fabricados sin materiales de Oriente, como los brazaletes de la concha *pectunculus* o los collares realizados con las vértebras de determinados peces. Durante algún tiempo se creyó que fueron los cretenses de la civilización minoica los que vinieron por aquí, pero no puede ser. Lo minoico es muy posterior a los tiempos de este primitivo comercio. Más bien sería al contrario. Los de aquí llegarían a Creta mucho antes, llevando objetos y algunos ritos, como el de los toros. La existencia de objetos de cobre prototartésico encontrados en tumbas minoicas atestigua la presencia de navegantes andaluces por aquellas aguas.

—¿El rito de los toros?

—Todo el mundo conoce las famosas cráteras ilustradas con los atletas que hacen malabarismo sobre el lomo de grandes toros. El mundo minoico adoró a estos animales. Se llegó a pensar incluso que desde Cnossos, los navegantes minoicos trajeron estas costumbres a la Península Ibérica. ¡Ignorantes! Aquí se adoraban miles de años antes. Desde siempre esta fue, y será, la tierra del toro. Analiza si no la mitología más antigua. El toro y Hércules se encuentran en dos de sus trabajos.

El sexto de ellos consistió en la captura del toro que Poseidón —no olvides que tuvo su primer templo en la Atlántida— había regalado a Minos, mítico rey de Creta. Fue en el décimo trabajo donde llegó hasta Tartessos, para robar los toros del rey Gerión.

>>Una leyenda cuenta que los diez reyes atlantes se reunían una vez al año para celebrar un curioso rito taurino. En *Critias* se puede leer: «Soltaban unos toros en el recinto sagrado de Poseidón. Los diez reyes, completamente solos... se lanzaban a la caza, sin armas de metal, únicamente con venablos de madera y redes».

—¡Las actuales corridas de toros serían la versión contemporánea de esas antiguas ceremonias taurinas!

—Sí, más o menos sí. Desde tiempos inmemoriales, en el sur de la península se adoró al toro. No, mejor dicho, la muerte del toro era el rito central, y su sangre derramada el elixir que unía a los hombres entre sí y con los dioses. Pero aún te quedan muchas sorpresas por conocer. Déjame que siga con el *Critias*. «El toro que atrapaban era llevado a la columna y degollado, tal como estaba prescrito. En las columnas, además de las leyes, estaba grabado el texto de un juramento que profería los anatemas más terribles contra aquel que los violara».

—Es decir, existían también reglamentos para la muerte del toro.

—Sí. Y el pueblo convertía en héroe al dominador de los fieros animales, como ahora sigue haciendo con los toreros. Es posible que también el culto a Mitra, de origen desconocido, tenga su origen en estos antiquísimos ritos atlánticos.

Rocío observaba cómo el viejo profesor saboreaba su copa de manzanilla, disfrutando de la compañía y la charla.

—Por eso, jamás se acabarán los espectáculos de toros. Las corridas actuales son la expresión de la liturgia sagrada. Ha ido evolucionando desde entonces, pero el rito central siempre ha sido el mismo. El toro como animal sagrado al que un héroe da muerte ante el pueblo. Desde siempre se mantuvo el rito, incluso en la época andalusí. Cambiarán las formas, pero el pueblo seguirá adorando de forma consciente o inconsciente al animal sagrado de la tierra.

Aquello sorprendió a Rocío. Jamás había pensado en ello, ni enfocado el asunto de esa manera. Y recordó que fue la opinión pública la que indultó al famoso cartel del toro de Osborne cuando una ley prohibió la publicidad en las carreteras, declarándolo algo así como monumento nacional. El pueblo reverencia de forma inconsciente la imagen del toro. La considera sagrada, un símbolo. Por eso la respeta.

—Tienes toda la razón. Cambiarán las formas, pero el rito sobrevivirá.

—De hecho, ya hoy las formas son diversas. En Portugal se torea de otra forma y en Valencia están los recortadores, que realizan juegos acrobáticos muy similares a los representados en los vasos minoicos.

Rocío estaba realmente impresionada por el devenir de la conversación. Jamás hubiera podido sospechar que muchos de los fenómenos culturales y populares de hoy pudieran tener sus raíces en costumbres de miles de años atrás. Y supo que el pasado seguiría proyectándose hacia el futuro.

—¡Los jóvenes de hoy! ¡Siguen pegando pegatinas de toros en sus motos, o lucen camisetas con su motivo! ¡También es una forma de adorar al animal sagrado!

—Muy bien, querida, veo que lo has comprendido perfectamente. Muchos de los ritos atlantes aún perduran entre nosotros.

Pasearon por los jardines de palacio, abiertos al público. Una vegetación exuberante cubría por completo una fuerte pendiente, correspondiente a la caída del cerro. Se respiraba un aire denso, húmedo, con olor a vegetal y antigüedad.

—¿No me ibas a enseñar los terrenos de Nueva Tartessos?

—Vamos para allá. Un taxista nos llevará.

Veinte minutos más tarde se encontraban al pie de la loma. El taxista, malhumorado por el estado de los carriles, les preguntó cuánto tiempo permanecerían allí, haciéndoles ver que tendrían que abonarle el tiempo de espera.

—Unos veinte minutos. No se preocupe, deje el taxímetro corriendo.

Hacía calor. Por eso se sorprendieron al descubrir un grupo de jóvenes caminando sobre lo que parecía el inicio de una excavación. Tan pronto como los que se encontraban sobre la loma se percataron de que llegaba un automóvil, bajaron de inmediato. Parecían querer hablar con los recién llegados. La sorpresa estaba a punto de saltar.

—Buenas tardes —les saludó con gesto serio Anselmo Olvera—. ¿Quiénes son ustedes? ¿A qué vienen por aquí?

Ante tan desagradable recibimiento, Rocío se vio forzada a presentarse, para dejar las cosas claras desde el inicio.

—Represento a la empresa propietaria de los terrenos. Los acabamos de adquirir.

—Pues quiero que sepa que el lunes presentaremos en Cultura una demanda contra su compañía.

—Pero ¿por qué?

—Por destrozo del patrimonio cultural, por expolio, y por ocultación de descubrimiento de hallazgo.

—¿Pero de qué me habla? ¿Está usted loco?

Y entonces, Anselmo, excitado y nervioso, le contó todo lo que Rocío ignoraba. Que tapados por unas lonas había descubierto unos importantísimos restos arqueológicos, de una antigüedad aún por determinar. Que la contrata de obras los había escondido, con el ánimo de ocultarlo a Cultura. Que además, había encontrado signos evidentes de que alguien había excavado un hoyo y vuelto enterrar, según denotaba el movimiento de tierras. El expolio ya había comenzado, y el deber de su grupo de defensa del patrimonio era ponerlo en conocimiento de las autoridades para que paralizaran la obra de inmediato, mientras se hacía una cata arqueológica de urgencia. Y todo esto lo dijo de corrido y sin respirar, deseoso por detener aquel desaguisado de una vez por todas.

Rocío no pudo creer lo que oía. ¿Qué terreno era el que había comprado? ¿Un yacimiento arqueológico donde le sería imposible construir de por vida y que el Estado terminaría expropiando por dos perras gordas? ¿Cómo explicaría a su empresa la desastrosa compra? Y Andrés, ¿por qué no le dijo nada? Comprendió que había sido estafada. Legalmente, en cuanto que ningún punto del contrato especificaba que no había ruinas debajo, pero estafada al fin y al cabo. Lo hecho por Andrés era legal, pero no moral. Y se sintió, además de imbécil, ridícula. ¡Y pensar que había empezado a sentir algo por ese hombre que la había engañado! De nuevo se juró para sus adentros marcar aún más diferencias con todos ellos. Herida, aturdida, apenas acertó a responder a las amenazas de Anselmo.

—Mira, no sé de qué me hablas, la verdad. Nosotros somos muy legales. Compré esta mañana los terrenos, y vengo ahora a conocerlos.

—Nos da igual cuándo los comprara. Aquí jamás podrá construir.

—Tranquilo joven, tranquilo —terció Juan Sepúlveda—. La señora no ha tenido ninguna responsabilidad en lo ocurrido hasta ahora. Se está enterando en este momento, como yo, de lo del yacimiento.

—¿Y usted, quién es? ¿Otro accionista?

—No soy Juan Sepúlveda, catedrático de universidad.

—¿Es usted el profesor Sepúlveda que tiene varios libros de historia antigua?

—El mismo que viste y calza. Me halaga que conozca mi obra. No es normal entre la juventud de hoy en día leer tratados de arqueología.

—Los he leído todos. Conozco sus teorías sobre los navegantes prototartésicos y su vinculación con el mito de la Atlántida. Le tengo una profunda admiración.

—Pues muchas gracias. Disfrutemos ahora de lo que la casualidad ha puesto a mi alcance. ¿Me enseñas los restos?

El viejo catedrático tardó en dar crédito a lo que encontró oculto bajo la lona. Estuvo más de una hora analizando en silencio las estructuras que quedaban visibles. La expresión de asombro que tenía al abandonar la excavación describía por sí misma la emoción que el descubrimiento le había producido.

—Es asombroso, Rocío —se sinceró una vez que se hubieron montado en el taxi tras despedir a los arqueólogos aficionados—, asombroso. Nunca jamás he visto algo parecido. Prepárate, el descubrimiento va a ser una noticia internacional. Me temo que tardarás mucho en poder construir sobre este suelo.

Alejandro ya no sabía qué hacer. Había conseguido entrar en la discoteca, pero tampoco allí encontró el medallón. Nadie lo había visto. Recorrió la pista, mientras las mujeres de la limpieza ponían un poco de orden en la sala. Lo que por la noche consideró, bajo el efecto de las copas y la sonrisa de Petrova, como las puertas mismas del paraíso, no era otra cosa que un antro infame y cutre a la luz del día y del remordimiento. Salió completamente desanimado; nadie sabía nada del medallón. Ya sólo le quedaba la baza de Petrova. Si ella no lo había cogido, podía dar el medallón por perdido. Cada cinco minutos la llamaba inútilmente, siempre obtenía por respuesta la voz metálica del autómata que pregonaba aquello del teléfono apagado o fuera de cobertura.

A la angustia de la pérdida del medallón, se le unía la incertidumbre del Corcho. ¿Dónde podía estar? ¿Se habría embarcado mar adentro para no volver jamás? Si lo hubiera hecho, al menos se evitaría el disgusto de comprobar que había confiado en el grumete más tonto del planeta. Alejandro tenía ganas de llorar, pero no podía. Daba vueltas y vueltas a la plaza sin poder otear ni el mínimo atisbo de esperanza. Casi a las dos de la tarde, logró conectar con Cifuentes.

—¿Diego? Necesito hablar urgentemente con Petrova. La llamo, pero tiene el móvil desconectado. ¿Me puedes dar el teléfono de tu prima Teresa?

—Fíjate, qué casualidad. Esta mañana me llamó mi prima diciendo que salían de viaje de una forma inesperada. Una amiga les ha cedido un viaje que le había tocado a Cuba. Petrova se enteró cuando regresó a casa. No han dormido, apenas les ni les dio tiempo para hacer las maletas. O lo tomaban a la carrera o lo dejaban. Y lo han tomado. A estas horas deben estar volando hacia el Caribe.

—¿No te dijo Petrova que tuviera nada para mí?

—No. Sólo se puso para pedirme que me despidiera por ella, que te llamará en cuanto regrese del viaje. Por cierto, ¿qué tal te fue anoche con ella?

—Con ella bien, lo demás un desastre. Ya te contaré.

Petrova tampoco lo tenía. La última opción también había resultado fallida. Nada podía ya hacer, había perdido irremediablemente el medallón. La milenaria cadena de mensajeros de la Atlántida había saltado por su único eslabón podrido. Se sintió la lombriz más miserable del planeta. No, algo todavía peor. Como uno de esos asquerosos gusanos que entrenadaban entre las vísceras putrefactas de los animales muertos.

Germán observaba con detenimiento el medallón que Cifuentes le había entregado esa mañana. Era sencillamente extraordinario. Observaba la perfección de sus relieves, los símbolos del león y el toro, el sol, los círculos concéntricos que simbolizaban la ciudad. También las entrañas de una mujer. ¿Sería realmente lo que parecía?, ¿un medallón atlante? Tendría entonces en sus manos el símbolo más deseado por la Humanidad, y que la Casa le agradecería de por vida. Nunca hubiese creído que un energúmeno como Cifuentes fuera capaz de proporcionarle tan prontamente un triunfo. Póker de ases, no, más aún, escalera de color en la primera mano. Y es que para ganar, siempre había que jugar. Él jugó bien su partida y había ganado. No sólo había logrado comprobar que Alejandro mantenía una relación con la Atlántida, sino que habían logrado arrebatarle —sin levantar sospechas ni utilizar la violencia— un extraño medallón que resultaría valiosísimo para su causa. Quizá fuese el signo por el que la Casa llevaba tanto tiempo batallando. Bien valía el premio que le había concedido esa mañana a Cifuentes, el librero judas que le había entregado la cabeza de su compañero. El papel para la Susi. *¿Se lo puedo comunicar yo?*, le había suplicado el infeliz Cifuentes al hacerle entrega del sorprendente medallón. *Por supuesto*, le concedió Germán mientras le guiñaba un ojo, *así te lo agradecerá más*. Y era verdad que Germán facilitaría el acceso de aquel infeliz a la verdulera aspirante a actriz. Antes, eso sí, tendría que avisar a la frutera para advertirle de la llamada que recibiría y para pedirle que atendiera con cariño a su vecino. Tenía que demostrar sorpresa, alegría y reconocimiento ante la noticia de la oportunidad que le brindaría Cifuentes. Con eso sintió que cumplía su acuerdo con el librero traidor. Lo que hicieran entre ellos después ya sería cosa suya, aunque, conociendo bien los ardores de la muchacha, a buen seguro que también recompensaría con generosidad amorosa el interés del librero por su causa.

Y ahora, tenía que gestionar el asunto del medallón. Llamó al director de cine que le había metido en aquel extraño asunto, su amigo Johnny Sánchez, hijo de exiliados cubanos de Miami, que prometía convertirse en uno de los directores más importantes del cine americano. En esos días se encontraba en España promocionando su última película.

—Johnny. Los trabajos previos han dado resultado.

—¿Cómo de bueno? ¿Rumores, datos, información u objetos?

—Creo que el símbolo definitivo.

—¿Lo tienes contigo?

—Sí.

—¿Qué es?

—Una especie de medallón. Parece de oro, y está grabado.

Johnny guardó un prolongado silencio, como si calibrara cuidadosamente sus palabras.

—Pues tienes que probarlo en el Templo del Sol.

—¿En el Templo del Sol? ¿Qué es eso, dónde está?

—Ya sabes cómo son las cosas en la Casa, a todos nos dosifican la información. Los atlantes adoraron al sol y crearon varios templos para su culto en los puntos altos que rodeaban a la ciudad. El más cercano lo tienes en Sanlúcar de Barrameda. Dirígete allí ahora mismo, y espera al amanecer en la parte más alta del pueblo. Después me llamas para contarme qué sucedió.

—¿Qué se supone que debe suceder?

—No lo sabemos. Eso es lo que tú tienes que averiguar.

¿Cómo podía Johnny saber que los atlantes tuvieron un templo en lo alto de Sanlúcar? Pensó que esa información sería fruto de los años de estudio que la Casa había dedicado al asunto. La Casa, qué organización más extraña. Johnny Sánchez fue quien lo introdujo en ella, hacía ya unos años, cuando estudiaba en Nueva York técnicas cinematográficas. Lo conoció en la escuela, mientras recibía unos cursos elementales de dirección de cine. Johnny, que ya destacaba en su carrera, impartía por aquel entonces clase de prácticas y quedó impresionado de las capacidades como guionista del gigante español. *Germán, tío,* le dijo un día al entregar los ejercicios corregidos, *tú, para esto de los guiones, vales*. Y así comenzó. Primero fueron trabajillos sin importancia, retocando escenas y puliendo personajes. Después vino la tarea más ardua de la adecuación de guiones ajenos para llegar finalmente a escribir los suyos propios, con los que tuvo un éxito más que regular. Los directores españoles y algunos americanos lo llamaban para sus películas, y su reputación creció día a día. Pero Germán nunca se olvidó de sus principios. Sin Johnny Sánchez nunca habría llegado a ser nada. Y Johnny sin la Casa, tampoco. Por eso, junto a otros muchos, le debía agradecimiento y obediencia, por aquello del viejo principio masón del hoy por ti, mañana por mí. Al principio asistió a algunas de sus reuniones por simple curiosidad. Ven, Germán, le insistía su amigo el director, *verás qué gente más maja y qué buen rollo se respira*. Y en verdad le gustó. Pero sobre todo, lo que percibió desde un primer instante es que entraba en una especie de club de favores mutuos, algo parecido a una de esas hermandades universitarias americanas en las que los socios se confabulan de por vida para ayudarse en el éxito común. Siempre oyó que las malas lenguas decían de tal o cual presidente, o empresario o escritor, que tenían detrás a alguno de esos extraños clubes de influencias recíprocas. Tardaría algún tiempo todavía en comprender que la Casa era algo más que eso.

Johnny, estos son masones, ¿verdad? Le preguntó en unas de las primeras sesiones. *Pues de alguna manera sí,* le respondió. *Te ayudarán a triunfar, sin apenas pedirte nada a cambio. Su solidaridad sólo tiene una regla. Cuando te pidan un favor, no te puedes negar a satisfacerlo.* Durante los dos primeros años, nada le pidieron, a pesar de lo mucho que le ayudaron. Sintió su aliento en cada paso exitoso de su carrera, siempre apoyándole, despejándole dificultades, abriéndole puertas. Tuvo ofrecimientos de acreditados directores en los que pudo demostrar su talento como guionista. Nunca nadie le exteriorizaba que la Casa estaba detrás, pero él no tenía duda alguna al respecto. Recibía favores gratuitamente hasta que le llegó su hora. Con la Casa, siempre llegaba el momento en el que te encomendaban una tarea. Haría poco más de un mes que le habían solicitado el primer, y hasta entonces, único favor. Y estaba relacionado con la Atlántida. Fue llamado con urgencia a Nueva York, el gran maestre en persona quería conocerle. Un inesperado honor que presagiaba una alta misión. Germán abandonó su retiro en Castellón para salir de inmediato hacia Estados Unidos. Se prometió asimismo que regresaría en unos días y que podría entregar a tiempo el guión que tenía comprometido sobre un amor imposible que fructificó en la Guerra Civil española.

En teoría, ser recibido por el gran maestre suponía un raro privilegio para el afortunado. La mayoría de los integrantes de la Casa ni siquiera lo conocían. En ese misterioso secretismo radicaba gran parte del éxito de la organización. Por eso, mientras se dirigía en taxi desde el aeropuerto Kennedy hasta la dirección que le habían facilitado, no dejaba de preguntarse para qué lo habrían llamado. Sin duda alguna para pedirle un gran favor. Sí, pero ¿cuál? Cerraba los ojos e intentaba representarse la estampa del gran maestre y la sala dónde mantendrían la reunión. Se lo figuraba con un traje negro y capa, ornado con símbolos de poder. Y la habitación, a la que se accedería desde un peristilo jónico, tendría elementos iniciáticos y extraños signos de reminiscencias mágicas. Por eso se extrañó cuando el taxista paró ante la puerta de una gigantesca hamburguesería. Comprobó una y otra vez que la dirección que llevaba era la correcta. ¿Una hamburguesería? Y entonces su imaginación de guionista comenzó a buscar explicaciones. Quizá fuese la entrada camuflada de unos túneles que comunicarían con los subterráneos secretos de la Casa, algo así como unas catacumbas de la actualidad. Entró en el establecimiento, esforzándose por descifrar algún enigma escrito en las paredes, pero no logró distinguir algo distinto que las largas colas de niños que compraban, en forma de hamburguesas, papeletas para el sorteo de la obesidad y de los futuros colesteroles e infartos. Pero nada más.

—Tú debes ser Germán, ¿verdad?

Se volvió, esperando encontrarse con el maestro, pero sólo pudo ver al más vulgar de los mortales a su espalda. Su rostro grasiento, su aspecto desaliñado, su ropa raída y sucia, trituraron en aquel instante cualquier mito que pudiera haberse creado en torno a la cúpula de la organización.

—No te sorprendas, le comentó el maestre una vez que se hubieron sentado en su diminuta mesa con sus hamburguesas y sus refrescos. En la Casa lo importante no son las personas ni las apariencias, sino la red que hemos sabido crear a lo largo de siglo y medio. Y es muy eficaz, como sin duda ya sabes. Hoy me toca a mí pedirte un favor. Estoy seguro de que resolverás con brillantez el asunto que te queremos encargar. Por esos somos grandes, por eso somos importantes, por eso somos imbatibles, porque nuestra red siempre responde.

—Cuenta conmigo, para lo que queráis. Os estoy muy agradecido.

El guionista español aceptó el encargo antes siquiera de conocerlo. Así, más o menos, funcionaba la cosa. Cuando llegaba la hora de responder a la Casa, ni la negativa ni siquiera la duda eran opciones permitidas.

—Verás. Para nosotros la Atlántida es muy importante. Desde nuestro nacimiento, hace ya más de un siglo, ha supuesto una referencia oculta. Su mito fue uno de los pilares de nuestros principios fundacionales. Durante décadas hemos hecho todo lo posible para avanzar en las investigaciones que permitieran descubrir su ubicación. Estamos en estos momentos muy cerca de conseguirlo.

—¿Descubrir la Atlántida?

—Tal y como suena. Por supuesto todo esto que te cuento es absolutamente confidencial. Parece que nuestra red de avisadores dispone de valiosa información sobre algunas personas que conocen su tradición oculta. Esas personas se encuentran al sur de España, en Andalucía. Queremos que vayas allí para tratar de averiguar qué saben. Es algo delicado, los iniciados no deben descubrir tus intenciones. Tendrás que improvisar sobre la marcha tu propio método.

Ese fue el favor que le pidió el gran maestre, ni más, ni menos. Y por eso, él había viajado hasta Cádiz. Era cierto lo de que la Casa llevaba más de un siglo interesada en la cuestión. Durante el último tercio del XIX, uno de sus grandes maestres, a la sazón congresista, entabló amistad con el excéntrico político y escritor Ignatius Donnelly, autor de un libro sobre la Atlántida, que lo convenció de la posible existencia histórica de la ciudad perdida. Creyeron que una portentosa civilización existió antes de la nuestra y que fue destruida por un cataclismo natural. Dieron por bueno el mito de la Atlántida y su ciencia perdida y se dispusieron a localizarla. Su descubrimiento les daría poder e influencia, y, sobre todo, más conocimiento. Y esos eran los tres pilares de su organización, que ya era muy poderosa a finales del XIX. Decidieron comenzar a investigar en el más absoluto de los secretos. Sus eruditos, después de consultar todos los libros disponibles y a todos los médiums creíbles, se convencieron de que su ubicación más probable sería algún lugar entre la desembocadura del Guadalquivir y el Estrecho de Gibraltar. Eran los años de la Guerra de Cuba, y no consideraron prudente enviar ninguna expedición arqueológica o científica al seno de la España profunda contra la que se combatía. Decidieron entonces utilizar la propia red de la Casa, y a través de ella contactaron con Arthur Spike, un importador británico de sherrys, brandys, amontillados y olorosos, con casa en Jerez y Londres. Le dotaron económicamente para que recogiera cualquier vestigio histórico, leyenda o relación que pudiese advertir en la Baja Andalucía con relación a la civilización perdida. Durante más de tres años no pudo pasar ningún informe interesante, hasta que un buen día saltó la sorpresa. El propio gran maestre se lo explicó a Germán, mientras sorbía, a través de su pajita acodada, del vaso gigante de su Coca-Cola.

—Tomaba el buen Arthur Spike una copa en una taberna del Puerto de Santa María, cuando oyó que un viejo marinero, con evidentes síntomas de embriaguez, hablaba de las pasadas glorias atlantes. Entabló conversación con el anciano, y cuál no sería su sorpresa cuando, mediando eso sí un par de botellitas de buen sherry, el marinero le contó que acababa de finalizar una misión que hacía mucho tiempo le había encargado un extraño marino que terminó sus días perdiéndose en el mar. Durante años había guardado la prueba de la existencia de la Atlántida en secreto, y esa misma tarde había logrado pasar el testigo a un joven grumete. Spike, como es normal intentó sonsacarle lo más posible, deseoso de satisfacer a los mecenas norteamericanos que tan generosamente le financiaban. Pero el viejo marinero se encerró en sí, taciturno y hosco, como si estuviese arrepentido de las palabras que acabara de pronunciar. Cualquier otra persona no le habría prestado ni la mínima atención, pero para Spike resultaron providenciales. Esa misma noche, al llegar al hotel, escribió una primera carta. Al día siguiente intentó localizar de nuevo al viejo marinero, para sonsacarle más información. Pero no lo pudo encontrar, nadie supo decirle dónde podía localizarlo. Parecía haber desaparecido de la faz de la tierra. En verdad, así fue. Dos días más tarde se descubrió que aquella madrugada se había internado en el mar con una pequeña barquita y que nadie había vuelto a saber de él. Desapareció para siempre sin dejar una nota ni siquiera un adiós. Sólo el joven al que había llamado como su grumete podía saber algo, pero Spike jamás logró descubrir su identidad. El inglés prosperó en sus negocios, creó una bodega en Jerez, y poco a poco fue olvidándose de la historia. No ocurrió así en la Casa, donde tomó fuerza la idea de que existía una saga de testigos atlantes que se relevaban generacionalmente en la custodia del mensaje en forma de un signo. Como te puedes figurar, para nuestros predecesores el localizar alguno de los eslabones de esa cadena se convirtió en algo prioritario.

Germán escuchaba con sumo interés la historia que se recreaba en el ambiente romántico de las tabernas marineras del Cádiz de finales del XIX, bien distinto al festival de plásticos coloreados de la hamburguesería neoyorkina. Su cabeza ya trabajaba en el guión que le gustaría escribir, mientras que mentalmente se preparaba para viajar hasta una Andalucía que no comprendía y que despreciaba.

—Durante cien años perdimos por completo la pista de los mensajeros, y eso que siempre mantuvimos, de una u otra forma, informantes activos. Pero hace un par de años saltó la sorpresa. Un marine de la Base de Rota, miembro de esta Casa, pudo enterarse a través de terceros de la existencia de un viejo marinero que cuando llevaba alguna copa de más contaba extrañas historias atlantes. Informó a su Almirante, y éste a nosotros. Le hicimos un estrecho seguimiento, y concuerda bastante con la historia que nos legó el vinatero Spike. Incluso creemos que tenemos localizado a su futuro relevo. Es un librero. Sobre él debes realizar el seguimiento. Sobre el joven, no sobre el viejo. Que no te ocurra lo de Spike.

Cuando Germán oyó aquellas historias fantásticas, apenas pudo creerlas. ¿Creían de verdad que la Atlántida había existido? ¿Y qué era eso de una cadena de testigos del pasado? ¿Otra organización secreta? Hasta aquel momento había pensado que la Atlántida se trataba de una historia del pasado, adobada por la imaginación y las copas de un comerciante romántico. Pero al final resultó que se trataba de una saga real que interesaba vivamente a la Casa. Por Johnny sabía que su organización jamás bromeaba, y que no podía negarse a lo que le pidieran. Dijo sí y cumplió el encargo. ¿Qué otra cosa podía hacer? Por eso viajó hasta Andalucía, una tierra que de nunca le gustó demasiado. Sus gentes le parecían hipócritas con sus permanentes risas y bromas y sus fiestas puro artificio para sacarle dinero a los turistas. Para el guionista, lo andaluces no eran más que fuleros medio bereberes que vivían a expensas del resto de España, enganchados a la teta de la subvención y el PER. Frívolos y superficiales, sólo parecían motivarse ante la copa de vino y la juerga. Ni siquiera se les entendía cuando hablaban. Y puestos a criticar, hasta algo afeminados y sensibleros. Pero si tenía que aguantarlos, los aguantaría. Tenía que triunfar en la misión que le acababa de encargar la Casa.

—Te hemos contado todo esto porque queremos que vayas hasta Cádiz y averigües todo lo que puedas del joven relevo. Sabemos que trabaja en una librería, y que se encuentra por las noches con el viejo marinero que le narra historias atlantes. Aquí te entrego una carpeta con bastante información sobre el asunto y algo de dinero para que puedas manejarte. Si encuentras algo interesante llama a Johnny, te marcará los siguientes pasos a dar.

Todo eso fue unas semanas atrás. ¡Cuántas cosas habían pasado desde entonces! Y sonrió orgulloso regodeándose en el acierto de su estrategia. Lo que otros no habían conseguido en un siglo, él lo había resuelto en unos días. Tenía entre sus manos el valioso símbolo atlante. Y, encima, la faena le había resultado grata, a pesar de su precaución con los andaluces. Cifuentes le había hecho todo el trabajo sucio, mientras él se cepillaba a la verdulera. En la Casa estarían orgullosos de su eficacia. Sin duda alguna, Johnny ya habría informado, en esos momentos, a los peces gordos de la organización del sorprendente hallazgo. Ahora debía contrastarlo en el Templo del Sol. Y mientras acariciaba el medallón que acababan de entregarle, no dejaba de asombrarse de que todavía pudiesen pasar cosas así. Debía partir por la tarde hacia Sanlúcar. Pasaría la noche entre sus calles, con el fin de estar preparado para cuando la aurora anunciara el nuevo día. ¿Qué es lo que creía Johnny que podía pasar con el medallón al exponerlo a las luces del alba?

34

Soy Sorbas y casi he perdido la cuenta de los días que llevo tumbado en este camastro de paja y piel. Pronto se acabará la comida que me dejaron los hombres del gran río antes de que partieran para su país. No sé si tendré fuerzas para salir a buscar nuevos alimentos una vez que se agoten los que dispongo. Las jornadas pasan rápidas a través del ventanuco sumido en el delirio de las altas fiebres que padezco. En sueños me acuerdo de mi Antas. ¿Estará viva? Otras preguntas me atormenten. ¿Podré encontrar el relevo que preciso para cumplir la misión que Tíscar me encargó?¿Habré concebido un hijo en Enix, la sacerdotisa? Preguntas de las que quizá jamás obtenga respuesta, pero que me angustian porque sus bocas quedan abiertas como las fosas de las necrópolis que esperan a su definitivo morador.

El sol debe estar alto. Noto como calienta el aire. Sus rayos penetran casi verticales por las rendijas de la cubierta de brezo y juncos. Detengo sobresaltado mi respiración. Oigo unos pasos que se acercan por la calle central del poblado. Me alarmo. ¿Quién puede ser? ¿Un bandido? ¿Quizá él? Abre la puerta y entra en mi choza. El contraluz del sol me impide verlo. Le pregunto con la poca voz que me resta. «¿Eres hombre de mar?» «Sí, me responde, ¿cómo lo sabes?» «Te esperaba, le dije, estaba escrito que llegarías». El hombre, atemorizado, hace ademán de retroceder hacia la puerta. Me considera un brujo y me teme. «No te asustes, le tranquilizo. Soy un simple hombre postrado en su lecho de muerte». Pa-

rece que se serena. Y entonces le cuento, temeroso de quedarme sin voz, lo que debía contarle. Que Tíscar, el sacerdote mayor del Templo de Poseidón, me ordenó, justo antes de que la ola todo lo anegara, que llegara hasta aquí. «Despedí a sus moradores a los que pedí que regresaran al país del gran río. Después, ya sin energías, me dispuse a esperarte, tal y como se me indicó. Has llegado y eres hombre de mar, tal y como estaba dispuesto». «Era de mar, me replica, la ola destruyó mi trirreme y mató a mi tripulación. Ahora no soy más que un espectro que vaga en vida». Lo miro con lástima. Otra alma triste que tendrá que arrastrarse para cumplir el deber que le voy a imponer. Y entonces se lo cuento. Le pongo entre sus manos el medallón que Enix sacó de la hornacina del altar, después de que yo la hubiese cabalgado sobre el ara. Y le digo que es la prueba de que la Atlántida existió. Deberá custodiarla en secreto hasta que algo en su interior le diga que tiene que cederla a otro relevo, al que contará la misma historia y al que pedirá sigilo. «Así se iniciará una cadena que no debe interrumpirse jamás, hasta que un signo de los tiempos obligue a mostrarlo al conocimiento general de los hombres. El medallón no debe salir jamás de estas costas, perdería entonces toda su fuerza. La misión que te encargo es de suma trascendencia, único antídoto posible para que algún día, los hombres puedan comprobar que la ciudad de los atlantes existió, y para que de su destrucción puedan sacar enseñanza y ejemplo». «Tu vida y la mía, le predico solemne, habrán tenido un sentido entonces». El pobre hombre, sobrecogido, me hace algunas preguntas, que respondo como puedo. Y cuando me jura por todos los dioses que cumplirá su misión, sé que la mía ha concluido. No quiero que la muerte me sorprenda en tierra. Ser comido por alimañas y gusanos es algo que me repugna. Por eso le pido al marinero un fa-

vor. Que me ayude a llegar hasta el borde de las aguas. Con esfuerzo, apoyándome sobre sus hombros, consigo llegar hasta la orilla del gran lago que aún sigue creciendo. Me incorporo y le pido que se marche, que me deje solo. Él tiene su deber, y yo el mío. Tampoco nos despedimos. Se marcha con el medallón y con el peso de mantener viva la memoria de la Atlántida. Ya estoy solo, ya puedo volver al Templo de Poseidón, donde me encontraré con Tíscar, y desde donde podré soñar para siempre las glorias de mi ciudad atlante. Me adentro en las aguas, a sabiendas de que jamás volveré a salir de ellas. La luz brilla hermosa, y las aves del cielo cantan las glorias del vivir. Cada paso que doy me acerca a mi destino. No lo temo. Con el agua ya al cuello, me dispongo a dar el paso que me hará desaparecer bajo las aguas que albergan todo lo que amé. Pierdo pie, y mientras mi cuerpo sin fuerzas se hunde para siempre en la ciénaga, aún formulo un deseo. Que mi semilla haya agarrado en el vientre de Enix. Y entonces siento que muero sin morir del todo.

35

El anticuario, siguiendo la corazonada que tuvo al dejar en Sevilla a Ramón y Macarena, se encontraba de nuevo en Sanlúcar de Barrameda. Lo que tuviera que suceder, allí ocurriría. Deambulaba por la céntrica Plaza del Cabildo, alegre por la plenitud del bullicio propio de un sábado por la tarde. Madres con sus carritos, novios paseando, tratantes y corredores enzarzados con sus tratos, niños jugando. Veladores de mesas repletas de sanluqueños que disfrutaban de la tarde que moría. En medio de la gran plaza cuadrada, algunos jóvenes salpicaban a los transeúntes con el agua de la fuente. La bulliciosa terraza de La Ibense-Bornay desmentía los rumores de crisis económica que los más pesimistas programaban, repleta hasta la bandera como se encontraba. Paseaba sin rumbo ni destino, desorientado, sin saber qué hacer, ni hacia dónde ir. El guía interior, esa extraña voz que lo había conducido entre sueños y premoniciones, había desaparecido como por ensalmo. Estaba vacío por dentro, sin ese recuerdo sabio y antiguo que había tomado el timón de sus pensamientos desde que viera la estela. Pero aún a ciegas, sabía que su lugar estaba en Sanlúcar. Algo iba a pasar allí y pronto.

Esa brisa ligera que refresca los sofocos y cría las mejores manzanillas en sus viejas botas de roble, acariciaba esa tarde rostros, árboles y cielos. Las palomas se recogían de atardecida, mientras que la gente disfrutaba de la fresca. Pero el anticuario estaba solo, sumido en la vaga convicción de la trascendencia de una misión que ni conocía y que, a lo peor, jamás alcanzaría a conocer.

Decidió subir a la parte alta, que por lógica sería la más antigua, y que dataría de aquellos tiempos en que el mar llegaba hasta la base misma del cerro, cubriendo por completo los bajos actuales de la ciudad. Su subconsciente le hablaba de subidas y bajadas de las aguas, pero no lograba comprender esas intuiciones de catástrofes colosales. ¡Si la voz del sabio le iluminara! ¿Por qué callaba en aquel momento, cuando más precisaba de su orientación y guía? Recorrió la calle de los Bretones y se paró ante el callejón del Truco, donde estuvieron las casas de recibir, que de tal guisa le decían a lo que hoy llamamos casas de putas. Hasta aquí venían los marineros ávidos de saciar ímpetus incubados en los largos meses de travesía. La calle del Truco moría en las antiguas alcaicerías, donde se apuntaban para América todos aquellos que tenían trampas que tapar o vergüenzas y delitos que encubrir. Pedían ser incluidos en la lista del embarque y nadie preguntaba nada. El Imperio debía asentarse sobre sangre ibérica, y no debía dificultarse la transfusión que se hacía hacia las venas americanas. Los tataranietos de los atlantes cruzaron finalmente el océano, fecundando a las razas americanas. Ya no sabía si esos pensamientos eran suyos, o la voz que hospedaba se lo dictaba de su interior. Todo olía a antiguo y a gente de mar en ese singular barrio a lomos entre la parte alta y la expansión urbana de los últimos siglos. Pero allí ya no vivían los marineros. Sobre 1800 abandonaron el barrio de la Pileta para trasladarse a Bajo de Guía, donde el Guadalquivir había estabilizado su orilla. Se llama así por encontrarse en los bajos del pueblo, cercano a la capillita que se le levantara a la Virgen de Guía en 1595. El anticuario, mientras leía esas historias confirmaba que, todavía, en aquella tierra de marinos y diosas, las gentes del mar y las vírgenes porfiaban porque su rincón primigenio nunca perdiese su aliento mítico.

Ascendió por la calle hasta encontrarse con las Covachas, en la base misma del gran farallón del cerro primitivo. Estaban ricamente ornamentadas por dragones y monstruos marinos, milagrosos sobrevivientes a la erosión de los años y el olvido. Incluso hasta hace muy poco estuvieron semienterradas. La empinada cuesta de Belén le llevó hasta la parte alta, donde se encontraban los palacios. Jadeaba por el esfuerzo del ascenso. Se detuvo, y al girarse disfrutó de la vista del paraíso. El pueblo blanco a sus pies, la línea del río al fondo, coronada por el verde de Doñana. Y algo comenzó a moverse en su interior. Aquel paisaje lo había visto muchas veces antes. Quizá cambiado, aunque seguía reconociéndolo. Nadie podría jamás olvidar la vista de la entrada al valle atlante. Y de nuevo comenzó a percibir. El arcano sacerdote tomaba las riendas de su discernimiento. El actual cerro de Sanlúcar estuvo coronado por el gran Templo del Sol. Durante muchos siglos se le conoció como la isla del atardecer. Pero la gran ciudad de la Atlántida no se asentó sobre ese cerro vigía. Estuvo en el corazón del valle, y en su seno albergó el gran Templo de Poseidón, del que alcanzó el rango de Sumo Sacerdote. Inmerso en sus recuerdos apenas reconocía el caserío que atravesaba. Antes todo era más simple, menos alto. Quizá más piedra, y desde luego adobe encalado. También gustaron de la blanca cal en su época.

El anticuario empezó a no distinguir entre el pasado y el presente. Se le mezclaban las historias y las vidas que albergaba en su interior. Tembló ante la intuición de la gran ola, y sintió dolor por el mundo antiguo perdido y por el tierno recuerdo de una hija que jamás volvió a ver. Recuperó el control de su mente. ¿De qué hija, si jamás fue padre? Se detuvo para secarse el sudor. ¿Es que tuvo en su vida anterior una hija? Si los Sacerdotes atlantes tenían juramento de celibato, ¿cómo era posible que en su interior añorara a la hija perdida? Llegó hasta el barrio alto, el de los palacios. El más importante y antiguo de todos, el de los duques de Medina Sidonia. Bajo él reposaban enterradas parte de las páginas más brillantes de la Humanidad. Separados por la plaza de los condes de Niebla se encuentra el palacio de los Orleáns-Borbón, construido al gusto orientalizante de la época como residencia veraniega de la hermana de Isabel II y de su intrigante marido francés. Trató de recordar. El Templo del Sol se encontraba en estos altos. Aquí se vestían de crepúsculo sacerdotes y cielos para despedir cada día al astro rey. También le daban la bienvenida, al alba. Por eso, pisaba suelo sagrado. Después del gran Templo de Poseidón, donde moraban los grandes sacerdotes, el más santo de los lugares machos se encontraba aquí. Con las Nuevas Leyes tuvieron que luchar contra la primacía que el pueblo, de forma espontánea, concedía a los santuarios de las diosas. El sol era viril, poder, vigor. Lo femenino dulzura, fertilidad, sensibilidad. Las gentes de la Atlántida siempre se inclinaron por las diosas, por eso los sacerdotes y juristas tuvieron que concederle mayor rango a los ritos masculinos. Pero fue inútil. El corazón de las gentes sencillas siguió amando a la Madre. Por eso, siempre sus romerías fueron dedicadas a diosas, y los santuarios más concurridos reverenciaban lo femenino. Era el sino de la tierra, más magnánima matrona que fiero guerrero. Las Nuevas Leyes trataron de cambiar esa preferencia, dando poder a los dioses, y quitándoselo a las diosas. Las impusieron a sangre y fuego, pero el pueblo siguió venerando en secreto a sus diosas de siempre. *El sur huele a hembra, siempre fracasarán quienes intenten encajarlo en corazas de guerrero macho*, se tuvo que reconocer.

Llegó hasta el castillo de Santiago, que algunos llaman de San Diego. Lo mandó construir don Enrique, segundo duque de Medina Sidonia en 1478, sobre los restos de antiguas fortificaciones. Algunas se remontan hasta los tiempos que nunca vivió, pero que sabe que lleva dentro. Dicen que desde sus ventanas vio por vez primera el mar Isabel la Católica, que jamás llegó a comprender a estas tierras a las que tanto daño hiciera. Tras ella la ocultación, la mentira, el éxodo forzado de cientos de miles de nietos de los atlantes. Muchos de ellos hacia África, bastantes más hacia América por el río que moría a sus pies.

El sacerdote volvió a tomar fuerzas en aquellos lugares. Tal y como ocurriera sobre las ruinas del Templo de la Luna, regresaba para hacerse con el control de la conciencia del anticuario. Debía aprovechar esos breves periodos de lucidez, a los que tanto le costaba acceder, emergiendo desde los infiernos más profundos. El medallón litúrgico no se encontraba en el altar del Santuario. Una excelente señal. Durante muchísimo tiempo temió que Sorbas no hubiese podido llegar hasta el Santuario. Pero gracias a los dioses, parece que pudo cumplir con la primera parte de su misión. Lo había comprobado cuando excavaron el altar. Orce, la sacerdotisa, se lo entregaría a Sorbas y éste habría podido iniciar el relevo. Así lo había organizado con la abadesa. Si el medallón no se encontraba en la hornacina, sólo Sorbas pudo haberlo retirado. A nadie más se lo hubiera entregado Orce, debidamente oculto en el altar. Algo en su interior le decía que el medallón había conseguido cruzar felizmente los océanos del tiempo sobre el débil navío de los relevos sucesivos hasta llegar a las aciagas fechas en las que había renacido en el interior del viejo anticuario. Después de mucho, mucho tiempo, su alma había emergido de los avernos. Algún conjuro le había traído de nuevo a este mundo que ya no comprendía, como tampoco a sus gentes ni sus ingenios. Pero le daba todo igual; el encuentro iba a producirse. Sí, por eso estaba allí, por eso había regresado de lo profundo. Y el encuentro debía producirse pronto. El engranaje se había puesto en marcha, y ya nada podría detenerlo. El anticuario y el gran sacerdote que albergaba en su interior vibraron al unísono. Su emoción fue compartida y plena. Miles de años después, el bucle se iba a cerrar. ¿Cómo se produciría el encuentro, qué consecuencias tendría?

Los dos en uno siguieron paseando. Muy cerca del castillo se toparon con el Picacho, antiguo colegio de los niños de los marineros y punto más elevado de Sanlúcar. No, allí no sería. Debían volver hacia atrás, hacia la zona de los palacios. ¿Dónde se encontrarían, cómo se conocerían?

* * *

Andrés la había engañado. Tras el doloroso descubrimiento de la estafa de las ruinas bajo el suelo de Nueva Tartessos, Rocío Romero no tenía tiempo que perder. Con el dinero entregado y la escritura firmada, no existía posibilidad de dar marcha atrás. Tanto el daño económico como el moral estaban ya infligidos, sin posibilidad de curación. Había sido una estúpida, una verdadera estúpida. Si no le dejaban construir sobre los terrenos que había adquirido a precio de oro, perdería una auténtica fortuna. El Consorcio Europeo de Seguros nunca se lo perdonaría. ¿Cómo podía haberse dejado engañar de una forma tan estúpida? ¿Cómo no sospechó del fulminante cambio de actitud de los de MHI? Sintió odio hacia Andrés. Además de robarle su dinero, se había reído de ella. De nuevo experimentó con furia su despecho hacia el varón. Pero no podía dejarse llevar por la ira, debía pensar con frialdad. Con toda la educación que las circunstancias le permitieron, despidió a Juan Sepúlveda y se dispuso a organizar su defensa. Todavía le quedaba el domingo de por medio para intentar, a la desesperada, paliar el desastre en ciernes.

—Rocío, querida. Ya que no podrás construir —fueron las palabras del catedrático al despedirse—, intenta aprovechar lo descubierto. Si no puedes con tu enemigo, alíate con él. Dona el terreno a la administración a cambio de que te dejen construir en otros solares, invierte en un parque temático de arqueología, qué sé yo. No te desanimes, lucha por lo tuyo, respetando el pasado. Al fin y al cabo eres ahora dueña de un tesoro descomunal. Algún valor tendrá, si sabes jugar tus cartas.

¿Cómo jugar unas cartas que tu rival ha cambiado? Rocío no sabía cómo hacerlo. En muchas ocasiones había logrado transformar en impulso los tropezones que había sufrido. Pero aquel muro contra el que chocaba en esa ocasión le parecía un obstáculo descomunal, imposible de franquear. Y la idea de venganza alejaba la clarividencia que precisaba en aquellos momentos. Andrés Altozano era el culpable de sus males y el que debía soportar las consecuencias de su fraude. Pasara lo que pasara, tenía que aclarar las cosas. Decidió volver a llamarlo, a pesar de todos sus propósitos iniciales. Marcó con furia su número de móvil.

—Andrés —apenas le dejó responder al tono de su llamada telefónica—. Me has estafado. Me has vendido como solar lo que no son más que unas ruinas arqueológicas protegidas. Tendrás que responder ante la justicia por tu fraude.

Andrés, que sabía que tarde o temprano recibiría esa llamada furiosa, se lo tomó con tranquilidad. Le sorprendió lo pronto que Rocío había descubierto lo de las ruinas, pero estaba preparado para responder. Se tenía ensayado un frío, desapasionado discurso, fundado en simples razonamientos jurídicos.

—En ningún punto de nuestro contrato especificamos que el solar estuviese libre de ruinas. Tampoco tú me lo preguntaste. Si lo hubieses hecho, yo mismo te lo habría contado.

Apenas discutieron. Sus argumentos fueron asépticos, de esos que cortan como afiladas falcatas.

—Pondré en marcha a mis abogados. Y te aviso, Andrés. También por lo penal. No descansaré hasta que me devuelvas el dinero que me has sacado.

En cualquier otra circunstancia, el director general hubiese respondido con furia, adentrándose en una espiral de amenazas pavorosas. Pero en esa ocasión no lo hizo. No deseaba la confrontación directa con Rocío, ni tampoco cerrarse del todo las puertas a una posible reconciliación.

—Rocío, creo que no debes tomar esto a la tremenda. Las personas civilizadas hablan antes de enzarzarse en broncas que no servirán para nada salvo para enriquecer a los abogados.

Rocío decidió aprovechar el puente que le tendía Andrés. No podía desaprovechar ni la mínima opción de anular aquel malhadado contrato.

—¡Quiero verte inmediatamente! Tenemos que volver atrás el trato.

Y contra toda la lógica que le dictaba su alma de buen estratega, Andrés aceptó volver encontrarse con ella. El deseo de intentar enmendar su dudosa venta fue más fuerte que el fino instinto de mercader que le aconsejaba perder para siempre de vista a aquella mujer que tanto le perturbaba.

—Esta noche en Bajo de Guía.

—Allí estaré.

Germán comenzó a asustarse nada más pisar el suelo de Sanlúcar. En su ánimo pesaba el temor ante lo desconocido. Debía realizar en solitario un extraño rito. Su amigo Johnny Sánchez se lo había dejado claro.

—Para probar si el medallón se trata de un verdadero signo, deberás ir hasta el Templo del Sol y mostrarlo al sol naciente del amanecer. Si encierra el mensaje de la Atlántida, él mismo te hablará, tú sólo debes oír.

Aquellas palabras de su amigo cubano le sonaron a pura milonga. ¿Cómo podía un medallón hablar? ¿Por qué tenía que hacer el paripé al amanecer en una especie de rito de brujería? Estuvo tentado de mandarlo al carajo pero no le replicó. Se limitó a seguir fielmente las instrucciones recibidas, tal como esperaba la Casa de él. Se consoló pensando que la excursión a Sanlúcar podría servirle para localizar exteriores para la película de sus sueños. Pero eso fue mientras hablaba por teléfono. En aquellos momentos ya no estaba para fijarse en esas sutilezas.

Atravesó la Plaza del Cabildo, casi desierta a esas horas de la noche. Sólo alguna pareja de novios abrazados, deseosos de que la tarde jamás finalizara, y unos municipales que sacaban pecho bajo el poder de sus chapas, profanaban su soledad. El medallón le pesaba cada vez más en su bolsillo. Debo estar obsesionándome —pensó— pero me parece que está cogiendo calor. Se arrepintió por haberse metido en ese inexplicable asunto. A él le gustaba el cine y las mujeres, y no las películas de espías ni de terror. Pero no podía echarse para atrás en aquellos momentos. Eso significaría decirle que no a la Casa, y él no podía desobedecer a quien tanto le había ayudado y a quien en tan mal enemigo se podía convertir. Además estaba lo de la película que le lanzaría al estrellato internacional. Se lo habían prometido. Se reconfortó pensando que pronto pasaría todo, que el esfuerzo merecería la pena. Pero la oscuridad le amilanaba. De día todo le parecía más fácil, entonado el ánimo por los rayos de sol. Pero de noche, su valor solar se desvanecía. Entraba en el reino de la oscuridad, en la república de los espíritus y misterios, en la que los ánimos desfallecían y las ínfulas de valor se esfumaban. Y encima solo. ¿No habría podido la Casa mandarle a alguien?

—¿Germán?

El guionista se sobresaltó. ¿Quién podía llamarle? Nadie le esperaba en Sanlúcar, sólo Johnny sabía de su viaje. Se giró y se encontró con la mirada de un hombre de edad media y un rostro común, confundido tras un poblado mostacho. El hombre cerró el periódico que tenía entre las manos, se levantó y se acercó hasta él.

—Te estaba esperando. Me avisaron de tu llegada.

Germán se relajó. Parecía que sus súplicas habían sido oídas. Desde luego, la Casa estaba en los pequeños detalles. Mejor acompañado que solo para la aventura que habría de correr. Ya se estaba acostumbrado a las extrañas costumbres de la organización a la que pertenecía. ¿Por qué no le habían comentado que alguien le acompañaría?

—Encantado de conocerte —el gigante de la coleta le estiró la mano para saludarle.

—Igualmente. ¿Lo traes contigo?

Germán sintió el cosquilleo que el medallón le producía sobre el muslo.

—Sí.

—Pues estupendo. Lo mejor es que hagamos tiempo paseando y entrando en algunas tabernas. Queda mucho tiempo hasta el amanecer y no debemos levantar sospechas.

—¿Cómo te llamas?

—¿No me he presentado? Perdona, qué despistado soy. Me llamo Pepe.

Caminaron en silencio por un buen rato. Germán, sin comprender todavía demasiado bien el porqué de la presencia del tal Pepe, quiso seguir indagando.

—¿Quién te manda?

—Pues Johnny Sánchez, el mismo que a ti.

Se tranquilizó. La Casa seguía controlando la situación a través de uno de sus hombres, el director de cine cubano. Se le pasó por la cabeza llamar a Johnny para decirle que ya se había encontrado con Pepe, pero desistió de la idea para no aparentar ni desconfianza ni nerviosismo. Le habían pedido que hiciera una especie de rito con el medallón y él lo haría, sin más preguntas ni dudas.

—Entremos aquí.

La taberna del *Colorao* se encontraba en el barrio bajo de los pescadores. Se sentaron en una de las mesas y pidieron a Miguel una bandeja de *pescaíto* frito y media botellita de manzanilla. Sobre la paredes, los consabidos carteles de vírgenes, toros y toreros. Como desde siempre. La televisión puesta y los gritos de los clientes permitían una conversación discreta.

Pepe formulaba preguntas directas, dando por sobreentendida la historia.

—¿El viejo pescador se lo dio al librero bobalicón?

—Creo que sí, le respondió Germán al tuntún, asombrado por la información de que disponía el recién llegado.

—¿Y venía de antiguo, o se la había encontrado él?

—No lo sé. ¿Por qué me preguntas eso?

—Ya sabes. Si viene de atrás se trata del verdadero relevo. Si la encontró el pescador, no tendría mayor valor. No sería el signo que buscamos.

—Me dijeron que consiguiera cualquier indicio del pasado atlante, cualquiera que fuera su naturaleza. Creo que he encontrado algo muy importante. Debe ser el relevo que la Casa busca, el auténtico, el que viene de mano en mano desde la antigüedad. ¿Piensas que cosas como el medallón se pueden encontrar por simple casualidad?

—Algunos viejos marineros pasean durante días y días por la playas, atentos a los objetos que el mar arroja. Y tú no sabes los tesoros que son capaces de reunir. La playa del *Malandá*, que está en Doñana y que se llama así porque te hundes al caminar, ha deparado grandes sorpresas. Hubo un famoso marinero en Sanlúcar, Garrido le decían, que juntó un verdadero tesoro con ellas. Incluso hizo un museo.

—Pues este medallón se lo tuvo que dar el viejo marinero. Tuvimos la suerte de poder quitárselo al librero. Lo he pensado mucho. Si lo llevaba encima Alejandro tuvo que ser porque ese mismo día se había producido el relevo. Tuvimos suerte.

—Sí, realmente tuvimos suerte. No sabes tú cuánta.

36

Alejandro vagó toda la tarde como alma en pena, tratando de localizar al Corcho. Con Petrova de viaje a Cuba, y desechada cualquier posibilidad de recuperar el medallón, su única meta era localizar al marinero desaparecido. Tenía que ponerle sobre aviso de la tragedia que le había sucedido. Quizá a él se le pudiera ocurrir algo. La tarde murió lenta entre sus lamentos y su angustia. Casi entre dos luces se dirigió hacia la Caleta, para comprobar si el Corcho había regresado de su paseo con la barquita de su amigo el Garfio.

Bajó a la playa y repasó una a una las embarcaciones que allí se encontraban varadas. No pudo encontrar la que buscaba.

—¡Alejandro!

Se sobresaltó. No era la voz del Corcho. Se giró y lo vio entre penumbras, acercándose con su característica cojera. Era el Garfio, el propietario de la barca ausente.

—¡Garfio! ¿Y el Corcho, dónde está? Cogió tu barca, ¿verdad?

—Tranquilo, siéntate. Tenemos que hablar.

Se sentaron en la escalera, frente a la madre océano, que esa noche se les antojaba más negra y profunda. Guardaron un prolongado silencio. El Garfio no quería hablar ni Alejandro oír. Ya sabía lo que nunca hubiera querido saber, que había perdido para siempre a su amigo. Por eso lloraba y por eso maldecía a atlantes y océanos.

—Hace dos días —rompió por fin el silencio el Garfio—, el Corcho vino a verme. Quería comprar mi barca. Le dije que no, que no hacía falta, que podía cogerla cuando quisiera. Pero él insistió. «Tengo algún dinero ahorrado, me repetía, y me haría ilusión el sentir algo como propio, como algo mío. Por eso quiero comprarte tu barquita marinera». Al principio yo me negué, pero viendo el interés que ponía, y dada la fatiguita por la yo pasaba, le pedí finalmente una cantidad. Necesitaba algo de dinero, con la paga no me llegaba. Con una sonrisa en la boca, sacó un fajo de billetes del bolsillo y me lo entregó. «Toma —me dijo— es todo lo que tengo. Cuéntalo». Lo hice, y la cantidad que me entregaba era más del triple de la que le había pedido. Cuando quise devolverle el sobrante, se levantó sin aceptarlo, diciéndome que para él la barca valía mucho más que eso. Sabía que era un trozo de mi corazón, y como tal él lo pagaba, aun a sabiendas de que no tenía precio. «Gracias, que una barquita es como un *queré*, me recitó, con el que uno quiere *envejecé*. Adiós, Garfio. Has sido un buen amigo. Algún día volveremos a vernos». Me sonó a despedida final, pero no quise hacer caso de esa negra corazonada que se revelaría cierta. No he vuelto a saber de él desde entonces. Esta mañana pasé por aquí, y mi barquita no estaba. No lo pude evitar, aquello me dio mala espina. Por eso estoy ahora contigo, esperando un regreso que temo que nunca se producirá. Llevo todo el día pensando en las cosas que me contó en las últimas ocasiones en que nos vimos. No me consta que tuviera problemas de salud, ni de desamores, ni de dinero. ¿Por qué entonces perderse en el mar? Me duelen los ojos de peinar el horizonte que entreveo entre los castillos, pero no he logrado descubrir el baile de mi barquita. La hubiera conocido desde lejos. Lo siento, Alejandro. Algo me dice que no volverá.

—¡No, no digas eso, tiene que volver! —gritó Alejandro más como consuelo que por convicción.

—No volverá. Le ocurrirá igual que a Garrido, su otro amigo.

Aquel nombre le sonó a Alejandro. Garrido, ¿quién sería?

—Me lo contó muchas veces. Garrido vivía en Sanlúcar. Y una mañana, antes de que el sol saliera, cruzó con su barca la Barra y se perdió en la mar. Y dicen que en Bajo de Guía, antes de partir, le oyeron cantar. Iba contento, como si fuese al encuentro de algún amor. Nunca más se volvió a saber de él. El Corcho me lo contaba con profunda admiración.

La clarividencia se abrió paso entre el pesar de Alejandro. ¡Garrido, el marinero de Sanlúcar que custodió el medallón antes de cedérselo al Corcho! ¡También se echó en brazos de los atlantes, una vez cumplida su misión!

—Por eso, cuando me compró la barca intuí que sería para imitarle. El Corcho era un maldito romántico, y esos siempre mueren con las botas puestas. Pero no quise decirle nada. Le vendí la barquita sin ninguna otra precaución. No tenía derecho a inmiscuirme en sus planes. Además, ninguna otra barca le hubiera acompañado mejor en su último viaje. Se conocían y se querían. Se ha ido a la mar, como Garrido. Siempre me decía que el de Sanlúcar había sido un héroe, un hombre que supo afrontar su destino. Nuestro amigo ha hecho lo mismo, se fue para allá, para siempre, como los grandes.

Y los dos rompieron a llorar, en silencio, sin alharacas ni algarabías, como los hombres lloran cuando la pena araña sus entrañas. Lágrimas sordas que serían el único responso por el amigo perdido. El Corcho no hubiera imaginado un réquiem más hermoso. Sus dos amigos, juntos, llorándole con cariño, añoranza y dolor, en las puertas del templo Océano, del que ya era sacerdote. Quizá por eso, un lucero brilló en el firmamento, rubricando con estela de luz el pergamino celeste que los cubría.

Aún permanecieron un largo rato de estrellas y mar. En silencio, y con el recuerdo del Corcho entre ellos, no se atrevían a pronunciar palabra alguna que pudiera quebrar el responso más sincero.

—Vamos, es tarde. Podemos volver muchas tardes. Quizá un día la mar nos devuelva la barquita.

Se incorporaron, subiendo las escaleras hasta el paseo.

—¿Denunciaremos su desaparición? —preguntó Alejandro.

—¿Qué crees que le gustaría al Corcho que hiciéramos?

—Que guardáramos su secreto. Que sólo nosotros supiéramos lo que ha hecho. Que su recuerdo se perdiera de la tierra, y permaneciera vivo para nosotros en la mar.

—Exacto. Eso es lo que nos hubiera dicho. Y eso es lo que nosotros haremos. Nadie, nunca jamás, sabrá adónde fue a parar aquel viejo que una mañana temprano salió de su asilo con una sonrisa puesta y tatareando una vieja canción marinera. Sólo nosotros sabremos que iba feliz en busca de su destino.

El Garfio se marchó, para iniciar su ronda de tabernas. Y Alejandro se quedó solo, más solo que jamás en toda su vida de solitario se hubiera sentido. Con el Corcho se marchaba su único confidente, el único asidero amable al que pudo agarrarse cuando los envites de la vida lo zarandearon. Solo, estaba solo. Miró de nuevo en dirección a la mar. Una estrella brillaba trémula allá, a lo hondo. El Corcho se había marchado, pero él se quedaba para cumplir la misión que le dejó encomendada. Sintió sobre él toda la responsabilidad de la memoria atlante. El medallón ya no estaba, pero él tenía una pista para ahondar en el recuerdo de la ciudad perdida. Comprendió que no le quedaba más remedio que aceptar lo que Marta le había pedido. Tenía que hacerlo, aunque eso significara pisotear su honrilla. Una humillación más para el librero tantas veces humillado. Sacó su móvil y marcó.

—¿Marta? Soy Alejandro. Que sí, que quiero que me hipnoticéis. ¿El lunes? No, ahora. Es muy urgente, lo necesito.

Diez minutos más tarde recibía la llamada de respuesta de Marta.

—Alejandro, estamos de suerte. He podido encontrar a Antonio Rebollo. Nos espera en su casa en media hora.

Alejandro memorizó su dirección, mientras se consolaba al comprobar que no estaban juntos, al menos esa noche. Una buena noticia para el día en que su mundo zozobró sin remisión.

—Siéntate aquí y relájate —la voz del psicólogo era grave y reposada.

Alejandro se dispuso a hacer lo que Antonio Rebollo le acababa de ordenar. Cinco minutos antes había llegado al estudio. Le abrió la puerta un hombre grueso de unos sesenta años, completamente calvo. Sus gafas de culo de vaso empequeñecían sus ojos de miope.

—¿El doctor Rebollo? —preguntó aliviado al comprobar que sus celos habían resultado injustificados. Aquel engendro no podría gustarle ni a la novia de Frankenstein.

—Sí. Tú debes ser Alejandro. Bienvenido. No sabes lo que agradezco tu predisposición. ¿Te importa esperar? Marta todavía no ha llegado.

La joven no tardó en aparecer. Entonces, Alejandro les dijo que tenía un gran interés en que bucearan en sus adentros, para descubrir cualquier relación con la Atlántida que hubiera podido tener. Nada les contó ni del medallón ni de la desaparición del Corcho. Si tan bueno era su método, que ellos lo descubrieran.

—Eso es, relájate.

Alejandro, cómodamente sentado en el sillón, se dejaba llevar por las palabras del doctor. El tono de su voz era agradable e imperativo. La voz, grave, le inspiraba confianza y le tranquilizaba.

—Despacio, despacio, eso es, relájate.

Dejó que su mente flotara en blanco, mientras que iba perdiendo el propio dominio de su mente.

—Eso es, muy bien. Ahora estás dormido, y debes dejar libertad a tus sueños. No reprimas a ninguno de ellos, por extraño que pueda parecerte. Retrocede a tu infancia. ¿Qué ves?

Y Alejandro, con los ojos cerrados, respondió con voz arrastrada e infantil.

—Voy con mis padres a la calle, un día de carnaval. Todos cantan y beben, menos nosotros. Mi padre llegó anoche borracho. Discutieron. Esta mañana mi madre tenía un ojo morado. Me lo hice con la puerta, me dice, pero creo que miente. Papá le pegó, como casi siempre que regresa bebido. Esta mañana no se hablaban y por eso hemos salido de carnaval, no podían soportarse en el piso. Los niños del barrio ya empiezan a reírse de mí. Me escondo entre las faldas de mi madre. Ella me abraza, mientras que mi padre me dice cobarde y marica…

El psicólogo comprendió que ese recuerdo hería vivamente a su paciente. Decidió cambiar de aires, para no profundizar en su tormento. Quizá debería comentárselo cuando despertara. Esos traumas infantiles solían dejar secuelas en forma de complejos o manías. Pero no había ido hasta él para consultarle sus problemas psicológicos. Estaba allí para descubrir qué relación podía tener con la historia de la Atlántida.

—Olvida ahora tu infancia. Deja que tu mente sea aún más libre. Que remonte su vuelo hacia mucho más allá de lo que tú hayas vivido nunca. Que retroceda en el tiempo, hasta su primera memoria.

Alejandro estaba realizando un gran esfuerzo mental por hacer aflorar los recuerdos imposibles de una época que no conoció. Apretaba sus ojos, forzando una mueca ridícula. Agitaba cuerpo y cabeza, como un muelle sometido a una gran presión. El psicólogo y Marta se miraban entre sí, sabedores de la lucha interna que se libraba en la mente del librero. La cruel batalla de unos recuerdos que querían aflorar desde el éter y que se enfrentaban dolorosamente con el celoso guardián que gobernaba la consciencia del librero.

—Relájate, no te fuerces. Los recuerdos irán fluyendo, suavemente. Tómate el tiempo que quieras, no tenemos prisa alguna. Lo que vas a ver ocurrió hace tiempo, mucho tiempo...

En varias ocasiones, Alejandro rememoró extrañas escenas que debían corresponder a experiencias que alguien habría tenido en el pasado. Pero no eran las que buscaban, debían seguir indagando en el vacío. El psicólogo lo obligaba a salir de aquellos recuerdos para forzarle a profundizar en el pasado más remoto. El librero sudaba, sufría. Pero cada vez estaba más cerca de la escena que buscaban. Esa certeza animaba al doctor Rebollo a redoblar su esfuerzo, sabedor de que quizá no tuviesen otra oportunidad. Su paciencia fue, finalmente, recompensada.

—Veo agua, mucha agua. Vivo con mi madre en una pequeña choza hecha entre ruinas. Mi madre es muy guapa y tiene una larga melena negra. Me quiere mucho, y me dice palabras de cariño. Juego con las gallinas que nos dan huevos, y le ayudo a ordeñar las cabras de las que obtenemos la leche...

De nuevo el silencio, de nuevo el enfrentamiento que libraban esos recuerdos imposibles contra la lógica de su propia experiencia. Y el ruido de la confrontación que le tensaba y excitaba.

—¿Crees que debemos parar? —susurró Marta al psicólogo—. Parece que sufre mucho.

—Lo intentaremos de nuevo. Si no se tranquiliza, lo despertaremos. Tengo la impresión de que su mente está captando un mensaje bueno, de los antiguos de verdad. Es normal que algunos de resortes de su mente intenten bloquearlo.

Se dirigió entonces de nuevo a Alejandro.

—Sigue relajado, tranquilo. Me contabas que vivías en una choza en unas ruinas. ¿Dónde? Descríbeme el lugar.

—Son unas ruinas grandes. Mi madre me dice que era un edificio muy hermoso. Pero cayó al suelo, como otros muchos, cuando el terremoto, cuando la ola.

Marta subrayó con fuerza la palabra ola. De puro nervio, a punto estuvo de rasgar la hoja del cuaderno en el que tomaba notas. El silencio era tan absoluto en ese momento que podían oír cómo giraba la cinta dentro de la grabadora. Alejandro se estaba remontando a la catástrofe que todo lo destruyó. Probablemente estaría ubicado en el tiempo atlante. Parecía más tranquilo, más sereno. Comenzaba a aflorar a través de sus palabras la trágica historia que llevaba miles de años sumergida.

—Mi madre me cuenta historias. Quiere que lo sepa todo. Que el gran lago que tenemos a nuestros pies fue, antes de que yo naciera, un fértil valle, donde se asentó la gran ciudad, que construyeron en el centro de una isla del río, rodeadas de canales de desagüe, en los que los barcos encontraban refugio. Con lágrimas en los ojos me dice que los dioses decidieron castigar a los hombres, que el mar subió, y que las aguas sumergieron todo el valle...

—Alejandro, estás viendo unas ruinas. ¿De qué son?

—Mi madre siempre me cuenta que somos muy afortunados porque vivimos en un lugar sagrado. Que aquí se adoró a la diosa Luna, y que muchas mujeres venían hasta el santuario para rogar sus favores. Que es un lugar escogido por las diosas para conceder sus prodigios. Todavía mi madre mantiene limpio el altar. Se encuentra en el patio central, que hemos vaciado de escombros. Mi madre fue una de las sacerdotisas que custodiaron el Santuario antes de la gran catástrofe. Aún llegan mujeres de las aldeas a solicitar su protección. Pero ya nada es como antes. Mi madre me dice que jamás volverá a recuperar el esplendor pasado.

Marta pasó una nota a Antonio. «Pregúntale dónde se encontraba el santuario. Intenta ubicarlo con respecto al gran río que había antes de las inundaciones.»

El psicólogo formuló con voz tranquila la pregunta. Alejandro apenas tardó en responderle.

—Muy cerca de donde el río desembocaba en el mar. Desde aquí podemos ver el cerro donde se ubica el templo del sol poniente. Mi madre dice que existe otro templo del sol al otro lado del lago, pero ese no podemos verlo.

—¿Quieres decirnos algo más?

—Mi madre siempre me habla de una alta responsabilidad. Que debo tener hijos para poder contarles nuestra historia, para que nunca se pierda nuestra memoria. Que nunca se vayan de estas tierras, me repite. Que algún día, pasado mucho tiempo, uno de los nuestros se encontrará con lo que mi padre se llevó del altar. Entonces será el aviso de los tiempos.

—¿Tu padre? ¿Quién es tu padre?

—Según mi madre, el primer mensajero. Detrás de él vendrán otros, hasta que entreguen el mensaje a la persona adecuada. Entonces todo se precipitará.

—¿Cómo se llamaba el mensajero?

—Mi madre le dice Sorbas.

—¿Y tu madre?

—Enix, hija de Orce, la abadesa, aunque yo siempre le digo mamá.

Alejandro sacudió la cabeza. Estaba agotado. Antonio comprendió que había llegado el momento de dejarle descansar. Lo dejó durmiendo, en una especie de descompresión mental. En cinco minutos lo despertaría. Podría recordar todo lo que había visto en su sueño hipnótico.

—¿Qué te parece, Marta?

—No tengo duda alguna. Es el mensaje que esperábamos.

—El Santuario del que nos habla estaría cerca de la desembocadura del gran río y del cerro del Templo del Sol...

—¿Qué estás pensando?

—Que debe estar cerca del actual Sanlúcar de Barrameda. Allí se adoró al Sol desde la más remota antigüedad. El otro templo solar al que se refiere se ubicaría en la otra Sanlúcar, la Mayor, situada en el punto más alto del Aljarafe sevillano, donde las aguas no pudieron llegar. Como ves, que ambos pueblos se llamen Sanlúcar no es ninguna casualidad. La toponimia nos remite al culto al sol de la antigüedad.

Marta asintió.

—Es cierto. Estuve en Sanlúcar la Mayor no hace mucho. Su escudo actual sigue haciendo alusión al Sol y a las dos columnas. Dicen que el antiguo templo del sol se encontraba bajo la actual iglesia de San Eustaquio, patrón del pueblo. La visité, y te puedo afirmar que percibí una gran energía.

Antonio anotaba todo lo sucedido en su cuaderno. Intentaba no olvidar ningún detalle que después pudiera servirle para estudiar con detenimiento el caso. Marta respetó el silencio hasta que vio que el psicólogo levantaba la cabeza de sus notas.

—¿Y la misión de la que habló? ¿Qué te ha parecido?

—¿Quieres que te de mi opinión sincera? Puede que sea un disparate, pero estoy convencido que en Alejandro confluye la misión. Debemos comprobar si ha llegado hasta él el signo que Sorbas se llevó del Santuario.

Alejandro se agitó. Antonio lo hizo volver en sí. Se despertó como si acabase de interrumpir una larga siesta.

—¡Es asombroso! —les gritó exaltado nada más recuperar la conciencia—. Era como si estuviera allí mientras hablaba.

—Es que, de alguna forma, allí estabas. Tú has recibido una visión de lo que sintió una persona que vivió hace muchos miles de años.

—Alejandro —le preguntó Marta con dulzura—. ¿Crees que podrías reconocer la ubicación del templo? Sabemos que estaba cerca de la actual Sanlúcar de Barrameda.

—Creo que sí. Además, lo vi al amanecer. Con las referencias de Sanlúcar y la salida del sol no creo que tenga problemas en ubicarlo.

Antonio y Marta se miraron. Alejandro entonces formuló la pregunta que esperaban.

—¿Estáis pensando lo mismo que yo? ¿Nos vamos para Sanlúcar para intentar ubicar las ruinas del santuario? Todavía queda noche antes de que amanezca.

Antonio y Marta le siguieron. No le dijeron nada acerca de la misión. Tenían la impresión de que todo se precipitaría y que la verdadera historia debía fluir mansamente, sin atropellos.

37

Rocío paseaba por Bajo de Guía, acariciando con su mirada los reflejos de las aguas mansas del río moribundo, que dejaban en ese punto de ser Guadalquivir para convertirse en Atlántico. También ella deseaba esa noche ausentarse de su condición de mujer para transmutarse en fría máquina de hacer negocios. ¡Qué fácil le resultaría entonces todo! Miraba al río con envidia. Si las gotas de agua que lo conformaban sólo debían dejarse llevar, ella tenía que nadar contracorriente de sus propios instintos y sentimientos. Seguía sufriendo los envites de su condición de hembra.

La firmeza de Rocío se desmoronaba ante la cena que mantendría con Andrés. El odio que había destilado contra su persona comenzaba a diluirse con facilidad. El simple hecho de que hubiera accedido a reunirse de nuevo con ella, cuando nada ya tenía que ganar, demostraba que el monstruo todavía albergaba algo de humanidad. Se reconfortó con el razonamiento. Quizá pudiera estar a tiempo aún de negociar algunos aspectos de la catastrófica compra. Pero una duda vino a inquietarle. Se había jurado que jamás volvería a fiarse de hombre alguno. Debía poner en cuarentena esa aparente buena voluntad de Andrés. ¿Y si, por algún motivo, se hubiese arrepentido de su venta? Rocío siempre confiaba en las personas que la rodeaban hasta que se la jugaban una vez. Andrés la había engañado vilmente, con el agravante, además, de la traición a su confianza personal. Sintió la mordedura de esa serpiente silbadora que dormía en su corazón y que destilaba el veneno de la desconfianza. ¿Es que jamás podría volver a fiarse de un hombre? ¿Es que todos, por definición, engañaban? Con el paso de los años se iba convenciendo de que el engaño y la infidelidad eran consustanciales a su condición. No podían evitarlo, ni siquiera el más santo de los santos. Andrés le había demostrado que no era, tampoco, ninguna excepción. Sin embargo ella sentía un especial cosquilleo ante el nuevo encuentro. ¿Es que todas las mujeres estaban condenadas a ser esclavas de esos sentimientos que las empujaban, una y otra vez, a caer en las redes de los hombres?

¿Es que estaban destinadas a sufrir? ¿Es que su naturaleza les empujaba a hacerle el estúpido juego de la seducción a esos machos engreídos que se pavoneaban ante ellas? Sonrió resignada. Sí. Estaban condenadas. La maldición de la sangre y la especie pesaban sobre ellas. La inteligencia les pedía libertad, mientras que las vísceras y las hormonas las esclavizaban en los ritos que la especie había resguardado para las hembras. Y ésa era una de las contradicciones que ella vivía, al igual que tantas otras mujeres que querían liberarse del yugo con que la tradición las amarró. ¡Qué diferencia con los hombres, que disfrutaban de un mundo construido según sus normas y los ritos de su instinto! La inteligencia masculina, que también algunos la tenían, todo había que decirlo, jugaba al unísono con sus hormonas, que para eso habían sido los hombres los que habían diseñado las reglas del partido a jugar. Pero ellos, claro, jugaban en casa, mientras que ellas eran siempre equipo visitante.

Andrés llegaría en un rato y ella no debía improvisar. ¿Qué es lo que quería sacar de la reunión? Pues que se volviera para atrás el trato... Se detuvo un momento. ¿Realmente quería anular el negocio? Tuvo un instante de clarividencia. Debía consultar al Consorcio. Quizá, después de todo, mereciera la pena aguantar el tipo con los terrenos. Siempre se podría negociar con la administración concesiones en otros lugares a cambio de ese patrimonio excepcional. Juan Sepúlveda, su asesor, podría tener razón. Marcó el teléfono particular del director general del Consorcio. Sabía que, a diferencia de los españoles a los que puede fastidiar a cualquier hora de cualquier día sin opción a protestar, a los suizos no les gustaba que le interrumpieran durante su fin de semana. Pero la urgencia del caso lo requería. Tuvo suerte. Durante un buen rato le explicó todo lo sucedido, sin omitirle detalle alguno. El suizo, hombre que había demostrado un extraordinario instinto para los negocios, la sometió a un exhaustivo interrogatorio que Rocío respondió con su proverbial precisión.

—Enhorabuena, has hecho una buena compra —fueron las palabras finales del hombre más importante del Consorcio Europeo de Seguros—. Por ahora somos dueños del complejo arqueológico más importante de Europa. Podemos negociar con las administraciones, que nos recalificarán en otros lugares a cambio de la cesión pacífica del yacimiento. O no, aún mejor, nosotros podemos patrocinar las investigaciones. Nos dará una excelente imagen y un símbolo único ante la Europa que comienza a congelarse. Ni se te ocurra anular el contrato. Probablemente haya sido el mejor que hayas firmado en tu vida.

Cuando colgó, Rocío no cabía en sí de gozo. Flotaba sobre una corriente de felicidad con mayor caudal aún que el del viejo río que moría a sus pies. Ya no le temía a Andrés. Sabía que le había ganado la partida. Decidió disfrutar de la cena, jugaría con él a su antojo. Recordó lo que su amiga Ana María, la más liberada y feminista de sus amigas, le contó nada más divorciarse. «Libérate, Rocío, libérate. Los hombres nos llevan subyugando con sus leyes desde la antigüedad. Antes no fue así. Durante miles de años las diosas ubérrimas, madres de la fecundidad y la naturaleza, reinaron por todo el Mediterráneo. Artemio, la diosa de Éfeso fue un buen ejemplo. Mataba a los jovencitos después de gozarlos. En la Prehistoria fueron diosas sensuales. Hasta que los hombres les tomaron miedo a su libertad. Peor aún fue lo de San Pablo. Se inventó lo de la virginidad de María, y con ello la Iglesia Católica. Desde entonces, el modelo a imitar por la mujer era la Virgen, la sumisa, la santa, la mujer que los hombres pudieran dominar. Rompe tus cadenas, querida. Tu modelo debe ser la inicial Artemio». Y Rocío las rompió, vaya que si las rompió. O al menos eso creía. Con Andrés, parecía volver a apetecerle el volver a encadenarse por un tiempo. ¿Masoquismo? ¿Atracción fatal?

Miró su reloj. Ya era la hora. Fiel a su tradición llegaría cinco minutos antes. Así sería dueña del terreno donde libraría la decisiva batalla contra el macho al que ya no temía. Entró en el *Bigotes* y preguntó al camarero por la mesa que tenía reservada a su nombre. «Ya le espera un caballero», le respondieron. Aquello no le gustó. Hubiese preferido ser ella la que hubiese tomado posesión del territorio.

Allí estaba Andrés, con una temerosa sonrisa en el rostro. El saludo fue frío, pero sin llegar al insulto en el que seguramente hubieran incurrido tan sólo un par de horas antes. Pero los sucesos corrían con la velocidad del río naciente de la alta montaña, mientras que los recelos se sedimentaban como las arenas en la barra que va desde Punta Montijo hasta la playa del Malandá. Rocío estaba tranquila. Nada tenía ya que negociar. Simplemente quería sondear los motivos que habían empujado a un halcón de los negocios como Andrés a reunirse de nuevo con su víctima. El director general, por su lado, acudía sin saber bien cómo afrontar la situación. Había pensado que, por una vez en su vida, debía contarle toda la verdad, el cómo se había cuajado el asunto de la venta y como él, en última instancia, había decidido retractarse.

Entraron directamente en materia.

—Andrés, me engañaste, no esperaba esto de ti.

—Disculpa Rocío, te debo una larga explicación. No todo es como parece.

Y comenzó a narrarle lo sucedido. Sin prisas, con todo lujo de detalles, con toda sinceridad. Rocío lo escuchaba con atención, alarmada ante el progresivo derrumbe de sus defensas.

La maldición de su sino iniciaba su infinita rueda. Tendía a creerse a pie juntillas lo que aquel hombre le contaba, sin querer atender al contraargumento más importante. Si ya la había engañado una vez, ¿quién le aseguraba que no volvería a hacerlo de nuevo? Pero el envite más fuerte contra sus defensas aún estaba por llegar.

—Anoche, tras nuestra cena, no pude dormir. Los remordimientos me atormentaron. ¿Por qué no te había dicho toda la verdad? Me repetía obsesivo. No quería perjudicarte y tomé una decisión: te contaría lo de las ruinas. Por eso intenté desde primera hora de hoy retractarme en el trato. Te lo juro por Dios. Pero no pude hablar contigo. Y cuando llegué al notario me encontré con un abogado repelente que se traía bien aprendida la lección. No me dio opción alguna... Tuve que firmar. Pero quiero que sepas una cosa. También lo hice por una especie de despecho. Me dolió que tú no te hubieses dignado a aparecer por allí. Me sentí humillado, despreciado. Te parecerá una tontería, pero deseaba verte, explicarte todo esto que ahora te cuento.

Rocío también expresó su memorial de agravios. Que si era cierto eso del arrepentimiento por qué no la había llamado por teléfono, qué cómo llegó tan lejos en la notaría. Se le acumularon sus quejas de empresaria y mujer. Deseaba poder estampársela todas en la frente, para que supiera que había sufrido al sentirse engañada. Pero no lo hizo. Reconstruyendo los muros destrozados de su fortaleza interior con la arena del amor propio herido y la cal de su ira contenida, le preguntó con aparente frialdad.

—¿Por qué has venido? No parece lógico que con el muerto que te has quitado de encima aparezcas ahora para escuchar las quejas de la víctima. ¿Te regodeas en el dolor ajeno?

—Lo he hecho por ti. Me llamaste y atendí tu llamada. Me dijiste que teníamos que hablar, y aquí estoy. Quiero encontrar una solución para el lío en el que te he metido. No te mereces eso.

—Es tarde, ¿no crees?

—Nunca es tarde si existe voluntad por las partes. Y vengo con la mejor de ellas.

—Pero la operación ya está hecha, escriturada y pagada. ¿Qué podemos hacer?

Andrés meditó sus palabras. No podía equivocarse. Deseaba reconciliarse con Rocío, sin hacer demasiado daño a su propia empresa.

—Algo se nos ocurrirá. Podemos entrar en una sociedad conjunta, así compartiremos riesgos.

—O sea, que ya no sería víctima de un engaño total, sino sólo de una estafa parcial. ¿Eso es todo lo que tienes que ofrecerme?

Lo miró directamente a los ojos, retándolo. Andrés supo que estaba ante una mujer que no aceptaba las cosas a medias. Sólo tenía una alternativa frente a ella. O la rendición definitiva o la confrontación sin límites. ¿Qué hacía? Su cabeza le ordenaba huir de aquella mesa en la que nada claro podía sacar, mientras que su corazón le sugería claudicar para vencer. ¿Por qué los hombres eran siempre tan débiles ante las mujeres?, pensó. ¿Por qué ellas terminaban siempre consiguiendo lo que se proponían de ellos? Maldijo a la naturaleza por los duros condicionantes con los que había amarrado a los machos, siempre prestos a rendirse a los designios de la mujer. En verdad, fueron siempre ellas las que movieron los hilos del ridículo baile de las marionetas de sus hombres. Andrés se rindió sin condiciones.

—De acuerdo. Te devolveré el dinero y nos retractaremos de la compraventa. Pagaremos los gastos a medias. Tú eres para mí más importante que un solar, por muy valioso que pudiera resultar.

Rocío no exteriorizó la satisfacción que le proporcionó su victoria. Tenía a Andrés a sus pies. Parecía sincero, por más que su sistema de alerta le siguiera indicando que no debía confiar en hombre alguno. Pero no pensaba volverse atrás.

—No te preocupes. Me quedo con el solar, no te lo devuelvo. Me arreglaré como pueda.

Entre aliviado y sorprendido, Andrés insistió.

—¿De verdad? Créeme, podemos buscar una solución compartida.

Rocío lo miró como saben mirar las mujeres cuando quieren decir algo de verdad.

—Me lo quedo, no hablemos más del asunto. Tú me lo vendiste y yo lo compré. Así son los negocios, unas veces salen bien y otras mal.

Andrés no supo qué responderle. Por una parte, respiraba tranquilo al comprobar que no tendría pleito por delante, pero por otra, temía que aquellas fueran las últimas palabras que oyera de la boca de la morena. Afortunadamente para él, no fue así. Rocío lo miró para preguntarle.

—¿Habrías actuado igual si yo hubiese sido un hombre?

La pregunta arrinconó a Andrés, que no sabía muy bien a dónde quería ir a parar. Por eso, respondió con la estricta verdad.

—Sí. Bueno, con una única diferencia. No habría sentido los remordimientos que contigo experimenté. No por ser mujer, sino por ser una mujer tan especial para mí.

La respuesta agradó a Rocío porque no soportaba a los machistas engreídos. Pero también porque había halagado su vanidad. Ella era una mujer especial para él.

—Buena respuesta. En los negocios no debe haber diferencias en el trato de hombres y mujeres.

Andrés se sintió reconfortado. Había acertado en su respuesta.

—Mujeres y hombres debemos ser iguales —sentenció Rocío—. Y más en esta tierra con alma de mujer.

—Ya lo sabía —por vez primera en toda la cena Andrés esbozó una sonrisa—. Todos los hombres de por aquí lo sabemos por experiencia propia.

—Juan Sepúlveda me proporcionó un dato bastante explícito —Rocío no quiso desviarse de su argumentación—. En época romana, los templos principales de todo el imperio se dedicaban a Júpiter. En la Bética apenas lograron construir alguno. Los nativos no querían venerar al varón, necesitaban diosas hembras para sentir devoción. Algo parecido les pasaría a los curas muchos siglos después. El pueblo venera más a la Virgen que a Jesús. Y eso debería ser algo sacrílego para la ortodoxia católica. Con estos antecedentes resulta paradójico el machismo que destiláis los hombres del lugar.

Andrés no estaba para disquisiciones. Debía golpear en el flanco personal, en el único que podía hacer daño a aquel acorazado que tenía por delante.

—No todos somos tan machistas. Puedes estar segura de que si no llego a estar algo enganchado contigo, ya hubieses sido varón o hembra, jamás habrías vuelto a verme el pelo.

El ataque surtió efecto. Perforada su coraza, los sentimientos de la morena comenzaron a exteriorizarse.

—Quiero decirte algo. Si no asistí a la firma en el notario fue por no mezclar relaciones personales y negocios. Me estabas empezando a caer demasiado bien y eso era peligroso. Ya he sufrido demasiado en mi vida y aprendí a poner tierra de por medio.

Silencio del hombre, que no esperaba aquella respuesta. Al comprender por qué Rocío no apareció por la notaría, se sintió ridículo por la rabieta infantil que le hizo firmar la operación sin intentar volver a ponerse en contacto con ella. Ni siquiera le concedió el beneficio de la duda. ¿Podría recuperar a esa mujer?

En ese mismo momento entró en el restaurante Julián, el encargado de la obra, con su mujer y otros amigos. Ambos se sorprendieron del encuentro.

—Andrés, no te hacía en Sanlúcar.

Y mientras lo saludaba, miraba de reojo a la morena, como calibrando qué tipo de relación podrían mantener aquellos dos. Andrés se vio forzado a hacer las presentaciones.

—Julián, he vendido los terrenos de Nueva Tartessos. Rocío Romero es la nueva propietaria.

Julián apenas pudo dar crédito a sus palabras. Andrés había conseguido librarse de la rémora de las ruinas endiñándoselas a aquella pobre incauta. El director general, que adivinó sus pensamientos, quiso dejar claro que no mediaba engaño alguno entre ellos.

—Rocío conoce la existencia de las ruinas.

Entonces fue el encargado de obras el que no supo responder. ¿Debía contarles lo de la excavación de la noche anterior con el viejo loco, con Ramón y su mujer? Ese fugaz instante de indecisión común le animó a plantear el asunto. No quería engañar al jefe de MHI, una empresa que podría darle mucho trabajo.

—¿Has hablado con Ramón?

—No. ¿Por qué me lo preguntas?

—Verás, anoche estuve con él, en las ruinas.

Se calló, esperando su reacción. A lo mejor Andrés no quería que hablara delante de la nueva propietaria. Esperó alguna indicación antes de continuar.

—¿En las ruinas? ¿Y qué demonios fuisteis a hacer allí? ¿No había ordenado que nadie se acercara?

Julián comprendió que debía contarlo todo. Pidió a su mujer y a sus amigos que se sentaran en otra mesa, que él los acompañaría en seguida.

—Verás. Anoche, después de cenar, recibí una llamada de Ramón. Quería que reuniera una cuadrilla para ir a excavar en el terreno...

Y ante el asombro de ambos, desgranó todo lo acontecido durante las largas horas de la excavación nocturna hasta llegar al filo del alba a un altar que estaba... ¡vacío! Le trasladó la inexplicable alegría del viejo ante el hecho de no encontrar nada, y terminó expresando su mayor temor.

—Créeme, Andrés. Aquel viejo daba miedo. Era como si hubiese vivido allí. Sabía perfectamente dónde excavar y qué encontraríamos.

—Eso no puede ser. Necesito hablar con Ramón de inmediato.

No lo consiguió. Tenía el móvil apagado. Julián insistía.

—Creedme, ese lugar tiene algo extraño.

Se despidieron del encargado de obra, que fue a sentarse con sus familiares. Fue Rocío la que formuló la sorprendente propuesta.

—Creo que Julián tiene razón, ese lugar tiene algo especial. ¿Quieres que vayamos a visitarlo ahora?

Marta conducía su pequeño utilitario. Acababan de pasar Rota en su camino hacia Sanlúcar de Barrameda. Le acompañaban Antonio Rebollo en el asiento de copiloto y Alejandro atrás, todavía impresionado por el trance hipnótico al que lo habían sometido. ¡Fueron tan nítidas las visiones! Aún no había querido explicarles el contenido de su misión, ni la triste historia del medallón. Tampoco ellos le habían preguntado nada. Mejor así, no quería sentirse abrumado. Lo que tuviera que ser sería.

—El plan es bien sencillo —comentó Antonio Rebollo—. Trataremos de localizar la ubicación del santuario que Alejandro conoció en su regresión hipnótica. Una vez allí ya estudiaremos lo más conveniente. Probablemente sea precisa una nueva sesión hipnótica para conocer más pormenores.

Los jóvenes asintieron. Pero por motivos diferentes. Alejandro esperaba encontrar alguna señal o pista que le condujera de nuevo hasta el medallón, mientras que Marta —y también Antonio— lo que querían era localizar la Atlántida.

—¿Existe la reencarnación? —preguntó Alejandro—. ¿Es que una vez hipnotizado dejo que hablen mis vidas anteriores?

—No creemos en la reencarnación, no se trata de una vida anterior tuya. Lo que ocurre es que eres capaz de percibir recuerdos de vidas de otras personas del pasado. Tu cerebro es capaz de percibir esas visiones del ayer que te llegan en forma de energía mental difusa. Digamos que puedes «ver» la vida de otros, más que el que otros se reencarnen en ti.

Alejandro necesitaba conocer más la civilización hundida, antes de bucear en sus arcanos. A buen seguro que Antonio y Marta sabían mucho más de lo que hasta ese momento le habían contado.

—¿Qué sabéis de la Atlántida?

Antonio comprendió que debía contarle todo lo que habían ido descubriendo después de varios años de investigación.

—Te lo intentaremos resumir. Analizando y confrontando regresiones hipnóticas con arqueología, visiones de médiums con historia, y mitos con fuentes clásicas, hemos llegado a una serie de conclusiones, que contradicen abiertamente la historia oficial. Por eso sabemos que no nos harán caso, a pesar de que estamos seguros de llevar la razón. Necesitamos pruebas para demostrar ante la ciencia nuestras teorías.

El coche avanzaba despacio por la carretera que rodeaba la Base Militar de los americanos de Rota. Todos los imperios tuvieron sus bastiones en ese puente de tierras y mares que siempre fue el Estrecho de Gibraltar. Alejandro, echado hacia delante, no perdía detalle de las palabras de Antonio. Por fin iba a conocer algo del origen de la Atlántida.

—Nuestra especie llegó a Europa hace unos cincuenta mil años, aproximadamente. Siempre se creyó que llegaron desde África a través del Medio Oriente. Puede ser. Ahora bien, lo que es seguro es que hace unos treinta mil años, en plena glaciación, una nueva migración entró por el sur, aprovechando las aguas bajas del Estrecho de Gibraltar, que tendría varios islotes de por medio. Se establecieron en lo que hoy es Andalucía, desde donde iniciaron su expansión por las orillas del Mediterráneo, configurando la base de lo que hoy se conoce como raza latina. En su avance milenario se encontrarían con las razas rubias —celtas, germanos y eslavos— que avanzaban desde el Este. Quiere esto decir que los pobladores más antiguos de Europa occidental proceden de estas tierras. Las razas rubias avanzaron hacia el norte a medida que se fue produciendo el deshielo, aniquilando a los neandertales, los primeros europeos. Lo que hoy se conoce como raza latina se extendió por el Mediterráneo occidental, desde el sur de la Península Ibérica hasta el Adriático. Todos los pueblos que después terminarían llamándose latinos compartían una lengua, la de los atlantes.

—¿Qué me estás diciendo? ¿Que cuándo los romanos llegaron aquí ya hablábamos una lengua latina?

—Exactamente eso. O mejor dicho, que eran los romanos los que hablaban una lengua derivada de la primitiva ibérica.

Es lógico y fácil de deducir si se piensa con la mente abierta. Los romanos ocuparon por igual las dos orillas del Mediterráneo. Extendieron su lengua, sus costumbres y sus leyes. Todas sus orillas fueron romanizadas intensamente, y sobre ellas levantaron grandes ciudades y hermosos monumentos. Sin embargo, sólo en algunos países se fueron formando lenguas romances. En la Península Ibérica, en Italia, en Francia y en Rumanía. En el resto de los terrenos ocupados por los romanos se hablan otras lenguas. Berebere o árabe en el norte de África y el cercano Oriente, turco en Turquía, distintas lenguas eslavas en Europa del este, alemán en Europa central y lenguas sajonas en Inglaterra. ¿Por qué tan sólo se formaron lenguas romances en el sur de Europa occidental?

—Pues no lo sé, la verdad es que no lo había pensado nunca, siempre di por hecho que las lenguas romances procedían del latín.

—Pues no es exactamente así. Más bien sería justo al revés, el latín es la versión culta de una lengua que ya se hablaba con anterioridad tanto en el sur de Francia, como en toda la Península Ibérica e Italia. Antes de que apareciera el latín, ya existía una *lingua franca* de origen común en el Mediterráneo occidental. Por eso, los nativos no tuvieron ningún problema en comunicarse con los romanos. La lengua que hablaban tenía el mismo origen. El latín era la versión culta, apta especialmente para ser escrita. El pueblo hablaba una lengua común de construcción más simple e intuitiva, la inicial lengua atlante.

Algo en el interior de Alejandro comenzó a removerse. Algo profundo, antiguo, con aromas de mar limpia y sal. Grupos familiares que se dispersaban a través de los valles y las costas, buscando las tierras menos frías y más abundantes en caza. Los mayores que se asentaban en los territorios colonizados mientras que los jóvenes seguían más y más lejos, para fundar nuevos poblados. Y todos procedentes de una misma lengua, de una misma raza. Los datos que aportó Marta corroboraron la tesis formulada por Antonio.

—Se han realizado varios estudios genéticos de poblaciones, y en todos ellos se evidencia un origen común. Los mitos iniciales también debieron viajar junto a la lengua.

—No te queremos abrumar, Alejandro —Antonio tomó de nuevo la palabra—, pero debes ubicarte en la época atlante. Así podrás recordar con mayor precisión. Porque al final, quien tendrá que hablarnos eres tú. Platón ya describió las enormes extensiones que abarcaba el imperio de los atlantes, en amplias zonas de Europa. Lógicamente se refería adonde llegó su influencia cultural y mercantil, no su poder militar, que apenas fue ejercido. En efecto, los prototartésicos, sus sucesores, extendieron su cultura y su influencia mercantil, que no la militar, por amplias zonas de Europa y África, tal y como nos confirman algunos testimonios históricos. Avieno, el romano que inspiró a Shulten, afirmaba que «los antecesores de los magnánimos íberos alcanzaron, en el norte, las ondas heladas del Océano Boreal, y su país prolonga sus anchurosos campos hacia las regiones vecinas de los soberbios bretones; cerca de ellos, la rubia Germania extiende sus ribazos a lo largo del fragoso bosque herciniano». Sin duda alguna se refería a la raza latina proveniente de estas tierras. Ese es el límite de las lenguas romances. En Córcega ya no existe duda arqueológica alguna de la intensa presencia de los tartésicos. Pausanias escribió que *Nórax, rey de Tartessos, hijo de Hermes y Eriteia, hija de Gerión, fue el fundador de la ciudad de Nora, la primera de aquella isla*. Nórax también dio nombre a la antigua isla de Nura, actual Menorca. Tucídices nos relata la ocupación por parte de los ancestrales andaluces de la isla de Sicilia. Según Virgilio, los íberos fueron los más antiguos habitantes del Lacio. Te podría narrar otros testimonios, pero para muestra, bien vale un botón. No te queremos aburrir ni confundir.

—Con la religión pasó otro tanto —continuó Marta—. Diodoro considera al país de los atlantes-tartesios como la cuna de los dioses más importantes de la antigüedad. Urano, Cronos, Poseidón, Zeus, Atenea, Atlas, Hesper, son claramente dioses occidentales. Muchos reyes atlantes se convirtieron en figuras míticas al extender su influencia por el Mediterráneo, hasta el punto de llegar a ser mitificados. Para Hesiodo —continuador de Homero— Atenea habría nacido en el extremo occidental del Mediterráneo.

A Alejandro tanto nombre desconocido le desubicaba en una especie de Olimpo desbocado. Pero la lucecita de la memoria ancestral iba brillando en el fondo más irracional de su ser. Marta y Antonio tenían razón en su tesis, que coincidía, además, con las leyendas del Corcho. Quería conocerlo todo, para poder así aplacar la extraña inquietud que comenzaba a bullir en su interior. De alguna forma, su ser se removía al oír historias que su cabeza desconocía, pero que se encontraban latentes en su interior.

—Alrededor del Guadalquivir se desarrolló una sorprendente cultura megalítica, con dólmenes de increíbles dimensiones como los de Antequera o los del Aljarafe sevillano, muchos miles de años antes que floreciera en el mundo celta. La Cueva de la Menga, en la actual Antequera, Antikaria —ciudad antigua— en época íbera, es de unas proporciones descomunales. Y entonces se produjo el milagro. Se descubrió el uso del metal. El cobre era tan abundante en Sierra Morena que se podía arrancar con las manos. Fue entonces cuando nació la civilización atlante, que aprovecharía los riquísimos filones de Río Tinto, donde podías obtener metal arañando la roca metalífera. Estamos hablando de unos once mil años antes de Cristo, mucho antes de lo aceptado por la historia oficial. La Atlántida real no responde a la imagen futurista que nos han hecho llegar de ella. Sería una ciudad primitiva, rodeada de canales, con unos palacios importantes para la época, pero edificios simples, al fin y al cabo. Para sus coetáneos, sin embargo, la ciudad sería el no va más. Por eso fue mitificada tras su desaparición. En la memoria colectiva quedó como el cénit de la civilización. Fueron los primeros en conocer el trabajo de los metales, la navegación y la escritura. La ciudad fue destruida con el deshielo de la última gran glaciación, hará unos once mil seiscientos años. La leyenda de su desaparición se extendió hasta llegar milagrosamente hasta Platón.

—¿Está la Atlántida debajo del mar? —preguntó Alejandro—. En mi sueño hipnótico mi madre me decía que estaba bajo el gran lago que se extendía a las mismas orillas del Santuario.

—Tus palabras nos hicieron comprender la verdad. Dudábamos hasta ahora si la Atlántida sería una isla sepultada en el mar, como nos cuentan las traducciones clásicas, o más bien una ciudad en la desembocadura del Guadalquivir, que resultaría sepultada por el lodo y el agua con la subida del nivel del Océano. Ya sabemos que se trata de lo segundo. En los originales de los textos griegos se habla de que había que atravesar un piélago para llegar hasta la isla. Se tradujo piélago por océano, y desde entonces se arrastra la confusión. La mejor traducción de piélago es marisma, no océano. Por eso, el traductor erró al escribir que fue una isla sumergida en el mar. Es más correcto pensar que la ciudad quedó sepultada en las marismas. Durante la glaciación las aguas bajaron, y la Atlántida se construyó sobre canales que drenaban algunos de los brazos del río. Así estaba protegida del envite de las mareas, por una parte, al tiempo que permitía el atraque de los buques, no demasiado grandes por aquel entonces. Una ubicación perfecta, abierta al océano que dominaban y bajo los mismos pies de la sierra de los metales y la riqueza. Al final del deshielo, el mar subió, y el efecto combinado de estas aguas altas con una gran ola tipo tsunami pudo significar el fin de la Atlántida, que quedaría bajo el agua y el lodo en el lago que se formó en la desembocadura del Guadalquivir y que se bautizaría después como lago Ligustino. Ese lago se colmató, y son las actuales marismas del Guadalquivir…

—Quiere eso decir, por tanto que… ¡la Atlántida puede encontrarse! ¡Está bajo los sedimentos de la marisma!

—Exacto. Y tus visiones nos ayudarán a descubrirla.

Llegaron hasta Sanlúcar. Todavía era noche cerrada, por lo que decidieron descansar un rato en el interior del vehículo. Hasta el amanecer no podrían localizar la ubicación del Santuario, habría que esperar a esa hora para que el librero pudiera orientarse. Se merecían un pequeño descanso. Alejandro, tumbado en el asiento trasero del vehículo, soñó con cielos azules y limpios, y unos caminos que bordeaba al gran río hasta perderse en el horizonte.

38

Soy Tíscar, el sacerdote. Sé que todo va a terminar. La tierra tiembla y nada temo. Incluso mi memoria se empeña en regresar al Santuario de la Luna, donde conocí una extraña felicidad. Sólo allí amé a una mujer, quizá el único pecado que adeudo ante los dioses según, al menos, las leyes de los hom-

bres. Rompí mi compromiso de castidad, fui adúltero al excluyente amor divino. Mi carne fue débil, y forniqué con Orce, la abadesa. También ella pecó. No pudimos, no supimos o… no quisimos evitarlo. Antes de las Nuevas Leyes, cuando las sacerdotisas mandaban, el que yacieran con varón no suponía afrenta divina alguna. Incluso podían escoger al que engendrara en ellas. Pero todo eso cambió. Les impusieron castidad, velos para tapar su sensual desnudez, las recluyeron en templos menores. Nosotros, al fornicar, vulneramos las Nuevas Leyes pero reverenciamos las anteriores, las de siempre, esas que con tanto ahínco perseguí. A veces me justifico pensando que lo único que hicimos fue regresar a la antigua jurisdicción, a la de la raza y la tierra. ¡Orce! Quién sabe si desde siempre, estuvimos destinados a unir nuestros cuerpos, a engendrar a nuestra hija. Quizá algunos de los dioses más comprensivos nos empujaran a ello, quizá naciera para cumplir una misión que no alcanzo a comprender. Pero no. Seguro que no. Pequé, y pagaré por mis pecados. Así lo dicen las Nuevas Leyes.

Se repite, con más fuerza, el temblor de tierra, y el recuerdo de mi hija Enix me hace titubear en mi decisión de morir. ¡Es tan dulce su mirada en las pocas ocasiones en las que nuestros ojos se cruzaron! ¡Qué será de ella, qué será de nosotros! ¿Podrá su vientre alumbrar el vástago que perpetúe mi sangre? Vuelvo a pecar por mis deseos. Ella es sacerdotisa, jamás hombre alguno podrá mancillarla. He podido ocultar la existencia de mi hija a los hombres, pero sé que jamás podré engañar a los dioses, conocedores de las debilidades humanas. Y ellos no admiten que reparta mi corazón, lo quieren todo para ellos. Sufro al pensar que ella morirá sin saber que yo soy su padre. Orce jamás se lo confesará… ¿o sí?

En esta ocasión, el movimiento de la tierra es más violento. Pequeños trozos de piedra caen de los muros y techos. Recuerdo a Orce. ¡Qué mujer! Decidió seguir adelante con el crecimiento de su vientre. Le ayudé a ocultar su estado, justificando su salida con una misión que nunca realizó. Amó a su hija y cumplió con todas sus obligaciones litúrgicas. ¿Qué será de ella ahora? Le dedico mi último recuerdo.

Me dirijo hacia la sala de Poseidón. Deseo morir con el medallón litúrgico entre mis manos. Así me uniré con mis mujeres del Santuario de la Luna, donde se encuentra el original, el que desde siempre se custodió en el templo de la Diosa. Sin que nadie lo supiera, ordené acuñar a los orífices de Córduba una réplica. Encargué esa copia con el mayor de los secretos. Sólo Orce la conocía. Dado que es el símbolo atlante más importante, no podía permitirme el lujo de que se perdiera el único de que disponíamos. Pero fue la copia la que deposité en el seno del Templo de Poseidón, mientras que el original siguió en el Santuario de la Luna. Nuestra alma es de mujer, ¿cómo podría un dios macho entender la sensibilidad que encierra nuestro mundo? Me avergüenzo de mis pensamientos, pero a estas alturas, no tiene sentido engañarme. Quiero coger ahora el medallón que custodiamos. Llego hasta el altar, lo busco...y, ¿dónde está? No lo encuentro donde siempre estuvo. Jamás nadie osó poner sus manos encima, era nuestro símbolo más divino. Debo encontrarlo antes de morir. Si no, mi propia maldición me impedirá descansar en paz. Tengo que recuperar el medallón perdido. ¿Quién habrá podido llevárselo? Sólo yo, Tíscar, el gran sacerdote, estoy autorizado a sacarlo de su urna sagrada. Debo detenerme y pensar. El suelo ya no tiembla, pero los muros del templo presentan hondas grietas. Si la tierra vuelve a protestar, por leve que sea su queja, toda la construcción se vendrá al suelo, enterrándonos para siempre bajo su casquería. Recorro con mi vista la estancia sagrada. No observo nada extraño. Nadie ajeno al culto litúrgico parece haber profanado el santo lugar. Luego tiene que ser un sacerdote el que haya cometido el sacrilegio. Pero ¿quién? ¿Por qué? Y entonces caigo. Tiene que haber sido Senés, el sacerdote tesorero, con el que tantas veces discutí. Sólo él se habría atrevido a hacerlo. Cae un gran trozo de piedra del techo. El edificio se vendrá abajo en pocos segundos. Senés, tiene que ser él. Pero ¿por qué lo habría hecho?

39

A medida que se acercaban al yacimiento, una difusa ansiedad iba apoderándose, con íntimo temblor, de Rocío Romero. ¿Cómo se le había ocurrido ir hasta las ruinas en plena noche? ¿De dónde le salió ese fugaz deseo? Andrés conducía en silencio, todavía sorprendido por la información de Julián, su antiguo compañero y ahora jefe de obras. ¿Cómo se le había podido ocurrir a un hombre tan sensato como Ramón presentarse de noche en el yacimiento para ponerse a excavar? ¿No era consciente del riesgo que corría? ¿Quién era aquel anciano que tan feliz había quedado al no encontrar nada? ¿Qué relación tenía con Ramón? ¿Qué demonios buscaban? Poderosas debían ser las razones que le hicieron vulnerar todas las leyes de la prudencia.

—¡Joder, me he equivocado de camino!

Rocío comenzaba a desesperarse. Era la tercera vez que le ocurría. ¿En qué pensaba aquel hombre? Lo miró de soslayo. Parecía tan nervioso como ella.

—Parece que ahora vamos bien. Me suena ese cruce. Ya mismo llegamos.

Rocío ya no quería llegar. La agitación de su pecho no le vaticinaba nada bueno. Quiso pedir a Andrés que detuviera el coche, que volvieran al pueblo. Intuía que algo extraño les aguardaba en el yacimiento. Pero guardó silencio, dejándose llevar. Por vergüenza, por indecisión, porque, en el fondo de su alma, deseaba llegar a un lugar que se le antojaba misterioso. La fatal atracción que el misterio siempre ejerció sobre los hombres, gobernaba su voluntad. ¿Qué habrían sido aquellas ruinas en la antigüedad? ¿Qué tragedias habrían allí acontecido? ¿Por qué todo parecía girar alrededor de aquel lugar oculto durante tantos miles de años?

—Aquí es.

Los dos observaron en silencio el reguero de tierra dorada que desbrozaba la potente luz blanca del automóvil. Nada se movía. El yacimiento, solemne, les esperaba desde siempre. Lo miraron en silencio, sin querer bajarse del coche. Ambos tenían miedo, pero lo ocultaban. El lugar les imponía, sin que alcanzasen a conocer con exactitud el origen de sus temores. Se miraron, y en vez de decirse lo que realmente deseaban —que no era otra cosa que marcharse inmediatamente—, dejaron escapar un balbuceante: ¿Salimos? Y salieron. ¿Cómo negarse una vez que habían llegado hasta allí? Y se alejaron unos metros del coche, en dirección a la falda de la loma.

—Se me hace raro encontrarme aquí. ¿A ti no?

Andrés había pronunciado esas palabras para romper el silencio que se había instalado entre ellos desde que salieran de Sanlúcar. Bueno para eso, y también para cubrir con palabras el miedo que abiertamente sentía. Rocío le respondió con dulzura, probablemente por unos motivos muy similares a los de director general.

—Sí. Fíjate, hace una noche preciosa.

Era cierto. La luna, casi llena, reinaba por sus latitudes, regando de luminosidad metálica la marisma y el mar que se adivinaba más allá del río.

A pesar de su resplandor, el firmamento se empeñaba en mostrar sus estrellas y luceros sobre un fondo de universo puro y negro.

—¡Cuántas estrellas! Desde las ciudades no se pueden ver.

—Sí, por eso, cuando salimos al campo, parece que han criado.

Rieron. La serenidad del lugar fue disipando sus temores, al modo que el sol del mediodía levanta la niebla de los campos. Poco a poco, otorgando veladas transparencias. Los dos se miraron, presintiendo de nuevo su lejano conocimiento. No sabían qué hacer.

—Se está bien aquí, exclamó con sinceridad Andrés.

—Sí, no hay nada como regresar al campo, a la naturaleza. La vida artificial de las ciudades nos secuestra los sonidos y los olores de la tierra.

Comenzaron a subir, haciendo uso de la linterna que Andrés siempre llevaba en su coche. *Qué extraño*, pensó la mujer, *tengo la sensación de que haber estado aquí, bajo estos cielos y con esta larga vista al valle, donde se encontraba la gran ciudad.* Rocío sacudió la cabeza. En la marisma no había existido nunca ciudad alguna, las únicas luces que se divisaban eran las de Sanlúcar, allá en la desembocadura del río. ¿Por qué entonces algo en su interior le había recordado la gran ciudad que se encontraba allá, en el corazón de la actual marisma?

—¿No sientes nada? —le preguntó Andrés.

—Me parece que ya he estado aquí antes.

—A mí me ha pasado igual.

Rocío no contestó. Anduvieron unos pasos tímidos, siempre temerosos de acercarse en demasía adonde estuviera el gran Santuario que les sugiriera ese algo que ya pugnaba por aflorar en su interior.

Llegaron hasta la lona. Ambos sabían que bajo ella se acumulaban los restos visibles del gran monumento de la antigüedad. A la mente de Andrés llegó el vago recuerdo de unos amores furtivos con una hermosa sacerdotisa. El aroma del aire, la brisa de la noche, le hablaron de extraños nombres femeninos. Miró a Rocío, que lucía hermosa y feroz con su cabello negro suelto. Como también lo tuviera aquella que amó hacía ya tanto tiempo que no lograba recordar. Ni dónde ni cuándo. Las cosas pasaban porque tenían que pasar. Y sin más preámbulos le dio la mano a la sacerdotisa que le acompañaba. Sabía que no la rechazaría. De alguna forma llevaba mucho tiempo esperándole, por más que las leyes de los hombres se hubieran empeñado en romper lo que desde siempre fue natural.

La mano de Andrés sobre la suya despertó su memoria dormida. Ella había amado a un joven sacerdote. Allí. La desfloró dulcemente. ¿Habría sido en sueños? Un amor hermoso que tuvo que esconder temerosa de los ojos de los demás y del hombre poderoso, que también la amaría después. Pero su corazón pertenecería, para siempre, al primero que conoció. Del segundo sería su razón y su voluntad. Andrés y Rocío se miraron y en el espejo de sus rostros se reflejaron ecos del ayer. Nada comprendían, pero ¿desde cuándo se comprendieron las cosas del amor? Se besaron. Dulce, tiernamente. Andrés acarició sus cabellos, familiarizado con el aroma de la mujer. Los dos conocían sus cuerpos, sus ritmos, sus cadencias. Se amaron bajo las estrellas, gozaron sobre la tierra. La lona les sirvió de improvisado lecho. El sortilegio de la pasión les permitió percibir como cálido y mullido lo que en verdad era pura rigidez plástica. No sufrieron sus rigores como tampoco les infligieron tormento las afiladas piedras tapadas. Que tales prodigios hacen las cosas del amor. No hablaron, porque nada tenían que decirse. Eran Andrés y Rocío, pero se sabían más que Andrés y Rocío. Orce y Senés. Una antiquísima historia rezumaba del lugar y, atravesando tiempos, los impregnaba. Y Rocío se dejó querer como se dejan querer las mujeres enamoradas. Y Andrés amó como aman los hombres a las mujeres con las que quieren vivir el resto de sus vidas. Y se abrazaron como si sus cuerpos se juramentaran contra una nueva separación. Orce y Senés ya no tendrían que ocultar sus amores. No querían que volviera a suceder lo que en aquel tiempo ocurrió, la ocultación, la dolorosa separación entre ellos, forzados por el imperio de leyes de hombres, tan extrañas a las normas del natural sentimiento. Desnudos, mirando al firmamento, dejaron que el tiempo pasara lenta, mansamente. No tenían prisa alguna por regresar al presente. Un mochuelo lanzó su agudo canto desde algún acebuche cercano. Un conejo correteó al pie de la ladera. Nada parecía haber cambiado, todo seguía ajeno a la catástrofe que de nuevo volvería a enterrar la soberbia de los hombres.

—¡Otra media botellita de manzanilla! —gritó Pepe, el del bigote, ante la satisfecha anuencia de Germán.

Para el guionista, la noche había cambiado. Ya no temía a la oscuridad, ni el medallón le pesaba tanto. La compañía del enviado de Johnny y los vapores de la manzanilla le alegraban el alma y le serenaban el espíritu.

—¿Eres de la Casa? —le preguntó el gigante a Pepe.

—No, pero mantengo buena relación con ella. ¿Tú estás dentro?

—Bueno, de alguna forma puede decirse que sí. Pero sin liturgias ni pamplinas. Simplemente me limito a lo clásico. Me piden un favor y lo hago, pido un favor y me lo hacen.

—Ya, lo normal. A mí me llamaron hace un tiempo para pedirme que siguiera al Corcho, que así llaman al viejo marinero amigo de tu librero. Desvariaba en público cantando alabanzas de la Atlántida. Lo seguí durante días, dando el parte. Fui yo quien descubrió su relación con Alejandro. Pasé toda la información. Tú llegaste para rematar la faena. Enhorabuena. Has conseguido en muy poco tiempo lo que durante siglos fue un sueño imposible para la organización.

—Tuve suerte, respondió orgulloso Germán. Mucha suerte.

Germán apuró su vino. Había llegado su hora de preguntar. Quería aclarar algunas cosas.

—Johnny no me dijo que vendrías a acompañarme.

Pepe volvió a llenar las copas. Quedaba todavía mucha noche por delante, hasta el amanecer. No debía precipitarse. Con mirada de complicidad, como de colegas de toda la vida, el del bigote le comentó al gigante.

—Ya sabes lo raro que es el cubano.

—Sí, eso es verdad.

—Subiremos después a lo alto de Sanlúcar, a un lugar tranquilo, para poder celebrar el rito.

Germán estaba desconcertado. Aquel recién aparecido sabía más que él. ¿Quién era en verdad? Johnny sólo le había dicho que fuera a Sanlúcar y mostrara el medallón al amanecer. Quizá la Casa quería someterlo a algún tipo de prueba, o quizá fuese un apoyo real. Pero no debía confiarse por entero. Seguía sin saber quién era, y Johnny le había alertado de otras posibles organizaciones que perseguían el rastro de la más fantástica historia jamás contada.

Apuraron su media botella y Pepe volvió a pedir la siguiente. El del bigote se mostraba sumamente excitado, hablando sin cesar y divagando sin rumbo.

—¿Me podrías enseñar el medallón?

Germán no supo qué responder. Aunque hizo un amago de extraerlo de su bolsillo, se decantó finalmente por una dilación prudente.

—No, aquí no. Mejor después fuera.

—Sí, eso, mejor después, fuera. No podemos correr riesgo alguno.

Germán aprovechó una de sus visitas al servicio para intentar contactar con su amigo, el director de cine. Quería que le aclarara de una vez por todas quién era el del bigote. No lo consiguió. Su móvil siempre le replicaba con el maldito sonsonete del apagado o fuera de cobertura. A su regreso a la mesa sorprendió a Pepe hablando por teléfono. Pareció sobresaltarse al verlo regresar tan de improviso y colgó precipitadamente. ¿Con quién demonios podía estar hablando a aquellas horas?

—Era mi esposa —pareció excusarse—, tú sabes cómo son las mujeres. Siempre quieren tenerlo controlado a uno.

—Sí, son un auténtico coñazo, respondió desconfiado Germán.

Durante un buen rato guardaron silencio. Pronto cerrarían la taberna y habría llegado la hora de ascender hasta lo más alto de la ciudad. Allí esperarían al amanecer.

—Pepe, ¿qué es lo que tenemos que hacer una vez que estemos arriba?

—Sacarás el medallón. Lo expondremos al sol naciente. Y esperaremos acontecimientos.

—¿Qué acontecimientos? ¿Qué puede pasar?

—Para eso hemos venido. Para comprobar qué es lo que puede pasar.

Quince minutos más tarde, abandonaron la taberna, solitaria desde hacía un buen rato. Precisaron de la amable indicación del camarero para salir a la calle. Quedaban todavía más de tres horas hasta el amanecer.

—¿Subimos ya?

—Subamos, no tenemos otra cosa que hacer, respondió sin mayor convicción Germán, que ya recelaba abiertamente de su misterioso acompañante.

La noche sanluqueña también transcurría densa y lenta para el desconcertado anticuario. Paseaba nervioso por la plaza de los Condes de Niebla, encajada entre la iglesia y el palacio de Medina Sidonia. El ser desquiciado y atávico que albergaba en sus entrañas reconoció el lugar donde algún día estuviera el Templo del Sol. De nuevo la mente del anticuario volvió a activarse en su extraña irracionalidad. El gran sacerdote gobernaba de nuevo su razón. Y entonces, el Santuario de la Luna se le vino a la cabeza, reclamándole con urgencia. Algo en su interior le decía que tenía que marchar hacia allá, que algo ocurría en aquellos precisos momentos. La punzada de los celos que amargaron durante años al sacerdote atravesaron las vísceras del anticuario. ¿Qué pasaba en el Santuario? Si lo descubría podría responderse a la duda que le atormentó desde sus tiempos de Sumo Sacerdote. El corazón le urgía partir, pero su enraizado sentido del deber le ordenaba permanecer allí, deambulando sin rumbo ni orientación a la espera de lo que pudiera suceder. Pero ni siquiera esa responsabilidad le impedía interrogarse una y otra vez sobre lo que pudiera estar aconteciendo en el Santuario de las Sacerdotisas. Algo que debía afectarle muy directamente, a tenor de los estragos que causaba en la herida de su sospecha. Pero no podía retirarse de lo más alto del cerro de Sanlúcar. Allí dónde se produciría la señal, y allí debía él estar cuando lo que tuviera que ocurrir aconteciera.

Ella me dijo que era virgen, y le creí. Ella justificó su ausencia de sangre, también la creí. ¿Por qué me atormenta eso ahora? *Pues porque alguien pudo haberla amado antes que tú. Alguien que desconoces, alguien que se te adelantó, alguien que lleva mucho tiempo riéndose de ti. Orce no era virgen cuando la conociste como mujer.* Sí, ya lo pensé muchas veces. Pero ¿quién pudo haber llegado hasta una sacerdotisa recluida en el más importante santuario? *Pues sólo otro sacerdote. ¿No recuerdas a ninguno que debiera visitarlo por cuestiones de culto o liturgia?* Una sospecha arañó sus entrañas. ¿Habría sido Senés, el maldito Senés? El anticuario tuvo que sentarse en uno de los bancos de la plaza solitaria, aturdido por aquella lucha interior en la que participaba sin haber sido invitado. Temeroso, notaba cómo una ira contenida avivaba las brasas de la sospecha y los celos. No, no podía ser, Orce jamás habría fornicado con un hombre tan superficial. Las preguntas dormidas volvían a urgirle respuesta, atizadas por el aire del ayer. Como en trance, no supo qué hacer. Decidió quedarse allí sentado, esperando acontecimientos. Llevaba tiempo, mucho tiempo, sin hacer otra cosa que esperar. No iría hasta el Santuario de la Luna, resistiría la tentación de poder sorprenderlos, por más que le escociera. Por encima del amante, estaba el Gran Sacerdote.

Fue entonces cuando descubrió a los dos hombres que se acercaban a lo lejos. Uno de ellos era altísimo, y el otro parecía llevar un poblado bigote. Los observó sin temor a ser descubierto. El banco donde estaba sentado se situaba en una de las esquinas más oscuras y apartadas de la plaza, detrás de unos oportunos naranjos. Los siguió con la mirada. ¿Qué demonios irían aquellos a hacer allí a esas horas? Fueran quienes fueran, alguna relación deberían tener con el final de la historia que en breve se desencadenaría. ¿Por qué, si no, los caprichosos dioses del azar les habrían permitido llegar al lugar preciso en la hora justa?

Pepe seguía en silencio al guionista. ¿Cómo podía haber confiado una organización tan prestigiosa como la Casa en un patán como el de la coleta? No le había costado emborracharlo, mientras que él vaciaba con disimulo el vino de sus copas. No estaba borracho como el guionista, dominaría la situación. Sabía que lo más importante estaba por ocurrir. Tenía una altísima responsabilidad que no podía defraudar. Si de verdad aquel energúmeno portaba el signo atlante, debía sustraérselo. Esa era la misión que le encargaron. Que nunca, nadie jamás, conociera su existencia. Por eso habían conseguido engañar a los de la Casa. Esos masones airearían el signo enseguida, con el ánimo de demostrar la existencia de la Atlántida, para reforzar así su poder científico y su influencia cultural y política. Incluso sabrían ganarle dinero. Con películas, con libros, sabe Dios con qué. Siempre representaron al posibilismo. Si la Casa conseguía el medallón, la Humanidad entera descubriría que la Atlántida existió. Su memoria sería reconocida como real y adorada para siempre. Algo que ellos no podían consentir. La Atlántida no podía aflorar. Y menos que nunca en aquellos precisos momentos en los que la naturaleza comenzaba a dar señales de cansancio y las mujeres rompían las ataduras impuestas por las Nuevas Leyes.

40

Soy Orce, la abadesa del Santuario. Creo que voy a morir pronto, guardando un único secreto en mi corazón. No sé si eso me reconforta o me pesa. Pienso en ello esta tarde triste en la que me siento cansada de la vida. Parece que los cielos han vaciado todas sus aguas sobre nuestras cabezas, liberando la inmensa preñez de sus nubes. Son ya muchos días de lluvia, y todo es barro y pena. Además, los temblores de tierra que rugen poderosos bajo nuestros pies me recuerdan las profecías de Tíscar. Tengo que darle la razón, la catástrofe está por venir. Mi último secreto morirá conmigo. Pero, al menos, sólo será uno el que me lleve a la tumba. El otro, el que durante tanto tiempo me corroyera, se lo conté a Enix, mi hija secreta. Al menos, de ese moriré liberada. Porque hasta hace pocas fechas, fueron dos los que oculté temerosa en lo más hondo de mi alma. Demasiado peso para una débil mujer como yo. Desde que le conté la verdad de su nacimiento a mi Enix, pude quitarme la mitad del peso que durante tiempo me atenazara. Aún recuerdo su cara de asombro cuando se lo conté. «Eres mi hija, Enix». «¿Y quién es mi padre?», me preguntó. «Tíscar, el gran sacerdote», le respondí tras pensarlo detenidamente. Con mi escueta y sincera respuesta traicioné tanto la promesa que le hiciera al padre, como a mi propia intención de guardar el secreto. Pero ¿cómo podía negarle esa respuesta ahora que los tiempos iban a finalizar? ¿Cómo negarle el nombre de su padre ahora que todos se encontrarían en breve en las tinieblas del infierno de los muertos? Mejor así, quizá allí tendrán la oportunidad de tratarse como padre e hija, que de las leyes de esos extraños reinos de almas y de sus costumbres nada sabemos los mortales. Es curioso. Hablo ya como si estuviésemos muertos. Pero eso, al menos, es lo que me dijo Tíscar en su última visita al Santuario. «Orce, vamos a morir. Los dioses quieren que desaparezcamos, que no quede ni piedra ni recuerdo alguno de nuestro reino, ni de sus obras». Aquella tarde, cuando ya se hubo marchado, lloré como una niña. No quería morir, pero aún sufría más por la condena del olvido. ¿Cómo podría perderse en la memoria de los hombres y los dioses el más hermoso de los Santuarios, el del culto femenino, verdadera alma de esta tierra afortunada? Toda mi vida la he pasado entre sus muros. Orando y cuidando la liturgia de la Luna he podido comprobar la fuerza de los lugares sagrados y su poderosa magia. Mil mujeres curaron sus dolencias, diez mil engendraron su flor de vida, otras tantas curaron sus males de amores. Y todas lloraron emocionadas al percibir el sensual cariño de la Madre. ¿Cómo se puede perder tanta emoción, tanta fe, tanto prodigio? En eso no puedo coincidir con Tíscar. Tampoco en su defensa de las Nuevas Leyes, esas que nos relegaron y que elevaron a los brutos de la guerra y las armas. Ésa fue la cara oscura del metal. Los poderosos descubrieron que su uso potenciaba hasta el infinito la fuerza de sus ejércitos. Nuestro equilibrio se quebró. Lo femenino fue postergado bajo el imparable ímpetu de la fuerza bruta, la guerra alejó la paz, rompimos la armonía con lo natural. Por eso dice Tíscar que moriremos. ¿Por qué, entonces, apoyó él esa pantomima hereje de Poseidón? ¿Desde cuándo aquí un Dios macho? Fue cobarde, hipócrita, o quizá cínico. En todo caso, renunció a sus propias creencias para beneficiarse de las prebendas que las Nuevas Leyes concedieron a los hombres. Los dioses nos van a castigar. Todos moriremos, pero el sortilegio del Santuario continuará. Alguien, alguna vez, sabrá comprenderlo.

La tierra vuelve a temblar con fuerza inusitada. Tanta que me tengo que tumbar, incapaz de mantenerme en pie. Del edificio del Santuario, orgullo de nuestros arquitectos, caen algunas piedras. Cuando cesa el temblor advierto las primeras grietas en su recia fábrica de sillería. Me duele como si fuesen heridas propias. Y vuelvo a recordar las palabras de Tíscar, siempre tan inteligente, siempre tan frío. «No quedará piedra sobre piedra», me dijo. Y los dioses parecen querer darte la razón. Tíscar... ¿Cómo pudo perder la cabeza por mí, cómo pudo desviarse de su deber divino para amarme? «He pecado, me dijo cuando nos separamos, ahítos de pasión. Disculpa mi debilidad, no te he querido ofender, no pude evitarlo», se justificó. Fui pecado y tentación para él. Yo nada dije, pues no sufría el remordimiento por quebrantar una ley de hombres en la que no creía. Desde siempre las sacerdotisas pudieron yacer con varón, ¿por qué nos lo habían prohibido? Me limité a mantener la cabeza baja, debatiéndome entre el orgullo de haber sido deseada y amada por el más sabio y justo de los hombres de la Atlántida y el temor por las posibles consecuencias. Aún recuerdo el enajenante cúmulo de sensaciones que se me agolparon en aquellos momentos en los que se engendraba mi segundo secreto, y en el que se hacía patente el primero. Cuando Tíscar me amó, se extrañó al comprobar que no manchaba con mi sangre de virginidad. Le dije que tampoco yo podía darle una explicación a su ausencia. Que era virgen, y que jamás había yacido con hombre alguno. Que seguramente la habría perdido montando a caballo, como solía hacer en mi adolescencia, o con cualquier otro ejercicio violento. Que a veces pasaban cosas así. Le juré que desde muy joven había cargado con el pesado yugo del celibato, desde que me consagré como novicia en el santuario, en aquellos tiempos en que las niñas eran aceptadas. Tíscar es un buen hombre y me creyó. Yo, sin embargo, soy una mala mujer porque le mentí. No era virgen, ya había conocido varón con anterioridad. Le engañé con la convicción de mis falsas palabras. Por vez primera, lo percibí débil y vulnerable. Fue mi pequeña venganza contra esas injustas Le-

yes que castraron a las mujeres de su naturalidad. Tíscar fue un mal amante, desgobernado por su inexperta e impulsiva precipitación. Pero dejó su semilla germinar en mi fértil vientre. Qué diferencia con mi anterior amante, Senés, todo cuidadosa experiencia y desenfadada alegría. Con él sentí placer, con Tíscar sólo urgencia. Porque ese es mi otro gran secreto, el que me llevaré a la tumba. Senés, el sacerdote tesorero, fue el hombre que profanó mi virgo, el que me hizo temblar de gozo y placer durante las largas tardes del verano en que me poseyó. Después desapareció de la vida para darle entrada a mi encuentro efímero con Tíscar. El primero pura carne, el segundo metálica razón. Senés reía feliz después de amarme, repitiendo que a la diosa nunca podría molestarle nuestro placer. Tíscar, al contrario, sufrió la mordedura de los remordimientos por haber injuriado a su compromiso divino. Con el primero me sentí mujer, con el segundo serpiente. Al uno le hice gozar, al otro pecar. Uno desapareció de mi vida, el otro me dejó una vida en mi interior. De ambos me acuerdo ahora que sé que voy a morir; su recuerdo me reconfortará en la travesía de los avernos. También ellos morirán juntos. Tiemblo de terror pensado en que Tíscar pueda conocer en el otro mundo el secreto que le oculté en este. ¿Cómo podía habérselo confesado sabiendo lo que valoran los hombres el ser los primeros? ¡Tantas veces aconsejé a jóvenes desfloradas que recompusieran su virgo! Sus futuros maridos no soportarían la humillación de conocer que otro había disfrutado de lo que ellos ya jamás podrían iniciar. Para los hombres el ser los primeros es importante. Las mujeres preferimos ser la última de los amores del varón. Por eso, porque conocemos esas pasiones masculinas, las mujeres los llevamos engañando desde el origen de los tiempos. Desde siempre haciéndoles creer que ellos fueron los primeros. ¡Pobres!

Tíscar me creyó virgen. Senés me desvirgó. Y los dos han convivido durante años en el Templo de Poseidón sin llegar a sospechar nunca que ambos me habían poseído. Para ambos, yo soy su secreto ante los demás. Tíscar y Senés, tan distintos. Senés era un fatalista. Siempre repetía que lo que tuviese que ocurrir ocurriría, y que de nada servían nuestros afanes y esfuerzos. Que gozáramos de la vida, para que acabara pronto. Tíscar, por el contrario, estaba firmemente convencido de que podíamos cambiar el devenir de los tiempos con tesón y trabajo. El primero creía que debíamos disfrutar la fiesta mientras durase, porque la Madre Naturaleza no podría soportar por mucho tiempo a nuestra raza parásita. El segundo pensaba que debíamos intentar encontrar nuestro punto de armonía y que así podríamos ser eternos. Pronto todos moriremos sin remedio. Y hoy pienso que era Senés el que acertaba.

La tierra vuelve a temblar. Le pido a mi hija Enix que vaya hasta el pozo para traernos agua, y ordeno a todas las demás sacerdotisas que me acompañen al interior del Templo. No lo digo, pero quiero que todas muramos juntas en aquel sagrado lugar. ¿Todas? No. Debo intentar que Enix nos sobreviva. Ella será la única que pueda salvar la memoria del Santuario. Y la que le entregue el medallón al mensajero que nos envíe Tíscar. Ya la instruí en eso. Nuestra memoria no debe perderse. Yo desapareceré, pero ese olvido no debemos consentirlo. Enix me sobrevivirá, ella marcará el destino de nuestro recuerdo.

41

Los aldabonazos del frío sobre la desnudez de Rocío y Andrés les obligaron a vestirse y regresar. Abrazados por el infinito manto de estrellas y recunados por la luna llena, hubieran soñado fosilizarse sobre el lecho improvisado del yacimiento, abrazados, inmersos en la plenitud de un tiempo eterno. Pero ni ese sortilegio les fue concedido, ni las leyes naturales mudaron su ritmo. El reloj y el frío bajaron el telón de aquella representación del paraíso. Debían regresar. Agarrados de la mano, como temerosos de que algo pudiera volver a separarlos, bajaron hasta el coche. A medida que se alejaban de las ruinas del Santuario, percibían con mayor claridad lo que acababa de ocurrir. Los dos fieros ejecutivos acababan de caer rendidos ante un amor que anidó en ellos desde el mismo instante en el que se conocieron. Se habían amado, además, con la acuciante sensación de ya haberse abrazado con anterioridad en aquel mismo lugar, algo absolutamente imposible para sus raciocinios, pero evidente para sus corazones. Se habían dejado arrastrar por el río de pasiones que venía fluyendo desde fuentes bien alejadas. Todo había acontecido con extraordinaria naturalidad. Pero estaban confundidos, por eso no hablaban. Las primeras palabras pronunciadas solían quebrar el frágil cristal del castillo efímero de los momentos felices.

Andrés arrancó el coche. Y para llenar el silencio que los oprimía, encendió la radio, buscando una música suave. Pero, por azar o por alguna de esas extrañas leyes del destino que siempre parecen jugar con los humanos, la voz del programa les produjo un vivo asombro.

[*Esto del cambio climático es un verdadero galimatías. Mientras que los sabios nos dicen que la atmósfera se calienta, los europeos y norteamericanos sufrimos unos inviernos cada vez más fríos y prolongados. Nos llegan noticias de que a pesar de estar todavía en verano, las primeras heladas ya han hecho aparición en los países nórdicos, al tiempo que sus médicos recomiendan pasar algunas semanas de su invierno polar en las cálidas costas mediterráneas, con objeto de recibir una cura de sol. ¿Calentamiento global o súbito enfriamiento? No sabemos. Abriremos el micrófono al público para que puedan opinar...*]

Andrés la desconectó. No podía soportar asistir a un debate sobre un tema del que ya sabía el desenlace. Los hielos derrotarían a los débiles rayos de sol que durante miles de años habían reverdecido el hemisferio norte. El reino de los fríos estaba a punto de ser reinstaurado. ¿Debía contárselo a Rocío? Y comprendió que a partir de lo acontecido esa noche, no debía guardar secretos para ella.

—Yo sé la respuesta a esa pregunta. Estamos entrando en una glaciación que dejará a casi toda Europa bajo el hielo.

Miró a Rocío, esperando encontrar una expresión de súbito asombro. No fue así. Tuvo que terminar de sincerarse del todo.

—Miles de europeos tendrán que venir a vivir a las costas andaluzas. Por eso no quería venderte los terrenos, a pesar de las ruinas.

Cuando esperaba una reprimenda, la sorpresa le estalló en sus narices.

—Ya sabía lo de la glaciación. También lo del desplazamiento de la población. Por eso te compré Nueva Tartessos, y por eso no te lo quise devolver cuando me ofreciste la oportunidad.

Se rieron, descubrieron las cartas que ambos habían tenido guardadas hasta ese momento, con el asombro recíproco por el secreto compartido. Toda su historia era la crónica de un imposible. Un imposible que aún los unía más, Rocío soltó la primera andanada.

—Fíjate, al final, es la naturaleza la que manda. Los petardos de los ecologistas y científicos y los puretas de los gobiernos con la pamplina del calentamiento global, cuando resulta que el mundo va a pillar el mayor resfriado de su historia.

Andrés intentó atravesar sus ojos negros para llegar hasta sus adentros. No lo consiguió. Por eso le respondió con un discurso de palabras viejas. Palabras que su inconsciente albergaba.

—Nada podemos hacer frente al destino. Por eso, lo mejor es dejar llevarse y apurar el momento. No podemos mejorar este mundo, nuestra propia existencia es la que lo jode. No existe más receta que crecer y gozar, hasta que sea el propio planeta el que diga basta. Nosotros nunca seremos capaces de ponernos límite.

—Hace tiempo —le respondió Rocío mientras que el recuerdo de un hombre serio y poderoso le venía a la mente—, tuve un íntimo amigo que siempre decía que el hombre no era malo, ni que la Humanidad tenía que resultar necesariamente perjudicial para el planeta. Era un optimista. Pensaba que se podría alcanzar un equilibrio entre la naturaleza y la Humanidad con esfuerzo y con el cumplimiento de leyes justas. Tenía un temor reverencial por sus palabras, pero no las compartía.

—Yo también he conocido a alguno de esos. Se equivocan. A pesar de la bondad de sus planteamientos, caen en un error inicial. No reconocen nuestra condición de cáncer para el planeta. Nuestra propia existencia es la que contamina. Si crecemos más rápido y más desordenadamente, pues jodemos más. Que somos muy cuidadosos y medioambientales, pues un poquito menos. Pero siempre jodemos. Por eso, lo más ecológico es ir rápido hacia el desequilibrio que nos aniquile o nos diezme. Es realmente la única postura ecológica, sólo así, por colapso súbito de la Humanidad, podrán salvarse algunas especies. Si seguimos languideciendo poco a poco, no quedará ninguna.

Se besaron. Un beso que les supo a arcanos placeres prohibidos. Rocío no terminaba de comprender esa extraña sensación de haber vivido todo aquello, de reconocerse en discursos pronunciados por otros en el alba de los tiempos. Y supo que su intuición de haber conocido a Andrés con anterioridad era cierta. Optó por no comentárselo, no quería ponerse pesada ni, menos aún, trascendente. Y al pensar en Andrés, le vino a la cabeza un extraño nombre, Senés. Lo paladeó unos instantes, pero lo olvidó tan pronto el coche enfiló el camino de regreso.

Andrés aún saboreaba el sabor a miel pura del beso. Pero su interior estaba en efervescencia: era él quien tenía la razón, no estaba equivocado, estaba en lo cierto. Y entonces, mirando de reojo a Rocío, un curioso nombre femenino le rondó la cabeza, Orce. ¡Qué cosas más extrañas le pasaban! ¿Artimañas del corazón que se enamoraba sin remisión? No podía encontrar la respuesta. Pero, desde luego, la sensación de haber vivido un amor anterior con ella se había instalado con firmeza en su corazón.

Y en plena noche, abandonaron la marisma y el pinar de la Algaida para dirigirse hacia Sanlúcar. Atrás quedaban recuerdos de un pasado que condicionó su presente, por delante quedaba un futuro ya escrito por las palabras del pasado.

42

Soy Senés, el sacerdote tesorero del Templo de Poseidón, y estoy feliz en esta tarde de pavor para los hombres. Por fin va-

mos todos a desaparecer. Los dioses nos castigan con temblores de tierras e inundaciones. Y sospecho que el definitivo zarpazo de la cólera divina no demorará en demasía. Los que todo fuimos, pronto nada seremos. Es bueno que así sea. Mi único temor es que puedan quedar supervivientes, que salven para el futuro la ignominia de esta raza que jamás mereció ser creada. Espero que no, que sólo hayamos sido una efímera pesadilla. ¡He discutido tantas veces de estos asuntos! Pero nadie me entendía. Ni siquiera Tíscar, el más inteligente de todos. Para él, la humanidad tenía solución. Todo lo arreglaba con la prédica de cumplir los preceptos divinos y mantenernos en armonía con la naturaleza. ¿Pero cómo? ¿Es qué no comprendía que jamás podríamos conseguirlo? ¿Cómo no veía que nuestra existencia misma era la podredumbre que se comería al resto de la vida? Preceptos divinos, ¿qué preceptos divinos? ¿Los de las Nuevas Leyes creadas a imagen de los hombres de armas? Imbéciles. Pero no debo quejarme. Gracias a su necedad, pronto seremos exterminados de la faz de la tierra. Por absurdos que me parezcan, vanidosos con sus espadas y cascos, su aparición era necesaria. Tíscar, les dio cobertura, esperanzado en poder cambiar las cosas. Inocente. Mil veces le demostré que la humanidad nada podía hacer salvo crecer y multiplicarse a costa de los animales salvajes, los bosques y los ríos. Y desde las Nuevas Leyes, también a costa de los pueblos sometidos. Está en nuestros adentros crecer y multiplicarnos. Algo así como el moho que emponzoña la orza de pan, que extiende su podredumbre sin poderlo evitar. No somos libres para otra cosa. Por eso, somos enemigos declarados de la naturaleza, una enfermedad que la contamina. Jamás podremos concedernos paz mutua, estamos condenados a extender nuestros cobijos desde los ardientes desiertos del sur a los fríos hielos de los mares brumosos de donde viene el estaño necesario para fabricar el oricalco. Nada puede parar nuestro afán de desarrollo, al que estamos condenados por natural ímpetu. Sólo existe una forma. No evolucionar ni crecer. Que nuestras mujeres no pudiesen tener sino un hijo, que renunciáramos a los metales, a los barcos, a las casas, y que regresáramos a las cuevas y chozas de nuestros abuelos. Quizá así podríamos conseguir el equilibrio que ya rompimos. ¿Pero es eso realmente posible? No. Ni el pueblo consentiría ese retroceso, ni los monarcas querrían ser juzgados por caminar hacia atrás. ¡Riqueza y bienestar para el pueblo! ¿Qué poderoso no se llena la boca con su discurso, sin pensar que ese progreso siempre es, necesariamente, asesino? Pero nada podemos hacer. Llevamos en la sangre el deseo de avance, y sobre sus lomos cabalgaremos ineludiblemente a la destrucción. Los dioses jamás debieron crearnos como enemigos irremediables de la Tierra, demasiado inteligentes para aceptar de forma pacífica el resignado papel del resto de los animales, pero demasiado necios para advertir nuestra criminal herencia. Hoy quizá muramos todos. Por eso estoy feliz. El mundo podrá tener futuro sin nosotros.

¡Tíscar! Siempre empeñado en su optimismo ilógico. ¿Cómo podía creer que teníamos algún remedio? Nunca se quiso dar por vencido. Me temo lo peor con respecto a sus intenciones. Estaba obsesionado ante la posibilidad de que la memoria de nuestra civilización pudiese perderse. Yo, sin embargo, deseo con todas mis fuerzas que no quede hombre alguno para recordar nuestro engendro, y si los dioses cometieran el error de dejar supervivientes sobre la Tierra, que fuesen esas primitivas tribus del norte que apenas sobreviven con sus rudos útiles de piedra. Nunca nadie debería seguirnos en el uso de los metales asesinos ni de tantos descu-

brimientos que nos consagraron como los más letales carroñeros de lo natural. Por eso, lo mejor para todos sería que esta triste página de nuestra civilización destructiva quedara para siempre borrada del recuerdo humano. Ojalá que otros pueblos atrasados nunca descubran que se puede llegar tan lejos, ni acumular tanto poder destructor. Un sueño: que la Humanidad permaneciera en la inocencia de sus útiles de piedra sin descubrir el veneno de los metales. Pero es un sueño imposible. Unos u otros volverían a fundir las rocas verdes. Por eso, lo mejor es que todos muramos. De una vez, para siempre.

¡Tíscar! ¿Qué habrá tramado? Seguro que ha dejado algún rastro para que futuras generaciones puedan rastrear la pista atlante. ¿Cuál? No se me ocurre ninguno. La tierra tiembla con más fuerza. Y caigo en el medallón. Tíscar siempre se refiere a él como nuestro principal símbolo. ¡Eso es! ¡Seguro que buscará la fórmula de que no quede enterrado bajo las ruinas del templo! Debo conseguirlo yo antes que él, para garantizar que nunca jamás nadie llegue a encontrarlo. Llego hasta la urna que lo ampara. Aquí está. La abro y lo cojo. Oigo pasos. Debe ser Tíscar, que se acerca a recogerlo. Corro y salgo por la puerta trasera. Abandono el templo. Sé que no debería hacerlo, pero no soporto la idea de enfrentarme al Sumo Sacerdote de penetrante mirada. Dicen que nunca nadie logró engañarle, que su mirada traspasa cuerpos y corazones. Y lo creo. Nadie podría ocultar secreto alguno a su mirada. Bueno, quizá sólo podría conseguirlo una mujer, más inteligentes e intuitivas que nosotros. Por eso las apartamos. Yo también logré ocultarle un secreto. Nunca pudo descubrir mis amoríos con Orce, la abadesa. La amé en secreto y eso nadie debe saberlo jamás. Corro hacia el segundo anillo, cuando la tierra tiembla con fuerza. Caigo al

suelo, y entonces veo sobre nuestras cabezas la gigantesca ola que nos devorará. Parece que los dioses han oído mi plegaria. Desapareceremos todos, y nuestra memoria será arrastrada hasta el fondo del fango, de donde jamás debimos salir.

43

Alejandro apenas descabezó el sueño, recostado en la parte trasera del vehículo. Cuando abrió los ojos, comprobó que Marta y Antonio Rebollo compartían su desvelo, ansiosos a la espera del amanecer. Todavía quedaba noche por delante. Sabían que, con las primeras luces del día, podrían localizar el Santuario que el librero entreviera en su trance hipnótico. Y que, una vez situados sobre él, podrían ubicar el emplazamiento de la ciudad de la Atlántida. Alejandro, ávido de información, decidió aprovechar el tiempo de que disponía para conocer mejor un mundo que desde su infancia había considerado quimérico y alegórico.

—¿De verdad creéis que hace doce mil años los atlantes pudieron tener embarcaciones para navegar por todo el Mediterráneo?

—Fueron extraordinarios navegantes. Construyeron embarcaciones que mejoraron gracias a las herramientas y aparejos de metal. Si hoy pudiésemos ver sus barcos, nos parecerían toscos y primitivos, pero para la época fueron toda una revolución. Debes recordar que el resto de los pueblos estaban en el Paleolítico, mientras que los atlantes comenzaron a dominar los metales. Las técnicas de navegación del sur de la Península Ibérica estaban también muy por encima de la de los demás pueblos. Esa superioridad permanecería entre sus descendientes durante miles de años. Según el *Periplo*, las naves de los tartésicos llegaban a navegar mil doscientos estadios en un día, cuando lo máximo para otro tipo de embarcaciones era de mil. Durante la época atlante, la diferencia debió ser, sencillamente, abisal. Sus barcos zarpaban desde la desembocadura del Guadalquivir hasta las Casitérides, actuales Islas Británicas, surcando el peligroso Atlántico y el inquieto mar de Vizcaya. Con ese entrenamiento, el dulce Mediterráneo les parecería una balsa de aceite. Por eso, tantas potencias del Mediterráneo oriental tomaron sus naves como modelo para el comercio marítimo.

Marta intervino en esos momentos.

—Las pinturas rupestres más extrañas de cuantas han aparecido en la Península se encuentran en el abrigo de Laja Alta, en Jimena de la Frontera, sobre una alta sierra muy cercana al Estrecho de Gibraltar. Con toda claridad pueden verse al menos tres barcos pintados en sus paredes, dos de ellos a vela y un tercero en forma de trirreme, con sus remos extendidos en funcionamiento. Las pinturas tienen desconcertados a los investigadores tradicionales, dado que en esos profundidades de la Prehistoria, en teoría, no existían embarcaciones de ese porte y esa tecnología. ¡Ignorantes, siguen pensando que fueron los griegos y los fenicios los que trajeron los buques y la civilización a estas tierras, mil años antes de Cristo! ¡Por favor! Nueve mil años antes, los buques atlantes ya cruzaban el Estrecho rumbo a Levante.

—¿Quieres decir entonces que las pinturas de la Laja Alta de Jimena de la Frontera son…?

—Puedes afirmarlo sin problemas. Son embarcaciones de los atlantes. ¿De quién otros podrían ser en unas fechas tan remotas?

Alejandro estaba aturdido. Con todas esas evidencias… ¿por qué se negaba la ciencia y la historia a reconocer el singular mundo atlante? De todas formas, algo en su interior bullía de satisfacción. No todo el rastro se había olvidado.

—O sea que quedan algunos vestigios atlantes.

—Desgraciadamente, pocos. La inundación destruyó la gran ciudad y la zona costera y, sin su centro de poder, el imperio atlante se desmoronó como un castillo de arena seca. Las novelas de ciencia-ficción han vendido una errónea visión futurista de la Atlántida. En verdad fue una civilización que sencillamente se adelantó a su tiempo y que fue destruida por una catástrofe natural.

—¿Y cómo pudo perderse de la memoria de los supervivientes del valle su recuerdo atlante?

—La descomposición y la decadencia fueron muy fuertes. El pillaje y las epidemias diezmarían a la población. A pesar de eso, un vago recuerdo quedó entre los supervivientes. Los tartésicos siempre se consideraron como los descendientes de los míticos reyes atlantes. Durante el periodo romano, los habitantes de la Bética se referían a sí mismos como los hijos del mar, en vaga referencia a sus antepasados atlantes. Y todos sus reyes tenían a gala descender de la dinastía de los grandes monarcas tartésicos. El cordobés Séneca, por ejemplo, afirmaba que según la tradición de su país, existía tierra «más allá de las Columnas de Hércules». El propio Isidoro de Sevilla, hijo de visigodo y de andaluza, reafirma lo dicho por Séneca y hace buena la ascendencia atlante de los béticos. Cervantes, de origen familiar andaluz, emplea el término Tartessos para Andalucía cuando en el Quijote escribe, «...todos los tartesios, todos los castellanos». Denominaba tartesios a los de raíces andaluzas, y castellanos a los conquistadores.

A medida que Alejandro descubría más y más evidencias del pasado atlante, sus recuerdos subconscientes se hacían progresivamente transparentes. Pero no quería sumergirse en unos recuerdos que ya le empujaban. Quería antes conocer más detalles de la herencia de la Atlántida. Antonio siguió contándole diversas referencias históricas. Una de las que más le llamó la atención fue la referida a Al Ándalus.

—En uno de los hadices, que son relatos de la vida y obras de Mahoma, se cuenta que el Profeta vaticinó que: «un día el Islam llegará a los confines occidentales del mundo, a los hijos de Al Ándalus». Al Ándalus, en contra de la opinión mayoritaria, no es una toponimia de origen árabe, ya que no procede de ningún verbo. Tampoco lo es de la tierra de los vándalos, ya que su paso por el sur de la Península fue meramente testimonial. Lo más probable es que sea una evolución de la pronunciación árabe de «Atlantis». Así, Mahoma se habría referido en su profecía a la llegada del Islam hasta donde moraban los hijos de los atlantes.

Así siguieron todavía un buen rato hasta que Antonio, mirando su reloj, comentó:

—Debemos empezar a movernos. Pronto comenzará a clarear, y debemos localizar el Santuario antes de los primeros rayos de sol.

A veces, lo imposible ocurre. Al menos eso pensó Marta cuando Alejandro consiguió guiarles hasta el lugar que sólo había entrevisto en su sueño hipnótico. Si los mecanismos de orientación de las especies animales y de las personas resultaban desconocidos para nuestra ciencia, mucho más aún lo eran para ella, se consoló. Si no comprendían como las angulas recién nacidas en el Mar de los Sargazos son capaces de encontrar por sí solas los lejanísimos ríos donde maduraron sus padres, mucho menos pudo explicarse cómo Alejandro consiguió orientarse hasta la loma donde se ubicaba el Santuario en el que se crió el niño que llevaba dentro. Con precisión magnética fue ordenando la ruta exacta que desenmarañaba el inmenso ovillo de carriles, cruces y caminos. Y todo eso sin ver más allá del perímetro determinado por los focos del coche. *Por ese carril, tira ahora para la derecha, no, no, da la vuelta y coge por el otro camino.* Y Antonio, dócil y fascinado, le obedecía, sin atreverse a abrir la boca, no fuera a ser que la memoria histórica que guiaba a Alejandro se desvaneciera para no volver. La noche ya era menos oscura, y un difuso rojizo comenzaba a orlar el horizonte. El alba estaba por alegrar de esperanza el reino de la noche. No debían retrasarse mucho más, pronto amanecería.

—Para aquí, Antonio. Estamos en la orilla del lago, donde atracaba mi pequeña barca.

El psicólogo comprendió que la propia sugestión había arrastrado a Alejandro a una especie de trance similar a la que él le generó con su hipnosis. Nunca llegaría a comprender del todo las extrañas leyes que regían el funcionamiento de la mente humana. Aunque las palabras salían de su boca, no era Alejandro quien hablaba. El eco del pasado rememorado se había adueñado de nuevo de su mente. Y lo más curioso del caso era que no había necesitado sesión hipnótica. O bien su inconsciente seguía todavía bajo el influjo de la hipnosis de la tarde anterior, o bien se trataba de una mente sensible activada por la energía del lugar. La energía del lugar, qué ocurrencia más tonta. ¿Cómo podía suscitar actividad mental una loma de caliza y arcilla? Alejandro, indiferente a las disquisiciones del psicólogo, hablaba con ternura, sin dirigirse a nadie en concreto. Quizá a su propia alma oculta.

—Cuando mi madre acariciaba mis cabellos me sentía el niño más feliz del mundo. Estaba seguro, a nada temía. Recuerdo aquellos largos días sin fin en los que podía bajar al lago a pescar, e ir después, a la atardecida, a recoger las cabras y las vacas que habíamos dejado pastando en lo más alto del cerro. Enix, mi madre, me esperaba con la cena ya preparada, y luego nos acostábamos los dos, juntos, acurrucados.

Alejandro, o quien fuese el que gobernara su mente, lloraba al hablar. De pena, de alegría de emoción. Ascendía ladera arriba, mientras contaba retazos de su infancia, seguido por Antonio, que tomaba notas de todo lo que oía. Marta se estaba quedando atrás sumida en el desconcierto y el asombro, con una extraña sensación en su interior.

—Nunca conocí a mi padre, mi madre apenas me habló de él. Siempre se refería a él como Sorbas, el enviado de Tíscar, el gran sacerdote. En su honor, también con el nombre de Sorbas me ofrendó a las diosas.

Alejandro se sentó en el suelo, un poco más allá de la lona.

—Aquí estaba la cabaña donde vivíamos, adosada a un trozo de muro del Santuario. Mi madre lloraba cuando recordaba la catástrofe. Y me decía que las epidemias habían diezmado a la población. Que sólo quedaban los habitantes de las sierras y las selvas del interior, y que las ricas y cultas ciudades del valle bajo habían sucumbido casi en su totalidad.

Antonio hizo una anotación marginal a las apresuradas notas que escribía en su cuaderno. «Ciudades de valles, como todas las primeras civilizaciones, en el Indo, el Éufrates o el Nilo. En el valle del Guadalquivir se desarrolló una todavía más antigua».

—Mi madre sabía que mi padre no volvería. «Sólo estamos tú y yo», hijo mío, me repetía. Y era cierto. De vez en cuando aparecía algún cazador o pescador por allí, o alguna joven del interior que recordaba haber escuchado a sus madres hablar de los prodigios acontecidos en el antiguo Santuario.

Pero nadie más. Ni siquiera los saqueadores, más preocupados por encontrar comida que en las viejas reliquias sacras. Mi madre y yo solos en el mundo. Pero fui entonces feliz, muy feliz.

Antonio anotó: «Parece que ahora no lo es tanto, su subconsciente añora aquella época del lago. Ha tenido peor infancia en su actual vida que en la del recuerdo».

—Una tarde, mientras el sol se ponía, sentados sobre un gran sillar, mi madre me contó algo que hasta entonces había guardado en secreto. Tu abuelo fue Tíscar, el gran sacerdote. Me lo contó Orce, tu abuela. No se lo cuentes a nadie, no entenderían que entre sacerdotes pudieran pasar estas cosas. No te escandalices. Tu abuela Orce, mi madre, nunca aceptó las Nuevas Leyes que los hombres impusieron. Ella siempre se rigió por las tradicionales leyes, la de la naturaleza y la mujer. Al contarte quién fue tu abuelo rompo un secreto. Pero te lo digo para que sepas que tienes sangre principal atlante. Debes tener hijos, muchos hijos, para que no se pierda. Yo la miraba con los ojos muy abiertos, sin entender muy bien ni la tragedia que sus palabras encerraban, ni la responsabilidad que cargaba sobre mis hombros.

Alejandro calló por un buen rato. El recuerdo que su mente traducía se agitaba en su interior. Inesperadamente, se levantó, y comenzó a llorar desconsoladamente.

—Pero yo no pude cumplir su mandato. Viví con ella hasta que murió. Todavía era joven cuando los dioses se la quisieron llevar a sus olimpos. Fue la última sacerdotisa del Santuario de la Luna. La enterré junto a las demás, en el lugar y con el protocolo que ella me había indicado. Durante varios meses fui incapaz de alejarme de su vera. La veía en sueños, y todo el lugar pareció llenárseme de los espíritus de aquellos atlantes que murieron en la plenitud de su poder.

Y mirando fijamente a Antonio, como queriendo excusarse, confesó la amarga frustración que le había reconcomido durante tanto tiempo.

—Intenté entonces cumplir con mi deber. Salí a buscar mujer. Pero no pude encontrarla.

Se desmoronó. Ocultó su rostro entre sus manos y llorando de vergüenza, descubrió su más íntima humillación.

—Bueno, sí, las encontré, pero fui incapaz de acercarme a ninguna de ellas. Me daban miedo, algo en mi interior las rechazaba sin ni siquiera haberles hablado. La veía sucias y toscas, sin comparación con la belleza y la dulzura de mi madre. Todos mis intentos fueron inútiles. Cansado de vagar de aldea en aldea, en medio de unas penosas condiciones, decidí volver a las ruinas del Santuario, donde viví en soledad de eremita el resto de mi vida. Nunca conocí mujer, jamás pude tener el hijo que mi madre deseaba para mí y para su linaje. La sangre de Tíscar, Orce, Enix y Sorbas se perdió para siempre. Sé que jamás pudieron descansar en paz, como yo tampoco lo hice. De alguna forma, mi incapacidad de perpetuar su linaje le habrá impedido descansar en paz. Ahora, por vez primera, cuento mi drama. No podía seguir pudriéndose en mi interior.

Alejandro levantó la mirada. Su rostro reflejaba cansancio, más que tristeza, alegría o dolor. Antonio, temiendo que la amnesia sucediera al trance, decidió formular la pregunta más importante que jamás hubiera realizado en toda su vida profesional.

—¿Dónde estaba la Atlántida, Alejandro? ¿Nos puedes señalar la dirección y la distancia?

Marta seguía en silencio, como ausente de la conversación. Antonio le hizo varios gestos, para que prestara atención a las palabras de Alejandro. Era muy importante que pudieran memorizar todo cuanto allí aconteciera, pero Marta no pareció reaccionar. Pasaron unos segundos lentos, los suficientes para que el sol mostrara su rojiza coronilla por el horizonte. Algunas bandadas de pájaros les sobrevolaron en su búsqueda diaria de alimento, provenientes de las inmensas pajareras de Doñana. El psicólogo se arrepintió de haber interrumpido la secuencia del recuerdo que hacía hablar a Alejandro.

—¿La Atlántida? —pareció sorprenderse la voz que Alejandro cobijaba—. ¿Cómo no sabes dónde se encuentra, si todo el mundo la conoce?

—Yo no. ¿Podrías llevarnos hasta ella?

—Me juré que jamás volvería a salir del Santuario. Fuera existen mujeres malas, que se ríen de mí y me hacen daño. No os llevaré.

—Pero ¿dónde está? Dínoslo, por favor. No te forzaremos a salir de tu refugio, y te protegeremos de las mujeres malas que te hacen daño.

Alejandro, más seguro, se orientó con respecto al sol. Y apuntando hacia el interior de la marisma dijo:

—Allí.

Y el sueño de la Atlántida quedó localizado. Con la brújula que llevaba, Antonio pudo registrar la dirección y anotar la distancia. La voz de Alejandro le hablaba en estadios, no le costaría poder pasarlo a kilómetros. Con esos datos en su poder, y con la ayuda de los expertos cartográficos de la universidad lograría ubicar la ciudad sin mayor dificultad. Pronto saldría a la luz el secreto mejor guardado y su nombre quedaría indeleblemente unido al mayor de los descubrimientos arqueológicos de todos los tiempos.

—Vámonos a casa, urgió el psicólogo una vez que la misión de localizar la Atlántida estuvo concluida. Nada les quedaba por hacer en aquel lugar.

Alejandro, sorprendido ante la repentina invitación a abandonar el lugar, le respondió con voz apenada, bajando tímidamente la cabeza.

—¿Os vais? ¿Me dejáis solo otra vez? Estoy cansado de mi soledad.

El psicólogo comprendió de inmediato que Alejandro aún estaba dominado por aquella voz del recuerdo que su mente captaba. Se inquietó. No tenía experiencias similares, y no sabía como podría reaccionar ante un súbito abandono.

—No te preocupes, le respondió, no te dejaremos solo por mucho tiempo. Volveremos.

No le dejó exteriorizar más su dolor. Antonio cogió a Alejandro por un brazo, y con suavidad, le arrastró ladera abajo, hacia el coche. Tenían que salir de allí cuanto antes. El librero se dejaba llevar, con los brazos flojos, inerme de voluntad. Una vez que lo hubo sentado en el sillón delantero, volvió a salir para llamar a Marta. ¿Por qué no bajaba?

—¡Marta, que nos vamos, que nada hacemos ya aquí!

Marta, absorta en sus interioridades, no le contestó. ¿Qué demonios ocurre en este extraño lugar?, se inquietó el psicólogo, ¿qué le pasa ahora a Marta? Y fue entonces cuando cayó en la cuenta de que la chica no había abierto la boca desde que habían llegado a las ruinas del Santuario. También algo extraño había acontecido en su mente. Pero no tenía tiempo en esas circunstancias para analizar el suceso. Debían huir de allí inmediatamente, antes de que la energía del lugar terminara por poseerlos a todos.

—¡Marta, que nos vamos!

Sus gritos fueron inútiles. La joven seguía mirando al vacío, en el mismo lugar donde la dejara. No tuvo más remedio que volver a subir la loma, llegar junto a ella, y arrastrarla tras él. Su nerviosismo iba en aumento. Intuía que algo iba a ocurrir, y que debía salir cuanto antes. El camino hasta el coche le resultó interminable. Por cada paso que daba, parecía que su automóvil se alejaba dos. Apretó con más fuerza el brazo de Marta, hasta el punto de hacerle daño. Pero ella ni gritó ni se quejó, tampoco compuso un mal gesto. Como hubiera ocurrido antes con Alejandro, se dejaba llevar mansamente, con su voluntad anulada. El tiempo y la distancia le resultaron angustiosos hasta el momento mismo de sentar a Marta en el asiento trasero. Por simple precaución amarró a ambos con el cinturón de seguridad; en verdad tenía la sensación de desconocer con quién se encontraba. Arrancó el coche con alivio, y se alejó de aquel lugar que comenzaba a aterrorizarle.

Pasados cinco minutos y rodando ya por uno de los carriles principales del Pinar de la Algaida, el psicólogo miró a Marta y a Alejandro, ensimismados e inexpresivos. Y sin dejar de conducir a la mayor velocidad que su pericia le permitía, no pudo evitar expresar en voz alta el temor que le atenazaba desde hacía un buen rato: ¿Con quién voy en el coche, Dios? ¿Quién les gobierna? ¿Qué pasa sobre ese maldito yacimiento? Pero nadie respondió a sus preguntas. Ni los dioses, ni los dos ausentes que le acompañaban en el vehículo.

44

Soy Tíscar, y sé que esto se acaba. Y echo de menos el medallón ausente. ¿Por qué lo habrá robado Senés? Lo busco y no lo encuentro. Salvo él, todos los restantes sacerdotes estamos bajo el Templo que se derrumba. Debe haber huido llevándoselo. ¿Por qué lo habrá hecho? Y entonces creo comprender. Quiere ocultar el último testigo de nuestra civilización, obsesionado como estaba porque desapareciéramos de la memoria de los tiempos. ¡Estúpido, nunca comprendió! Mil veces le expliqué que no éramos nosotros los enemigos de los dioses y la naturaleza, sino que eran nuestros reprobables actos los que quebraban la armonía y encendían la cólera divina. Que lo que teníamos que hacer en consecuencia era obrar bien. Él me negaba sistemáticamente la mayor. «No son los actos, Tíscar, me replicaba. Somos nosotros, nuestra sola existencia. Es imposible alcanzar esa armonía que sueñas. Mucho mejor que apuremos pronto nuestro festín; así antes encenderemos la ira que nos eliminará». Eso predicaba. Tuve que llamarle al orden, y al final pareció obedecerme. Hoy debe estar feliz, viendo que todo se acaba y creyendo que oculta el testigo que yo reservaba para postrer recuerdo. Inocente. Siempre fui más inteligente que él. Se tuvo que limitar a pisar por donde yo ya había andado. Y una vez más llega tarde. Jamás descubrirá que el original se encontraba oculto en el Santuario de la Luna y que establecí un riguroso protocolo de relevos para que nuestra memoria pudiera por siempre ser rastreada. Además, los sacerdotes del país del gran río se llevarán nuestros descubrimientos y avances. La historia, por más que se empeñen los Senés del mundo, nunca se detendrá. Soy más inteligente que Senés. Siempre le gané en todo. Incluso en el pecado.

Vuelvo a recordar con dulzura a Orce. ¡Qué bien me comprendía! Moriré con nuestro secreto bien guardado y una hija que, pese a todo, me gustaría que siguiese viviendo. Espero que Orce sepa dejar todo bien organizado; es mucha la responsabilidad que tiene. ¡Orce, qué mujer! De repente el irritante recuerdo de la ausencia de sangre de su primera vez vuelve a amargarme el recuerdo. Ahuyento con mi certeza los celos y sospechas. Estoy convencido de que Orce jamás hubiera podido engañarme. Sé leer el interior de las personas. He sido el primer y único hombre de su vida.

Oigo un descomunal estruendo, como si una ola gigantesca fuese a abalanzarse sobre nosotros. Me despido de la Atlántida. También de la vida, juramentándome ante los dioses para velar por siempre el recuerdo de la civilización más hermosa. Ni siquiera en el más profundo de los infiernos podrá mi alma tener descanso si nuestra historia no es justamente conocida y valorada. ¡Eso es! ¡Juro ante los dioses que no descansaré hasta que nuestra historia sea conocida y respetada! Todo se derrumba. Adiós, vida. Entro sin convicción en el reino de los muertos…

45

En la parte alta de Sanlúcar, los acontecimientos parecían precipitarse. El viejo anticuario, desde su recóndito banco, se esforzaba por escuchar lo que se decían los recién llegados.

—Mejor vamos hacia la zona del Picacho, junto al castillo.

El gigantón y el del bigote componían una extraña pareja. No existía armonía entre ellos ni aparentaban tener claro para qué se encontraban allí, en aquellas horas de amanecida. La voz llegaba lejana, apenas perceptible, pero el anciano intuía que algo no funcionaba bien entre aquellos dos.

—¿Tú crees que será mejor?

—No lo sé, respondió Pepe, pero parece más alta. Desde allí podremos vislumbrar mejor el amanecer. Aquí estamos demasiados encajonados entre las casas.

—Sí, puede que tengas razón. Además, ¿quién sabe con exactitud dónde se ubicaba el Templo del Sol? Lo más probable es que fuese en el punto más alto.

—Sí, vamos entonces para allá.

El anticuario sonrió con satisfacción. Tenía sus objetivos al alcance. Sólo le restaba seguirles con discreción. Ya había superado su estúpido ataque de celos. Menos mal que no se dejó llevar por su repentina intuición de alargarse hasta el Santuario de la Luna. Su veterana intuición había acertado una vez más. Aquellos dos eran la pista que le llevaría hasta su destino. ¿El Templo del Sol? ¿Aquellos dos buscaban el Templo del Sol? ¿Quiénes eran? ¿Serían heraldos de la señal que esperaba? La sabiduría que el anticuario reflejaba en su mente sintió deseos de gritarles que no, que el Templo estaba bajo el palacio, que arriba, en el Picacho, tan sólo existió una explanada para desfiles y festejos. Pero nada hizo. En verdad, todo era lugar sagrado en reverencia al Padre Sol. Además, mejor dejarse llevar por los acontecimientos.

El anticuario les siguió a una prudente distancia, ocultándose entre esquinas y oscuridades cómplices. Su corazón latía con la fuerza del mar del Estrecho batido por el Levante. Su mente antigua activaba recuerdos e intuiciones. Aquellos dos buscaban el Templo del Sol. Aquellos dos sabían. Miles y miles de años después, el Sumo Sacerdote volvía a encontrarse con dos que sabían. ¿Pero qué es lo que buscaban?

Pronto amanecería. A Germán Ruipérez le parecía percibir un imposible calor emanado del medallón oculto en su bolsillo, fruto a buen seguro de la inquietud que le gobernaba. ¿Qué pasaría a continuación? ¿Por qué mostrar el medallón a los primeros rayos del alba? ¿Quién era en verdad ese misterioso Pepe que se le había añadido a la procesión? A esas alturas ya no podía rebelarse contra su sino. Se dejaría llevar, como tantas veces hubiera hecho en su vida. Quizá la luz del sol naciente le iluminaría con los rayos de la comprensión. Pero ¿qué es lo que tendría que comprender? Sólo sabía que la Casa llevaba muchos años detrás de un símbolo de la Atlántida, para poder darla a conocer. El medallón podría ser el signo esperado. Si se confirmaba, el descubrimiento le encumbraría dentro y fuera de la Casa. Ya se figuraba en todas las portadas de revistas del mundo entero. Y de ahí a llevar la historia al cine. ¡El guionista que descubrió los secretos de la Atlántida nos regala la película más fabulosa!, rezarían los reclamos publicitarios. Ese pensamiento le reconfortó. Debía dejarse llevar, así le había ido bien en la vida. Ya le faltaba poco para alcanzar la gloria.

La inquietud también iba apoderándose de Pepe, el del bigote, bautizado en verdad como José Arriertatúa. Después de varios meses de penosa misión, los acontecimientos se precipitarían en pocos minutos. Y no podía fallar. Acarició el revólver que guardaba en su bolsillo. Esperaba no tener que usarlo. Así se lo habían indicado. «Procura que no haya sangre. Pero sobre todo —le insistieron— que no quede prueba alguna en manos peligrosas». Y para la organización que le contrataba, nada más peligroso que la posibilidad de que la historia de la Atlántida pudiera ver la luz en aquellos momentos. Por eso le encargaron el asunto. Tuvo que viajar a Washintong, invitado en su condición de reportero de revistas de historia y arqueología. Una extraña fundación le había contratado para pronunciar unas conferencias muy bien pagadas acerca de varios mitos arqueológicos de la Península Ibérica. El público universitario que le escuchó aplaudió a rabiar su intervención. Todo pareció salirle bien en aquellos días de rosas, desbordado por la hospitalidad de la fundación que le acogía. Coches de alquiler con chófer para sus desplazamientos, alojamiento en un hotel de exquisito lujo, entrevistas de prensa. Se sintió importante. Durante una de las cenas de gala, el representante de la fundación abordó el asunto de las civilizaciones perdidas. Él ya las había trabajado en algún reportaje para revistas especializadas. «¿Por qué crees que desaparecen?», le preguntó. «Pues por muchos motivos, respondió. Por crisis políticas, debilitamiento militar, luchas internas, qué sé yo». «¿Sólo por factores humanos?», le insistió el de la fundación. José Arriertatúa no comprendía el porqué de su interés. Pero intentó sorprenderle con una respuesta inteligente. «No sólo factores humanos. También naturales. Sequías, epidemias, cuestiones así que hunden su economía y diezman su población». A John Harvard pareció agradarle la respuesta, aunque todavía esperaba más. «Entonces, señor Arriertatúa, ¿sólo por causas humanas y naturales?» Aquel interrogatorio comenzaba a aburrir al periodista, que optó por responder a la gallega. «¿Es que existen otras?» «Pues no, la verdad, pontificó Harvard. A partir de ahí todo es puro azar. Pero algunos insensatos, como muchos de los movimientos ecologistas de la actualidad y personas bienintencionadas que los siguen, están empeñados en responsabilizar los cambios climáticos a la acción del hombre. Repiten que muchas de las desapariciones de las grandes civilizaciones se debieron a desastres ecológicos causados por la Humanidad, como si alguno de los muchos cambios climáticos que tantas veces se han producido a lo largo de la historia hubiesen podido ser causados por nosotros. Argumentan siempre con un caso muy conocido, el de la isla de Pascua. Fue próspera, nos dicen, y al final todos sus habitantes murieron. ¿Por qué? Pues porque destruyeron el hábitat natural y sostenible de su isla. Mataron su vida, el suelo se erosionó, desapareció la comida, tuvieron que emigrar. Y si todo ese destrozo lo hicieron con simples herramientas de piedra, ¡qué no seremos entonces capaces de hacer los miles de millones de humanos actuales con nuestras tecnologías, químicas y físicas! Eso nos repiten.

Palurdos. ¡Como si unos hombres primitivos hubieran podido manipular el clima! También creen que a los mayas les ocurrió otro tanto, mientras que ahora puede verse en la esquilmada Haití frente a la otra parte de la isla, Santo Domingo. Payasadas, simples payasadas. La acción humana no tiene nada que ver con los cambios climáticos, que ocurren cuando tienen que ocurrir y basta. Pero esos indeseables demagogos asustan a la población con los apocalipsis por venir y presionan en contra de la industria y la actividad económica. ¿Qué te parecen todos esos movimientos?» Pues que son todos unos indeseables, que sólo quieren salir en televisión y cobrar subvenciones», le dio la razón José Arriertatúa, deseoso de finalizar una conversación que le aburría. «Estupendo, veo que eres de los nuestros. Llegarás lejos, te lo anticipo». Al día siguiente le citó un alto responsable de la Fundación. El despacho era lujoso, de los de madera, cuadros y antigüedades. «Verá, señor Arriertatúa. Quisiéramos encargarle un trabajo. Un importante trabajo de investigación. Usted es un excelente profesional y podrá desempeñarlo a la perfección». «¿De qué se trata? Si está a mi alcance cuenten con mi apoyo», respondió cortés y agradecido el reportero. «Pues verá, el mito de la Atlántida la ubica al sur de su país...» Y entonces le explicó lo que le encargaban, que era bien sencillo. Que siguiera a un pescador que contaba historias de la Atlántida. Que las fuera recopilando y que anotara cualquier persona que pudiera tener relación con él. Se trataba de descubrir una vieja saga de locos que decían mantener vestigios de la Atlántida. Había que desactivarla. ¿Se figura el escándalo que se armaría? Sorprendido, Arriertatúa aceptó el encargo, más motivado por la excelente retribución que por la convicción de su contenido. Comenzó a seguir al Corcho, que así llamaban al viejo marinero, y poco a poco fue cayendo seducido por sus historias marineras. Nunca antes había conocido Cádiz, y su interés antropológico e histórico fue en aumento a medida que se familiarizaba con el personaje y sus historias. Y en esto apareció el joven librero, que con la boca abierta escuchaba los relatos de su maestro marinero. De todo ello fue informando a la Fundación, que le felicitaba efusivamente, y le animaba a seguir profundizando en sus investigaciones. En una llamada, le dijeron que no tardaría en hacer aparición en escena un guionista de cine. No es de los nuestros, así que cuidado con él. Germán, el guionista, resultó ser el enviado de lo que denominaban la Casa, una especie de secta masónica interesada en hacer aflorar los secretos de la Atlántida. La Fundación tenía algún infiltrado en su seno, del que recibía informaciones. Gracias a ese informador, un engreído director de cine cubano que gustaba jugar a dos cartas para reforzar su carrera, pudo ir marcando los pasos de Germán. Fue Johnny quien decidió citarles en los altos de Sanlúcar, un lugar discreto y apartado, el más adecuado para cumplir su misión. Puso como excusa una imposible ceremonia al amanecer, cuando de lo que en verdad se trataba era de ponérselo en bandeja. Pero Germán era tan necio que había caído en el señuelo. Lo tenía ahora en sus manos, en un descampado solitario. Esa madrugada culminaría con éxito su encargo.

Pepe iba tras Germán, que resoplaba por el esfuerzo, mientras que el anticuario les seguía a ambos, oculto entre las sombras. El cielo clareaba. Comenzaba a amanecer, y todavía no se habían dispuesto para celebrar la liturgia según Johnny le había indicado. *Vete hasta donde el Templo del Sol. Al amanecer.* Eso se disponía a hacer. No llegaron hasta el Picacho. Se detuvieron en el castillo, no daba tiempo para llegar más allá. Germán sacó el medallón, ante la atónita sorpresa de Pepe, que aguardaba con expectación.

—Es…, es precioso. ¿Me lo dejas?

—No. Sólo yo puedo tocarlo.

Y entonces todo se precipitó. Pepe se abalanzó sobre Germán, con la idea de sustraerle el medallón. Pero calculó mal la diferencia de peso y fuerza. Su empujón apenas hizo mella en el gigantón.

—¿Qué haces? ¿Te has vuelto loco?

—Dame el medallón.

Germán se sorprendió del tono agresivo del pacífico Pepe.

—Dame el medallón, insistió el del bigote.

—No. Es mío. Nos pertenece.

—No he venido a discutir. Dame el medallón, antes de que me vea forzado a tomar medidas más drásticas.

—¿Qué vas a hacer? —le respondió Germán confiado en su superioridad física—. ¿Pegarme?

—No. Sencillamente, matarte.

Pepe le apuntó con un revólver que acababa de sacar de su bolsillo. En sus ojos se percibía el brillo de la locura de los que están dispuestos a matar.

—Dámelo. No quiero disparar.

Atemorizado, Germán extendió su brazo, para acercarle el medallón. Jamás había sentido la muerte tan cerca. Ni en el más realista de sus guiones, había logrado expresar la indefensión que experimentaba en aquellos momentos ante la negra boca del cañón amenazante.

—Toma, toma… no dispares. Tranquilo, hombre…

46

Soy Senés, y milagrosamente estoy vivo. No logro comprender cómo tal prodigio ha sido posible, cuando todo se conju-

ró para que mi muerte fuese cierta. No sé si agradecérselo a los dioses o maldecirles por haberme impedido acompañar a mis semejantes hasta el reino de los infiernos. Intento aclarar las brumas de mi aturdimiento y entresaco fugaces recuerdos. Cuando la gran ola nos golpeó pude asirme a una puerta de madera que actuó a modo de balsa. Avanzó rauda sobre la fuerza destructora del mar desatado. Algún diablo hubo de encargarse de retirar los obstáculos a mi paso o quizá de hacerme volar sobre ellos. No sé, el caso es que no resulté aplastado contra ninguno, siendo arrastrado hasta muchos estadios valle arriba sin sufrir apenas algunas contusiones. Sólo sé que estoy vivo mientras que mi ciudad está muerta. ¿Qué haré ahora? Desde luego no lloraré. ¿Y a Tíscar? ¿Qué le habrá ocurrido? Lo más probable es que haya fallecido aplastado entre los escombros, pero algo en mi interior me asegura que hombres como ése no mueren jamás. Su espíritu seguirá resistiéndose a abandonar sus templos y santuarios. Tíscar, tiemblo ante su solo recuerdo. Su mirada me penetraba, y parecía leer en mi interior. Mil veces temí que descubriera en mis adentros mis ignominias y pecados. Sobre todo lo de la abadesa Orce, a la que amé con pasión. Tuve que pedir que me relevaran de la atención de su Santuario, dada que su sola visión alteraba mis vísceras y enflaquecía mi voluntad. La amaba, a pesar de que las estúpidas Nuevas Leyes me lo impedían. Pero ¿acaso se puede luchar contra el corazón y la naturaleza? Amé a Orce, y ese es mi mayor secreto. De haberlo descubierto, Tíscar me habría expulsado del Templo, y quién sabe si habría abierto un proceso público contra mí. Yacer con mujer sagrada es grave falta entre nosotros. Significa engañar a los dioses a los que estaban consagradas, según las nuevas disposiciones. Según nuestra tradición, las sacerdotisas no tenían por qué ser vír-

genes. Ahora es una imposición. Hemos cambiado a nuestras dulces diosas protectoras por furibundos dioses celosos de sus posesiones, las sacerdotisas entre ellas. Y si los celos humanos ante la infidelidad ocasionan terribles venganzas, ¿qué no harán los dioses al descubrirse engañados por un simple mortal? Por eso siempre les temí, y por eso siempre procuré mantenerme alejado de Tíscar, tan perfecto e inflexible, siempre dispuesto a golpear con el látigo de su ortodoxia. Temo a Tíscar y a los dioses, pero no los admiro. La vida está para apurarla sin más límites de los que la naturaleza nos impuso. Tíscar será un sabio, pero no es un hombre, tan ajeno a todas nuestras pasiones carnales. A buen seguro jamás conoció las mieles del amor a la mujer. Además, cree en el futuro. Se equivocan. No tenemos futuro, no debemos tenerlo. Cuanto antes nos extingamos, más posibilidades tendrá la naturaleza de sobrevivir. Los hombres somos el más poderoso artilugio de destrucción de la vida. ¿Fuimos un error de los todopoderosos hacedores? ¿O quizá nos dieron vida para que acabáramos con una creación demasiado hermosa? No lo sé. El caso es que tenemos que desaparecer por el bien del universo. Las bubas de nuestra civilización no deben seguir emponzoñando más lugares ni territorios. Por eso comencé a organizar la secta en el más estricto de los secretos. Los sacerdotes y los soldados se empeñaron en crecer y destruir, creyendo que con su poder la estirpe humana sería eterna. Nosotros apoyamos cínicamente ese desenfreno, pero por el motivo inverso. Para generar cuanto antes el castigo divino. Ya somos muchos. En privado no respetamos las Nuevas Leyes. En público somos sus más ardientes defensores, convencidos de que nos llevarán a una temprana destrucción. Somos unos insumisos encubiertos. Ahora, casi todos los miembros de la secta habrán fallecido. Toda mi tarea a par-

tir de este momento será lograr reconstruirla, localizando algunos de los hermanos de las zonas altas del valle, o consiguiendo nuevos acólitos. Nuestra misión será a partir de este momento la de hacer olvidar la memoria de la más infame de las civilizaciones, la de la Atlántida. Logré burlar a Tíscar robándole su medallón, el símbolo con el que él pretendía perpetuar la memoria de nuestra descomunal infamia. Ahora ya no lo tengo. El ímpetu de la ola me lo arrancó. Se ha perdido para siempre, mucho mejor para todos. Nadie, nunca jamás, deberá conservar memoria alguna de la ciudad. Yo y mis sucesores nos encargaremos adecuadamente del asunto.

47

Ni Alejandro ni Marta habían dado señales de haber recuperado la consciencia cuando el vehículo de Antonio entró por las calles de Sanlúcar, procedentes del yacimiento. ¿Por dónde cabalgarían sus mentes? Desde luego, por paisajes mucho más remotos de los que podían vislumbrarse a través de los cristales de las ventanillas. El psicólogo comenzó a preocuparse.

—Marta, Alejandro, ¿estáis bien?

No obtuvo respuesta. Los dos seguían con la vista perdida, absolutamente ajenos a la realidad que les circundaba. Antonio no lograba darle una explicación lógica a lo sucedido. Justificaba el mutismo de Alejandro, achacándoselo al esfuerzo mental realizado. Pero ¿y Marta? ¿Qué podía haberle ocurrido? Quizá hubiese absorbido determinada energía del lugar, o estuviese inmersa en algo parecido a un delirio mental inducido por alguno de los intensos recuerdos atlantes que pujaban por aflorar, impulsados no sabía bien por qué extrañas leyes del tiempo. En todo caso, no debían continuar así por más rato, podría resultarles francamente peligroso. Debían regresar de inmediato a la realidad, so pena de correr el riesgo de sufrir daños irreparables.

Detuvo el coche en una venta, prácticamente desierta a esas horas de la mañana.

—Bajad, vamos a tomar café.

Sorprendentemente, y de forma autómata, los dos jóvenes obedecieron su mandato. Antonio apuntó de forma precipitada en su cuaderno de nota. «Pérdida de voluntad. Incapacidad aparente de decidir por sí mismos». Los condujo hasta la barra.

—Disculpad, voy un momento al servicio.

Antonio se alargó hasta unos aseos que dejaban bastante que desear, con su penetrante olor a orín acumulado. ¿Por qué son tan guarros algunos?, se preguntó mientras evacuaba sus aguas menores y parte de sus preocupaciones. Pero su alivio fue tan sólo momentáneo. Al regresar a la sala, se encontró con los problemas causados por el inexplicable autismo de sus amigos. El agrio vozarrón del camarero sonaba amenazante.

—¿Pero qué os pasa? ¿Es que os queréis quedar conmigo?

El de la barra se desgañitaba intentando sacar una respuesta a los dos pasmarotes que se le habían plantado en el establecimiento. Mientras más los requería, más se irritaba, dado que no parecían prestarle la menor atención.

—¿Es que estáis colgados? ¿Os habéis puestos ciegos de hierba, os queréis reír de mí?

Silencio por respuesta. Como si para los jóvenes sus palabras fuera el trino de los pájaros o el susurro del poniente.

—¡Pues iros al carajo! ¡Salid de la venta, antes de que llame a la policía! ¡Os vais a cachondear de vuestra puta madre!

Antonio medió antes de que la cosa pasara a mayores.

—Tranquilícese, por favor. Son muy buenas personas, lo que ocurre es que están convalecientes de un tratamiento psicológico para que pudiesen superar un trauma producido por la muerte de un familiar. Soy psicólogo, sabe, y…

Las excusas del Antonio sonaron a inconsistencia de metal vil. El camarero sólo comprendió una razón de su discurso. Locos, eso eran, locos. Asintió. Si aquel tío de las gafotas era un psicólogo, aquellos dos tenían que ser unos loquitos. Ya lo había apreciado él. Loquitos de remate, vamos. Esperaba que, al menos, resultasen inofensivos. En todo caso no iba a provocarles más.

—Ya. Por eso no me respondían. ¡Podría haberlo dicho usted antes, amigo!

—Lo siento, me alargué hasta el servicio y…

—No se preocupe. ¿Qué va a ser?

—Pues un café con leche, por favor.

—Ya. ¿Y para sus amigos?

Buena pregunta. ¿Qué les pedía a sus amigos ausentes que engañaban con su presencia?

—Pues dos cafés solos, bien cargados, por favor.

—¡A ver si se espabilan!

—Sí, a ver si se despiertan.

Pero ni por esas hubo forma. Apuraron en silencio sus cafés, y con la misma docilidad que se habían bajado del vehículo, volvieron a subirse cuando Antonio se lo ordenó. No eran otra cosa que esclavos de la voluntad de un psicólogo cada vez más preocupado por la ausencia de reacción de sus compañeros. Sin otro remedio posible, decidió regresar hasta Cádiz.

El psicólogo iba sacando algunas conclusiones. Por algún extraño motivo, los recuerdos atlantes estaban aflorando, después de miles de años dormidos. Pero ¿por qué precisamente en esos momentos? Sólo se le ocurría una posible justificación. Que el inconsciente colectivo de la Humanidad estuviese alertado ante la repetición de algún colosal fenómeno. Sí, eso tenía que ser. ¿Cuál podría ser? Y entonces, en un fogonazo de lucidez, lo comprendió. El cambio climático. La Atlántida no fue otra cosa que una ciudad que destacó entre las de su momento y que fue sepultada por las aguas que subieron debido al cambio climático. ¡Nuestro instinto de especie percibía una profunda mutación del clima! Por eso activaba sus recuerdos de la gran catástrofe, y, también por eso, las mentes sensibles podían percibir las energías de aquellos atlantes que tanto sufrieron. Excitado por sus deducciones, Antonio aceleró el vehículo. Quería llegar pronto a casa para escribirlas y madurarlas. Eso era, el cambio climático. Y todos los ciclones, tornados, tsunamis e inundaciones no eran más que los furiosos heraldos de lo que acontecería en breve.

—¡Vuelve atrás! ¡No quiero irme todavía!

Las palabras de Marta le sorprendieron. Después de su prolongado silencio regresaba a la vida ordenando.

—¡Marta! ¿Cómo estás? Has estado como ausente desde que llegamos a las ruinas del Santuario.

La respuesta fue fría y precisa.

—Bien, estoy bien. Mejor que en mucho tiempo. Debemos regresar al Santuario.

—¿Regresar? Pero ¿por qué?

Antonio detuvo el vehículo en la cuneta para poder observar con atención el rostro de su amiga. Estaba admirado por su reacción. Algo debía seguir dominándola en su interior. Hablaba con gesto inexpresivo y una voz menos modulada de lo habitual.

—Porque debo cerrar una historia que no concluyó.

La curiosidad científica del psicólogo fue aún mayor que su prudencia. Giró el coche a la entrada de un carril, y volvió a encaminarse hacia Sanlúcar. En menos de media hora estarían de nuevo en las ruinas para conocer el desenlace de una historia que los tiempos no lograron dejar concluida.

En la soledad del castillo de Sanlúcar, el revólver que apuntaba a Germán imponía la ley. El guionista, aterrorizado, extendió su mano para ofrecerle el medallón que el del bigote le exigía. Pepe lo agarró de un manotazo, con precipitación, mientras apreciaba el pánico reflejado en el rostro del gigante. Eso sí que era sensación de poder. Aquél que tan orgulloso había estado de su fortaleza tan sólo unos segundos antes, temblaba entonces impúdicamente ante su arma. Sopesó el medallón, sin dejar de apuntar al guionista. No le mataría, los de la Fundación ya le habían advertido que mejor sin sangre. Le miró con desprecio. ¿Dónde escondía su orgullo? Algo inesperado, un leve sonido quizá, o el brillo sorprendido de los ojos de Germán, le alertaron. Algo estaba pasando. ¿Qué era?

—Quieto, no te vayas a mover, o te disparo.

Pero el cineasta no se había movido. Pepe, nervioso, pareció percibir que el medallón emitía calor. No, no podía ser. Nada podía pasar, la idea de venir de madrugada hasta el Templo del Sol no había sido más que una treta de Johnny para atraer a Germán a un lugar apartado y para que así pudiese él sustraérselo en soledad. Sin dejar de apuntarle, levantó el medallón para observarlo mejor. Y, entonces, algo inexplicable ocurrió. Un fuerte reflejo, como si toda la luz del alba se hubiese concentrado en su mano, lo deslumbró. La noche se volvió transparente para los ojos de sus mentes. Y sus vidas pasaron ante ellos, en décimas de segundo. Y también la de sus padres, y la de los padres de sus padres. Una espiral de generaciones les sumergieron en su vértigo. Casas de madera y piedra, chozas, en muchas ocasiones guerras, a veces paz en otras, siempre una madre cariñosa y un deseo de amor. La energía del pasado les golpeaba su discernimiento. El tiempo también se detuvo para el anticuario, que había logrado acercarse hasta los hombres. El golpe de luz, tras anonadarlo, le confirió una prístina clarividencia. Pudo ver todo el pasado. Y la película de la historia se proyectó sobre el fondo de su mente, sin que sus secuencias le arrancaran una lágrima o le motivaran una sonrisa. Las cosas ocurrieron como tenían que haber ocurrido. Y el anticuario presente, y el sacerdote pretérito, supieron que no habrían existido si los acontecimientos hubieran fluido de otra manera. Pero ambos se estremecieron al intuir que en ese instante concentrado, podrían entrever el futuro. También estaba escrito. El pasado y el presente ya lo habían condicionado. Cuando empezaban a vislumbrar la nueva catástrofe que diezmaría a la Humanidad, algo hizo que la mente del sacerdote quisiera rebobinar hacia el pasado. No era cierto que hubiese visto todo lo acontecido. Aún quedaba un resquicio de pasado que le seguía rasgando su ser. ¿Fue en verdad él quién gozó del virgo de Orce? Con esfuerzo pudo despejar las visiones del futuro que ya le hablaban del modo en el que la naturaleza se vengaría en esta ocasión de los hombres. Se alejó de aquellos virus y enfermedades que desconocía, para volver a orientar hacia el pasado el foco de la clarividencia. No le resultó fácil. Todo le hablaba de la fatal epidemia que ocasionaría la mayor mortandad que los siglos vieran. Pero todavía faltaba algún tiempo para ello, sería después de los primeros fríos. No le interesaba el futuro. Quizá todavía tuvieran la posibilidad de modificarlo para mejor. Tíscar, el sacerdote, continuaba cabalgando sobre la esperanza que siempre tuvo sobre la estirpe humana. Tiempo tendría para otear el futuro. Quería regresar al pasado, al menos a esa parcela del pasado que se le seguía resistiendo. Poco a poco pudo ir variando el foco de su visión. Abandonaba el futuro y regresaba al túnel del pasado. Los miles de años pasaron como una exhalación ante la percepción de su mente hasta detenerse en los remotos tiempos de la gran ola. Eso era, sólo necesitaba remontarse un poco más atrás. Sí, ya estaba. El Santuario de la Luna. Orce. Ya la veía, hermosa y radiante como una diosa. Se estremeció de amor de hombre. ¡La había amado tanto en silencio! Al verla tan indefensa ante su mirada curiosa, experimentó un leve remordimiento. ¿Por qué le hacía eso? ¿Por qué no respetaba la historia? ¿Acaso Orce le había fallado en algo? ¿No le dio una hija que ocultó ante los hombres para no comprometer su reputación de Gran Sacerdote? ¿No dispuso correctamente el inicio de los relevos? ¿Por qué quería entonces vulnerar sus interioridades? Y comprendió entonces, que tanto por respeto a ella, como por su propia felicidad, era mejor no indagar en lo que las circunstancias le vedaron. Él la amó, ella lo respetó. ¿Qué más daba ese suspiro del pasado? Romper los cimientos del pasado, podían derrumbar los edificios del presente. Y renunció a saber. Y fue feliz entonces, saboreando la imagen de la Orce hermosa que acababa de disfrutar. Enterró los celos, consiguió la paz. Se esforzó entonces en sumergir del delirio. No quería seguir a merced de las visiones del pasado. Estaba en paz, no quería conocer más. Despertó con sobresalto. Frente a él tenía a los dos hombres todavía paralizados. El fulgor del medallón apenas habría durado unas décimas de segundo, pero la sugestión les permitió navegar por los mares del tiempo pasado y por venir.

El anticuario, aprovechando su desconcierto, y todavía titubeante, se situó detrás del bigote.

En ese preciso instante, Pepe también volvió en sí. Se descubrió asimismo sujetando todavía con fuerza el medallón, y apuntando al gigante, que abría y cerraba sus ojos como queriendo despertar de su sueño fugaz. ¿Qué había pasado? ¿Qué extraño poder emanaba de aquel maldito símbolo? ¿Qué efecto le había causado su inesperado resplandor? Retrocedió asustado, trastabillando, con los ojos muy abiertos por el terror ante lo desconocido.

—Quieto, Germán, que te sigo apuntando.

Pepe volvió a sentirse dueño de la situación. Al instante, oyó unos suaves pasos a su espalda, pero no le dio tiempo a girarse. Sintió un débil empujón sobre sus hombros y un manotazo en su cara. El anticuario había conseguido sorprenderle. Germán aprovechó el instante de su desconcierto para arrojarse sobre el del bigote. Forcejearon hasta rodar al suelo entre puñetazos y golpes. Tanto el medallón como el revólver cayeron al suelo a escasa distancia del ovillo humano de los hombres que luchaban. El anticuario los recogió con presteza.

—Quietos. Os apunto yo ahora. Tengo el medallón. Dejad de pelear, no os servirá para nada.

Los dos hombres cesaron en sus esfuerzos y levantaron la cabeza. Detrás del revólver que les apuntaba destacaba un anciano de nariz encorvada y mirada penetrante. ¿Quién demonios podía ser?

—¿Quién eres?

—Sería muy largo de explicar mi vinculación con este medallón —les respondió el anticuario—. Digamos que mi historia viene desde muy antiguo. Vosotros sois los recién llegados. Quiero que me contéis todo. Está amaneciendo y estamos en un lugar apartado. Nadie nos molestará durante un buen rato. Tomaros el tiempo que necesitéis para explicarme cómo llegasteis hasta el medallón. Empieza tú, ordenó a Germán.

Y Germán, más intimidado por la voz y la mirada del viejo que por el propio revólver que los apuntaba, decidió hablar. Los ojos del viejo le volvieron locuaz. Su mirada le vaciaba de secretos. Nada tenía que ganar ocultando lo que sabía. Y empezó a contar el encargo de la Casa, y cómo fichó a Cifuentes y cómo con su estratagema de la rusa logró arrebatarle finalmente el medallón a Alejandro, y cómo Johnny le había ordenado que se fuera para el Templo del Sol. Se detuvo. Y comprendió. Johnny. Johnny fue quien le mandó a Sanlúcar, donde aguardaba Pepe. Las negras alas de la sospecha le rozaron en su aleteo. ¿Y si, de alguna forma, estaban compinchados? ¿Y si Johnny le hubiese traicionado? Esperaría a oír la versión de Pepe. Quizá así pudiese descubrir la parte de la historia vedada para él.

—Espera —le ordenó el anticuario—. Explícame qué es la Casa.

Así lo hizo Germán, ante la atenta escucha de los otros dos.

—O sea, que la Casa sospechaba de la existencia de los relevos y deseaba descubrirlos para poder demostrar al mundo la existencia de la Atlántida. Es eso, ¿no?

—Resumidamente, sí.

La antigua inteligencia interior del anticuario calibró la información. No tenía duda alguna acerca del Corcho y Alejandro. Eran los últimos relevos de la cadena humana que él iniciara miles de años atrás. Con orgullo comprobó que su estrategia había sabido superar las tormentas del tiempo. Había conseguido que el medallón llegara hasta el instante en el que el recuerdo de la Atlántida debía activarse de nuevo. Hasta ahí todo según lo previsto. ¿Y la Casa? Según comprobaba, era un aliado de sus intenciones. Quería dar publicidad al descubrimiento. Exactamente igual que él, el Gran Sacerdote. Pero nada debía decir hasta no escuchar los razonamientos del otro.

—Habla tú ahora. ¿Quién te mandó y por qué?

José Arriertatúa, también empujado por la mirada del viejo sobre su mente, contó el encargo que recibió de la Fundación, cómo siguió al marinero y al librero, hasta que Germán se les adelantó. Por eso tuvieron que citarlo en Sanlúcar, para poder recuperar aquello por lo que llevaban tanto tiempo luchando.

Ante esas noticias, Germán no pudo contener su sorpresa.

—¿Cómo que me citasteis? ¿Quiénes erais?

Con un gesto, el anticuario permitió que Pepe le respondiera.

—Ya no tiene sentido seguir engañándote. Johnny era nuestro hombre en la Casa. Espiaba bajo nuestras órdenes. Siempre supimos de tus movimientos. A él trasladamos algunos de nuestros descubrimientos, y fue quien nos dijo que debíamos encontrarte aquí, en Sanlúcar. Debo reconocer que nos adelantaste. Tu técnica de la rusa resultó más eficaz que nuestros minuciosos seguimientos.

—¡Será cabrón! ¡Y yo que pensaba que era mi amigo!

—No discutais, por favor —les ordenó el anticuario que ya no les apuntaba con el revólver—. Cuéntanos, Pepe. ¿Para qué quería la Fundación el medallón?

La conversación se fue relajando, gracias al imperio mental del anticuario, que ya ejercía sus dominios sobre la mente de los otros dos. Los hilos deshilvanados de la trama fueron tejiendo una red de complicidad entre ellos. Ya nadie amenazaba a nadie, y todos tenían interés en saber qué parte de la película les había tocado interpretar. Los dos hombres, que minutos antes habían peleado, competían en aquellos momentos en una inusitada carrera de sinceridad, engrasada por la activación de sus cerebros.

—Sobre todas las cosas, la Fundación tenía mucho interés en que la historia de la Atlántida nunca fuese descubierta. No quería que ningún tipo de prueba pudiera demostrar que la ciudad existió realmente. Deseaba que siguiera siendo un simple mito fantasioso.

Las mismas intenciones que siempre albergó el maldito Senés, se dijo para sí la voz interior del anticuario.

—¿Y por qué tanto interés en mantener oculta su existencia?

—Nunca me lo dijeron abiertamente, pero yo fui uniendo cabos de una conversación y otra. Grandes grupos industriales y de armamento financian generosamente los presupuestos de la Fundación. Y a estos grupos no le interesa que la opinión pública tome demasiado en serio todo esto del cambio climático. Si la mayoría de la población se asustara, las leyes se endurecerían extraordinariamente, y eso tendría un enorme costo para sus empresas.

—Y claro —le interrumpió Germán—. Que se descubriera que la subida de las aguas sumergió realmente la Atlántida significaría dar la definitiva razón a los que predican la catástrofe del cambio climático.

—Eso pienso yo. Por eso decidieron dejar avanzar las investigaciones de la Casa, para ver quién descubría antes algo. Si nosotros lo conseguíamos, pues nadie jamás llegaría a enterarse de nada. Que era Germán quien lo averiguaba, pues le arrebataríamos su conocimiento. Y así fue.

—Lo siento, yo lo descubrí antes.

Germán y José Arriertatúa, Pepe como nombre de guerra, siguieron un buen rato hablando entre ellos, poniendo las cosas en claro. El anticuario, con la cabeza baja meditaba sobre todo lo oído, con el medallón en la mano. De vez en cuando miraba a los ojos de los otros dos y parecía leerles el pensamiento antes de ordenarles que siguieran su conversación en paz. Dispondría aún de un par de horas antes de que sus mentes volvieran a adoptar poses defensivas y agresivas, tiempo más que suficiente para que él cogiera el autobús para Sevilla. Llevándose el medallón, por supuesto. Lo entregaría al departamento de historia antigua de la universidad, con la condición de que hiciera públicos los resultados de su investigación. El momento había llegado, el mensaje debía activarse. La Atlántida dejaría de ser a partir de ese momento un simple mito para convertirse en una realidad arqueológica a investigar. Se reabriría el debate sobre las causas de su desaparición y la Humanidad podría tomar buena cuenta de las enseñanzas que sin duda obtendría al conocerlas. Los hombres de hoy aprenderían la lección del ayer y corregirían su comportamiento. Quizá todavía pudieran obtener el indulto del castigo al que la naturaleza y los dioses ya los habían condenado como represalia a sus tropelías. Terrible desagravio que él había entrevisto en su trance de futuro. Pero todavía podían salvarse. Todo su esfuerzo había merecido la pena. Senés se equivocaba, la Humanidad tenía solución. Todo era cuestión de obrar bien.

Una duda empañó su satisfacción. ¿Por qué todo se había precipitado en ese preciso momento histórico, y no antes ni después? Varias causas debieron motivarlo, sin duda. Estaba claro que Tíscar despertó bajo el influjo de la estela, descubierta por puro azar en las ruinas. ¿O no? Y una duda le asaltó. La de si esos fantasmas renacieron al excavarse las ruinas, o si algo más colosal había activado todo el proceso. ¿Algo como qué? Pues como otra catástrofe inminente. Tíscar sacudió la cabeza. La Humanidad nada había cambiado. Pero seguía manteniendo su optimismo. Con el descubrimiento de la Atlántida los sabios humanos convencerían a los insensatos de sus reyes de que no debían seguir destruyendo el planeta ni triturando las leyes de la armonía. Entonces fue el anticuario el que sacudió la cabeza, resignado. No quería romper las esperanzas de aquella voz interior, pero dudaba mucho que nada ni nadie fuese capaz de cambiar algo. Ni siquiera el descubrimiento de veinte Atlántidas superpuestas. ¡No, no podía caer en ese fatalismo, eso sería darle la razón a Senés!

Su memoria histórica recordó las teorías de Senés, el que predicaba que nada se podía hacer por mejorar el futuro humano. ¡El pobre! Tíscar, estaba exultante. Con la aparición de la Atlántida demostraría de una vez por todas que él tenía razón, que la Humanidad podría corregir su propio destino. Sonrió. El espíritu de Senés se atormentaría allá donde estuviera al comprobar que durante toda su vida estuvo inmerso en una profunda equivocación. Y se estremeció ante una fugaz y punzante intuición. Senés... ¿habría pervivido la influencia de su nefasto pensamiento? ¿Guardaría aquella extraña Fundación alguna vinculación con su legado? Sacudió la cabeza, para volver a la realidad de sus involuntarios pupilos. Aunque dominados, no podía dejar de prestar atención a aquellos dos que seguían confesándose sus cuitas. Germán Ruipérez no lograba superar la sorpresa causada por la traición del director cubano.

—Verás cuando descubran en la Casa que Johnny era un doble agente. ¡Ése no vuelve a dirigir una película en su vida!

—Y tú, ¿qué les dirás? —se interesó Pepe—. También has fracasado, no podrás entregarles el medallón.

—¿Yo? No he fracasado, he conseguido mis objetivos. Ellos querían saber de la Atlántida. Pues yo lo he conseguido. Les contaré la verdad, que encontré el medallón atlante. Que la historia de los relevos era cierta.

—Pero este viejo ocultará el medallón. La Casa no podrá demostrar nada.

—Te equivocas —las voz del anticuario les interrumpió—. Mañana mismo entregaré el medallón a las autoridades. Toda mi obsesión es que se conozca la historia de la Atlántida, para que los hombres aprendan la lección que encierra.

—¿Lo ves? —Germán rebosaba de satisfacción—. He triunfado. La Casa quería que la Atlántida se conociera, y eso va a ocurrir, gracias a mí, además. Les diré que le di a un respetable anticuario para que hiciera entrega a las autoridades arqueológicas de Andalucía, con la única condición de que hiciera público que se trataba de una donación de la Casa, y que esta pudiera tener acceso libre a la pieza para cualquier investigación que deseara realizar.

—Me parece perfecto, respondió el anticuario al comprobar el influjo de sus deseos en la mente de aquellos hombres. Eso mismo pensaba plantearte yo.

—Estoy seguro de que en la Casa estarán felices. Tendrán el protagonismo que buscaban en el descubrimiento de los secretos atlantes. Por mi parte escribiré el guión de la película que me dará imperecedera fama internacional.

En verdad, Germán se las prometía bien felices en aquel momento. Nada tenía que temer, pues su misión principal había sido cumplida. La Casa estaría feliz.

—¿Y tú? ¿Qué le contarás a tu Fundación?

—Lo tengo más difícil que tú. Yo sí que he fracasado. En pocas semanas, todo el planeta conocerá la real existencia de la Atlántida.

—Pero tú no tendrás la culpa —le interrumpió el anticuario—. No lo sabéis, pero uno de los principales Santuarios atlantes, el dedicado a una diosa bajo la advocación de la Luna, fue descubierto hace unos días. La noticia que saltará primero será la del yacimiento. Tu organización, cuando lo lea, sabrá que nada pudiste hacer ya por ocultar la historia. Nadie te exigirá nada.

—Sí, visto así, no he sido yo quien ha fracasado. Todo se ha debido al azar.

—Sí, al azar, repitió sin convicción alguna un anticuario que ya se levantaba para marcharse.

—Podéis quedaros aquí un buen rato más charlando como amigos. Me llevo el medallón para entregarlo a las autoridades gracias a la impagable donación de la Casa. Así figurará en todos los documentos.

Les miró fijamente. Debía asegurar que su docilidad permanecería aún por un buen rato.

—Ah, me llevo el revólver. Lo tiraré por ahí. No es bueno que llevéis estos juguetes encima.

—Sí, mejor. Me la entregaron los de la Fundación. Me facilitaron también la documentación para poder llevarla legalmente, no sé cómo la consiguieron. La verdad es que no me gustaba nada llevarla conmigo.

Callaron. Ya parecía todo dicho. El anticuario se giró para marcharse.

—Por cierto —preguntó Pepe—. ¿Qué ocurrió con el medallón? ¿Por qué brilló? ¿Qué nos pasó? Yo, al menos, experimenté un extraño trance, como si pudiese ver historias del pasado.

El anticuario se despidió con su respuesta.

—Eso tendréis que descubrirlo vosotros. Los viejos sacerdotes nunca descubrimos nuestra sabiduría.

El anciano comenzó a bajar. Se alejaba del castillo para dirigirse hacia el centro. La aventura había terminado. La voz interior se le iba desvaneciendo, durmiéndose para siempre feliz. La eterna felicidad que sólo le había producido el dejar la tarea bien cumplida, los celos enterrados y la memoria de la Atlántida de nuevo aflorada. Quizá la Humanidad tuviese ahora una nueva oportunidad para evitar la catástrofe que ya comenzaba a anidar en algún remoto reservorio. Volvió la mirada. Allí quedaban, todavía aturdidos, aquellos dos. Levantó el medallón. ¡Cuánta energía habían concentrado sobre él los tiempos! Y el sacerdote se desvaneció para siempre en las brumas del tiempo, mientras que el anticuario esperaba en la estación de autobuses.

Arriba, los dos hombres seguían en desconcertado trance, como hipnotizados. Uno de ellos repetía: ¿Sacerdote? ¿Ha dicho sacerdote? ¿Es que el viejo era un cura?

48

Soy Enix y en mi agonía entreveo la muerte negra. No le temo. Sólo siento tener que dejar solo a mi hijo, Sorbas, tan débil e inseguro. Lo engendré con amor y lo crié con esmero. De nada le faltó, incluso en nuestra pobreza. Lo eduqué y lo alimenté. Hoy ya es todo un hombre. Él sostendrá el testigo de nuestro alto linaje atlante. Me hubiera gustado poder buscarle mujer, pero la muerte me reclama antes de cumplir esta misión. Se lo he aconsejado en numerosas ocasiones. «Hijo, debes encontrar mujer cuanto antes». Sé que lo hará. ¡Es tan guapo y tan listo! Las más hermosas muchachas de las aldeas de los alrededores correrán a caer en sus brazos en cuanto lo vean aparecer. Esa convicción me reconforta. Toso. Los pulmones se niegan a funcionar como debieran. Y una duda amarga mis últimos instantes de lucidez. ¿Y si mi hijo Sorbas no conoce mujer? ¿Y si no tiene hijos? ¡No, no puede ser, desapareceríamos para siempre! ¡No quiero morir, hasta encontrarle esa mujer que precisamos y los nietos que redimirán nuestra memoria! Me cuesta abrir los ojos. Apenas soy capaz ya de pensar. Pero sé que no descansaré en paz hasta que la sangre de mi sangre no haya procreado.

49

Acababan de regresar al yacimiento y Antonio Rebollo lamentaba estar de nuevo a los pies de aquella loma de tan incierta energía. Se arrepentía de haberle hecho caso a su amiga. Marta no había vuelto a pronunciar palabra desde que le ordenara el regreso a las ruinas del Santuario. Antonio no lograba comprender el porqué del súbito interés de la muchacha. ¿O el deseo de regresar no era suyo, sino de alguna de las antiguas voces reflejadas? A medida que se acercaban hasta el epicentro de las energías en ebullición, las ruinas del Santuario, el psicólogo trataba de comprender. Marta había justificado su deseo de retornar para intentar cerrar una historia que había quedado abierta en el pasado. ¿Qué historia sería? ¿Y cómo le afectaba a ella, tan ajena a todo lo sucedido hasta aquel entonces? Quizá fuera otra de esas energías. Algo las debía haber despertado de su letargo para encarnarlas en las entrañas de su amiga. O no, pensó. Quizá siempre hubieran estado ahí, y fuese el subconsciente de las personas de nuestros días las que se hubiesen hecho receptivas para poder captarlas. Algo podía activar a las mentes del siglo. ¡Sí, eso tenía que ser! Eufórico por su nuevo descubrimiento, no se dio cuenta de que también el rostro de Alejandro comenzaba a reaccionar. Algo se estaba moviendo en su interior.

—Marta, ya hemos llegado.

La joven se bajó en silencio del automóvil e inició el ascenso de la loma. Antonio, que no sabía demasiado bien cómo comportarse ante aquella extraña situación, optó por seguirla a una distancia prudencial.

—¡Esperadme! ¡No quiero quedarme atrás!

Alejandro también inició su subida, con la cabeza rígida y la mirada perdida. El psicólogo esperaba con impaciencia el desenlace de esa historia inconclusa. Un escalofrío le recorrió la espalda. ¿Y si se trataba de un drama? ¿Y si de alguna forma también le implicaba a él? Pero ya nada podía hacer salvo seguir a los dos que ya se encontraban junto a los restos tapados por la lona. La sorpresa no tardó en saltar. Marta se dirigió con tristeza hacia Alejandro. Antonio no tardó en comprender que la sacerdotisa madre se quejaba ante el hijo que no le dio los nietos que deseaba.

—No tuviste los hijos que te pedí. Nuestra estirpe no continuó.

—Lo siento. No pude hacerlo.

—Tuviste que haberlo conseguirlo. Todas las muchachas se hubieran vuelto locas por ti. Mi sangre, que era la sangre de los sumos sacerdotes atlantes, se perdió por tu culpa.

—Lo siento, de verdad, lo siento…

Alejandro, poniendo voz a un tímido y acomplejado Sorbas, hijo de Sorbas y Enix, rompió a llorar.

—Lo siento, no fui capaz.

Marta mostraba una infinita tristeza. La voz de Enix se exteriorizaba desolada.

—El Santuario se recordará para siempre. Pero otra sangre será la que dirija sus cultos… A no ser que…

Los ojos de Marta brillaron con intensidad. Antonio seguía los acontecimientos con ansiedad y preocupación. ¿Qué se disponía a hacer?

Marta se acercó seductora hasta donde se encontraba Alejandro. Comenzó a acariciarle la cabeza, y a ronronearle palabras cariñosas. Alejandro se dejaba querer, mientras que su excitación crecía a ojos vista. Antonio comprendió horrorizado el juego al que la voz interior estaba sometiendo a Marta. Quería que sedujera a Alejandro para poder acostarse con él. Albergaba así la esperanza de que su sangre se perpetuara. El incesto garantizaría la sangre atlante más pura. La sacerdotisa Enix se mostraba dispuesta a yacer con varón por segunda vez en su vida, y esta vez con su propio hijo. Todo por que su estirpe no se perdiera. Antonio no supo qué hacer. No podía, desde luego, permitir que se consumara un acto sexual inconsciente por ambas partes, pero tampoco deseaba interferir aquel inesperado instinto, asombrosamente inducido por energías del pasado. Mientras Antonio dudaba, Marta ya había comenzado a desabrochar la camisa de Alejandro. El psicólogo comprendió que tenía que actuar y pronto. Se acercó hasta los dos amantes e intentó interponerse entre ellos. Fue rechazado por un empujón de Alejandro y un codazo de Marta. Le sorprendió la furia con la que lo apartaron. Enix tenía por completo controlada la situación, y sus mentes y cuerpos estaban programados para entregarse voluptuosamente a la pasión. Querían gozar, unirse, procrear.

—¡Por favor! ¡Separaos! ¡No sois conscientes de lo que os ocurre! ¡No lo vais a hacer con libertad! ¡Parad que a lo mejor después os arrepentís de por vida!

Ni caso. Marta ya le había quitado la camisa a Alejandro, y éste comenzaba a acariciar su cuerpo de forma torpe y grosera, tal y como correspondía a su inexperiencia. Pronto sería ya demasiado tarde. El psicólogo lo intentó recurriendo a sus habilidades hipnóticas como desesperado recurso. Pero le resultó imposible. Pedirle a aquellos dos que se relajaran y que le miraran a los ojos resultaba ontológicamente un imposible. Como lo de las peras al olmo. La escena amatoria iba a más y más, sin que Antonio Rebollo supiera cómo evitarla. Si alguien les sorprendiera en esa situación —pensó—, creería que se trataba de un sátiro o de un viejo verde que observaba parejitas para excitarse. Lo que le faltaba, vamos. Alejandro comenzó a desabrochar la blusa de Marta. No, no podía consentirlo. Cogió una piedra y se la arrojó. Pero sin la fuerza adecuada ni la puntería precisa, el proyectil cayó lejos de sus cuerpos.

No tuvo más remedio que hacerlo. Con una larga vara que se encontró, comenzó a azotar a los amantes. Suave al principio, más fuerte a medida que les gritaba. Marta se quejó, Alejandro se rascó la zona afectada. Aquella burda terapia parecía dar resultado. Mientras más les daba, más se quejaban. Parecía que la líbido se les iba apagando progresivamente. El dolor de su cuerpo anulaba el bloqueo mental al que estaban sometidos. El psicólogo no cesaba de golpearlos, mientras le gritaba para que se separasen. De vez en cuando miraba alrededor del lugar, temeroso de que alguien pudiera sorprenderles. ¿Qué pensarían de la escena en la que un viejo miope golpeaba a dos jóvenes que se empeñaban en hacer el amor? A buen seguro, nada bueno. Y comprendió Antonio que el deseo de procrear tuvo que ser aún más fuerte en las épocas en las que todavía éramos pocos y frágiles y teníamos un mundo entero por conquistar.

Logró separarlos y, aprovechando su aturdimiento, arrastrarlos hasta el coche. Arrancó en cuanto les tuvo dentro y se alejó de aquel lugar de desconcertante energía.

—Arreglaos un poco la ropa. ¡Vaya pinta que lleváis!

Entraron en Sanlúcar, y, poco a poco, los muchachos fueron recuperando la consciencia. Antonio observaba con interés sus reacciones. La de Marta fue de sorpresa, sin terminar de creerse del todo lo que le había ocurrido. La de Alejandro fue de profunda vergüenza. No se atrevía ni a levantar la mirada. ¿Cómo había podido ocurrir aquello?

—¿Podéis recordar todos lo detalles? —les preguntó con interés científico Antonio.

—Desgraciadamente sí —se sinceró Marta—. Aunque más valía que se nos hubiese borrado todo de la mente.

—¿Tú también, Alejandro?

—Sí. Siento mucho lo sucedido Marta, yo…

—No, no, no os preocupeis por nada de lo que dijerais o hicierais. No erais libres, alguien ajeno a vosotros controlaba vuestras mentes.

—Fue Enix, ¿verdad?

—Creo que sí, Marta. Por la conversación que mantuvieron deduje que fue la madre de ese pobre muchacho, Sorbas, el que habla desde tus adentros. Le recriminó el que no hubiera tenido hijos, y quiso ella engendrarlos.

Alejandro ocultó su rostro, completamente azorado. Todos sus complejos compitieron por humillarlo al aflorar al unísono. «Ese pobre muchacho» se repitió en sus adentros. *Sorbas, la voz que le hablaba desde dentro, es otro pobre muchacho como yo*, pensó, *al que su madre urge para encontrar novia y al que las mujeres desprecian. Como también me ocurre a mí.* Sólo con Petrova creyó sentirse deseado, aunque la sombra de la sospecha amargara su dulce recuerdo. Temía que hubiese sido ella la que le robara el medallón. Otra que lo había buscado para aprovecharse de él y sonsacarle información de la maldita historia de la Atlántida. Como Marta, como Antonio, como todos. Y comprendió bien a Sorbas, aquel muchacho tímido que no fue capaz de satisfacer el tributo de nietos que su madre le exigiera. Como también le ocurría a él, doce mil años después.

Pararon en un bar a desayunar. Antonio apuntó en su cuaderno lo ocurrido en esa mañana. Alejandro, cada vez más deprimido, se sentía como una ratita de laboratorio a la que destripan para hacer experimentos. Sólo interesaba para que otros pudieran hacerse ricos y famosos, mientras que él era abierto en canal y analizado. Ni siquiera probó el café que Antonio le hizo llegar. Miraba a Marta de reojo y la veía hermosa, pero fría y distante. Jamás podría conquistarla, siempre sería demasiado poca cosa para ella.

—Ha sido todo un éxito —se ufanaba feliz Antonio—. Ya sabemos dónde está la Atlántida. En menos de una semana podremos estar realizando excavaciones de urgencia. El descubrimiento será una noticia de alcance internacional.

—Sí, ha sido fantástico, le siguió Marta en su optimismo.

Alejandro no habló. Apenas podía seguir los felices razonamientos de sus compañeros de barra, que, como en la fábula de la lechera, construían un castillo sobre los cimientos del primer cántaro que les había proporcionado. Pero para nada contaban con él, ya se habían olvidado del pobre librero que tanto les ayudó. El dolor oprimió su pecho. No quería resignarse a su triste papel de ameba sobre el cristal de un microscopio. Tenía que aspirar a tener existencia propia. Aprovechando el momento que Antonio se ausentó para acercarse a los servicios, decidió lanzarse con Marta. Quizá tuviera una última oportunidad.

—Marta... Me hubiese gustado que lo que nos pasó en el Santuario no hubiese sido sólo un sueño.

La muchacha, sorprendida, interpretó como una broma aquella insinuación, tan ajena a los tímidos modales de aquel bonachón.

—¡Qué más quisieras tú, so listo! —le respondió guasona.

Alejandro no supo apreciar el matiz de la broma. Se sintió

despreciado. Sus más negros augurios se hacían realidad. Para Marta simplemente había sido un útil desechable de laboratorio, de esos de usar y tirar. Ya no era para ellos otra cosa que una rémora en su carrera hacia la fama.

—Me quedo —les respondió Alejandro cuando Antonio sugirió que regresaran a Cádiz.

—¿Cómo que te quedas? —le preguntó extrañada Marta.

—Hace un día muy bonito. Aprovecharé para ir a la playa y visitar a unos amigos. No os preocupeis por mí, ya cogeré el autobús esta tarde. Adiós, que os vaya bien.

Marta se sintió liberada. No le apetecía viajar con Alejandro. Era muy buena persona, pero realmente empalagoso. Mientras arrancaba, Antonio tuvo la fugaz impresión de que la despedida de Alejandro había sonado como definitiva. Pero las urgencias de la conducción y la necesidad de programar los siguientes pasos a dar, enterraron para siempre el recuerdo de ese muchacho, simplemente uno más de los muchos que había tenido que hipnotizar para descubrir el mayor secreto de la Humanidad. Quizá hubiese sido el más importante, sí, pero, para los efectos del protagonismo del seguro hallazgo, sencillamente uno más.

50

Soy Sorbas, hijo de Enix y Sorbas, del que tomo el nombre. Mi padre fue el enviado de Tíscar, el gran sacerdote del Templo de Poseidón. Tíscar fue mi abuelo, padre de mi madre. Por mis venas corre sangre principal atlante, y tengo el deber de mantenerla y propagarla. Mil veces me repitió mi madre esa cantinela que achicharra mi alma como un hierro ardiente. Incluso en su agonía, volvió a pronunciar esa frase que lle-

varé grabada por siempre en lo más hondo de mi corazón. «Debes conocer mujeres, me repetía, y tener hijos y hablarles de la Atlántida y adiestrarles en las liturgias del Sol y de la Luna que yo te he enseñado, para que esta tierra que siempre fue feliz, vuelva a agradar a los dioses que le dieron la espalda en el día del cataclismo. Olvida las Nuevas Leyes, fueron hechas por estúpidos hombres guerreros. Busca la sabiduría antigua, y reza a las diosas, que jamás aquí se veneraron dioses machos. Ten mujer. Ámala. Que tengáis muchos hijos». Eso me dijo. Pero no fui capaz de cumplir con mi deber de hombre. Por eso sufro y me consumo de dolor y vergüenza. Recluido en la soledad de mis ruinas, rehuyo huraño a cualquier persona que se acerque por este lugar. Me avergüenzo de mi propia incapacidad, de mi temor ante las mujeres. Mi estirpe morirá conmigo.

Duermo mal. Sufro malos sueños en los que las mujeres se ríen de mí, mientras mi madre me recrimina el no atreverme a tomar ninguna de ellas como esposa para procrear. Me despierto sobresaltado y lloro de desesperación. Los días pasan lentos, sin que inicie de nuevo el viaje para buscar mujer. Mi aspecto se degrada. Ni me limpio ni me cambio la ropa. Huelo mal. ¡Qué diferencia a cuando vivía mi madre, que siempre me hizo vivir en la limpieza y el orden! Si consiguiera mujer, mi vida podría organizarse de nuevo. Pero no soy capaz.

Mi madre me adiestró en el sacro arte de la escritura, el secreto mejor guardado de la Atlántida. Desde siempre se consideró un oficio de mujeres santas. Ellas descubrieron ese inteligente sistema de grabar mediante unos pocos signos alfabéticos todos los sonidos de nuestras palabras. Nuestras leyes, las plegarias a los dioses, y los saldos de nuestros intercambios comerciales fueron escritas en nuestro lenguaje de signos. Todo lo hicieron las sacerdotisas. En las malditas Nuevas Leyes se les prohibió. La escritura les confería demasiado poder, y debía ser ostentado por los hombres. Pero ellos tardaron en aprender, más preocupados de guerras y aventuras descubridoras. Dicen que fue el metal el que nos hizo grandes. Yo creo que también la escritura. Ningún otro pueblo la posee, y gracias a ella podemos mantener los arcanos de nuestra historia a lo largo de los siglos, sin temor a las mudanzas propias de la fragilidad de las tradiciones orales. Mi abuela Orce, la gran abadesa, instruyó en su arte a los dos principales sacerdotes. A mi abuelo Tíscar y a otro que llamaba Senés, y que, según mi madre, era muy guapo, inteligente y divertido. También a mí me enseñó las leyes de los signos. Gracias a eso, pude esculpir las claves de mi sufrimiento. He utilizado para ello una losa de mármol, por ser la piedra más consistente y el heraldo más seguro para atravesar los infinitos desiertos del tiempo. Y escribo con los signos sagrados. Y dejo para generaciones futuras el rito de la fertilidad, según la tradición sagrada de las sacerdotisas del Santuario de la Luna. Espero que a alguien le sean de mayor utilidad que a mí. Escribo mi nombre, el de mis padres y mis abuelos, y transcribo el rito principal del Santuario. He dedicado varios días a conseguir que la estela quede perfectamente legible para cualquier iniciado en los signos sagrados. La miro una vez que la he finalizado. La estela grabada será mi legado para el incierto futuro. La coloco sobre el resto del muro más alto. Así será más fácil que alguien la encuentre, cuando el tiempo y el abandono terminen por sepultar el lugar. Estoy orgulloso de mi tarea, aunque la amarga frustración de mi impotencia, aliente mi resentimiento contra todo lo que me rodea. Sobre todo contra esas mujeres que tan inalcanzables me resultaron. Escribo una maldición contra ellas. Mi alma vagará sin descanso hasta que alguien logre desentrañar el drama de esta estela y me conceda paz eterna...

Y digo bien mi alma, porque una vez finalizado el trabajo de la escritura sobre la piedra, nada me queda por hacer en este mundo destruido. Sin mi madre, nada tiene sentido para mí. Lo abandonaré hundiéndome, para siempre, en el lago que cobija a la gran ciudad sumergida. Sus aguas serán su sepultura, sus peces, mis flores; sus olas, mi responso. Para siempre, adiós. Nadie me recordará.

51

A esas horas, la playa de la Jara aún se encontraba desierta. Sus finas arenas eran testigos del encuentro del Atlántico y el Guadalquivir en ese territorio de ensueños y leyendas que siempre gobernó a la desembocadura del río mítico. Un vacío infinito oprimía el corazón de Alejandro esa mañana de desengaños. Paseaba descalzo por la orilla, mojando sus pies con el frío lengüetazo de las olas que agonizaban. La mar estaba serena, azul, hermosa. ¿Qué significaba el dolor de una sola persona frente a aquel colosal templo? Nada. Eso mismo era él. La nada. La insignificancia para el mar y para los hombres.

Alejandro, abandonado por todos, y despechado por el cruel rechazo de Marta, se acordó del Corcho. ¿Dónde estaría en aquellos momentos su amigo marinero? ¿Por qué mares surcaría su barquita? Le había fallado. Le había cedido la custodia del medallón y lo había perdido el primer día. Ni el grumete más inútil de todos los inútiles que el marinero hubiera podido conocer a lo largo de los siete mares, habría resultado tan torpe. La nada. Eso era él, la nada. Un estúpido aprendiz de librero al que todos despreciaban. Desprecio, además, merecido. Su estupidez permitió que se rompiera la milenaria cadena del recuerdo atlante. Los cercanos graznidos de unas gaviotas le sacaron de su ensimismamiento. Una ligera brisa le inundó de aroma marinero. Unas pequeñas olas alegraron el azul del océano. Había perdido el medallón. Otras personas lo poseerían en aquellos momentos, y el secreto estaría profanado… ¿El secreto profanado? Sí. A partir de ese momento, las gentes conocerían el medallón y a través de él la Atlántida. ¿Tan malo era eso, entonces? Los trozos de conchas que las olas arrastraban por la arena cantaban una salmodia de esperanza. *Al fin y al cabo era de lo que se trataba, grumete, de que jamás se perdiera la memoria atlante.* Alejandro se asustó ante aquella voz. Miró hacia todas las direcciones pero seguía tan solo como su pobre corazón. Nadie había pronunciado esas palabras que con tanta nitidez había oído. ¿Qué había pasado?

Volvió a oír aquellas extrañas palabras que tanto le reconfortaron. Venían desde los adentros de su mente, como los sueños del Santuario. Reconoció la grave tonalidad del Corcho, la misma que ponía cuando se volvía sentimental frente a los castillos de la Caleta. *El tiempo ha llegado, el medallón debía aparecer. No sufras, grumete, de eso se trataba, de que nunca se perdiera la memoria atlante.* ¿Era de verdad la voz del Corcho? ¿O era su propio deseo de ser perdonado? La voz le repetía que el medallón tuvo que hacer su aparición en aquellos precisos tiempos. Alejandro recordó la conversación que mantuvo con el Corcho, frente al mar, el día que recibió el medallón.

—*Corcho. Si nuestra misión es que permanezca viva la memoria de la Atlántida, ¿por qué no podemos descubrir la medalla? Así la ciencia sabría de su existencia.*

—Nadie te creería. Además, nuestro deber es conservarla en secreto. No se nos está permitido ninguna otra posibilidad, salvo que...

—¿Salvo qué?

—Salvo una circunstancia que Garrido me explicó y que no logré comprender bien. Me dijo que el propio medallón nos indicaría cuándo salir a la luz, para cerrar el nudo que los sabios abrieron en el pasado. Cuando eso ocurra, los hombres tendrán que aprender, si no quieren que la historia se repita.

Eso le dijo el viejo marinero. Y las cosas parecían ir encajándose. El medallón había decidido aparecer, él nada pudo hacer por evitarlo. Un mercante rompía el horizonte y varias barcas de pescadores regresaban a puerto. Alejandro se detuvo. ¿Y si los tiempos habían llegado? ¿Y si el papel que la historia le había asignado era el de permitir que el medallón aflorase al conocimiento humano? Su vida habría tenido utilidad, entonces. Miró hacia el mar, allá al fondo, en el horizonte. Percibió entre brumas y nubes la cálida sonrisa de su amigo marinero. No estaba enfadado, parecía orgulloso de su grumete librero. Se sintió reconfortado, no era un inútil. La saga atlante le reconocía como de los suyos. Su papel había sido necesario para que las cosas ocurrieran como tenían que ocurrir. El medallón debía salir a la luz justo entonces. Ni antes ni después. Todo volvía a adquirir sentido. Comprendió que había sido un eslabón fundamental de la cadena. Quizá el más importante, el de la rotura. Por causas que desconocía, la hora del regreso de la Atlántida había sonado. Y él había sido su principal mensajero. Siguió paseando, algo más tranquilo. La tibia serenidad de la mar océano reconfortaba su ánimo. Todos podrían despreciarlo, pero el Corcho se seguía sintiendo orgulloso de él. Había cumplido el papel que alguien le reservó. Un papel humilde, discreto. Un papel que sólo podía haber interpretado un pobre librero dispuesto al sacrificio que, desde siempre, se le exigió a los héroes atlantes.

Tuvo una preclara visión de su destino. No lo temía. Con la misión concluida, nada tenía ya que hacer en esa vida que tanto le maltratara. Debía reunirse con todos los anteriores mensajeros, con aquellos que hicieron posible que su recuerdo no se perdiera. A los hombres que querían seguir viviendo les tocaba aprender la lección que la Atlántida encerraba. Allá ellos. Él había aprendido la suya y sabía lo que se esperaba de él. Miró por última vez a tierra, donde sólo dejaba una persona que de veras le quería, su madre. Por ella derramó la única lágrima de su despedida. Por nadie más. Volvió a mirar al mar. Había llegado hasta Punta Montijo, donde bate el cruce de mareas. Llenó sus bolsillos de piedras. Así se cansaría antes. Y encomendándose a las diosas del lugar, se arrojó al mar. Nadaría hacia su interior, hasta quedar completamente exhausto. Después, todo sería fácil y dulce.

Treinta minutos después, agotado y tiritando de frío, Alejandro comprendió que ya no podría regresar. Estaba bastante lejos de la orilla, su rescate resultaría imposible. Sin fuerzas, intentó adentrarse aún más en aquel mar que le esperaba. Se desvaneció. Y mientras se sumergía para siempre en aquel luminoso templo, pudo ver al Corcho que le llamaba sonriente desde su alegre barquita marinera. Le esperaba para surcar los mares de la eternidad. *Nadie me quiere aquí y yo sé que mi sitio está en la mar. Las aguas me sepultarán y mi epitafio será de olas y espumas, como los de los dioses antiguos.*

—¡Espera, que voy contigo, para siempre!

Y en ese mismo instante que Alejandro se reunía con su amigo el Corcho, los pescadores de una barquita que faenaba cerca de la Barra oyeron un hermoso cántico que salió de las entrañas de la mar. Algo así como una salve rociera de palabras antiguas y sagradas, tan hermosa, que pareciera recitada por diosas. El aire se hizo más transparente y el mar se agitó a su compás. Ante el prodigio, decidieron regresar a Bajo de Guía de inmediato. A nadie le comentaron lo sucedido. Los hubieran tomado por locos el resto de sus vidas.

52

A la tercera jornada de excavación, toparon con las primeras piedras. Lo imposible estaba a punto de suceder.

—¡Son sillares, son sillares! ¡Hemos encontrado la Atlántida!

Cuando unos días antes Antonio Rebollo, el prestigioso psicólogo, se había presentado en el departamento de Historia Antigua de la Universidad de Cádiz nadie le creyó. «¿Que has encontrado la Atlántida?», se burlaron. «¿Y debajo de la marisma? ¿No sabes que la actual marisma es un antiguo lago? Ahí nunca pudieron existir construcciones. No creerás que la construyeron con submarinos, ¿verdad?» En medio del escepticismo y la mofa general, Antonio argumentó su tesis. Antes que lago fue un fértil valle inundado por la subida de las aguas tras el deshielo de la gran glaciación. Y la Atlántida fue construida en ese valle, abrazada por canales del río. Y, por eso, sus ruinas se encuentran en un lugar hasta ahora imposible para la arqueología. En las marismas del Bajo Guadalquivir, en un punto intermedio entre las actuales provincias de Sevilla y Huelva. Tanto insistió Antonio, y tan elevado era su prestigio profesional, que al final no tuvieron más remedio que concederle una excavación de urgencia. «Pero sólo unos días, ¡eh!, le advirtieron. Si no aparece pronto, no merecerá la pena seguir». «Aparecerá, tenedlo por seguro», insistió con temeraria seguridad el psicólogo. Se aprobó el proyecto de prospección arqueológica con toda urgencia, y se comenzó a excavar. Y, entre la consternación de los cátedros y la emoción general, los restos más buscados por la Humanidad acababan de aparecer. La Atlántida volvía a ver la luz después de miles de años bajo los sedimentos arcillosos de las marismas del Guadalquivir.

La excavación superaba los dos metros de profundidad. El sol, ya alto, hacía reverberar el aire sobre los almajos de la marisma. Los arqueólogos gaditanos no pudieron contener su emoción mientras limpiaban la superficie de lo que parecía ser una piedra tallada para la construcción.

—¡Es increíble!

Se abrazaron entre sí. Con lágrimas de emoción contenidas inmortalizaron en una fotografía un retrato que llegaría a convertirse en todo un icono mundial. Los hombres que resolvieron el mayor misterio de la historia, la ubicación de la Atlántida, la ciudad sumergida, sonreían a la cámara conscientes de su trascendencia.

Antonio Rebollo llamó a través de su móvil a Marta. A ella le debía una parte importante de su éxito.

—¡Marta, Marta, la hemos encontrado!

—¿De veras? ¿Tan pronto?

—¡Estaba donde la mostró Alejandro en su trance hipnótico! ¡Vente deprisa para aquí, quiero que estés cuando vayan saliendo las primeras piedras.

Marta cogió su coche y salió en seguida para la marisma. No quería perderse ese histórico momento. Y tuvo entonces un recuerdo para Alejandro. ¿Dónde demonios estaría? Había desaparecido como por arte de magia. Desde que se despidieron no había aparecido ni por el trabajo ni por su casa. Algunos testigos afirmaban que se había arrojado al mar, pero ella no lo creía. Seguro que aparecería. La policía que investigaba su desaparición logró contactar con ella. Les contó lo que sabía, que se había quedado el domingo en Sanlúcar de Barrameda, para visitar a unos amigos. Cuando su madre se enteró, exclamó, «¿Pero qué amigos, si Alejandro no conoce a nadie fuera de Cádiz?» Por lo visto, le estaban buscando por todas partes. Con fastidio, la joven sacudió la cabeza. Cuando apareciera, Antonio y ella deberían tomar un café con él. Al fin y al cabo también había colaborado. Pero desistió de la idea. Mejor olvidarlo. ¡Costaba tanto hablar con él! No era un hombre actual, parecía sacado de otra época.

Apartó para siempre a Alejandro de su mente para pensar en el brillante futuro que le aguardaba. Dar a conocer, ni más ni menos, cómo el psicólogo y ella encontraron la ciudad sumergida, desenterrando un secreto oculto bajo un manto de miles de años. Suyo, y sólo suyo, sería el mayor reconocimiento internacional.

53

Soy Antas y hoy siento que mi vida zozobra, tal y como aconteciera con la Atlántida, mi querida ciudad. Humillada y herida, escarniada delante de todos, me siento como un despojo humano, más sanguinolento y repugnante que las vísceras al sol de los animales sacrificados. La Fiesta de la Primavera, la que con tanta impaciencia cada año esperaba, se me ha convertido en senda de sufrimiento y espanto. Primero fue lo de Sorbas, que no quiso acompañarnos a la romería, tal y como lo habíamos planeado en muchos de nues-

tros dulces encuentros. Después sobrevino el horror. La lluvia, los temblores de tierra y la gigantesca ola que todo lo destruyó en el valle. ¿Por qué no quiso acompañarme? Me respondió que no era prudente, que mi marido ya sospechaba. Pero bajó sus ojos al justificarse. Sentí que, de alguna forma, me abandonaba. El deseo y la necesidad de mis besos siempre le habían permitido superar al temor a mi marido. Esta vez prefirió la seguridad a la pasión. ¿Habrá encontrado otro amor? Sorbas es joven, guapo, fuerte. Muchas muchachas bonitas hacen sacrificios para conseguirle. Sí, estoy segura, me ha abandonado. ¿O estaba quizá enfadado por la reprimenda que le eché a cuenta de los hijos que no me engendraba? Los hombres siempre fueron muy susceptibles para esas cosas. Hoy, que gracias a la clarividencia de los sueños conozco la respuesta a todas esas preguntas, ya todo me da igual. Sorbas estará muerto, y yo me siento condenada a morir. Tan muerto como todos los demás que quedaron atrás, en la Atlántida. Llevamos varias lunas sobreviviendo en este campamento improvisado, en medio del piélago y el fango. Llovió y llovió con tal intensidad que ni los bueyes ni los caballos fueron capaces de avanzar por el fango del camino. No pudimos llegar a la ermita de la Madre. Refugiados en chozas y tiendas de cuero, dejamos transcurrir los días, a la espera de que el cielo volviera a abrir. Estábamos atascados. Durante semanas no pudimos seguir hacia delante ni tampoco retroceder.

Odio a mi marido. Es viejo, y carece del vigor necesario para satisfacer mis ímpetus de mujer. Tampoco pudo darme los hijos que hubieran podido hacerme feliz. Le desprecio. Tampoco él me ama. Llevaba tiempo sospechando que yo no le era fiel. Intentó varias veces sorprenderme, pero siempre fui más lista que él. Jamás me descubrió en mis furtivos encuentros con Sorbas, en los que fui feliz. Engañaba a mi marido porque lo despreciaba. Serle infiel era la forma más humillante de castigarlo, confiriéndole a Sorbas un secreto que lo situaba por encima de mi esposo burlado. Hoy mi secreto ha saltado por los aires. Mi marido ya sabe que estoy enamorada de Sorbas. El extraño sueño que tuve anoche fue responsable de que, en nervioso sobresalto, pronunciara varias veces su nombre mientras dormía. Y él estuvo todo el tiempo a mi lado, quieto y silencioso para no despertarme. Así pudo descubrir, a través de mis inconscientes palabras, el engaño que durante mi vigilia fue incapaz de conseguir. Tan intensos fueron mis delirios que no pude reprimir gritar su nombre. Soñé algo extraño, muy extraño, que me fue desangrando de dolor y celos. Vi a Sorbas vivo, pero demacrado, herido y enfermo, llegando hasta unas ruinas que reconocí como las del Santuario de la Luna, que tan bien conociera por mis romerías en busca de la fecundidad. Lo recibía una sacerdotisa joven, al parecer la única superviviente. Creí saber de quién se trataba. Me atendió durante mi última visita, con dulzura, con fe. Se llamaba Enix, y en estos momentos es la mujer que más odio de todas las que sobreviven en esta tierra anegada. La odio porque curó a mi Sorbas, con sus cariños y atenciones, y una noche de luna, desnuda y bañada de deseo, le poseyó sobre la ara del patio, la misma donde yo reclinara mi cabeza. En mis sueños aprecié su belleza de mujer, jadeando de gozo y empapada de sudor, realzada como ocurre durante nuestros días de celo, aún más apetecibles para los hombres de los que deseamos su semilla. Sorbas yació con Enix. Pero eso no fue lo que me hizo gritar de dolor. No. Su amor lo hubiera podido aceptar. Lo peor fue que tuve el presentimiento de que su simiente encarnaba en el seno de la sacerdotisa. Sorbas le hará madre, mientras que a mí me dejó seca y vacía. En sueños, grité de dolor y despecho. Después, percibí que Sorbas partía como un espectro del Santuario, para cumplir una misión de la que no saldría con vida. Enix se quedaba, feliz, con las manos sobre su vientre y la mirada confiada en el futuro.

Mi marido me despertó con sus gritos y me pegó. Con sus manos, sus puños y su cinturón. Me ha hecho daño, mucho daño. Tengo la cara desfigurada, ensangrentada por heridas y moratones. Me ha humillado delante de nuestros compañeros, ha vejado mi honor y el de mi familia. También yo le he replicado, llamándole impotente y estéril, lo que le hizo redoblar su castigo contra mí, loco de furia y celos. Grité delante de todos que sólo fui mujer cuando me encontré con otro hombre. Su vergüenza resultó superada por su cólera. Sacó su puñal dispuesto a matarme, y sólo la intervención de hombres de mi familia pudo evitar mi asesinato. Pero mi suerte durará poco. Desde las Nuevas Leyes, la vida de una mujer apenas vale. Sé que esta noche me matará, es la ley no escrita de los hombres y su honor. A mí ya me da igual, sabedora del hijo que Sorbas le hizo a la sacerdotisa y de mi esterilidad. Era yo la que estaba vedada para dar vida. Estoy seca y mis entrañas jamás podrán florecer. ¿Para qué vivirla entonces? Anochece, y trato de convencerme de que no me importa morir. Pero es mentira. Me aterra... Todos duermen, también mi esposo. Seguro que esperará al alba para confirmar su venganza, derramando mi sangre como imprescindible rito de limpieza para su honor mancillado. La justicia, hecha por hombres y para los hombres, no le castigará por ello. A lo más, le reprenderán en público, mientras que en privado le alabarán su valentía y le animarán afirmando que todos hubieran hecho lo mis-

mo en su caso. Me indigno. ¿Es que las mujeres no contamos para esa justicia? ¿Es qué sólo somos animales para su goce y cuidado? No, no quiero resignarme a mi estéril y estúpido sacrificio. No me dejaré asesinar. Una loca idea comienza a tomar cuerpo en mi cabeza. ¿Y si...? ¿Y si soy yo la que le mato aprovechando la oscuridad cómplice, y después me pierdo en el fragor del monte? Es una locura y puedo morir, pero, si nada hago, la muerte me llegará con seguridad al alba. Busco el cuchillo de oricalco con el que troceamos la carne. Está afilado, y brilla en la noche. Tiemblo. ¿Seré capaz de matarle? Insegura me dirijo hacia el bulto que duerme. Al llegar a su vera, me paro. Pienso que es fácil, muy fácil, mucho más de lo que hubiera pensado. ¡Qué débil es la línea que separa la vida de la muerte! Levanto el puñal y... Bajo la mano. No quiero matarle. Bastante daño ya le hice. Nada ganaré derramando su sangre. Comprendo que no me queda otra alternativa que huir. ¿Hacia dónde? No lo sé. O sí. Debo regresar hacia mi ciudad. Aunque esté sumergida. Bucearé hasta encontrarla. O quizá vague por las orillas a la espera del hombre que me conceda el hijo que me redima, o simplemente me convertiré en una huidiza dama del monte, una especie de espíritu en vida que será conocida como Antas, Anas o Ana.

Vuelvo a mirar a mi marido que duerme. Su respiración me irrita. Todavía estoy a tiempo antes de huir. ¿Le mato? ¿Qué hago, Madre, qué hago?

54

Ramón cerró el periódico. Acababa de leerle a su mujer la noticia del descubrimiento de las ruinas del santuario de Sanlúcar. Macarena, con los ojos humedecidos, se palpó el vientre con ternura.

—Sé que estoy embarazada, lo sé.

—No te ilusiones. Todavía tenemos que esperar al tiempo de la prueba.

—No hace falta. Desde aquella noche supe que engendraría a mi hijo.

—¿Por qué? —le preguntó con curiosidad su marido, que aún no había podido interpretar todo lo ocurrido durante la azarosa aventura de la excavación—. ¿Cómo puedes estar tan segura desde entonces, si nos habían fallado hasta los métodos más modernos?

—La ciencia nunca podrá superar a la fe.

—¿De verdad lo crees?

—Por supuesto, a las pruebas me remito —Macarena guardó un segundo de silencio antes de continuar—. Además, Ella me lo dijo.

—¿Ella? ¿Quién es Ella?

—La Virgen. La vi en el cerro.

—Pero si allí nunca se adoró a la Virgen. Mira lo que dice el periódico, que las ruinas encontradas son los restos de un primitivo santuario dedicado a una diosa de la fertilidad.

Macarena no respondió. Intentó rememorar todo lo que había experimentado en aquel arrebato místico. Sabía que había entrevisto en su mente la imagen de una gran señora, pero no podía recomponer su figura. Pero sabía que era tierna como una madre, dulce como la miel de sus pechos, cálida como un abrazo en invierno, antigua como la tierra que pisaban.

—Nuestra Virgen es tan grande que tiene corazón de diosa.

Ramón no entendió la profundidad de su respuesta. Se limitó a no seguir preguntando. Nunca terminaría de entender del todo las cosas de Macarena. Intuiciones de mujer —pensó— veladas para la razón de los hombres. La miró con orgullo. ¡La amaba tanto! Y admiró su determinación por tener un hijo. Su hijo. Con todo el cariño que sus torpes manos fueron capaces de transmitir, palpó el vientre de su mujer. El lenguaje de la piel le confirmó que tenía razón, que estaba preñada del hijo que tanto, también, él había deseado. Y algo cosquilleó en su interior. Allí dentro se encontraba el fruto de su unión, y, de alguna forma, ya estaba comunicándose con él. Una súbita sensación de felicidad hizo que las lágrimas brotaran de sus ojos. Desde su infancia, no había vuelto a llorar hasta ese preciso día en el que tuvo por vez primera la certeza de que sería padre. Sintió vergüenza refleja y bajó la cabeza para que su mujer no se percatara de su lagrimeo. Y un deseo le salió de lo más hondo.

—Si es niño se llamará Ramón, y, si es hembra, Macarena.

Su mujer se extrañó. No estaba acostumbrado a aquel tono de voz de su marido, tan tierno, tan sentío.

—¡Ramón, si estás llorando!

—¿Yo? No, eso es el resfriado.

—Anda, tonto, abrázame. Yo también soy ahora la mujer más feliz del mundo entero.

Andrés y Rocío volvieron a citarse en Sevilla a las dos semanas de haberse amado en los campos de Sanlúcar. Durante todo ese tiempo hablaron a diario por teléfono. Deseaban escucharse el uno al otro y volverse a encontrar pronto. Y eso que ambos tuvieron en sus empresas una frenética actividad. Andrés consiguió convencer a su presidente de que la venta de los terrenos de Nueva Tartessos había sido una excelente operación que les permitiría generar tesorería y plusvalías al tiempo de que se sacudían de encima los problemas de las ruinas. Con el dinero de la venta, no tardarían en comprar magníficos solares.

Por otra parte, las noticias del descubrimiento de los restos del Santuario y de las gigantescas estructuras circulares de la marisma originaron un gran revuelo. La opinión pública internacional estaba consternada. ¿Serían de verdad restos atlantes? Rocío no se limitó a resignarse ante el descubrimiento arqueológico, sino que decidió pasar al ataque. Lo que para cualquier otra empresa hubiese supuesto un problema irresoluble, fue aprovechado por el Consorcio de Seguros para realizar una rentable operación de imagen en un momento en el que los urbanizadores estaban bajo sospecha. La habilidad de Rocío consiguió que la opinión pública y la administración la considerasen como una empresaria modelo. Siguiendo instrucciones del Consorcio, dio una rueda de prensa en la que comunicó que su empresa era consciente de la extraordinaria importancia del yacimiento y que estaba dispuesta a facilitar al máximo las investigaciones y las excavaciones arqueológicas. Las editoriales de los periódicos la glosaron como ejemplo de responsabilidad social corporativa, al tiempo que animaban al resto de las empresas a seguir su ejemplo. Como es obvio, nada dijo en público de lo que pediría a cambio.

—En esta semana te has hecho famosa —le comentó Andrés a Rocío una vez que estuvieron sentados en la terraza del José Luís de Plaza de Cuba—. He visto tu fotografía en todos los periódicos.

—No te puedes figurar —le respondió la morena con una sonrisa coqueta—. He recibido mil llamadas. De la radio, de ateneos culturales, de políticos. Todos me felicitan, todos quieren participar en las investigaciones que vamos a patrocinar.

—Brindemos por tu éxito. Te lo mereces.

—Ha sido gracias a ti, Andrés.

—No. Nosotros no tuvimos tu visión. Quisimos hacer lo de siempre, destruir las ruinas. Ahora me avergüenzo de nuestra cortedad de miras.

—¿Sabes una cosa? La idea tampoco fue mía. Me la sugirió Juan Sepúlveda, un catedrático de mi consejo asesor.

—En todo caso tú la pusiste en marcha. Tienes todo el mérito.

Chocaron sus catavinos, y antes de llevarse las copas a la boca, Andrés le comentó:

—Espero que, ahora que eres la mujer del año, no te olvides de mí.

De nuevo la inseguridad masculina ante el éxito femenino, pensó Rocío mientras saboreaba su fino. ¿Es que siempre tiene que ser así? Decidió cambiar de tema, Andrés le gustaba demasiado como para que los viejos fantasmas construyeran de nuevo un muro infranqueable entre ambos.

—Quién lo hubiera dicho. La Atlántida existió.

—Y las ruinas del solar de Nueva Tartessos era un importante santuario dedicado a una de sus diosas.

Se miraron a los ojos. Ambos seguían bajo el embrujo del placer de aquella noche.

—Allí nos amamos.

—Sí. Y allí me pareció sentir que nuestro amor venía desde muy atrás.

—Fue algo raro. Quizás esa sea la lección de la Atlántida. Que todo lo que fue, puede volver a ser, y que todo lo que hoy es, mañana podrá repetirse. Seguro que sus habitantes, miles de años atrás, sufrieron y amaron como lo hacemos nosotros ahora. Nada ha cambiado en nuestro interior.

—Nosotros no cambiamos, pero hacemos que nuestro entorno cambie.

—Ya hablamos de eso, no podemos evitarlo. Si queremos crecer, tenemos que alterar lo que nos rodea. Y nos resultará imposible renunciar al crecimiento.

—Sí, eso me temo.

—Disfrutemos pues mientras la fiesta dure. Quizás, todavía, tengamos futuro...

Andrés la miró a los ojos antes de terminar su frase. Era el momento, tenía que decidirse.

—...y el futuro que me quede querría compartirlo contigo.

Rocío no esperaba un envite tan directo. Tardó en responder. Esta vez la que sintió miedo fue ella.

—Me aterra fracasar de nuevo.

—Quizá, como la Atlántida, nos merezcamos una segunda oportunidad.

Antes de que sus labios se fundieran en un prolongado beso, Rocío, vencedora de sus recelos y ansiosa de amor, le susurró al oído:

—Sí, tienes razón. Como la Atlántida, nos merecemos una segunda oportunidad.

Cogidos de la mano, Macarena y Ramón atravesaron el barrio de Santa Cruz. Querían agradecer al anticuario todo lo que había hecho por ellos. Pero al llegar ante la puerta de su casa, se llevaron una sorpresa. La placa de *Hispalis, Antigüedades* ya no lucía en la fachada. Alguien la había retirado. En sustitución, un grosero papel pegado a la puerta rezaba: *Cerrado por traslado definitivo*.

Llamaron con insistencia a la puerta, por si, acaso, él se encontraba en su interior. Nadie respondió. Aburridos, decidieron abandonar.

—¿Adónde habrá ido?

—Ni idea. Con lo raro que es, puede estar en el lugar más insospechado.

—Sí, eso mismo creo yo.

Y, de nuevo, con sus manos entrelazadas, se perdieron en el laberinto de callejuelas con la íntima certeza de que jamás volverían a encontrarse con aquel extraño anciano de mirada penetrante y sabia.

—Ramón, volvamos a casa. Ha refrescado y no llevo nada para taparme.

—Como quieras, cariño.

—Que raro está el tiempo. No es normal este frío a estas alturas del año.

La Almuzara, Córdoba, verano 2006.

Apago el ordenador. La luna ilumina el actual cortijo, anterior almunia andalusí, pretérita villa iberoromana y antiquísima… ¿quién sabe qué, en esta tierra de María Santísima?

RESUMEN DE PRENSA A MODO DE EPÍLOGO

■ SUCESOS

Detenida la mujer que asesinó a su marido en el Camino del Rocío

HUELVA INFORMACIÓN

La pasada madrugada, la joven de iniciales M.J.S. asesinó a su marido M.L.O., mientras éste dormía, de varias puñaladas en el corazón. Había mantenido durante el día una agria discusión delante de varios testigos, por motivos de celos ante una supuesta infidelidad. La jueza levantó el cadáver en el día de ayer, ordenando el encarcelamiento provisional de la supuesta asesina. Portavoces de la Hermandad a la que pertenecían han lamentado los sucesos y anuncian que, una vez abierto el juicio, se presentarán como acusación particular.

■ SUCESOS

Continúa la búsqueda del joven desaparecido en las costas de Sanlúcar

EL CORREO DE ANDALUCÍA

El joven Alejandro Arrachero sigue sin aparecer. Algunos testigos afirman haberle visto pasear por la orilla antes de arrojarse vestido al mar. Según estos testimonios se adentró nadando en dirección hacia la Barra. Nadie ha vuelto a verle. Salvamento Marítimo rastrea día y noche las aguas en busca del joven. Se desconocen los motivos que le impulsaron a acometer tan insensata empresa. Los familiares y sus compañeros de librería agradecerán cualquier información que puedan proporcionar sobre su paradero. Si a lo largo del día de hoy no consigue ser rescatado, las posibilidades de encontrarlo con vida serán prácticamente nulas, si es que realmente se adentró en el mar. Sus familiares esperan, sin embargo, volver a encontrarle pronto.

■ EL TIEMPO

Ola de intenso frío en Noruega

OSLO NEWS. Base meteorológica de Port Börn en Noruega

Mediciones de temperatura anómalas durante todo el pasado año confirman un descenso brusco de temperaturas en lo más duro del invierno. La nieve cubrió el suelo durante dos meses más de lo habitual. El daño en la agricultura ha sido intenso, y el costo de mantenimiento de infraestructuras y de calefacción está haciendo que muchas industrias pierdan su competitividad. Los noruegos, desesperados, se preguntan, ¿qué está pasando?

■ ECONOMÍA

Éxodo de turistas al sur en busca del sol

THE TIMES

Los mayoristas de viajes hacen su agosto este invierno. Millones de ciudadanos de todo el país han decidido tomar unos días de vacaciones anticipadas, buscando el sol del sur. La dureza de un invierno como no se recuerda en los anales de la meteorología, empuja a nuestros ciudadanos hacia latitudes más cálidas.

■ ACTUALIDAD

¿Ha aparecido la Atlántida?

DIARIO DE CÁDIZ

Los increíbles restos arqueológicos descubiertos bajo las marismas del Guadalquivir están siendo objeto de un intenso debate en la comunidad científica internacional. Los restos parecen corresponder a una gran ciudad construida en torno a canales circulares. El asombro es generalizado, y algunas voces autorizadas empiezan a dar por buena la tesis de que podrían tratarse de los primeros vestigios de la Atlántida, la civilización sumergida. Otras, más prudentes, piden tiempo para sacar conclusiones.

■ SUCESOS

Los secretos del medallón atlante

LA RAZÓN

Los arqueólogos estudian el increíble medallón donado por una organización cultural norteamericana conocida coloquialmente como la Casa. A la espera de los estudios finales, parece que su antigüedad supera los diez mil años, algo que resulta imposible de aceptar para la ciencia actual. ¿Qué significan esos anillos circulares, el toro y el león? Según el guionista Germán Ruipérez, portavoz de los donantes, se trata de signos atlantes, tal y como se podrá comprobar en el Santuario recién descubierto en Sanlúcar de Barrameda. El hallazgo está despertando el mayor interés internacional. ¿Existió de verdad la Atlántida más allá de las fábulas y los mitos?

■ ECONOMÍA

El ritmo de construcción no remite

EL PAÍS

[AGENCIA] La construcción española continúa su prodigioso crecimiento, inmune al que debería ser normal agotamiento de un ciclo sorprendentemente prolongado. Según la Asamblea Nacional de Colegio de Arquitectos, se observa un fuerte alza en el número de visados para nuevas viviendas, que casi alcanzan los dos millones anuales, una cifra récord que anticipa el volumen de construcción para el próximo ejercicio. Los precios volvieron a subir el pasado año en un 16,5 %, y es probable, según todos los indicadores, que este año la subida aún se acelere más.

■ LOCAL

Muñecos de nieve en Sevilla

ABC. Sevilla

Por segundo año consecutivo, los niños sevillanos pueden hacer muñecos de nieve en plena Plaza Nueva. La ciudad andaluza se va acostumbrando a amanecer vestida de blanco, una estampa absolutamente inusual en su historia, pero que parece haberse convertido en compañera habitual de los sevillanos. El invierno nos concede este regalo y ya se sabe que, año de nieves, año de bienes.

■ PROVINCIA

El santuario primitivo de Sanlúcar

DIARIO DE JEREZ

Se confirma que las ruinas aparecidas el pasado año en las inmediaciones de Sanlúcar de Barrameda corresponden a un Santuario dedicado a una deidad femenina, probablemente bajo la advocación de la luna, tal y como plantean algunos estudiosos locales. De confirmarse tal hipótesis, se haría buena la creencia popular de la existencia de un perdido templo a Venus, con el que los poetas llevaban especulando desde la antigüedad. Los expertos consideran que el santuario pudo haber sido construido hace más de doce mil años, lo que vendría a dinamitar toda la ciencia arqueológica actual, reforzando la hipótesis de la existencia de la Atlántida, lanzada tras los descubrimientos de las gigantescas estructuras circulares bajo las marismas del Guadalquivir.

■ INTERNACIONAL

Nuevo fracaso del director Johnny Sánchez

HOLLYWOOD EXPRESS

El otrora afamado director de Miami, Johnny Sánchez, ha vuelto a fracasar en su nueva película. Las productoras cinematográficas han anunciado que no le confiarán más responsabilidades de dirección, mientras que los principales actores se niegan a trabajar con él.

■ LOCAL

Un libro sobre la Atlántida, nuevo *best seller*

QUÉ LEER

Boom editorial. Tras una década de éxitos editoriales basados en los templarios y el Santo Grial, un libro sobre la Atlántida, escrito por Antonio Rebollo, su posible descubridor, irrumpe con fuerza en las librerías. Pero lo increíble del caso es que no se trata de literatura fantástica, sino de divulgación científica e histórica. ¿Es que nos hemos vuelto locos?

■ ACTUALIDAD

¿Estamos ante una nueva Edad del Hielo?

EL PERIÓDICO DE CATALUÑA

¿Estamos ante una nueva Edad del Hielo? Durante décadas, la ciencia nos advirtió que el cambio climático traería consigo un calentamiento global de la atmósfera. Sin embargo, el duro clima de estos últimos años nos ha mostrado una realidad bien distinta. Un clima Ártico parece haberse instalado en gran parte de Europa y Norteamérica, arruinando a sus gentes y a su biodiversidad. ¿A quién le pedimos ahora responsabilidades? ¿Cómo fue posible que desde instancias oficiales se alentaran erróneas tesis climáticas que impidieron que nos preparáramos para la debacle polar que tenemos encima?

■ INTERNACIONAL

Economía congelada

THE ECONOMIST

Los hielos que abrazan el norte y centro de Europa y de Estados Unidos han congelado su economía. Cientos de empresas han presentado suspensión de pagos, ante la imposibilidad de desarrollar su actividad bajo los hielos permanentes. El frío polar ha arruinado por completo lo que fueron en tiempos prósperas regiones, mientras que los países mediterráneos experimentan fortísimos crecimientos beneficiados por el azar de la mudable climatología.

■ ECONOMÍA

Fondos estructurales para los países bajo el hielo

PARIS MATCH

La Unión Europea dedicará un enorme esfuerzo financiero para intentar mantener población en los países nórdicos. La extrema crudeza de los últimos inviernos ha terminado arruinando numerosos sectores económicos, mientras que su población ha iniciado una lenta, pero masiva, emigración hacia los países del sur, especialmente España. Los esfuerzos comunitarios se centrarán en mantener un mínimo de infraestructura durante todo el año, y en tratar de convencer a los nativos que regresen a sus gélidos países al menos durante tres meses al año, coincidiendo con el tímido verano polar.

■ CULTURA

Los fenicios no nos enseñaron a escribir

DIARIO CÓRDOBA

Aparecen nuevas estelas grabadas con signos de lo que ha venido a bautizarse como escritura atlante, a raíz de los sorprendentes hallazgos de las marismas andaluzas. No sólo han aparecido en el valle del Guadalquivir, sino en el sur de Extremadura y Portugal. A la espera de la confirmación oficial, se data esa escritura en más de diez mil años de antigüedad. La opinión pública se pregunta: si muchas de esas letras y signos se encontraban en piezas custodiadas en los museos, ¿por qué durante tanto tiempo se mantuvo oficialmente la impostura de que fueron los fenicios los que trajeron la escritura a la Península Ibérica? Los reiterados hallazgos confirman que aquí ya se escribía miles de años antes que los hábiles comerciantes púnicos hicieran su aparición por nuestras costas.

■ INTERNACIONAL

Nueva macrociudad en Andalucía

FINANCIAL TIMES

Las autoridades andaluzas han firmado un importante convenio urbanístico con la empresa promotora del Consorcio Europeo de Seguros, al que agradecen su generosidad por haber cedido para la titularidad pública los espectaculares yacimientos arqueológicos descubiertos en las inmediaciones de Sanlúcar de Barrameda, un hermoso pueblo costero de Cádiz. A cambio, le han recalificado terrenos situados en otros puntos de la costa andaluza, al tiempo que le incrementaban la edificabilidad en varias de sus promociones. Además, le han autorizado a construir un gran complejo hotelero en las inmediaciones de las ruinas, que se beneficiará del enorme flujo de turistas que el sorprendente Santuario comienza a recibir. Contrasta esta buena noticia para el Consorcio de Seguros con el grave resfriado de la economía del norte de Europa, en liquidación debido a los intensos fríos de la Nueva Edad del Hielo.

■ FESTIVALES

Triunfa una película sobre la Atlántida

CANNES REVIEW

El cine español triunfa en el Festival. Los críticos han aplaudido la película Arcana Historia Atlantidae, una coproducción dirigida y escrita por Germán Ruipérez. Antes de su triunfo en Cannes, el guionista había saltado a la fama como donante de Atlantis, el medallón que demostró la existencia real de la Atlántida.

■ POLÍTICA

Debemos democratizar el sur

WASHINGTON POST

El debate está abierto. Las naciones más prósperas y ricas del norte hemos sido batidas por los hielos. ¿Qué hacemos? ¿Nos dejamos morir, o tenemos derecho a tomar por la fuerza terrenos de los países más pobres para poder así también ayudar a su desarrollo y consolidar sus democracias?

■ ECONOMÍA

Las empresas de seguros, arruinadas

THE NEW YORK TIMES

El sector de los seguros ha sido otra víctima de lo que los científicos ya consideran como la Nueva Glaciación. Sólo hay una afortunada excepción, el Consorcio Europeo de Seguros. Gracias a las enormes plusvalías generadas por su temprana inversión en suelo en las costas del sur de España, pudo hacer frente a las pólizas de sus asegurados. El Consorcio, con sede ahora en Marbella, es la única excepción de un sector completamente arruinados.

■ NACIONAL

España llegará pronto a los sesenta millones de habitantes

EL MUNDO

La población española va camino de los sesenta millones de habitantes. Millones de europeos están fijando su residencia en nuestras costas, en busca de un clima más benigno. Al tiempo, se sigue recibiendo una fuerte corriente inmigratoria que proporciona mano de obra para las crecientes necesidades de nuestra pujante economía. Se incrementa, en consecuencia, la demanda de viviendas, que alcanzan precios estratosféricos.

■ ECONOMÍA

Euforia bursátil de las acciones de TU HIJO S.A.

LA CLAVE

Suben en bolsa las acciones de TU HIJO S.A., una pionera empresa especializada en las más novedosas tecnologías de reproducción asistida. La fuerte demanda de mujeres y familias deseosas de poder tener el hijo que la naturaleza o las circunstancias les han negado, ha permitido que se instalen más de quince clínicas en todo el territorio nacional, al tiempo que ultiman el plan de expansión internacional que les permitirá extenderse por toda la rivera del Mediterráneo. A pesar del clima polar que ha destrozado media Europa, el deseo de perpetuar el linaje propio parece más fuerte que las reiteradas campañas del gobierno, empeñado en limitar una población que desborda la capacidad de nuestro litoral sur.

■ NACIONAL

Aprobado el mayor convenio urbanístico de España

CINCO DÍAS

Aprobado el mayor convenio urbanístico de la historia de España, promovido por una UTE entre la promotora MHI y el Consorcio Europeo de Seguros. Se construirán más de cien mil nuevas viviendas gracias el macroproyecto que paliará, en parte, las necesidades de vivienda del éxodo europeo. Mientras que los políticos, los empresarios y sindicatos aplauden la iniciativa, algunos grupos ecologistas comienzan a levantar su voz. En toda la costa española no queda ni un metro libre de cemento y hormigón, argumentan. "Las personas están antes que los bichos", le han respondido los cientos de miles de personas que aguardan vivienda hacinados en refugios provisionales.